鬼吹灯 ⑤ 黄皮子坟

CANDLE IN THE TOMB

天下霸唱 著

湖南文艺出版社

引子 / 1

第一章　赶冬荒 / 3

第二章　黄皮子坟 / 9

第三章　夜擒 / 15

第四章　熊的传说 / 21

第五章　剁掌剜胆 / 27

第六章　鬼衙门 / 33

第七章　老吊爷 / 39

第八章　绞绳 / 45

第九章　削坟砖 / 51

第十章　来自草原的一封信 / 57

第十一章　禁区 / 63

第十二章　夜幕下的克伦左旗 / 69

第十三章　牛虻 / 75

第十四章　失踪 / 81

第十五章　蚰蜒 / 87

第十六章　鱼汤 / 93

第十七章　百眼窟 / 99

第十八章　观龙图 / 105

第十九章　引魂鸡 / 111

第二十章　怪楼 / 117

第二十一章　凶铁 / 123

第二十二章　孤灯 / 129
第二十三章　第五个人 / 135
第二十四章　锦鳞蚺 / 142
第二十五章　阴魂不散 / 148
第二十六章　僵尸 / 154
第二十七章　龟眠地 / 160
第二十八章　俄罗斯式包裹 / 166
第二十九章　莫洛托夫鸡尾酒 / 173
第三十章　精变 / 179
第三十一章　恐惧斗室 / 185
第三十二章　读心术 / 191
第三十三章　千年之绿 / 197
第三十四章　编号是"0" / 203
第三十五章　砖窑腐尸 / 209
第三十六章　禁室培骸 / 214
第三十七章　面具 / 219

第三十八章　防腐液 / 225
第三十九章　标本储藏柜 / 231
第四十章　守宫砂 / 238
第四十一章　盗墓者老羊皮 / 244
第四十二章　不归路 / 249
第四十三章　梦 / 255
第四十四章　冥途 / 261
第四十五章　阎罗殿 / 267
第四十六章　金井 / 273
第四十七章　水胆 / 278
第四十八章　舌漏 / 283
第四十九章　焚风 / 291
第五十章　穴地八尺 / 297
第五十一章　炸雷 / 302
第五十二章　生离死别 / 307
第五十三章　卸岭盗魁 / 312
第五十四章　妖化龙 / 317

我祖上有卷残书,名为《十六字阴阳风水秘术》,是摸金校尉前辈所著。

就凭着这卷奇书,我做起了"倒斗"的摸金校尉,其间发生了许多事,也遇到了许多人。这几年的经历对我来说,可谓是"九死南荒吾不恨,兹游奇绝冠平生"。回首来路,血雨腥风,好在踏遍青山人未老,现在我即将告别"摸金校尉"的职业生涯。

去往美国之前,我整理行囊时找到一本相册。随手翻了翻,见到有一张老照片,照片背景是广袤的内蒙古草原,照片上的我和胖子还是歪戴帽子斜挎军包。现在看来有些可笑,不过当时我倒没那种感觉,还觉得这形象挺时髦。拍照留念后,我和照片上的这些同伴进入了大草原的深处,我还清楚地记得,那时我们是要去呼伦贝尔寻找一条黑色的妖龙……

第一章
赶冬荒

一九六九年秋天,越南人民反抗美帝国主义侵略的解放战争正进行得如火如荼。而在这时候,我作为众多上山下乡知识青年中的一员,被知青办安排在大兴安岭山区插队,切实贯彻最高指示:知识青年到农村去,战风雪、炼红心、斗天地、铸铁骨。

不知不觉中,时间就过去了几个月,刚进山时的兴奋与新奇感早已不见踪影,取而代之的是日复一日的枯燥生活。我插队的那个山沟,总共才巴掌那么大点的地方,只有二三十户人家,方圆数百里之内几乎全都是没有人烟的原始森林。

屯子里的人靠山吃山,除了在平整的地方开几亩荒,种些个日常吃的口粮之外,其余的吃食主要通过进山打猎得来。山上的獐子、狍子、野兔、山鸡,还有林子里的木耳、菇菌等等,都是好嚼头,吃饱吃好不是问题。

可那年冬天,山里的雪下得好早,西北风骤然加紧,天气一下子就冷了下来。眼瞅着大雪就要封山了,大伙还没来得及储备过冬的食物。往年在秋季,山里的人们要趁着野猪、野兔秋膘正肥的时候大量捕猎,风干腊制储存起来,用以度过大兴安岭残酷漫长的寒冬。

　　这十年不遇的反常气候说来就来，秋季刚过了一半就开始下起大雪，紧接着又吊起了西北风。猎户们不免有些乱了阵脚，纷纷挎起猎枪，带上猎犬，争先恐后地进山"赶冬荒"，同老天爷争分夺秒抢时间。他们全力以赴地套狐狸、射兔子，否则再晚一些，山里会刮起白毛风，到时候可就什么都打不到了，那样的话整个屯子都要面临可怕的冬荒。

　　和我一起插队的伙伴胖子，最近也正闲得抓心挠肝，恨不得凭空生出点乱子来才好。他见猎户们成群结伙地进山围猎，顿时来了兴致，摩拳擦掌地跟我商量，打算同猎人们一道进山打几头人熊。

　　我对进山打猎的那份热情，尤其是对"套狐狸"一类斗智斗力勾当的热爱程度，一点都不比胖子弱，可平时很少有机会带枪带狗去耍个尽兴。对于这回的行动我早已心知肚明，支书肯定不会让我们参加。一是因为我们这几个知青进山不到半年，已经闹了不少乱子出来，惹得老支书发了飙，对我们特别"关照"，最近他给我们安排的任务，除了削坟砖就是守着林场的木材，全是些个蹲点的苦闷差事；二来这次赶冬荒是屯子里的大事，围猎是集体行动，需要丰富的经验，以及猎人之间的默契配合，让知青这种从城里来的生瓜蛋子加入，万一出了岔子，大伙全部要饿着肚皮挨过严冬，谁也担不起这个责任，也绝对不能冒这样的风险。

　　我们眼巴巴看着各家各户抽调出精壮的猎手，组成了"赶冬荒战斗队"，带着大批猎狗浩浩荡荡地进山，踏雪开赴围猎的最前线。我心里真是又着急又上火，即使知道基本上是没戏，我还是抱着一线希望，又去找支书通融，说哪怕给我们知青安排一些后方支援的工作也好，再让我们在屯子里待着，非得把人憋坏了不可。

　　胖子也对支书强调毛主席的最高指示："我们是来自五湖四海，为了同一个目的走到一起来。我代表我们五个知青向您衷心地请求，请无论如何也要让我们投入到这场赶冬荒的革命斗争洪流当中去……"

　　老支书不等胖子把话说完，就用另一句最高指示扼杀了我们的请求："别跟我扯犊子，瞎咧咧个啥？毛主席不是还那个啥来着……对了……他老人家还强调过要反对自由主义，要服从组织安排。这不咱屯子里的人都去打猎，剩下的全是些那个啥妇女儿童老弱病残，你看这雪下的，万一有没找够食猫冬的黑瞎子摸过来也是个麻烦。我看干脆就这么办，你们知青，留下一半守着屯子，八一和小胖你们俩，让燕子带着你们到林场看场去，正好把敲山老头替换回来。我可告诉你们俩，我不在这些天可不许整事儿，知道不？"

我一看果然不出所料，在路线问题上没有调和的余地。既然话说到这个份儿上了，我也只好作罢，心中暗地里盘算着到林场附近也能找机会套狐狸，总不像在屯子里开展思想工作那么没意思。于是跟另外三个知青同伴作别，把铺盖卷往身上一背，同胖子一起在燕子的引领下，到"团山子"下的林场去看守木料。

屯子里有几户人家作为知青点，插队的知青都固定住在这几户家里，而吃饭则是到各家轮流搭伙，赶上什么吃什么。燕子这姑娘就是我和胖子的"房东"，她也是个出色的猎手，支书安排她带我们照管林场，也是担心林场遭到野兽的袭击。

燕子失去了进山打猎的机会，倒也没抱怨。因为知青远比山里人有知识，尤其是我和胖子这样上知天文下知地理能侃能吹的，更是不在话下。跟知青在一起的时候，她能了解到她从来没离开过的这片大山以外的世界。于是她挎上猎枪，另外又携带了一些必备的物品，便同我和胖子出发了。从屯子到林场要翻一道岭子，转两道山坳，路程很远，一路上西北风刮得嗷嗷直叫，卷得地面树梢的雪末飘飘洒洒地漫天乱舞，加上天空即使在白天也是灰蒙蒙的，使人分不出是不是始终都在降雪。我用狗皮帽子把脑袋裹得严严实实，可风还是把脑袋抽得渐渐麻木。

不过听燕子讲这种天气根本不算什么，山里边到了深冬腊月，林子里的积雪会有齐腰深，人蹚着积雪走很吃力，走不了多远就会出一身的热汗。但这种时候绝对不能停下来，一旦停步喘息，被透骨的寒风一溜，全身的汗水就会立刻变成一层冰霜。而且没在深山里过过冬的人根本想象不到，最恐怖的要数山里人谈之色变的白毛风。所谓白毛风，也就是风里夹着雪，银白色的旋风比冰刀子还厉害，吹到人身上没有谁能受得住，所以

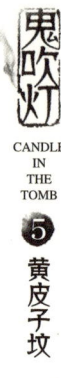

山里的猎户都要提前储备食物，到了天寒地冻之时，就开始在家里的热炕头上猫冬。

走了快一天才到林场。这片林场紧挨着人熊出没的团山子，有条河从这片林海雪原中穿过，刚好将山区与森林分隔开来。团山子上植被茂密，并不缺乏食物，山上的人熊轻易不会过河到林子里来，猎户们也不敢随意去招惹凶残成性的山林之王——人熊。

林场中伐下来的木头，在春水升涨之时，就会被扎成筏子，利用河水送到下游。河的下游有条铁路，还有个小火车头，是专门用来运木头的，这里的情形十分像著名小说《林海雪原》中描写的"夹皮沟"。"夹皮沟"在东北是确有其地，团山子的林场也有个差不多的地名，叫作"黄皮子坟"。这地名听上去显得很神秘，但就连燕子她爹那种老猎户都说不出这个地名的来龙去脉，只是说这附近黄皮子很多，很早以前黄大仙闹得挺凶，现在倒也没人提了。"黄皮子"是当地人对黄鼠狼的一种俗称。

团山子林场虽然简陋荒僻，但社会主义建设离不开它，所以我们才要顶风冒雪来这里值勤。不过说实话，冬天的林场也没什么正经事要做，唯一需要料理的，就是过些时候到河流下游去帮忙发送最后一趟运木头的小火车而已。

这林场有一排白桦木搭建的木屋，在春夏两季，都有伐木工人在这里干活居住。由于运输能力有限，树砍多了也运不完，所以每当中秋节前后，他们完成了生产任务就会离开林场回家过年，这时林场就归距离最近的岗岗营子派人照料。

在我们到来之前，林场是由敲山老汉和他的孙女——一个叫作画眉的姑娘负责看管。本来按照村支书的安排，我们应该把他们替换回去，但当我们到达的时候，就发现林场中十分不对劲，守林人的小木屋中空空荡荡的，炉膛中灰烬冷冷的没有一丝热气，也没有见到这爷孙二人。

我不禁替他们担心起来，急忙与我的两个同伴分头在林场中找了一圈，却仍没见踪迹。我心中越发不安，对胖子和燕子说："今年天气冷得太快，事先又没有半点征兆，怕是山里的野兽也要赶冬荒，敲山老爷子和他孙女会不会被猞猁之类的恶兽给叼去了？"

屯子里的猎狗都被猎人们带进山围猎了，所以我们没有带猎狗。现在风雪交加，团山子附近岭高林密，地形复杂，飞雪掩盖了人兽的踪迹，就算我们有百十号人去找，也未必能寻得到他们，更何况眼下我们只有三个人。我和胖子当即便寻思着要回屯子搬救兵，可又突然想到屯子里已经没人可找了，那时候我们年纪尚轻，一时竟然束手无策。

还是燕子心细，她又在小木屋中仔细看了看，屋内的粮食和干肉还剩下一些，敲山老汉的猎枪和装火药铁砂的牛角壶却都不在。猎户最善观察蛛丝马迹，小木屋中没有兽迹，东西摆放得也很整齐，他们好像还打了大量黏豆包，应该不是发生了什么不测。也许敲山老头带着他孙女去打兔子了，又或许他是担心大雪封山，没等我们来替换，便提前回屯子去了。敲山老汉打了几十年的猎，经验非常丰富，虽然一把年纪，身手不如昔日灵便了，但既然他带着猎枪，只要在半路不碰上刚生崽的母人熊，就不会有什么意外。

见林场中并无异状，我们三人才稍觉心安。一路上饥寒交迫，正是苦不堪言，这时候什么要紧事也都要扔到一边去了，最紧迫的任务是取暖和填饱肚子，于是我们便匆匆忙忙地烧了火炕，把冻得梆硬的贴饼子在炉壁上随便烤烤，吃了充饥。三人吃饱了天也黑透了，就开始像往常那样胡乱闲聊解闷，按惯例轮流开吹。胖子先侃了段新中国成立前在东北剿匪的逸事，他这些都是听他爹说的，我已经听他讲了不下十遍，而燕子还是第一次听这个故事，所以听得十分着迷。

只见胖子口沫横飞，连比带画地说：聚众掠夺民财的土匪，在东北地区又叫作"胡匪"或"胡子"。据说胡匪们不同于内地响马贼寇，他们自成体系，拜的祖师爷是明末皮岛总兵毛文龙。明右副都御使袁崇焕设计杀了毛文龙之后，毛文龙手下的大批官兵分别流落东北沿海诸岛或深山。最开始的时候这些人还以大明官兵自居，不做打家劫舍的勾当，但历经百年，随着人员结构的日趋复杂化，逐渐演变成为害一方、无恶不作的胡匪。不过直到新中国成立前，胡匪们仍然尊毛文龙为祖师爷。

这些一伙一伙的胡匪,到后来被称作"绺子"。按各股匪首所报"字号"的不同,每股绺子的名称也不一样,例如"一铁鞭""草上飞""桑大刀""凤双侠"等等。

新中国成立前东北头号胡匪,匪首是个绰号叫"遮了天"的光头。此人年轻时是庙里的武僧,学得一身铁布衫的硬功夫,但他还俗后也始终没长出头发。遮了天为人心狠手辣,两手沾满了干部群众的鲜血。

日本投降后东北进行土改,为了保卫胜利果实不被土匪破坏,东北成立了专门的剿匪分队,经过一系列艰苦卓绝的残酷战斗,终于把遮了天这股胡匪的"四梁八柱"都给铲除了。"四梁八柱"是胡匪内部的一种组织名称,除了大当家的称作"大柜"之外,其余的所谓"四梁",分别有"顶天梁""转角梁""迎门梁""狠心梁","八柱"则是"稽奇""挂线""懂局""传号""总催""水箱""马号""账房"的总称。这些人一完,整个绺子就算彻底倒了。

而这"四梁八柱"中最关键的人物是"转角梁",东北俗称为"通算先生"。他是整个绺子的军师,专门利用一些迷信的方术来"推八门",决定整伙土匪的进退动向。军师一完,遮了天就失去了和他狼狈为奸的主心骨,成了名副其实的光杆司令。但这人也当真狡猾至极,小分队始终抓不住他,好几次都让他从眼皮子底下溜走了。有些迷信的当地人就传言说这个土匪头子年轻的时候救过黄大仙的性命,这辈子都有黄大仙保着他,能借土遁,就算是派来天兵天将也甭想抓住他。

可世事有蹊跷,胡匪最忌讳提"死"字,但是这个字不提也躲不了,做土匪到最后多无善终。常言道"自作孽,不可活",也许遮了天恶贯满盈,该着他气数已尽,那年深山里刚好也发生了罕见的冬荒,老百姓管这样的年份叫"死岁",黄大仙终于罩不住他了。

第二章
黄皮子坟

"遮了天"这个绰号大概是取自"和尚打伞——无法无天"的意思。民间风传他早年当和尚的时候救过黄大仙，一辈子都有黄皮子保着，谁也动不了他。这当然是谣传了，实际上他不仅没救过黄皮子，反倒还祸害死了不少。

剿匪小分队追击他的时候，正好山里的雪下得早，天寒地冻，最后在一个雪窝子里搜到了遮了天的尸首。他是在一株歪脖子树上上吊自杀的，在他尸首的对面，还吊死了一只小黄皮子，死状和他一模一样，也是拴个小绳套吊着脖子。这一个人和一只黄皮子，全吐着舌头，睁着眼，冻得硬挺挺的。

胖子故弄玄虚，说得绘声绘色，扮成吊死鬼吐着舌头的模样，把燕子唬得眼都直了，我却对此无动于衷，因为这件事我听胖子说过无数次了，而且遮了天的死法也太过诡异。若说他自己穷途末路上吊寻死，以此来逃避人民的审判倒也说得通，可对面吊死的那只小黄皮子就太离奇了。遮了天一介胡匪何德何能，他又不是明末的崇祯皇帝，难道那黄皮子想做太监给他殉葬吗？

燕子却不这么认为，她对胖子所言十分信服，因为当地有许多与之类似的传说。传说黄大仙只保一辈儿人，谁救了黄大仙，例如帮黄大仙躲了劫什么的，这个人就能受到黄大仙的庇护。他想要什么，都有黄皮子帮他偷来，让他一生一世吃穿不愁。可只要这个人阳寿一尽，他的后代都要遭到黄大仙的祸害，以前给这家偷来的东西，都得给倒腾空了，这还不算完，最后还要派一只小黄皮子，跟这家的后人换命。燕子觉得那个土匪头子遮了天，大概就是先人被黄大仙保过，所以才得了这么个下场。

新中国成立前在屯子里就有过这种事。有个人叫徐二黑，他家里上一辈儿就被黄大仙保过。那年眼看着徐二黑的爹就要去世了，一到晚上，就有好多黄皮子围着徐二黑家门口打转，好像在商量着过几天怎么祸害徐家。黄皮子实在是欺人太甚，徐二黑发起狠来，在门口下了绝户套，一晚上连大带小总共套了二十几只黄皮子。山下有日本人修的铁轨，当时正是数九严冬滴水成冰的日子，徐二黑把这些黄皮子一只只割开后脊梁，全部活生生血淋淋地按到铁轨上。黄皮子后背的热血沾到钢铁立刻就冻住了，任凭它们死命挣扎也根本挣扎不脱，徐二黑就这么在铁路上冻了一串黄皮子，天亮时火车过来，把二十几只黄皮子全给碾成了肉饼。

结果这下子惹了祸，一到晚上，围着屯子，漫山遍野都是黄鼠狼们的鬼哭狼嚎，把屯子里的猎狗都给镇住了。天蒙蒙亮时，有人看见黑压压的一片黄皮子往林子里蹿走了。接着又有人发现徐二黑上吊自杀了，死法和胖子所讲那个故事中土匪头子的完全一样。

胖子和燕子胡嘞了一通，吹得十分尽兴。山外那场轰轰烈烈的运动正在扫除一切"牛鬼蛇神"，这场运动也理所当然地冲击到了大兴安岭山区，就连屯子里那位只认识十几个字的老支书，一到开会的时候都要讲："毛主席的革命路线是在正中间的光明大道，左边一个坑是左倾，右边一个坑是右倾，大伙一定不能站错队走错路，否则一不留神就掉坑里了。"所以我们三人在林场小屋中讲这些民间传说未免有些不合时宜，不过这林场山高路远，又没有外人，我们只谈风月，不谈风云，比起山外的世界要轻松自在得多。

燕子让我也讲些新闻给她听。外边的天又黑又冷，坐在火炕上唠嗑很是舒服，但是我好几个月没出过山了，哪儿有什么新闻，旧闻也都讲得差不多了，于是就对她和胖子说："今天也邪乎了，怎么你们说来说去全是黄皮子？团山子上有道岭子不是就叫黄皮子坟吗？那里是黄皮子扎堆儿的地方，离咱们这儿也不远了，我来山里插队好几个月了，却从来都没上过团山子，我看咱们也别光说不练，干脆自力更生，丰衣足食，连夜上山下几个套子，捉几条活的黄鼠狼回来玩玩怎么样？"

胖子闻言大喜，在山里没有比套黄皮子和套狐狸更好玩的勾当了，当时就跳将起来。"你小子这主意太好了！虽然现在不到小雪，黄皮子还不值钱，但拎到供销社，换两斤水果糖指定不成问题。咱们都多少日子没吃过糖了，我他妈的要是再吃不着糖，可能都要忘了糖的味道是辣还是咸了。光说不练是假把式，光练不说是傻把式，连说带练才是好把式，咱这就拿出实际行动来吧……"说着话一挺肚子就蹿下火炕，随手把狗皮帽子扣到脑袋上，这就要动身去套黄皮子。

燕子赶紧拦住我们说道："不能去不能去，你们咋又想胡来。支书可是嘱咐过的，不让你们搞自由主义整事儿，让咱们仨好好守着林场。"

我心中暗暗觉得好笑，屯子里的老支书是芝麻绿豆大的官，难道他说的话我就必须服从？我爹的头衔比村支书大了不知多少倍，他的话我都没听过。除了毛主席的话，我谁的话也不听。山里的日子这么单调，好不容易想出点好玩的点子，怎么能轻易作罢。但这话不能明说，我还是语重心长地告诉燕子："革命群众基本上都被发动起来赶冬荒斗大地去了，难道咱们就这么干待着不出力？你别看黄皮子小，可它也有一身皮毛二两肉，咱们多套几只黄鼠狼就是为社会主义建设添砖加瓦，支援了世界革命。"

燕子听得糊里糊涂，添砖加瓦倒是应该，可团山子上的人熊那不是随便敢惹的。当地猎户缺乏现代化武器，他们打猎有三种土方法：一是设陷阱，下套索、夹子之类的，专门捕捉一些既狡猾跑动速度又快的兽类，像狐狸、黄皮子之类的，猎狗根本拿它们没办法，只能以陷阱智取；再者是放猎犬追咬，猎犬最拿手的就是叼野兔；三是用火枪窝弩，其中发射火药铁砂的

猎枪是最基本的武器，前膛装填，先放黑火药，再压火绒布，最后装铁丸，以铁条用力压实，火绒卡住弹丸不会滑出枪膛，顶上底火，这才可以击发。虽然装填速度慢、射程太近是致命缺点，但是用来打狍子、獐子和野猪倒是适用。

猎人狩猎的这三套办法，唯独对付不了皮糙肉厚的人熊。上次我们在喇嘛沟遇到过人熊，险些丢了性命，所以此刻燕子一提到人熊的威胁，我心中也打了个突，但随即便说："听蝲蝲蛄叫还不种地了？人熊又不是刀枪不入，而且晚上它们都躲在熊洞里，咱们趁天黑摸上团山子套几只黄皮子就回来，冒这点风险又算得了什么，别忘了咱们的队伍是不可战胜的。"

胖子在旁边急得直跺脚，一个劲地催促我们出发，干革命不分早晚，却只争朝夕。在我的劝说下，燕子终于同意了。其实她也很想去套黄皮子，只是老支书的话在屯子里还是比较有威信的，需要有人做通她的思想工作，帮她克服这一心理障碍。

林场小屋外的天很冷，雪倒是不再下了，大月亮白得瘆人，但那月晕预示着近期还会有大雪来袭。山坳里的风口山风呼啸，在远处听起来像是山鬼在呜呜咽咽地恸哭。我从屯子来林场的时候，就已经打定了要套黄皮子或狐狸的主意，该带的家伙也都带了，一行三人借着月色来到林场的河边。

河面上已经结了冰，冰上是一层积雪，站在河畔上，距离河道十几米，就可以听到冰层下河水叮咚流淌之声。由于是赶冬荒，秋天过了一半，突然有寒流袭来，河水冻得很不结实，直接踏冰过河肯定会掉冰窟窿里，所以最保险的办法就是踩着冻在河中的圆木过河。

月光映着薄雪，银光匝地，河面上隆起一段段长长的横木，都是没来得及运到下游，暂时被冻在河中的木头。踩着圆木过河，即使冰层裂开，木头的浮力也不会让人沉入河中。

河面看着并不算宽，真过河的时候才发现也绝对不窄。我们三人将距离拉开了，踩着一根根木头迈步走。因为天冷衣服穿得厚重，脚步也变得很沉，脚下碎冰哗啦哗啦乱响，虽然惊险十足，但也不知道为什么，心里却一点都不害怕，相反有些激动，骨子里那种冒险的冲动按捺不住，觉得这种行为可真够刺激。

过了河就是当地猎人们眼中的禁地团山子。这山上林子太密了，燕子也没把握进了这片林子还能走出来。我们虽然胆大包天，却也不敢冒进，好在那黄皮子坟是在团山子脚下，离河畔不远。那里有一个隆起的大土丘，上面寸草不生，土丘上有无数的窟窿，大大小小的黄皮子都躲在里面，可能因为这土丘像坟包，里面又时常有黄皮子出没，所以才叫作黄皮子坟。

我们并没有直接走上黄皮子坟，而是在附近找了片背风的红松林子。这里是下风头，黄皮子和山上各类野兽不会嗅到我们的行踪，看来这里就是一个天然的最佳埋伏点。我把胖子和燕子招呼过来，三人蹲在树后合计怎么动手。

胖子出门时从屯子里顺出两水壶土烧，土烧就是自家烧锅酿的酒，刚在林场小屋的时候装在军用水壶里煨热了，过河时一直在怀里揣着，这时候取出来，竟然还带着点热乎气。我看他喝得口滑，就要过来喝了几口。这酒有点偏甜，要多难喝有多难喝，可能就是用苞米瓢子和高粱秆子整出来的土烧。

胖子说："别挑三拣四的了，凑合喝两口吧，暖和暖和好干活。有这种土烧酒已经很不错了，咱们这山沟子里就那么几亩薄地，哪儿有多余的粮食酿酒啊？不过我那儿还存着一整瓶从家带来的好酒呢，等套了黄皮子，我得好好整个菜，咱们喝两盅儿解解乏。"随后胖子就问我怎么套黄皮子。

我嘿嘿一笑，从挎包里拿出一个鸡蛋，有点尴尬地对燕子说："对不住了燕子，我看你家芦花鸡今天下了两个蛋，就顺手借了一个，时间紧任务急，所以还没来得及向你汇报。但是我后来一想对狐狸和黄皮子来说，鸡蛋实在是太奢侈了，于是我就又从芦花鸡身上揪了一把鸡毛……"

燕子气得狠狠在我肩膀上捶了一把。"你偷了鸡蛋也就完了，咋还揪俺家芦花鸡的鸡毛呢！"

胖子赶紧劝阻："咱们要文斗不要武斗，回去我让这孙子写检查，深挖他思想根源的错误动机，但眼下咱们还是先让他坦白交代怎么拿鸡毛套黄皮子。"

我说套黄皮子其实最简单了，鸡毛的气味足可以撩拨得这帮馋鬼坐卧不安。燕子她爹是套狐狸的老手了，老猎人们都有祖传的"皮馄饨"。制作"皮馄饨"的这门手艺已经失传了，顾名思义，"皮馄饨"是一个特制的皮口袋，传说这里面在制皮的时候下了秘药，嗅觉最灵敏的狐狸也闻不出它的气味有异。这皮囊有一个只能进不能出的六棱形口子，外口是圆的，可以伸缩，狐狸和黄皮子都可以钻进去，往里面钻的话这口子像是有弹性一般越钻越大，但皮囊里面的囊口却是六边形的，专卡黄皮子的骨头缝。这种动物的身体能收缩，但唯独钻不得这六角孔，进来容易出去难，只要它往外一钻，囊口就会收紧卡到它死为止。"皮馄饨"之所以高明，是因为它能完完整整地保全猎物皮毛，比如狐狸皮值不值钱看的是尾巴，但万一设的套子和陷阱伤到了狐狸尾巴，这张狐狸皮就不值钱了。

屯子里现在只有燕子家才有一副"皮馄饨"。她祖上就是猎户世家，这"皮馄饨"也不知传了多少年代了，死在它里面的黄皮子和狐狸简直都数不清了。因为这件家伙太毒太狠，无差别地一逮一个准，猎人们又最忌讳捉那些怀胎或者带幼崽的猎物，那么做被视为很不吉利，所以燕子爹轻易都不使用。我却早就想试试这传得神乎其神的"皮馄饨"好不好使，这次也偷着带了出来。

把鸡毛涂上些鸡蛋清放在皮囊中做饵，剩下的鸡蛋黄倒入空水壶里，舍不得给黄皮子吃，当然也舍不得扔，还得留着回去炒着吃呢。再用枯枝败叶加以伪装，上面撒上些雪末，最后用树枝扫去人的足迹和留下的气味，这个套子就算是完成了。剩下的事就是在远处观察，看看哪只倒霉的黄皮子上当。

我们伪装完"皮馄饨"，就回到红松后苦苦等候，可那山林雪地上静悄悄的始终没有动静。月上中天，我都快失去耐性了，这时候雪丘上终于有了动静。我和胖子、燕子三人立刻来了精神，我定睛一看，心中立刻吃了一惊，我的天，这是黄皮子坟里成了精的黄大仙姑啊！

第三章
夜擒

  明月照积雪,朔风劲且哀。我们潜伏在红松树后,虽然筑了雪墙挡风,但毕竟是在下风口,时间一久,还是被冻得呲呲哈哈的,当真是有些熬不下去了。可就在这时,终于有了动静。我急忙把手往下一按,低声通知胖子和燕子二人:"嘘——元皮子来了。"

  虽然我们平时提起黄鼠狼都以"黄皮子"相称,但在山里有个规矩:看到黄皮子之后,便不能再随随便便提这个"黄"字了。这是因为大兴安岭自古以来多出金矿,山里人常说"三千里大山,黄金镶边"就是指的这个意思。这地方有山就有沟,有沟就有金,但那都是新中国成立前的说法。按传统观念来讲,是黄皮子和黄金犯冲,都是老黄家,所以套黄皮子或是寻金脉的时候,绝不能提这个"黄"字,要以"元"字代替,否则一定扑空。

  瞧见黄皮子坟那边有动静,我们仨立刻来了精神,特别是我跟胖子。自从上山下乡以来,我们俩当红卫兵的"剩勇"没地方发泄,拿脑袋撞墙的心都有,此刻下意识地把套黄皮子的勾当当成了正规的作战行动,全身心地投入其中,就甭提有多认真了。

  我凝神屏气透过伪装去观察雪丘上的动静,只见有个长长的脖子,顶

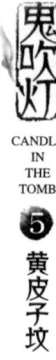

着个小脑袋从雪丘后探了出来，两只大眼睛闪着灵光，警惕地转着脑袋左顾右盼，过了良久才完全把身体暴露出来。看到此处，燕子悄声低呼："是母的，这皮毛真好！"

我心中也不禁惊呼一声，以前在屯子里见过不少被人捉住的黄皮子，有死的也有活的，活的一个个贼眉鼠眼，死的就更别提了，怎么也和"好看"二字不沾边。但此时出现在前方的这只森林精灵，皮光毛滑，两眼贼亮，气度与神态皆是不凡，站在雪丘上宛如一位身段婀娜的贵妇人。不知为什么，我看到它后第一感觉那是个人，而不是一只兽，心想这大概就是山里人常挂在嘴边，时常灵验的"黄大仙姑"吧。捉几只小黄皮子太没意思，正好撞上点子，要捉就应该捉这只出乎其类的母黄皮子。

这位"黄仙姑"可能是从附近哪个树洞里溜出来觅食儿的，由于我们埋伏的地方甚远，它虽然十分警惕，但显然没能发现我们的存在，开始围着我们设下套的"皮馄饨"打起转来。它走得慢条斯理不慌不忙，似乎并不饥饿，对那皮囊中传出的鸡毛混合蛋清的气味也不太在意，只是对形状古怪的皮囊心存好奇，但又有几分惧怕，轻易不敢过去看个明白。

胖子有些焦躁："这骚皮子怎么不上套？"想找燕子要猎枪去打，我忙把他按住，开枪就成了打猎，一开枪那皮子就不值钱了，而且最重要的是，那样就失去了套黄皮子的最大乐趣。这件勾当好玩就好玩在要跟黄皮子斗心思，看看我们伪装的"皮馄饨"究竟能不能让它中套。趴冰卧雪等了这么久，等的就是这一刻，一定要沉住气。

我估计"黄仙姑"不可能不饿，它一定是在做激烈的思想斗争。也许它的黄鼠狼老祖宗曾传下一条信息：世上有那么一种有进无出的"皮馄饨"，钻进去的黄皮子肯定会被猎人活活剥了皮子。可它并不敢确定眼前这皮制的囊子就是那传说中害了无数黄皮子性命的"皮馄饨"。怎么看这皮囊都没什么特别之处，与常见的陷阱套夹都不一样，颠过来倒过去地看都不像有危险的东西，且这皮囊中散发出一股股神秘的气味，不断撩拨着它的心弦，刺激着胃液的加速涌动……

我一边侦察，一边揣摩着"黄仙姑"的心理活动，尽可能把套黄皮子的乐趣发挥到极致。常言道："要饭的起大早——穷忙活。"我和胖子等人在山沟里待的时间长了，弄不好这辈子就扎根在这儿干革命了。但除了穷忙活之外，也极有必要找点娱乐项目，只是平时在屯子里被老支书看得紧，没机会到山里去玩，一天到晚除了干活就是学习，除此之外最大的事情就是算着自己当天赚了多少工分，又因为偷懒被扣了多少工分。我和胖子都是心野之辈，耐不住寂寞，难得这次有机会进山套黄皮子，更何况遇上这么一只"黄仙姑"。只有过了"小雪"这一节气，山上兽类的皮子才值钱，可即使现在看来，这"黄仙姑"身上的皮子，换十斤水果糖也是不成问题的。我们心中窃喜，越来越兴奋。

我隐隐有些担心，害怕自己得意忘形，一不留神惊走了"黄仙姑"。可怕什么来什么，胖子蹲了半宿，存了一肚子凉气，看见"黄仙姑"一高兴，没提住气，放了个余音袅袅七拐八绕的响屁。我和燕子听见他放这个屁，心里顿时凉了，到嘴的肥肉要跑了。

常言道："响屁不臭。"但不臭它也是屁，这点动静足以惊了雪丘上的"黄仙姑"。此时那黄皮子正好转悠到皮囊口的下方，也就是夹在我们埋伏之处与"皮馄饨"陷阱中间。它本来已经打算钻进皮囊了，正在将钻未钻之时，被胖子这个屁惊得全身的毛都乍了起来，原地蹦起一尺多高，一弓身就要像离弦之箭般逃向密林深处。

山里的黄皮子最贼，它只要钻进树林，可以利用一切能够利用的自然环境，钻洞上树无所不能，而且连拐带绕跑得飞快，进退之间有如闪电，就连猎狗也撵不上它。可还没等它窜走，就听见一声枪响，火药铁砂轰鸣。原来我旁边的燕子也始终全神贯注地盯着"黄仙姑"，见它要跑，也不顾这么远的距离能否击中目标，抬起猎枪就轰了一发。

相隔这么远，猎枪自然无法命中，只是静夜中枪声动静极大，震得松树枝杈上的积雪纷纷掉落。而且这一枪还产生了意想不到的特殊效果，那"黄仙姑"已成惊弓之鸟，出于本能的反应，一听见动静就想没命地逃跑，可还没等撒开步子，又听身后一声枪响。山里的走兽飞禽，对猎枪有种本能的恐惧，知道这种声音是会要命的。它慌不择路，又加上逃生时习惯钻

树窟窿,结果心慌意乱之下,竟然直接钻进了面前的"皮馄饨"口里。

"黄仙姑"刚一钻入皮囊,立刻就回过味儿来了,不过既然钻进了绝户套,后悔可不顶用了。这时候它身子才进去半截,急忙就想缩身退出。但那"皮馄饨"的口子设计得实在太毒了,六棱的口子可松可紧,在皮囊外越扯口子越大,但从里边往外钻,带动囊口边上的锁片,立刻就会使囊口收紧。六棱硬锁内缘又薄又紧,当时就卡进了"黄仙姑"的骨头缝里,疼得它一翻跟头,当场便晕死过去。

从胖子放屁惊了"黄仙姑",到燕子猎枪走火,把"黄仙姑"吓得钻进了绝路,疼得晕死过去,说时迟,那时快,这只不过是发生在呼吸之间的事情。我们三个人伏在红松树下,都看得傻了,谁也没想到事情会出现如此的转折,略微愣了一愣,才欢呼着跑过去捡回"皮馄饨"。

我刚把"皮馄饨"抄在手中,便听深山里传来一阵沉闷的咆哮,黑夜中有一股巨大却无形的震慑力,当场就把我们骇得一怔:黄皮子坟附近有熊洞!我们三人面如土色,互相对望了一眼,也不知是谁带的头,一齐发声呐喊,甩开脚步,踏着积雪没命地往河边跑。

今年冬天来得太早,人熊还没贴够膘就钻树洞岩穴猫冬去了,还没有完全进入那种半死状态下的冬眠,如果被枪声惊醒了追踪而来,那可就大事不妙了。不过我们也顾不上多想,先跑回林场就安全了一多半,还是踩着冻在河面的圆木,按照原路返回了林场。一路跑得上气不接下气,进了木屋后彼此见到对方狼狈的样子,又都觉得好笑。

胖子把木屋里的油灯点上,他急于要看看胜利果实,从外边扯开皮囊,把"黄仙姑"从里面拎了出来,见它一动不动耷拉着尾巴,还以为是死了。黄皮子若是不活着剥皮,毛皮的成色便要差上几分,而且我和胖子都不会剥兽皮,始终是打算把活的黄皮子拿到供销社去换水果糖,这时一见"黄仙姑"好似已经断气了,都有些心疼,心想这下子十斤水果糖立马又变成两斤了。

燕子经常套黄皮子,知道这家伙的习性,急忙出言告诉胖子:"你千万别松手,这玩意儿最会装死,一松手它就抓住空子窜没影了,小心它还有一招……"

胖子本来都要把"黄仙姑"扔到地上了,一听燕子提醒,马上又把手抓牢,死死握着"仙姑"的后腿和尾巴。这时一件离奇的事情发生了,那"黄仙姑"果然是在装死,而且它似乎听懂了燕子的话,知道装死瞒不过去,不等燕子点破它的第二招脱身之术,立刻从肛门里放出一股臭气。

屋里油灯光线虽暗,但还是可以看见胖子手中抓的黄皮子身后冒出大团浓烈的气体。那团烟雾般的气体还没散开,我就觉得一阵奇臭扑鼻,呼吸为之滞涩,立刻头昏脑涨,眼花耳鸣,想要大口呕吐,急忙蹿到门边,把屋门拽开。外边的冷风一吹进来,那烦厌之情略减,但仍是极其难过。

燕子也中了招,一溜烟似的冲到屋外,抓了两把雪抹在脸上。这时我发现胖子还在屋里,心中立刻担心起来,却碍于屋中恶臭熏天没法进去。我刚想开口招呼胖子,就见胖子从窗户里撞了出来,脸都让"黄仙姑"的屁给熏绿了。由于他就把黄皮子拎在手里,也来不及躲闪,被熏得着实不轻。他双眼被臭屁辣得眼泪横流,根本看不见门在哪儿,结果撞到了小木屋的窗户上,破窗而出。然而即使这样,他手里还是死死抓着"黄仙姑",一边用另一只手往自己脸上抹雪,一边骂道:"妈了个巴子的,落到老子手里你还想跑?十斤水果糖啊……熏死我也不撒手。"

"黄仙姑"被胖子捏得再次晕死过去。我见终于套到了黄皮子,而且团山子上的人熊没有追踪过来,心中感觉十分振奋,便对胖子说:"黄皮子的臭屁熏不倒烈火金刚,小胖你真是好样的!天都快亮了,赶紧把它捆了,明天好拿去换糖,最好能再换两盒烟回来,他妈的大大卷喇叭筒蛤蟆头,烟草质量太差,实在是应该改善改善了。"

一提到能用黄皮子去换糖换烟,我们都兴奋不已,看来让我们看林场还真是个美差事,明天天黑争取能套只大狐狸回来,那可就发了。胖子盼着能套来更多黄皮子,高兴得手舞足蹈,将"黄仙姑"的后腿用铁丝系了个死扣,给它拴到墙角,然后我们从面缸里找了些敲山老头留下的黄米面黏豆包充饥。

吃着粘牙的黏豆包,大伙都觉得非常奇怪,眼下离春节还很远很远,

敲山老头从哪儿搞来这大半缸黄米面黏豆包？难道这老头挖社会主义墙脚不成？何况他和他孙女又哪里吃得了这许多豆包？这其中似有蹊跷，不过我们一时半会儿也想不出来有什么不对，只是带着一连串的疑问，又吃了许多黏豆包。

这时那刚刚被胖子捏晕过去的"黄仙姑"也醒了过来，我掰了一点豆包扔给它，可它却不吃，像是一个哀愁神伤的美妇人，蹲在墙角望着自己被铁丝拴住的腿，那副神情说不出地忧伤，水汪汪的大眼中，一滴一滴地淌着眼泪。

胖子看得有趣，笑骂："你他妈还有脸哭呢，我正要审审你，赶紧坦白交代，你究竟偷过人民群众多少只鸡？我告诉你，明天天一亮我就要代表人民，把你送到供销社做成毛围脖。"

我和燕子捧腹大笑。正当我们自得其乐之际，林场的小木屋外突然间响起一阵砸门声，一阵锯木头般刺耳的哭泣声随风传来。我赶紧抄起猎枪推开木门，门外夜幕笼罩，朔风夹雪吹得正劲，偌大个林场空空荡荡没有半个人影。

第四章
熊的传说

我们正夜审"黄仙姑",突然听到有人敲门,我急忙起身开门,然而小木屋外一片空寂,悲风怒号,像是被打入幽冥的冤魂在恸哭抽泣,被狂风一吹,断断续续地飘荡在空中,徘徊不散。但我可以感觉到,绝不是风声作怪,天空中在传递着一种不祥的信号,那是从位于上风口的黄皮子坟附近传来的哭声。

我心中暗自发狠,看来这"黄仙姑"果然不简单,也许这个夜晚不会太平,黄皮子们一定要来作祟了。这样一来也好,省得胡爷我明天再上山下套了,正好就在这林场里给它们来个一网打尽,全剥了皮子换成好烟好酒。

燕子也跟在我身后出门来看,她一低头,发现雪地上有东西。我回头看去,只见门前的地上不知什么时候多了只破瓷碗,碗中装了几粒黄豆,那豆子亮汪汪的似乎不同寻常。我们大为奇怪,就把破碗端回屋中。碗中几粒"黄豆"被油灯的光芒一照,更是金光夺目,这才发现不是黄豆,是几粒金豆子啊。

我们三人你看看我,我看看你,好半天没回过神来,难道是黄皮子们想用金豆子赎这只"黄仙姑"回去？胖子见钱眼开，赶紧把屋门关上，捡起金豆子来就用牙去咬。那时候他根本不懂怎么鉴别黄金，只不过这金光耀眼的真金放在面前，难免让他有点手足无措，不知道应该做些什么好了。

我连忙把他的手按住，这些金豆子成色不对，小心被黄皮子投了毒。我再仔细一看，碗中金豆子共有六粒，大小相差无几，但形状有异，并不规则，可能是从什么地方硬抠下来的。还有那装金豆子的破瓷碗，像是有些年代的古物了，边缘破损处有半个鬼头的青色花纹，将碗端到鼻端轻轻一闻，有股尸臭令人作呕。

连金子带破瓷碗，八成都是古墓里的陪葬品。我们开门之后虽然没见到黄皮子的踪影，但这情形再明显不过了：那些小家伙，想用金豆子换回被我们捉住的"黄仙姑"。这件事想想也有点令人毛骨悚然，深山老林中的黄皮子还真成了精不成，连拿金豆子换命的事都懂。

燕子有点害怕了："不如拿了金子就把'黄仙姑'放了吧。要不然让黄皮子缠上了，咱们谁也别想消停。"

胖子却大大地不以为然："这年月连黄皮子都学会这套鬼把戏了，竟然想用糖衣炮弹腐蚀咱们钢铁般的意志，做它娘的春秋大梦，想得倒美。金子我看咱们就没收了，母黄皮子照样不放。我正打算明天上山把黄皮子坟的老窝端了，顺便给它们来个满门抄斩，以绝后患，说不定咱们还能找到更多黄金。"

我点头同意，套一只黄皮子没过够瘾，明天还要接着干。三人正商议间，屋外又传来一阵急促的砸门声，我们头皮真有点发麻了，但那时候就是不信邪，各抄家伙准备打黄皮子。但开门一看，来的却不是旁人，而是跟我们一起插队的另外三个知青，两男一女，冯建设、陈抗美、王娟。

这三个知青本来是留守在屯子里看家的，大半夜来到林场肯定是出事了，我赶紧把他们拉进屋里，让他们上火炕取暖。胖子多长了个心眼儿，伸手去摸王娟的屁股，把王娟吓得从炕上直接跳到地下。我赶紧替胖子解释："误会、误会，他担心你们是黄皮子变的，所以才摸摸你们长没长尾巴。"

冯建设、王娟等三人都没听懂什么意思。我也顾不上再做解释，忙问他们为何连夜赶来林场，难道是屯子里出了事？还是进山围猎的那些猎户遇到危险了？冯建设没再耽搁，立刻把事情缘由说了出来。原来看守林场的敲山老头的孙女从小有抽羊角风的毛病，最近病情开始加重了，敲山老头为了给她治病，就想进山猎杀人熊，取活熊的胆入药，据说对羊角风有神效。这老头平时不仅脾气倔，主意也很正，悄没声儿地谁也没告诉，自己偷偷准备就绪，就带着孙女去捉人熊。结果他岁数太大了，比不得从前，没等他找着人熊，自己就掉进了雪窝子，等他孙女回去找人帮忙，带着大伙找到他，敲山老头已经完了。

老支书怕去林场换班的人没见着敲山老头，会进山到处乱找，遇到危险。屯子里已经没有能赶夜路的青壮年了，好在从屯子到林场这段路还算太平，路途也熟，便连夜让三个知青带了条猎狗来林场通知情况，顺便叮嘱我们绝不能进山。敲山老头死于非命，大队猎人还在深山里赶冬荒，现在屯子里已经够乱的了，林场这边可不能再出事了。

敲山老汉是屯子里元老辈的人物，从年轻时就在深山里打猎，我在山里插队有几个月的时间了，时常受他照顾。听闻噩耗传来，我心里很不是滋味，随便跟冯建设等人聊了几句。因为看天气变化，可能很快还会有场大雪，他们便没多停留，通了讯息，便立刻返回屯子去了。

送走三个知青同伴后，我就开始在心里盘算：东北人熊的熊胆被称为"东胆"，与"云胆"并称双璧，而且只有人熊的东胆才能医羊角风，"黑瞎子"的熊胆则是下品不顶用。敲山老汉为了找东胆把命搭了进去，如果没有东胆，他孙女画眉的羊角风怕是没治了。我现在一穷二白，帮不上他们别的忙，唯 能为他们做的就是去团山子捉人熊取胆。不仅是我有这个念头，胖子和燕子也都动了心，三人一拍即合。十八九岁正是天不怕地不怕的时候，更没什么顾虑，当下便合计着怎么行动。

实际上人熊的学名称作"罴①"。与熊不同，罴遍体毛色黄白，不仅脖子长，后肢也比普通的黑瞎子长，力大无穷，一人粗的老树说拔就能给拔

---

① 罴，音 pí。熊的一种，也叫马熊或人熊，能爬树游水，胆可入药。

起来，遇到人便人立而起，穷追猛扑，而且姿态五官似人，性猛力强，可以掠取牛马而食，所以叫作"人熊"。山里的猎人轻易不敢招惹人熊，更别说打猎熊的主意了。但人熊并非捉不得，只是要冒的风险极大，一个环节出了岔子就会把命搭上。因为人熊这种猛兽膘肥体壮，皮糙肉厚，即使被弹丸洞胸穿腹，血流肠出，它尚能够掘出泥土松脂塞住伤口，继而奋力伤人致命，所以即使枪法精湛，火器犀利，也绝难以力取之。

有言道："逢强智取，遇弱活擒。"自古以来，有许多猎人猎杀人熊的传说，大多是以智取胜。其中流传最广的一则，约略是说那人熊喜欢以千年大树的树洞为穴，空树洞里热气熏蒸，冰雪消融，人熊吃饱了就坐在其中。猎人们找到熊洞，就从树洞处投入木块，人熊性蠢，见有木块落下，就会伸手接住，垫坐在屁股底下。随着木块越投越多，人熊便随接随垫，越坐越高。待到人熊坐的位置与树洞口平行的时候，猎人们瞅准机会，以开山大斧猛斩其头，或从古树的缝隙中以矛攒刺毙之。

以前屯子里有个经验丰富的猎手，他在山中遇到人熊渡河，便潜伏起来窥视。过河的是一只巨大的母人熊，带着两只小人熊。母人熊先把一只崽子顶在头上泅水渡河，游上岸后它怕小人熊乱跑，就用大石头把熊崽子压住，然后掉头回去接另外一只熊崽子。潜伏着的猎人趁此机会把被石头压住的小人熊捉走了，母人熊暴跳如雷，在河对岸把另一只小熊崽子拉住两条后腿一撕两半，其生性之既猛且蠢，由此可见一斑。

这些传说我们进山后都没少听说，但传说终归是传说，若是当真按此施为，未必管用。况且团山子上的人熊都有固定的习性，它们绝不会下山过河在林场附近出没，只是在岭深林密处活动。我们商量了几套办法，似乎都行不通，正焦躁间，燕子一拍装着黄米面黏豆包的大缸："我说怎么敲山老头整了这老些豆包，原来他是想用黏豆包捉人熊。这种办法好多年没人用了，也不知还好不好使。"

我和胖子茫然不解。待燕子对我们解释清楚，我们都觉得用黏豆包猎杀人熊这办法不错，不过虽然可行，可这毕竟是一个很古老也很危险的办法，最后我们终于决定冒险一试。夜间套黄皮子的时候，曾听到团山子里有人熊的吼声，这样就免去了许多麻烦，已经能够大致上判断出熊洞的方位。捉人熊取东胆，这勾当绝对够刺激，而且东胆能治敲山老汉孙女的病，两只熊掌一身熊肉拿到供销社，能顶我和胖子大半年的工分。那时候我们一天才赚五工分，折合成人民币大约是一角五分钱，累死累活干几个月下来，连一张回家探亲的车票都买不起。无论从哪个方面考虑，都是绝对值得冒险干一票的。

我和胖子这伙在深山老林中插队的知青，每天的生活简单概括起来就是："抬头看木头，低头看石头，啃着冷窝头，想着热炕头。"两人巴不得找些新鲜刺激的事情来做，这回有借口名正言顺地去山上猎人熊，都兴奋得睡不着了，反正天也快亮了，便在屋里简单地休息了一会儿。

天一放亮，我们就带上一口袋敲山老汉用剩下的黄米面黏豆包，还找了几根桦木套筒（这东西就是一段段掏空的圆木筒），外加一把伐木的长柄斧头。这些都是猎杀人熊的必备工具，相比之下，猎枪倒显得有些多余了。不过为了提防团山子还有别的猛兽，猎枪猎叉还是不能离身。

到天亮为止，没见黄皮子再来闹腾，但把"黄仙姑"锁在小木屋里，说不定就让它逃了。于是胖子找了个伐木工人曾经用来装松鼠的木笼子，把"黄仙姑"用铁丝捆扎，麻瓜堵嘴，黄蜡灌肛，装到笼子里面负在背后带了。等割了熊掌，掏了东胆，一发拎到合作社结算，换成好吃的好喝的。

一夜没下雪，但地面林梢残雪未消，被早上的阳光一照，山上山下一派银装素裹。人熊嗜吃黏豆包，我们既然带了许多黏豆包，也就不必再同昨夜那般担心在林中直接撞上人熊。三人过河后仍然是走上黄皮子坟，去寻找山上的熊洞。

一路上攀岩过沟，越走林子越密，逐渐遮蔽了日色。打后半晌开始，天色就变得灰蒙蒙的，看样子很快就要下雪了。燕子天生心热如火，既然东胆能治病救人，那还有啥好说的，整呗。可是她毕竟是在山里长大的，历来知道人熊的厉害，见我和胖子二人满不在乎，不免有些奇怪地问我难道不怕人熊吗？我趁机胡吹："人熊有什么可怕？听说美帝喜欢用巨熊来比喻苏修，难道咱们怕苏修吗？苏修那帮王八犊子，竟然亡我之心不死，想把咱们也一起给整'修'了，从我这儿来讲也不能让他得逞。咱们这么老多人，咱就铁了心跟他干上了，看最后谁把谁练趴下。听说苏修那边什么勃日列夫，天天吃奶油面包，可劳动人民呢？连黑面包都啃不上啊，这能不'修'吗？为了让普天下受苦人都从水深火热中得到解放，咱们一定要多套黄皮子，多挖熊胆，为支援世界革命出把力气。"

胖子听我在前面对燕子抡开了吹，就趁机挖苦我，对燕子说："甭听他胡掰，昨天套了只黄皮子，他就不知道自己姓什么了，都整到支援世界革命的高度上去了。燕子我告诉你吧，前人曾经说过——有些孙子不自觉，扯了大旗当被面，蒙着自己还去糊弄别人。燕子你知道咱们这儿谁是那号人吗？"

我正待反唇相讥，可突然发现我们已经走到了一株参天大树底下。这株老树怕有不下千年的树龄了，亭亭如盖，大可蔽牛，但树已经枯死了，树身上露出好大一个窟窿，里面冒出阵阵黑气。木笼中的"黄仙姑"也在这时变得异常焦躁不安，好像受了极大的惊吓。我心想这窟窿能装进头大牯牛了，十有八九便是熊洞，我们昨天半夜套黄皮子时，听到人熊的咆哮声，似乎就是从这儿传出来的。我们三人立刻停下脚步，抖擞精神准备猎熊，但停步细观，只见那石罅树隙间，堆满了肥嫩厚大的松茸，遍布着叫不出名目的各方奇花异果，显得十分古怪，并且没有熊洞那股臊烘烘的气味，如果不是熊洞，那树洞底下究竟是什么？

第五章
剁掌剜胆

枯死的千年老树，看上去十分古怪，怪就怪在这树与周围的环境并不协调。虽然不是隆冬季节，但提早到来的降雪，使整个森林变成了一个银白的世界，唯独这株大树附近没有积雪，而且树洞中还堆满了珍贵的松茸以及各种浆果。我最开始一看见树干上的大窟窿，就以为这里是熊洞，但离得近了，并未闻到腥臊的臭味，不禁起了疑心。

我刚要开口问燕子这枯树洞附近怎么没有积雪，燕子见我要说话，连忙冲我摆手："小点声，这嘎就是熊洞。人熊虽然蠢，但是善于营巢，不像一般熊瞎子的窝里又臭又潮腥气逼人。"因为熊洞里面热，所以老树周围才没有雪。周围一圈没有雪的枯树洞，还堆着那么多松茸，这就表明肯定是熊窝。我见燕子判明了熊洞方位，便没敢说话，打个手势指了指附近一个草窝子，三人悄悄潜了过去，着手准备猎熊的家伙。

在山里猎杀人熊，是最危险不过的事情，需要敢于直接面对人熊的气魄和胆略。猎户们平时不敢动人熊，倒并非因为胆色不够，只不过靠山吃山，狩猎完全是为了生存，套狐狸射兔子也能糊口，又何苦非做那些置之死地而后生的勾当呢？实在是犯不上铤而走险。

如今我们就要冒险猎熊，办法已经商量好了，是按山里猎户祖辈上传下来的老法。猎户对套猎的各种手艺，都要加以"套"字命名称呼，套狐狸和黄皮子的"皮馄饨"叫作"馄饨套"，用黏豆包猎熊就叫"黏糊套"。虽然积雪未消，但山里的气候还不算冷，我们背进山的大批黄米面黏豆包，都用保暖的狗皮褥子包得严严实实，并没有冻住，这就省了些不必要的麻烦。

我把几个桦木做的套筒取出来递到胖子手中，对他说道："王凯旋同志，组织考验你的时刻到了，你上吧。"胖子赶紧推辞道："其实纵观你在各个历史时期的表现，以及你自身的客观条件，你都比我更适合完成这一艰巨而又光荣的任务。我看还是你上吧老胡，我在后边掩护你。"

燕子说："你们别争了，这活儿一个人整不了，胖子肉厚，劲头也大，适合去当饵，胡子手稳，跟我拿斧子在树洞边找机会下手。记住了，千万别慌，而且下手的时候一定不能手软，得照死了整，万一势头不对咱们就逃，逃命的时候绝不能直着……"

我们正在远离熊洞的草窝子里商量着如何如何动手，可话刚说了一半，就觉得身后的红松猛地晃了两晃，我赶紧回头去看，深山老林，周围除了草就是树，没有别的东西，但那树确实是在微微摇晃，地震了不成？正想着，就见那棵大红松又是一阵猛颤，针叶和挂在树枝上的积雪纷纷扬扬地掉了下来，好像是树上有什么巨大的物体在蠢蠢欲动。

抬头向上一望，可了不得了，原来一只硕大长毛的人熊正趴在红松上面，低着头，用血红的双眼看着我们。红色的眼睛，加上长长的手臂以及锋利的爪子，都表明了它的身份，这正是人熊中最恐怖的"杀人熊"。山里人传说人熊吃过人脑浆子之后双眼会变红，然后什么都不想吃了，整天想吃人肉。实际上，双眼通红的人熊是由于天气时令错乱而变得比平时加倍狂暴凶残。

人熊在树梢上用双臂紧紧抱着树干，数人合抱的红松被熊身的重量压得一阵阵发颤。人熊大概是想直接溜下树来，但山里的人熊爬树知上不知下，它只会上树不会下树，只能一撒手直接跌落下来。平时它就这么爬到树梢，然后从树上摔下，反反复复，这是它的一种娱乐，也可以练习它一身憨健的蛮力，打磨厚皮。

我们被这情形吓呆了，刚才只是留意枯树熊洞中的动静，哪儿想到山里虽然下了雪，但时令错乱，人熊还没有不分昼夜地在洞里猫冬。而那人熊突然发现树下有人，急于想舔食人脑浆子，一着起急来，似乎也忘了平时怎么下树，抱着树干不断晃悠。

红松虽粗，也架不住人熊这么折腾，晃了几晃，便在一阵"咔嚓嚓"的声响中断裂开来，我们三人这时候才从震惊中回过神来，急忙落荒散开闪避。只见人熊裹在松枝里重重掉落在地，地上的积雪被激起一片白茫茫的雪雾，人熊虽是皮糙肉厚，但它一摔下树，被树杈松枝连划带扎，也自吃痛不轻，咆哮声起，震动松林。

我们穿的衣服很厚，行动起来格外笨重，就地滚倒躲闪断裂的松树，准备猎熊的器械散落了一地。那人熊生来性猛，抱着红松枝干从高处跌下来也没受伤，人立而起，悍然扑向离它最近的胖子。

胖子毫无思想准备，面对杀人巨熊首当其冲。他平日里那种"胸怀五大洲，放眼全世界"的大无畏气魄此时半分也没剩下，在雪地里连滚带爬只想逃跑，心慌意乱之下，没奔出一步，便又摔倒在雪地之上。

再爬起来的时候，人熊已经扑到面前，一爪子挥落，胖子后背的棉袄便开了花，好在他慌乱中还记得猎熊之术，随手抓起了滚落在身边的桦木套筒，可刚一回身就立刻被人熊按住，人熊扑住人后立刻乐得眯起了眼睛，它接下来习惯性要做的动作，就是用满是倒刺的舌头去舔人脑袋，要吸吮活人的脑浆血液。

有的猎人说人熊这么做倒并非贪嗜人血人脑，而是觉得人这东西怎么长得这么好看，皮光肉滑的，所以笑眯眯地伸出舌头去舔。不管它的动机何在，反正活人被它舔一口就准得归西。我见胖子势危，抓起地上的猎叉，就打算冲上去救人。

这时燕子也从雪地上爬起，见人熊裹住了胖子，连忙大叫着提醒他："快用桦木套筒脱身！"胖子被人熊一搂，疼得骨头都快断了，见人熊眯着眼

张开大口，一舌头舔了过来，差点被它口中的腥恶之气熏个半死。但他也十分清楚，生死关头哪儿还顾得上又臭又疼，连忙把桦木套筒往自己脑袋和人熊舌头中间一挡，人熊热乎乎的大舌头一下子就舔在了木筒子上，一大块树皮立刻就被它的舌头带了下去。胖子顺势一递，把整个桦木套筒都塞进了人熊怀里，趁机脱身出来。

人熊眼皮极长，它一眯眼，长长的眼皮就会耷拉下来，再睁开来需要费些周折。此刻那人熊抱住了桦木套筒还以为是抱住了胖子，一通乱舔，但是感觉不对，抬爪子一撩眼皮子，见抱住的是块烂木头，顿时更增恼怒，吼哮声起。熊吼带起一阵腥风响彻四野，连远处的山谷都在回应。

我挺着猎叉前去接应胖子，正赶上胖子脱身出来，这一来倒把我闪在了人熊正面，我突然被那熊声一震，顿时感觉双脚发软，这是我第一次感觉到人类在粗犷原始的巨大力量面前是多么不堪一击。此时见人熊人立着张牙舞爪直扑过来，我哪里还敢同它放对，倒拖了猎叉，掉头就逃。

这种情况下燕子也不敢轻易放枪。山中猎人所用的抬牙子猎枪是非常原始的火器，这种枪即使抵近射击头部，也根本不可能一枪撂倒一头巨熊。枪伤反而会增添它的狂暴，中了枪的疯熊往往能把整头牤牛扯碎，那样一来局面将会更加难以收拾。

人熊三番五次没有扑到人，被撩拨得发了狂，开始绕着大树追赶我们。我的狗皮帽子也跑丢了，浑身热汗直淌，跑了几圈后心神逐渐镇定了下来。眼见人熊在密林中东撞一头西扑一把地乱追我们，虽然我们暂时可以凭借着密林粗树躲避，但人力终究有限，时间一久，非得被它扑住不可，于是边跑边招呼胖子和燕子快放"黏糊套"。

燕子捉一空儿，在地上捡起几个撒落的黄米面黏豆包，对准人熊扔了过去。人熊见有物劈面打来，浑不在乎，挥舞着熊掌随手乱抓，把黏豆包捏得稀烂。那黏豆包外边因为天冷冻得光滑了，但其内部仍然又软又黏，人熊闻到香甜的气味，捡起黏豆包来就往口中填去。

人熊性蠢，吃了黏豆包就忘了撵人，低头只顾去捡，我们暂时得以喘息，也赶紧用狗皮帽子去拾黄米面黏豆包，捡满了一帽子，就兜着扔到人熊身边。人熊两手粘满了黏面子，它吃得兴高采烈，一高兴就眯眼，大眼皮子一下子就耷拉下来把眼睛遮住，于是便又习惯性地用手去撩眼皮，但手上粘了许多黏糊糊的豆包，这一来便全糊到了眼皮子上，越是撩眼皮也就越睁不开，立刻失去了视力。它脚掌是圆的，能直立半晌，坐着的时候前掌不用踞地，当下也顾不上身在何方，坐在地上猛力拉扯自己的眼皮。

我万没想到这"黏糊套"如此好使，见人熊坐在地上只顾着去扯自己的眼皮，机不可失，时不再来，赶紧对胖子和燕子二人打个手势，三人各持器械，分前、后、左三面迅速包抄过去。胖子举起伐木的开山斧，双手握住长斧柄，抡圆了使出"力劈华山"的劲头，猛剁熊头。与此同时我铆足全力，用猎叉戳进了熊眼，燕子也在侧面用猎枪对准人熊的耳朵，一火枪贯耳轰去。

我们皆出死力，雷霆一击，即便不能使人熊立毙当场，也要一举夺取它耳目感官，使它难以伤人。在这舍生忘死的合力夹击之下，只听人熊长声惨叫，脑穿头裂，身体跟座大山似的轰隆栽倒下去，也分不清是脑浆还是骨头渣子，粉红色的血沫子大片大片洒在雪地上，如同开起了一朵朵鲜花。我们三人眼前血肉横飞，以为这下人熊是必死无疑了，没想到那人熊太过剽悍，熊头上血肉模糊得都分不清五官了，仍然猛地站起，狂嚎着直冲出几步，撞倒了一株大树方才仰天倒地，头上血如泉涌，四肢一下下地抽搐着渐渐不再动了，整个森林也立刻从生死搏斗的喧杂声中陷入了沉寂。

我们原本是打算先由我们之中的一人胳膊上套了桦木套筒，拿了黄米面黏豆包，探胳膊进熊洞去下"黏糊套"，等人熊黏住了眼睛再将它戳死在狭窄的熊洞里面，可没想到这只巨熊没待在熊洞里，发生了一场突如其来的遭遇战，过程短促，却惊心动魄。虽然最后以人熊的死亡告终，但刚刚死神的阴影同样笼罩在了我们的头上，如果当时胆色稍逊，只想逃命而不能适时反击的话，现在横尸倒地的便是人而非熊了。

我们三人刚刚斗脱了力，脑中一片空白，心口窝子怦怦乱跳，四仰八叉地躺在地上，根本不敢相信真的从正面猎杀了一头巨熊。看着大片的雪花从天空洋洋洒洒落下，才意识到不知从何时开始下雪了，要趁着人熊刚死，赶紧取出新鲜的熊胆。当下勉力支撑，从雪地上爬起来用猎叉戳了戳熊尸，确认它死得透了，三人这才开始剁熊掌剜熊胆。

人熊身上最值钱的也就是一掌一胆了，整张的熊皮则次之。以前我听说山珍中有熊掌、猩唇之属，都是极昂贵的珍馐，便打算剁下两只熊掌带回去。但燕子说熊掌只有一只可以食用，因为每到严冬到来，人熊即藏在洞中，不动不食，进入一种半死般的睡眠状态，在这段时间里，它以舌舔熊掌不休，它所舔的这只熊掌营养价值最高；而另一掌在冬日常掩其臀，故不可食。另外熊皮也很特殊，人熊体态纯阳，毛质坚厚，熊皮袄壮年男子不能穿，只适合年老体衰之人穿。

取了东胆给敲山老汉的孙女治病，剁了只熊掌可以留到春节的时候拿去供销社换大批年货，这回真可以算是满载而归了。要是把人熊抬回去，支书定会对我们刮目相看，可凭我们三人之力，不可能把整只巨熊给拖回去，扔在林子里再去找帮手，那回来的时候熊尸肯定已经被狼掏净了，就这么扔了实在可惜。

我出了个主意，干脆把这头人熊卸成几大块熊肉，扔进熊洞里藏起来，再搬石头封上洞口，正赶上下起大雪，也不用担心熊肉腐烂变质，有充足的时间去屯子里找人手帮忙。胖子和燕子二人都觉得这是可行之策，于是我点了支松油火把，去探探树洞中有无别的出口，免得堵了前门开了后门。

但刚探身钻进树洞一看，便发现这树下的窟窿又大又深，而且底下洞穴四通八达，看来林中有许多大树下面都是空洞，我未敢轻入，立刻返回树洞外边。刚才只顾着取胆剁掌，倒没注意打扫战场，这时细看那地面上有几株老树，在刚才的激战中被人熊或拔或撞，有的从中断裂，有的竟是连根拔起。树根拔出的泥土中，依稀露出两三尊半截的石人、石兽，面目狰狞古怪。

我看得奇怪，想回头问问燕子，在深山老林里怎会有这些"四旧"。一回头才发现燕子也在目不转睛地看着那些石兽，脸色白得吓人，像是看见了什么比杀人熊还要恐怖的东西。不等我开口问她，她便颤声对我和胖子说道："不好了，这是山里的鬼……鬼衙门！逃……逃吧。"

第六章
鬼衙门

被人熊撞倒的树根旁的泥土中埋着尊半截石像,是罕见的虎头兽面、兽首人身,戴着头盔,双手握着以人头做装饰的石斧,气度不凡,但面目十分狰狞。燕子一见那些虎头人身的石像,立刻联想到山里面一个古老的传说,也顾不得收拾熊皮熊肉了,吃惊地对我们说:"那好像是山鬼的石像,这片林子恐怕就是山里的鬼衙门,咱们快逃吧。"

"鬼衙门"的传说,在大兴安岭最西端的密林中流传了多年。相传那是阎罗殿在阳间的一个秘密入口,有在山中迷路的猎人,一旦误入鬼衙门,就会不知不觉地走入幽冥之中,成为孤魂野鬼,永远也回不到阳世了。不过近百年间,已经很少有人能再次见到了。

那鬼衙门最大的特征就是门前有虎头人身的山鬼守护,当然这个山里边的传说究竟是从哪朝哪代开始的,已经没人可以考证出来了。只是进鬼衙门走阎罗殿的鬼事听着就让人从心底发怵,加上猎人们先天就对大山有种敬畏心理,所以燕子慌了神,只想催我们赶快离开。

我和胖子都听过那个传说,而且我也知道是非之地不宜久留,不过我还不至于被一个虎首人身的石像给吓住。我随口安慰了燕子几句:"什么鬼衙门，都是些封建社会的遗毒，咱们怎么能怕这些？"但我心中却在同时寻思，必须先把眼前的情况理清楚了再做打算。

熊洞本是枯树下一个半封闭的天然洞穴，只因为人熊刚才追着扑人的时候把一株碍事的红松连根拔了，那红松恰好是生在熊洞侧近，树根提拉带塌了地下泥土，才露出一尊半截没入泥土的石兽。至于什么虎头山鬼把守鬼衙门的无稽之谈，我根本不信。在我看来，这虎头人身的武士石俑，极有可能是古墓前用来镇墓的雕像，不过当时我对五行风水、陵墓布局之道所涉尚浅，也不敢就此断言，只是好奇心起，既然发现了这些造型奇特的石人石兽，若不趁机探尽此奇，归有何趣？

我劝说燕子别急着回林场，不如去那边找找鬼衙门在哪儿。看虎首石俑摆放的方向，如果山中有祠庙坟墓之类的建筑，大致应该是在黄皮子坟那边。黄皮子倒腾出来的古瓷碗和金豆子，说不定就都是从那所谓的鬼衙门里得到的，咱们要是能找到那些宝藏，那将会为支援世界革命做出巨大的贡献。

燕子跺着脚说："你别扯犊子了。我不守着林场，偷着出来跟你们进山猎熊，就已经犯了错误了，回去免不了得让老支书狠批一顿，要再整点别的事出来，那我可咋向老支书交代啊？"

胖子心里惦着那些黄金，也帮我一起撺掇燕子。我们俩对燕子说："燕子妹子，你别那么怕老支书行不？他职务再大，也不过是在屯子里说了算而已，而且咱们这又不是在犯什么错误，咱们现在这可是在支援世界革命啊。虽然看守林场是咱们分内的工作，但你别忘了最高指示是不能以生产压革命，在革命斗争的洪流面前，工作就得扔到一边去了。支书的话也不好使，他爱咋咋的，你还犹豫啥啊？别忘了这可是最后的斗争，打铁要趁热才能成功，晚了红旗就插遍全世界了，再整啥也赶不上趟儿了。"

我们说得上纲上线，燕子无言以对，她听着都犯迷糊，干脆把心一横，那就爱咋咋的吧。于是我们立刻动手，扔下熊皮熊肉暂时不再去管，只裹了熊掌熊胆带在身边。胖子突然想起来，关"黄仙姑"的木头笼子哪儿去了？刚才人熊从树上跌下，还折断了一大截红松，都砸在我们停留的草窝子上了。当时我们只顾着躲闪逃避，混乱中将木头笼子扔到哪里去了，现在还真没印象了。黄皮子虽小也有二两肉，更何况"黄仙姑"皮光毛滑，少说能换十斤水果糖呢，轻易丢了可有点舍不得。

绕着断裂的红松一找，才发现那木头笼子早就被松枝砸散了架，而且笼子里空空如也，"黄仙姑"早已溜之大吉了，胖子气得破口大骂。

我记得"黄仙姑"的后腿被铁丝牢牢扎住，即便是笼子破了，它也不可能挣脱铁丝的束缚，顶多是用两个前爪爬出去逃跑的，黄皮子奔逃蹿跃全仗着后肢给力，所以它不可能逃得太远，想到这儿我急忙抬头去看四周。雪地上除了我们和人熊搏斗时杂乱的足印外，果然有一条脱拽的粗痕，"黄仙姑"肯定是沿着这里逃的，顺着这踪迹寻去，我一眼就望见虎头人身石俑旁一个毛茸茸的东西在拼命爬动，正是从松鼠笼子里逃掉的"黄仙姑"。

我们见它没逃远，立刻来了精神，一阵风似的追了上去。只见"黄仙姑"正用两只前爪往黄皮子坟方向吃力地爬着，它发觉有人从后边追来，便一头钻进石俑旁的一个地窟窿里不见了踪影。

我们追过去一看，原来虎头人身石俑脚下有条隧道，年代久远水土变化，已经被泥土和松枝覆盖住了，上面的古松一倒，隧道就露出一个小小的缺口，里面黑咕隆咚的什么也看不清楚，"黄仙姑"就是逃进了这个小小的缺口。

胖子气急败坏地用脚猛踹窟窿边上的泥墙，没踹几下，隧道墙的泥土就被踹塌了，古树根茎被拔出后遗留的凹坑里，便露出一个大窟窿来。一股阴风从里面冒出来，刮在人脸上凉飕飕的，看来其中空气流畅，在远端肯定另有出口。

连胖子也没想到这土墙如此不堪，我赶紧将他拦下。看来这窟窿口的深洞并非隧道，只是在泥石间挖掘的作业通路，并不坚固，随时都可能塌掉，更不知是通着什么地方。我们赶紧找些松枝点了几支火把照明，钻进窟窿后的黑洞里面探查。

洞里很窄，只有匍匐爬行才能前进，可是我们都舍不得把衣袖磨破，只能将火把斜着探在前面，然后猫腰蹲着往前一点点挪动。用火光一照，发现洞内四壁还残留有利器挖掘的痕迹。我在前面开路，胖子拿着长柄开山斧紧跟在后，燕子举着另一支火把倒拖着猎枪殿后。

我们都不知道这潮乎乎冷飕飕的地洞通向哪里，心中极是疑惑。我祖父当过风水先生，因为当年他懂得寻龙秘术，在省里颇有名望，结交了不少同道的阴阳风水术士，那些人中也不乏从事倒斗营生的盗墓贼。从他那里我得知盗墓贼中最厉害的是摸金校尉，摸金校尉能够外观山形内察地脉，分金定穴直捣黄龙。所谓"直捣黄龙"，就是挖掘一条隐秘精准的简易隧道，绕过铜壁铁椁，由金井中直通藏有秘器的墓室。也许我们现在钻的这个地洞，就是一条盗墓贼挖掘的盗宝隧道。

不过我很快就否定了这种可能性，因为泥洞既窄且短，始自虎头石俑脚下，穿行十余米便到了尽头。那里却并非藏有古尸秘宝的墓室，而是一道埋在泥土间颇为古旧的青石门，上面像是有飞檐斗拱，但地洞只挖出石门局部，一时也无法仔细辨别。那道石门分为两扇，半开半合，中间留了一条很大的门缝，两边各有一根石柱对峙，上有古朴的龙纹及日月像，已经剥蚀不堪。这至少说明洞内这石制建筑是曾经存在于地面上的，经过常年风吹、雨淋、日晒等自然因素侵蚀，才会变成现在这样。

我和胖子都猜测这大概是座古祠，在地质作用下被埋入泥土。连上面的松树都长那么粗大了，也不知那是何年何月的事了，总之年头一定少不了。到门口了，岂有不进去看看的道理？进去后有什么好东西就顺出来，要是什么都没有就给它刷两条标语，当"四旧"给它破了。

燕子说这指定就是鬼衙门了，门后八成就是阴间阎罗殿，咱还是打哪儿来回哪儿去吧，甭管它里面有什么都别进去了。我对燕子说："这地洞就这么短，又没别的出口，黄仙姑肯定是钻进这石门里了，咱们进去捉了它便回来，要是捉不住昨夜岂不是白忙一场，而且也换不了水果糖了，你难道不想吃糖吗？"

燕子咽了咽口水。"咋能不想吃糖呢，其实水果糖不如知青们从城里带来的奶糖好吃……"胖子急着要擒"黄仙姑"，不等我把燕子的思想工作做通，就从我们身边挤了过去，抢先摸进了石门。我怕里面有什么意想不到的危险，担心胖子一个人落单，便招呼燕子赶紧跟了进去。

火把亮光由于我们的快速移动而变得忽明忽暗，明暗呼合之际，我已看清门后没有泥土，是一间颇为宽敞的石殿。殿内有石柱石桌，两厢泥塑的神像横七竖八地倒着，角落旮旯里挂满了厚厚的蛛网和塌灰。放眼间各处是满目狼藉、一塌糊涂，火把光亮又甚为有限，一时间也看不清"黄仙姑"躲到了哪里。

三个人同时进来，动静不小，不知是谁蹭落了一些塌灰，呛得我们不住咳嗽，好容易尘埃落定，互相一看，几人都是灰头土脸的，极是狼狈。

胖子在刚才钻过那段几米长的地道时，因为地洞低矮狭窄，蹲得他腿脚酸麻，这时进了石殿至少能够舒筋活血，连忙伸伸胳膊蹬蹬腿。他发现自己的狗皮帽子上落了一大块塌灰，正好门口附近有个跟树桩子似的圆木墩子，就摘掉帽子在那木墩子上掸了两下，然后顺势一屁股坐在了上面，对我说道："我就在这儿堵着，来个一夫当关，谅那小黄皮子也不能长翅膀飞了。老胡你到各处去搜搜看它在哪儿藏着呢，把它撵出来让我活剥了它的皮子。不过我看这间大屋好像还有后门，它要走后门了倒也麻烦，燕子快去后门把守……"

我自打进了这古怪的石殿之后，对里面的种种东西都充满了好奇，早把逮"黄仙姑"的事扔在了脑后，被胖子一提醒才想起来，正要去找它，却见燕子急匆匆地把胖子从树墩上拉开。燕子对我们说："跟你们说了你们还不信，这就是鬼衙门。山里人都知道，林子里的树墩子不能坐，因为那是虎神爷的饭桌，凡人坐了是要招火惹祸的，你咋说坐就坐呢？"

胖子抬脚踏住木墩笑道："现在卫星都整上天了，原子弹也爆炸了，穷人都翻身得解放了，管他什么神爷王爷的饭桌供桌，那都是旧社会的老皇历了。如今咱劳苦大众拿它当垫屁股的板凳那是看得起它，我要高兴起来没准还在上头撒泡尿呢。"

我一把推开胖子，对他开玩笑说："别他妈扯淡了，劳苦大众也不能随地大小便啊。再说你也不照照镜子，劳苦大众的队伍里什么时候有过你这号脑满肠肥的胖贼，一看你这肚子你就暴露了，不用问，肯定是打入我们劳苦大众内部的坏分子。"

最让我纳闷的是这石殿不知是干什么的,特别是为什么在门口有这么个树墩子,欲穷其秘,便要看个仔细。于是我把碍事的胖子推到一边,蹲下身用火把去照。一看之下,发现这树桩般的木墩子果然大有名堂,上面有古朴的纹路以及许多看不懂的古怪符号,最奇特的是木墩子正中间刻着一个身穿古代女装的人形,那人形的头却非人头,而是生了一张黄鼠狼的面孔。那黄皮子一脸奸邪的笑容,十分可憎,令人说不出地厌恶,那副诡异的表情似乎有种无形的力量揪住人心,使人一看之下顿时觉得全身汗毛孔里透出森森凉意。我心道不妙,这回怕是进了黄皮子的老窝了。

第七章
老吊爷

　　圆形的木墩子大概是个供桌，说是木墩子，实际上质地非常坚硬，历久不朽，大概是以一种半化石形态存在的罕见石木。上面刻着黄皮子身穿人衣的神像，神情极是诡异，神秘中带着几分恐怖。

　　胖子哪儿管木墩子上有什么，只顾着向我解释他长这么胖是为了将来打入敌人内部做准备。我对他摆了摆手，这时候就甭练嘴皮子了，看来咱们是进了一座供着黄大仙的山鬼祠。这点从木墩供桌上的图案，以及石殿内东倒西歪的泥塑神像就可以看出来。

　　石殿中倒塌的泥像，与普通寺庙中的城隍神形式相仿，两厢都是些兽面人身的勾引、通判，供桌后是只黄皮子精的泥塑。殿中保留着许多离奇的碑文图形，图形尤外乎是些黄皮子成精吃人之类的可怕情形，而那些碑文记载大多是我难以理解的诡异内容。

　　深陷土石的石门，殿中杂乱无章的破败情形，这些都说明以前此地发生过山崩一类的天灾，才使这座石砌鬼祠半埋地下。但石门前那条通道，明显是后来被人挖开的，不知道那些挖地道的人为什么不辞辛苦要掘出这座古祠。难道是他们想找什么重要的东西？荒山中的鬼祠里又能有什么？

这些我实在是想不出来了，但正是由于未知的事物逐渐增多，无形中又增加了我一探究竟的决心。

燕子一脑袋迷信思想，对鬼衙门的传说天生有种畏惧心理。她用手套擦了擦圆木墩子旁一个落满灰尘的石碗，碗中都是黑褐色的凝固物，这让她想起了山鬼饮人血的传说，于是她开始猜疑是"黄仙姑"故意把我们引进这山鬼庙的，越想越觉得发怵。

我和胖子都不相信小黄皮子会有那么嚣张的反动气焰，竟敢在太岁头上动土，于是毫不在乎地对燕子说："想引咱们进埋伏圈？那他妈的还反了它了不成？再说黄皮子虽然精明，但毕竟只是兽类，怎么能如此过分渲染牛鬼蛇神的厉害？这个思想倾向可危险了，要知道无产阶级的铁拳能砸碎一切反动势力。"

最后我和胖子得出的结论是：山里人对黄大仙过于迷信，看来浇树要浇根，育人要育心，机器不擦会生锈，人不学习要变"修"。这说明我们思想教育工作抓得还不够，应该让燕子认识到，黄皮子就是黄皮子，它套上人皮也成不了精。

燕子气得大骂道："你们两个鳖犊子满嘴跑小火车，让我说你俩啥好啊！传说进了鬼衙门的人就得被山鬼捉住把血喝干了！你们看这木墩供桌下的石碗，都被人血染透了，这可是血淋淋的事实啊，我这咋是迷信呢？"

我心想：山鬼喝人血？这事可够邪乎，难道还真有这等人间悲剧不成？我低头看了看燕子所说那只用来装人血的石碗，圆木供桌下果然有个很大的石碗，东北管这种特大号的碗叫海碗。这石碗也是有许多年代的东西了，磨损甚重，边缘都残破不全了。

我想看看碗中深黑色的残滓是不是人血，便把石碗搬起翻转过来，往地上一磕，从石碗中震出许多黑紫黑紫的粉末来。我又看了看供桌上黄皮子精的神像，恍然大悟，把手向下一挥，做了个伸手砍头的动作，对胖子和燕子说："这圆木墩子不是供桌，而是断头台，肯定是斩鸡头放鸡血用的。你们看木墩边缘密密麻麻都是刀斧印痕，在这上边斩了鸡头，一定是将鸡血控进石碗里给黄大仙上供。我为什么说是鸡血呢，因为这石殿中供的是黄皮子，黄皮子是不吃人的，黄皮子喜欢吃鸡也绝对属于谣言，它并不吃鸡，它偷鸡也不是为了吃鸡肉，而是只喜欢喝鸡血。"

我这一番话说得燕子连连点头，觉得分析得入情入理，早年间也的确有这种风俗。她相信了这石殿只不过是很久以前供黄大仙的庙祠，而不是什么山鬼喝人血的鬼衙门。燕子只怕山鬼，不怕黄皮子，毕竟山中的猎户哪个都套过黄皮子。她心神镇定下来，脑子就好使多了，不再只想拽着我们逃跑。看见黄皮子喝鸡血的石碗，她突然想起一个流传了多年的古老传说，她说要提起黄大仙庙来，以前团山子好像还真有这么一座。

很多很多年以前，团山子下有金脉，挖金人白天在山上掏洞挖金子，晚上就在山下查哈干河畔扎营。由于人太多了，所以一到晚上营子里点起灯火，照得山谷一派通明。找黄金矿脉的人都信黄大仙，认为山里的金子都是大仙爷的，让他们挖到是黄大仙发慈悲救济苦哈哈的穷汉，于是都心怀感激，就常到团山子下黄大仙庙祭拜那里的黄大仙。

那庙是以前就有的，早已荒废多年，可也正由于这黄大仙庙修的地点特殊，刚好对着山下开阔的营地——那地方也就是现在的团山子林场。挖金人吃饭，以及点火取暖，就等于是给黄大仙上供点香了，由于挖金的人太多了，使得黄大仙在庙中"日享千桌供，夜点万炷香"，哪路神仙能有这么好的待遇？结果这事让山神爷知道了，连嫉妒带眼红，就把山崩了，压死了好多人，从此以后，那黄大仙庙也没了，山里的金脉也无影无踪了。还有一种说法是，有人在矿洞里挖出一个青铜匣子，那匣子是黄大仙的，凡人绝不能开，打开之后这山就崩了。匣子里究竟是啥谁也不知道，看过的人全都死了。

最后燕子说："这都是老辈子的事了，也不知是几百年前的传说。这地方要不是鬼衙门，就指定是古时候挖金脉的人们造的那座黄大仙庙。"

我点了点头，这听着还靠点谱儿。想不到这人迹罕至的深山老林以前还挖出过金脉，繁荣过一段时间，要不是亲眼看了这埋在地下的黄皮子庙，还真不敢相信。不过我当然不相信山崩与山神老爷发怒有关系，更不相信在山中挖出个铜匣子山就崩了，地震就是地震，为什么非要牵强附会加上些耸人听闻的成分呢？

说到这儿，我们点的松枝火把渐渐暗了下来，很快就要燃尽了，赶紧又换了两支松烛点上。这松烛是山里的一种土蜡烛，非常简易，缺点是燃烧得很快，不如正经蜡烛经烧，出门走夜路的时候倒也对付着能使，总好过没有光亮。

我对胖子和燕子说，既然这地方只是黄皮子庙，那也没什么稀奇的，咱们宜将剩勇追穷寇，到后殿去捉了那"黄仙姑"，然后就趁天黑前赶回林场。

"黄仙姑"被胖子用麻瓜塞了嘴，黄蜡封了肛，后腿也给铁丝扎住了，它现在是既出不了声，也放不了臭屁，爬也爬不了多快，几乎只剩下半条小命了，所以我们倒并不担心它插翅飞了，三人不紧不慢地向石殿深处搜索过去。

黄大仙庙的石殿纵深有限，后山墙依着山壁而建，严丝合缝，整座石殿只有我们进来的石门是唯一门户，并没有后门。石梁石砖的顶壁有几处破损，呼呼呼地往下灌着冷风，上面可能是山坡树洞或者地窟窿一类的地方，但那缝隙都不到一掌宽，"黄仙姑"也不可能从这儿钻出去。

殿中有尊一半倾倒的泥像，就是黄大仙的神位。那泥像身穿长袍，与常人一般高矮，形象更加似人，只是獐头鼠目，嘴边留着几根小胡子，还是很接近黄鼠狼的嘴脸。黄大仙泥像后边有个地窖子，下面修了条台阶通往地下更深处，看来"黄仙姑"一准是从这儿逃了下去，想寻求它老祖宗的保佑。

我看这地窖子好生奇特，地窖子口原本应该铺着青砖，现在那些青砖都被撬开扔在了一旁，这显然是一条密道极其隐蔽的入口。这也许正是那伙掘开地下古庙之人所为，他们显然是有所为而来，他们究竟想找什么呢？难道就是当地传说中黄大仙装宝贝的那青铜匣子？

我和燕子一前一后举着松烛，胖子拿着家伙走在中间，三人一步步拾级而下。这石头台阶又陡又窄，地窖子里阴寒透骨，我边走边把刚才这个疑问对胖子和燕子简略说了。胖子说："老胡你真是聪明一世糊涂一时。

刚才下来的时候你也不是没看见，地道口上的土有多厚？那都是雨水从山上冲刷下来的泥石再次埋上的。就算是以前有人进山挖宝，那也应该是几十上百年前的事了，有什么好东西也早就被他们取走了，还能留给咱们吗？现在进去黄花菜都凉了。隔三岔五地抓几只小黄皮子，换几斤水果糖我就满意了，你也别不知足了，咱那儿不是还有只熊掌和'金黄豆'吗？这两天可真是捡了洋落儿发洋财了，咱们春节回家探亲的路费和今后的烟酒钱算是都有着落了。"

我跟胖子和燕子说着话往下走，才发现这地窖子比想象中的深多了，心里打起鼓来，猜不出这究竟是通到什么地方。越往下走空气质量越差，但还算能呼吸，最让人受不了的是，那松烛的火苗由蓝转绿，光亮忽强忽弱，映得人脸上罩着一层青光。我没见过鬼，但我估计要是真有鬼的话，脸色跟我们现在比起来，恐怕也差不了多少。

那松烛不仅熏人眼睛，火苗也不大，即使没风的情况下，有时候也会自己熄灭。我一手举着松烛，另一只手半拢着火苗，以防被自己的呼吸和行走带动的气流灭掉。可这土蜡烛毕竟工艺水平低劣，就这么小心，还是突然灭了。

我手中的松烛一灭，眼前立时一片漆黑。我停下来想重新点燃它再走，可身后的胖子跟得太紧，楼梯又窄，收不住步了，我被他一拱也站不稳了，走在最后的燕子见我们两个要从台阶上滚下去，急忙伸手去拽胖子的胳膊，可她哪里拽得住胖子，跟我们一起连滚带撞地跌下楼去。

幸好石阶几乎已经到了尽头，我们穿得也比较厚实，倒没受什么伤，只是燕子手中的松烛也灭了，眼前伸手不见五指。我揉着撞得生疼的胳膊肘，想从挎包里摸支松烛点上，看看我们这是掉进什么地方了。

但刚一坐起身，就觉得戴着皮帽子的头撞到个东西，脸旁有晃晃悠悠的东西在摆来摆去，更高处有绳子摩擦木头，不断发出"吱溜吱溜"的干涩摩擦声。我心想这是什么东西吊在这儿？随手一摸，从手感上来判断，像是以前东北的那种厚底踢死牛棉鞋，再一摸里面硬邦邦的竟然还有人脚，再上边是穿着棉裤的小腿肚子，裤腿还扎着。我顿时一惊，鞋底刚好和我的头脸高度平行，什么人两脚悬空晃来晃去？那肯定是吊死鬼。黑灯瞎火一片漆黑之中，竟然摸到个上吊的死尸。东北山区管吊死鬼叫作"老吊爷"。所有关于"老吊爷"的传说都极度恐怖，我虽然从来不信，但事到临头，不害怕那才怪呢，我当时就忍不住"啊"地大叫了一声。

我这一声把倒在我身旁的燕子和胖子都吓了一跳。胖子摔得最狠，尾骨垫到了石阶棱角上，正疼得直吸凉气，这时候还躺在地上没爬起来，听我吓得一声惊呼，不免十分担心，忙问我："老胡你怎么了？你……你瞎叫唤什么？你倒是赶快给个亮儿啊。"

我刚才确实被吓得有些呆了，手中兀自抱着悬空的死人双脚忘了放开，猛听胖子一问，不知该怎么解释，随口答道："我……我……这双脚……吓死我了。"

燕子大概被我吓糊涂了，黑暗中就听她慌里慌张地说："啊？你咋死了？你可千万别死啊，回屯子支书骂我的时候，我还指望着你给我背黑锅呢，你死了我可咋整啊。"

第八章
绞绳

在胖子和燕子夹缠不清的话语声中,我急忙将垂在胸前的死人脚推开,身体向后挪了一些,没想到背后也吊着一具死尸,被我一撞之下顿时摇晃了起来,头顶上随即发出粗麻绳摩擦木头的声音。黑暗中也不知周围还有多少吊死鬼,我只好趴回地面,但仍能感觉到一双双穿着棉鞋的脚像钟摆一般,悬在我身体上方来回晃动。

我已经出了一头虚汗,刚才从石阶上摔下来,不知道把挎包丢在哪儿了,黑灯瞎火的也没法找,只好赶紧对燕子说:"燕子,快上亮子!看看咱们掉到什么地方来了。"在林场附近绝不能提"火"字,甚至连带有"火"字旁的字也不能提,比如"点灯""蜡烛"都不能说,如果非要说"点灯"一类的话,只可以用"上亮子"代替。这倒并非迷信,而是出于忌讳,就如同应对火警的消防部门一样,字号从来都要用"消防",而不用"灭火"。

燕子刚才从石阶上滚下来,撞得七荤八素,脑子有点发蒙,一听我招呼她"上亮子",终于回过神来,取出一支松烛点了起来。这地窨子深处虽然空气能够流通,但是仍然充满了辣得人眼睛流泪的混浊气体,松烛能点燃已经不错了。微弱的亮光绿油油的,又冷又清,加上空气中杂质太多,阻隔了光线的传导，使得松烛的光亮比鬼火也强不了多少，连一米见方的区域都照不到。

恍惚闪烁的烛光下，我急于看看头顶是不是有吊死鬼，但不知是松烛的光线太暗，还是刚连滚带摔头晕眼花，我眼前就像是突然被糊了一层纱布，任凭怎么使劲睁眼，也看不清任何东西，依稀可以辨认的也只有松烛的光亮了。可那烛光在我看来，变成了绿莹莹的一抹朦胧亮光，在我面前飘飘忽忽的，一会儿远，一会儿近。

我使劲揉了揉眼睛，还是看不太清楚，但我听到光亮背后有个人轻声细语，似是在对我说着什么。我不禁纳闷起来，谁在说话？胖子和燕子俩人都是大炮筒子，说话嗓门大底气足，可如果不是他们，又是谁在松烛背后嘟嘟囔囔？我既看不清也听不真，但人本身有种潜意识，越是听不清越想听听说的是什么，我抻着脖子想靠得更近一些。

身体移动的同时，我心中忽然生出一阵寒意，隐隐觉出这事不太对。虽然还没想出是哪儿出了问题，但眼前朦朦胧胧的灯影，却好像在哪里见过。再靠近那支松烛就有危险了，脑中一再警告着自己，可意识到松烛危险的那个念头却完全压不倒内心想接近松烛的欲望，仍然不由自主地继续往前挪动，已经距离松烛发出的绿光越来越近了。

刚刚明明是摸到吊死鬼穿着棉鞋的双脚，但在点亮松烛之后，上吊而亡的尸体还有燕子和胖子就好像全部突然失踪了，只剩下松烛那飘飘忽忽的一点光亮。我猛然间想到吊死鬼找替身的事情，就是引人往绳套里钻，眼看那绿莹莹的光芒近在咫尺了，我想赶紧缩身退开，但身体就如同中了梦魇，根本不听使唤。这时只有脑袋和脖子能动，都是这该死的鬼火，我完全是出于求生的本能，想也没想，用尽力气对准那松烛的绿光一口气吹了出去。

松烛鬼火般的绿光被我一口气吹灭了，整个地窖子里反而一下子亮了起来，也没有了那股呛人的恶臭。我低头一看，自己正站在一个土炕的炕沿上，双手扒着条粗麻绳套，往自己脖子上套着，我暗骂一声晦气，赶紧把麻绳推在一旁。

第八章 绞绳

我还没来得及细看自己身处何方，就发现胖子和燕子同样站在我身边，两眼直勾勾的，扯着屋顶坠下的麻绳套打算上吊自杀。燕子手中还举着一支点燃的松烛，可那火苗却不再是绿的。我连忙伸手接过燕子手中的松烛，顺便把他们面前的麻绳扯落，二人一声咳嗽，从精神恍惚的状态中清醒了过来。

我顾不上仔细回想刚刚那噩梦般惊心的遭遇，先看看周围的情形。举目一看，地窨子深处是个带土炕的小屋，我们从石阶落下来，滚倒在地，不知什么时候迷迷糊糊地爬上了土炕，踩着炕沿差点吊死在房中。这个地窨子内部的大小与普通民居相似，十分干燥，有土灶、土台和火炕，一如山中寻常人家，上头也有几道梁橼，木头上挂着无数粗麻绳拴的绳套，麻绳中都加了生丝铜线，时间久了也不会像普通麻绳般朽烂断裂。

不计其数的绞索中，悬吊着四具男尸，尸体已经被地窨子里的冷风抽干了。四位"老吊爷"个个吐着舌头瞪着眼，干尸绛紫色的皮肤使死亡后的表情更加骇人，由于绞绳吊颈的时间太久了，死者的脖颈已经被抻长了一大截。

燕子太怕鬼了，不管是山鬼、水鬼还是吊死鬼，在松烛如豆的亮光中看到四位惊心动魄的"老吊爷"，吓得赶紧把自己的眼睛捂上了。我和胖子也半天没说出话来，碰上吊客当头，可当真算是晦气到家了。

我见炕头有盏铜制油灯，里面还有残余的松油，便用松烛接过火去点了，这一来屋中亮堂多了。举着油灯借着光亮一照，发现四具吊死的男尸，装束都相同，一水儿的黑衣、黑鞋、黑裤，连头上的帽子也都是黑的，唯独扎在腰间的腰带和袜子、帽刺是大红的——其实同样是红也分好多种，他们这是艳红艳红的那种猪血红。我看不出这身行头有什么讲究，但应该不会年代太久，似乎是二三十年前的旧式服饰，我估计埋在土中的黄大仙庙就是这伙人挖出来的，想不到他们进来后就没能出去。我们一进这地窨子，就跟发癔症似的自己往绳套里钻，要不是我把那鬼火吹熄了，现在这地窨子里早已多出了三个上吊的死人。民间都说上吊的死人必须骗个活人上吊才能转世投胎，难道我们刚刚就是被"老吊爷"上了身，中了魔障吗？

胖子这时候缓过劲来了，指着四具"老吊爷"破口大骂，差点就让这些吊死鬼给套进去了，想起来就恨得牙根儿痒痒。地窨子里有口放灯油的缸，胖子一面骂不绝口，一面张罗着要给上吊的死人泼上灯油，点了它们的天灯。

我心想烧了也好，免得它们日后作祟害人性命，但刚一起身，就发现侧面的墙壁上有条墙缝。那墙缝不是年久房坯开裂，而是特意留出来的，地窨子后面还有空间，只是打了土墙隔断，昏暗中没能发觉，就在土隔断上的墙缝中，有两盏绿莹莹的小灯在窥探着我们。

地窨子里光线太暗，那两盏绿色小灯一闪就不见了。我脑袋一热，也没多想就赶紧跳下土炕，拨开悬在面前的吊客，冲到墙侧的夹空里，只见从我们手中溜走的"黄仙姑"，正用两个前爪扒在墙上，透过缝隙往屋里瞅着。

隔墙后也是一间建在地下的大屋，不过这间屋里没有吊死的人，反倒是吊了一排已经死挺了的黄皮子。黄皮子跟人换命的传说由来已久，据说黄皮子是仙家，能祸害人，使人倒霉，或是迷人心窍。山里的精灵修炼成精十分不易，但这所谓的"成精"也不过就是日久通灵，例如能听懂人言，或是模仿人的形态举止一类。但人是生而为人，所以即使成了精的老黄皮子，仍然是比万物之灵的人类低等很多，它再怎么厉害，也不能轻易要人性命，它倘若想要了谁的性命，就必须找只族中的小黄皮子跟这个人一起吊死。这类事好多人都听说过，但谁也说不清其中的究竟，也许黄皮子迷惑人心就是通过自身分泌的特殊气味对人产生一种催眠作用。

这些事在山里长大的燕子最清楚，其次是胖子。胖子的老子在新中国成立前曾经在东北参加过剿匪工作，对东北深山老林里的传说了解很多，也给他讲过一些，三人中只有我最不懂行。当时我对黄皮子所知并不太多，不过我看见"黄仙姑"扒在墙后鬼鬼祟祟，就知道多半是它在捣鬼。我抢步过去将它捉了，拎住后腿倒提起来一看，只见它后腿上的铁丝还没弄断，嘴里依然被堵着麻瓜。麻瓜就是山里产的一种野生植物，对舌头有麻醉作用，捉了野兽给它嘴里塞个麻瓜，它就叫唤不出来了，而且口舌麻痹，也张不开嘴咬人了。

身后的胖子也跟了进来，我把"黄仙姑"交到他手中，这回可再不能让这小黄皮子逃了。我看了看吊在后屋的黄皮子，刚好是七只，其中三只的尸体还带着余温，刚死没多久，肯定是想跟我们换命的三只，另外四只的尸身都干瘪枯硬了。

我忽然想起点什么，回头瞧了瞧胖子手中"黄仙姑"那双灵动的小眼睛，又看了一眼刚刚我们上吊的方位，心想那时候被黄皮子迷了心智，伸着脑袋往绳套里钻，当时对着面前那盏绿色的鬼火一吹，将其吹灭，才幸免于难。现在想来，那根本不是什么鬼火，而是黄皮子的眼睛，它被我吹得一眨眼，才破了摄魂术。不能让它这对贼眼再睁着了，于是我掏了个剩下的黏豆包，抠下一块来，把"黄仙姑"的眼睛给粘上了，这才觉得心里踏实了。

后面这间屋中，所有的东西都与前屋对称，也砌了土炕，炕头有张古画，画纸已经变作暗黄，画上颜色模糊不清，但还能辨认出上面画着一个身穿女子古装，却生了副黄皮子脸的人形，与庙中供桌泥塑完全相同，看来这就是黄大仙的肖像。但在那画中仙姑的脚边，还画了一口造型奇特的箱子，那部分画面格外模糊，怎么看也看不清楚。当地传说黄大仙有口装宝贝的匣子，难道就是这画中画的箱子？

我和胖子当时一点都没犹豫，立刻在屋中翻箱倒柜地找了起来，黄大仙庙下的地窖子暗室，有意模仿人类的居室，但形制十分诡异，处处透着邪气。例如整间屋一分为二，却又用完全对称的摆设，一半吊着死人，一半吊着死黄鼠狼的木梁……此间种种匪夷所思，都与寻常殊绝。我们又实在想看看箱子里装的究竟是什么东西，只好硬着头皮不去理会那些。

可是地窖子下面，里外屋就那么大的地方，进退之间已经翻了个遍，又哪儿有什么箱子匣子一类的物什，我和胖子不免有些沮丧。听到头顶上的房梁间时不时有窸窣之声发出，我们举着油灯往上照了照，地窖子的吊顶有纵横交错的几道木梁，再高处的穹顶上都是一个接一个的大窟窿。我恍然大悟，这从黄大仙庙中斜通下来的地窖子，从方向和距离上来判断，已经到了黄皮子坟那个大土丘的下方了，上面钻来钻去闹腾的都是些小黄皮子，地窖子中的冷风也都是从上面的窟窿里灌进来的。

我对胖子说："看来那箱子里肯定有好东西，外屋那四位吊着的，八成都是想进来挖宝的，结果中了黄皮子的套，成了柱死鬼，可能他们到死都没搞明白是怎么回事儿。好在咱们事先既然捉住了会妖法的黄仙姑，将它折腾得只剩下半条小命，才不至于被它害死。我想若不趁此良机找到那箱子打开来瞧瞧，岂不是平白浪费了这大好机会？不过还有种最坏的可能，就是那伙人还有别的同党，让四个吊死鬼先蹚了地雷，然后收渔人之利，挖走了那口箱子，那咱们可就空欢喜一场了。"

胖子气馁地对我说："大小黄皮子们守着的箱子里能有什么好东西，该不会只是一堆鸡毛鸡骨头？咱们犯得上这么折腾吗？依我看一把火烧了这鬼地方，咱就抓紧回去吃饭。"燕子早就想尽快离开这是非之地，也劝我说："听说那箱子里藏着山神爷的东西，凡人看了就要招灾，这不是连黄大仙庙都被山崩埋了吗？你们还找啥啊，赶紧回林场吧。"

我耳朵里听着他们俩唠叨，心思却在不停地转动，等他们俩差不多说完了我才对他们说："你们俩不要动摇军心。我记得燕子刚才说过，山里的金脉都是黄大仙老黄家的，我想那箱子里装的物什，最有可能的就是黄金，而且……"说到这里，我环视四壁，顿了一顿接着说道，"而且这屋中四壁空空，也就只有火炕里面能藏箱子匣子一类的东西。"

第九章
削坟砖

我对胖子和燕子说这地窖子里只有火炕中能藏东西，另外我似乎还记得在《十六字阴阳风水秘术》中看到过类似的记载。那本残书中提到"阴阳宅"之说，阴宅是墓地，是为死者准备的，而阳宅是活人的居所，风水中的"攒灵相宅"之法，又称"八宅明镜"之术。这两侧完全对称的地窖子中，很可能被人下了阴阳镜的阵符，也就是类似古时候木匠所使的"厌胜"之术。黄皮子中有灵性之辈，能在此地借"厌胜"摄人心魂。不过我对那卷残书也不过是随手翻翻，从没仔细读过，只是觉得在这种情况下理应随手将这地窖子毁了，免得以后有人再着了道儿。

我不相信黄大仙有什么藏宝贝的箱子，但我猜测出于人们趋吉避凶、不敢招惹黄大仙的心理，有人托借仙道之名，在庙中的地窖子里藏匿一些贵重物品，这种事绝不奇怪。而那只箱子，很可能就是跟团山子古时候那条金脉有关，如果能找到这件东西，那我们可就算是立了大功了，能够参军入伍也说不定。

"一颗红星头上戴，革命红旗挂两边。"穿上军装不仅是我和胖子，也是我们这一代人最大的梦想。想到这里，我不禁有些激动，恨不得立刻就拆掉火炕。胖子一听火炕里可能有夹层，顿时来了劲头，抖擞精神，抡起长柄斧去砸火炕的砖墙。

地窨子下的土隔墙，是利用"干打垒"的办法砌的，两边的火炕都跟这道墙连着，虽然结实但也架不住胖子一通狠砸。几斧头下去，就把土墙砸塌了，两边火炕下本就是空的，也都跟着陷下去露出漆黑的烟道，里面冒出一股黑烟，混合着刺鼻的恶臭与灰尘，呛得我们不得不退开几步，等那股灰尘散尽了才过去一齐动手，把敲掉的砖头搬开。

胖子性急走在前面，他举着油灯凑过去一看："哟！这里面还真有东西。"于是伸出一只手往里面一摸一拽，扯出黑乎乎一堆东西。待燕子看清了他拽出来的东西，吓得尖叫了一声。我还没看清火炕下有什么东西，倒先被燕子吓了一跳，借着昏黄的灯光一瞧，原来一具无头男尸被胖子从火炕下的烟道里扯了出来。那具无头尸早就腐朽不堪，连身上穿的古代丝制长袍都烂了，原本它被砌在烟道里，这时候被胖子扯出半个身子，下半截还留在火炕里面。

胖子见自己拽出来的是个无头干尸，气得啐了口唾沫，连骂晦气，但仍不死心，把斧子当成铁锤使，又是一阵连砸带敲。地窨子左侧的火炕被他整个砸破，火炕下赫然埋着另一具无头干尸，不过从穿戴来看，这具干尸是女性。

我正奇怪这火炕怎么成了夫妻二人的合葬棺椁，胖子就把里面的炕砖翻开了，大惊小怪地让我看干尸腔子上摆着的东西。就在男女无头干尸的空腔子上，有两颗保存完好的人头，分别是一男一女，披头散发，埋在火炕里也不知道多少年月了。那人头的皮肤虽然经过防腐处理，但也已经塌陷萎缩，色泽也犹如枯蜡。

我壮着胆子去看了看两颗人头，发现人头内部都被掏空了，根本没有头骨血肉，只是用铜丝绷着撑了起来，就如同是演布偶戏的人肉皮囊，两颗空空的人头里面各有一只死黄皮子。我们三人看得又是心惊，又是恶心。风闻以前山中供奉迎请黄大仙之时，黄大仙能化成仙风道骨的人形现身，难道那人形就是黄皮子钻到死人空腔子里使的障眼法？

第九章 削坟砖

燕子说这回可惹大祸了，惊动了黄大仙的尸骨，怕是要折寿的呀。我安慰她说你千万别信这些，这都是庙里那些庙祝为了骗香火钱，装神弄鬼愚弄无知之辈的。以前我们老家那边也有类似的事，山里供着白蛇庙，庙里管香火的声称白蛇娘娘现身施药，其实就是找个耍蛇的女子用驱蛇术来骗老百姓钱。还有一件事，听说新中国成立前在雁荡山还有鼠仙祠，其由来是有山民捉了只大耗子，因为出奇地大，当时就没打死，而是捉了给大伙看个热闹。可当地有神棍装神弄鬼，借机拿这大耗子说事，硬说这是鼠仙，是来替山民们消灾解难的，然后以此骗了许多善男信女的香火钱。后来当神仙供的大老鼠死了，神棍说鼠仙爷给大伙造了那么多福，临走应该给它披上张人皮，让它死后升天走得体面一些，于是在乱坟岗子中找了具没主的尸体，剥下人皮给鼠仙装殓。越是深山老林中那些个文明不开化的地方，越是有这种诡异离奇的风俗。估计这死人头中的黄皮子也差不多，都是属于神棍们骗钱的道具，咱们根本犯不上对这些"四旧"伤脑筋。

燕子对我所说的话半信半疑，她是山里人，虽然是新中国成立以后才出生，对这些邪门歪道本来信得不深，但仍是心存些许顾忌，而且对那两颗被掏空了用来装黄皮子死尸的人头极为恐惧，说什么也待不下去了。我只好让她暂时到大仙庙的石门外等着，我和胖子拆掉另一半火炕就立刻上去跟她会合。

等把她打发走之后，我对胖子说，这黄皮子坟下还真埋着黄大仙，那么黄大仙有口宝贝箱子的传说多半也是真的，把它找出来就是支援世界革命。于是我们俩歇都没歇，又动手把另半边火炕也给拆了。

但事情并没有我们想象的那么顺利，拆塌了火炕一看，里面只有些破瓷烂碗，哪里有什么装有金脉黄金的箱子，地上只是散落着一些米粒大小的金子。火炕靠近墙根处还被打了个大洞，地洞外边已经塌了下来，堵得严严实实。

我和胖子见状，立刻明白了一切，一屁股坐倒在地，完了，那四个被吊死的黑衣人果然还有同伙。他们一定是发现从石阶下到地窖子里的人个个有去无回，知道下边有阵符，结果使了招"抄后路"，从山里打地道挖进地窨子，将山神爷的箱子挖走了，同志们白忙活了。

胖子还是把地上的金粒子一一捡了起来，自己安慰自己说这些确实少了点，支援世界革命有点拿不出手，但用来改善改善生活还是绰绰有余的。我看这些金粒子与那夜在林场所得非常相似，形状极不规则，好像都是用来镶嵌装饰物体的黄金颗粒。难道黄大仙那口箱子上面竟然嵌满了黄金饰品，在被人盗走的过程中，箱体摩擦碰撞掉落了这些残片？

一想到那神秘的箱子里究竟装着什么宝贝，我就觉得心痒，但那东西不知已经被人盗去多少年了，估计我这辈子别指望看见了，我为此失望了足有一分钟。这时候胖子把能划拉的东西都划拉上了，再逗留下去已经毫无意义，况且这么半天也怕燕子在上面等得不耐烦了，于是我们就打算动身离开。

临走的时候，看到满地窨子都是死尸，尤其是那四位"老吊爷"，看着都替他们难受。我就跟胖子研究干脆一不做二不休，放把火把这地窨子烧了。因为底下从来不会有光亮，这地窨子里储有多半罐子灯油，就把灯油舀出来胡乱泼了，最后把油罐子一脚踢倒，把油灯往地上摔去，立刻就着起火来，火焰烧得地窨子中的木梁木椽噼啪作响。

我和胖子担心被浓烟呛死，两人蹬着石阶跑出黄大仙庙。外边的雪已经停了，我们先找个树洞把熊皮熊肉藏了，用石头封好，这才踩着木头过了查哈干河回到林场。此时才发现被我们捉住的那只"黄仙姑"连气带吓已经只剩下半口气了。胖子一看这哪儿成啊，黄皮子死了再剥皮就不值钱了，但没那手艺把皮子剥坏了更不值钱，于是给它灌了些米汤吊命。他连夜就带着熊掌和"黄仙姑"出山去供销社换东西。为了几斤廉价的水果糖，硬是顶风冒雪去走山路，这样的事情也只有插队的知青会做出来，动机也并非完全是贪嘴，其实更主要的原因是闲得难受。

燕子则回屯子找人来取熊肉，只留下我一个人看守林场。等都忙活完了之后，闲了两天，我们又合计着套过了黄皮子，这回该套只狐狸了，可还没等行动，老支书就派人把我们换回了屯子。

支书说："就怕你们留在屯子里不安分，才给你们派到最清静的林场

第九章 削坟砖

去值班,想不到你们还是不听安排,擅自到团山子猎熊。不服从组织安排,这胆子也太大了,万一整出点事来,这责任谁来担?你们虽然猎了头熊也算是支农了,但功不抵过,我看留你们在林场早晚还得捅大娄子,得给你们找点别的活干罚罚你们,嗯……找什么活呢?"

最后老支书分派我们三个去参加"削坟砖"的劳动。山里开荒种地很难,只有那东一块西一块的几十亩薄田,今年又从山沟里平出一块地来。那片地挖出许多坟茔,因为我们这屯子是自清代由猎户们逐渐聚集产生的,所以这山沟附近以前的墓地是哪朝哪代的现在也没人能说清了。这片无主的老坟地都是砖石墓穴,大部分已经残破不堪,基本上都被毁被盗,或是被水泡过,墓中的棺材明器和骨头渣子都没什么值钱的,清理出去之后就剩下许多墓砖。这墓砖对当地人来说可是好东西,因为方圆几百里人烟稀少,没有造砖的窑场,墓砖又大又坚固,可以直接用来盖牲口棚和简易建筑,但墓砖上或是有许多残泥,或是起出来的时候缺角少棱,或是被敲散了导致砖体形状不太规则。这就需要用瓦刀削抹剔除,不整齐的一律切掉,不一定要保证整块墓砖的完整,但一定要平整规则,这样的话砌墙时才方便。

削坟砖一般都是屯子里的女人们来做,因为男人都觉得这活儿晦气,阴气太重。现在把这活儿都安排给了我们,算是从轻处罚了,工作由支书的老婆四婶子来监督。

虽然从轻处罚,可我最反感这种缺乏创造性的工作。我们拿着恶臭的坟砖削了半天,腰酸手疼胳膊麻,于是我找个机会请四婶子吃了几块用"黄仙姑"换来的水果糖,把她哄得高高兴兴的,借机偷个懒,跟胖子抽支烟休息片刻。

我吐了个烟圈,这一天坟砖削得头晕眼花,虽然还没到吃饭的时间,但肚子里已经开始敲鼓了。我忍不住问燕子:"燕子妹子,晚上给咱们做什么好吃的?"

不等燕子回答,胖子就抢着说:"你们算是赶上了,今天我请客。天上龙肉,地下驴肉,昨天屯子里有头病黑驴,我发扬大无畏精神,不怕担那卸磨杀驴的名声,帮忙宰了驴,所以支书把头、蹄、下水都分给我了。

晚上让燕子给咱们炖锅驴蹄子吃，红烧也成，驴下水明早煮汤喝，至于驴头怎么吃我还没想好，你们说酱着吃成不成？"

燕子被我们连累得来削坟砖，本就憋了一肚子火，一直闷闷不乐，但这时听胖子说要吃驴蹄子，顿时乐得捂着肚子笑了起来。四婶子在旁听了也笑："这胖子，黑驴蹄子是能随便吃的啊？就算是渴急了喝盐卤，饿急了吃五毒，那也不能吃黑驴蹄子啊，早年间挖坟掘墓的人才用黑驴蹄子。可别乱吃呀，那可是喂死人的东西，'老吊爷'才吃黑驴蹄子呢。阴曹地府里判官掌簿，牛头马面勾魂引鬼，九幽将军降尸灭煞。那九幽将军就是成了仙的黑驴精变的，早年间庙里的泥像都是驴头驴蹄子。"

我一听四婶子的话，立刻想起曾经听我祖父讲过，盗墓的摸金校尉用黑驴蹄子镇伏古墓中僵尸的故事。黑驴蹄子是摸金校尉不离身的法宝，跟她所言出入极大，但我绝对想不到这四婶子竟然还知道这些典故，连忙请教于她，请她给我们详细讲讲。

四婶子说："啥是摸金校尉啊？整啥玩意儿的？那倒从来没听说过，只记得在新中国成立前哪，山里的胡匪中有股绺子，这绺子中的人马全穿黑衣黑裤戴黑帽，扎着红腰带，踩着红袜套黑鞋，那身打扮那叫一个邪乎。这伙人专门在深山老林里挖坟掘墓，当时闹腾得凶极了，新中国成立后跟衣冠道一类的教门都给镇压了。早年间凡是绺子都报字号，这绺子的字号我到现在还记得，好像叫啥……泥儿会。"

56

第十章
来自草原的一封信

我从没听过"泥儿会"这种盗墓贼的传说，长这么大还是头一次听说，但是她提及的"衣冠道"我和胖子倒略有耳闻。这道门里的人为了炼丹，专割男童生殖器做药引子，新中国成立后就被镇压，不复存在了。我听四婶子说得有板有眼，就知道她不是讲来作耍的。

这深山老林中放眼所见尽是寂寞的群山，有机会听老人们前三皇、后五帝地讲古，对我们来说绝对是一项重大娱乐活动，何况我和胖子等人在黄大仙庙中的地窨子里，还亲眼见过类似于泥儿会这一胡匪绺子装束打扮的尸首，更增添了几分好奇心，当下就央求四婶子详细讲讲泥儿会的事。

可四婶子对泥儿会的了解也并不多，她只拣她知道的给我们讲了一些。那都是新中国成立前的旧事了，当时东北很乱，山里的胡匪多如牛毛，像遮了天之类的大绺子就不说了，还有许多胡匪都是散匪，仨一群俩一伙地打家劫舍。还有绑快票的，就是专绑那些快过门、出嫁在即的大姑娘。因为绑了后不能过夜，一过夜婆家肯定就不应这门亲事了，所以肉票家属必须尽快凑钱当天赎人，故称"绑快票"。泥儿会当家的大柜以前就是这么个绑快票的散匪，不单如此，他还在道门里学过妖术，传说有遁地的本事，即使犯了案子，官衙也根本拿不住他。可能他实际上只是做过"掘子军"一类的工兵，擅长挖掘地道，不过具体是怎么一回事，外人根本不知道，都是乱猜的。后来他发现发掘古冢能发横财，于是就做起了折腾死人的买卖。

他挖的坟多了，名头也与日俱增，收了不少徒弟，形成了胡匪中的一股绺子，就开始报了字号。因为做的都是挖土掏泥的勾当，他和他的徒弟们也大多是在河道中挖淤泥的穷泥娃子出身，干这行凭的是手艺，为图彩头，要突出一个"会"字，所以字号便报的是"泥儿会"。

泥儿会从清末兴起，名义上以师徒门户为体，实际上同胡匪绺子中"四梁八柱"的那种组织结构完全一样，一贯为非作歹，心狠手辣，别说死人了，就连不少山里的老百姓都被他们祸害过，但官府屡剿无功。几十年间他们着实盗了不少古墓，到后来更是明目张胆。因为老坟里边多有尸变，或者墓主身体中灌有水银防腐，他们为了取古尸口中所含珠玉，便从坟墓中以麻绳拖拽出墓主尸骸，把尸骨倒吊在歪脖树上流净水银，然后再动手掰嘴抠肠。有时候古墓离有人居住的屯子很近，他们照样明火执仗，或是光天化日下那么折腾，毫不避讳。干这行没有不发横财的，所以这帮人个个手中都有真家伙，根本也没人敢管他们。

他们挖开了坟墓，把里面值钱的东西倒腾一空，留下满目狼藉的破棺残尸，老百姓们看见后无不嗟叹。那些古尸也算是倒了八辈子血霉了，死后让人这么折腾，这副情形实在是惨不忍睹。

泥儿会这股绺子，都是在大小兴安岭的深山老林中出没，这里面的三山五岭中，凡是有残碑封土能被找到的古墓坟茔，他们都要想方设法给挖开盗取冢内秘器。由于常年干这种买卖，做贼心虚，所以迷信的门道也就很多。他们穿成一身黑，是为了干活时减少活人身上的阳气。古墓都是久积阴晦之地，历来都很忌讳把活人的阳气留在里面；另外也都讲辟邪，帽刺、袜子、腰带都是大红的，全用猪血染过。

关于他们的事，现在还能说得上来的人已经不多了，毕竟那都是几十年前的旧事了。四婶子之所以知道得这么清楚，是因为新中国成立前，她亲哥哥曾被泥儿会的胡匪们抓去做苦力，在掏坟掘冢的时候筛过泥、淘过土，最后好不容易死里逃生脱出匪巢，给她讲过一些在里面的经历。

据四婶子她哥回忆，泥儿会的匪首曾经带着全伙胡匪在团山子一带挖了许多洞，最后从黄皮子坟后边挖出一座黄大仙的窨子庙来。他们想从庙中的暗道里找一件宝贝，结果惹恼了大仙爷，搭上好几条人命。不过泥儿会也不是吃素的，一计不成再施一计，结果还是让他们得了手，从庙下的暗道中，挖出一口描金嵌玉的箱子来。

泥儿会的胡匪们得手后，那些被抓来帮忙挖洞的山民，便都被拖到山沟里灭口。四婶子她哥中了一枪，枪子儿在他身上打了个对穿，捡了条命从死人堆里爬出来，回到屯子后枪伤就一直没能痊愈，加之又受了极大的惊吓，没撑多久，便一命呜呼了。至于泥儿会从黄大仙庙中掘出那口大箱子的下落，以及其中究竟装着什么宝贝，就没人知道了，而且从那以后，泥儿会也随即在深山老林中销声匿迹，再没人见过这股绺子了。人们传说肯定是遭了报应，都死无葬身之地了。

我和胖子听得全神贯注，黄大仙庙里究竟藏着什么东西，犯得上让泥儿会这么不惜血本地折腾？那口箱子又被他们弄到哪里去了？泥儿会那些胡匪最后的下场又是怎样？我们好奇心都很强，恨不得把这件事刨根问底，要不然晚上觉都睡不踏实。可四婶子也只知道这么多了，而且就连这点内容的真实性也无法保证。当年她哥中了枪爬回屯子，就剩下一口气了，说出来的话也都是颠三倒四，谁知道他说的靠不靠谱。

我见实在没什么可再打听的了，只好和胖子一起接着去削坟砖。那时候提倡移风易俗，平荒坟开良田，因为在许多边远地区火葬还不现实，仍然要实行土葬，但和旧社会已大为不同：一来是薄葬，二来是深埋不坟，穴地二十尺下葬，不起封土坟丘，墓穴上面照样可以种植庄稼。

不过我们这儿的深山老林中人烟稀少，也犯不上为坟地和庄稼地的面积发愁，只是平些荒坟古墓，用墓砖代替建筑材料而已。但这坟砖极不好削，这些青砖都被古墓中尸臭所侵，臭不可近，虽是年久，仍不消散，削割平整之后，还要用烧酒调和石灰才能除掉异味。

我又削了几块，闻了闻自己的手指，顿时熏得我直皱眉头。我捶了捶自己酸疼的脖子，望着屯子外沉默的群山，突然感到一阵莫名其妙的失落，难道我这辈子都要待在山里削坟砖看林场了吗？毛主席挥手改航向，百万学子换战场，上山下乡接受贫下中农再教育，虽然这确实锻炼人，可毕竟和我的理想差距太大。当时还太过年轻，面对自己的前途心浮气躁，一想到一辈子窝在山沟里，不能参军打仗实现自己的抱负，内心深处立时产生阵阵恐慌，鼻子发酸，眼泪差点没掉下来。

胖子看我神色古怪，就问我想什么呢，怎么整天愁眉苦脸的。我叹了口气答道："还不就是为亚、非、拉美各洲人民的解放事业发愁。"胖子劝我道："别发愁了，人家亚、非、拉美各洲人民的日子过得怎么样，咱们是顾不上了，可能人家也用不着咱替他们操心。眼瞅着快下工了，晚上我请你们吃驴下水，到时候敞开了吃，拿他们东北话讲就是别外道，可劲造。"

我抹了抹淌下来的鼻涕，正要和胖子商量怎么收拾驴下水，这时候老支书回来了，他到大队去办事，顺便给知青们取回了几个邮包。这山里交通不便，我们来插队好几个月了，几乎都和外界失去了联系，头一次看见有邮包信件，怎能不喜出望外，当下把一切事情都抛在了脑后。我和胖子最记挂的当然是家里的情形，可支书翻了半天，告知没有我们的邮包，这都是另外几个知青的。

我虽然知道家里人现在都被隔离了，当然没机会寄来东西，但心里仍然很不是滋味。正要转身离去，老支书又把我们俩叫了回来，他手里举着一封信，说只有这封信是寄给你们俩的。

我和胖子微微一怔，赶紧冲过去把信抢了过来，心里还十分纳闷，怎么我们两个人一封信？燕子也十分好奇，凑过来跟我们一同看信。我按捺着激动的心情，迫不及待地看了看信封。信是我们老家军区传达室转寄来的，所以里面的信封才是原件，显然发信人并不知道我和胖子插队落户的地址，才把信寄到了军区，随后又被转寄过来。

我拆开信件，一个字一个字认真地读了起来，原来发信人是我和胖子在全国大串联的时候，在火车上结识的一位红卫兵战友丁思甜。她年纪和我们相仿,是文艺尖子,我们一见如故,曾结伴串联了大半个中国。在毛主席的故乡,我们每人抓了一把当地的泥土,整整一天一夜没有放手,结果后来手都肿了;在革命圣地延安,我们在窑洞里分吃过一块干粮;我们还在天安门接受了最高荣誉的检阅。串联结束分手的时候,我们互相留了通信地址。这事已经过去好一段时间了,万万没想到今时今日,会在山里收到她的来信。

丁思甜的父母都是博物馆的工作人员,丁家总共四个孩子,分别以"抗美援朝,忆苦思甜"为名,这也是当年给孩子取名的主流。她在给我们的信中提到:"写给我最亲密的革命战友胡八一和王凯旋,自从咱们在伟大的首都北京分别以来,我无时无刻不在怀念着咱们一起大串联的日日夜夜。早就想给你们写信,可是家里发生了很多事……我想你们一定如愿以偿地入伍参军了吧。光荣地加入中国人民解放军,成为一名革命战士也是我的梦想,希望你们能把穿上军装的照片寄给我,让我分享你们的喜悦……最后请不要忘记咱们之间的革命友谊,祝愿它比山高,比路远,万古长青,永不褪色。"

从信中得知,想参军的丁思甜出于家庭成分等诸多原因,只好到内蒙古克伦左旗插队,而且她显然是不知道,我和胖子的遭遇同她差不多,也没当上兵,被发到大兴安岭插队来了。读完了信,我和胖子半天都没说话,实在是没脸给丁思甜回信,又哪儿有穿军装的照片寄给她。

我从丁思甜的来信中感觉到她很孤单,也许克伦左旗的生活比山里还要单调。克伦左旗虽然同我所在的岗岗营子同样属于内蒙古,但不属同一个盟。克伦左旗是草原上的牧区,环境恶劣,人烟更加稀少,离兴安盟路很远。丁思甜唱唱歌跳跳舞还成,让她在草原上放牧真是难以想象,怎么能让人放心得下?我正思量间,发现胖子翻箱倒柜地想找纸写回信,便对他说:"别找了,连擦屁股纸都没有,到哪儿去找信纸?我看咱们在山里都快待傻了,不如到草原上去玩一圈,顺路去看看咱们的亲密战友。"

燕子听我说要去草原,吃惊地问道:"啥?去克伦左旗大草原?那十天半月都打不了半个来回,这么多天不干活,你们的工分不要了?回来之后吃啥呀？"

我对燕子点了点头，这个问题我当然不能不考虑，工分是知青的命根子，上山下乡插队的知青，不同于参加生产建设兵团。北大荒等地的兵团，采取准军事化管理，都是以师为单位的，以下有团、营、连、排、班等标准军事建制，兵团成员包吃包住，每月还有六元钱的津贴。兵团的优点是有固定收入，缺点是缺乏自由，不能想来就来，想走就走；而知青施行的是工分制，缺点是收入不可靠，优点是来去自由，请假很方便。也许会有人觉得奇怪，既然知青那么自由，为什么不回城呢？这主要是因为当时回去就没口粮了，而且所谓插队，就是户口落到了农村，算是农村户口，回去也是黑户，城市里已经没你这一号了，不可能找到工作。毕竟民以食为天，人活着不能不吃饭，没工分就没口粮了，所以就把人拴住了。

前几天我们在团山子林场捡了不少金豆子，这东西当然是不敢自己私留下来，交公之后，支书心眼好，虽然那时候没有奖金这么一说，还是答应给我们多打出两个月的工分来，留着过年回去探亲的时候放个长假，也就是说我和胖子可以两个月不用干活。在山里待得烦了，又挂念丁思甜，我们当下便决定去草原上走一趟。

第十一章
禁区

燕子说我和胖子是屎壳郎打冷战——臭嘚瑟，这才刚安分了没两天，又想出幺蛾子到克伦左旗的草原上去玩。怎奈我们去意已决，收到信之后根本坐不住了，而且择日不如撞日，刚好在转天早晨，林场那条查哈干河的下游，有最后一趟往山外送木材的小火车，想出山只有赶这趟火车了。

由于是出去玩，而不是办正经事，所以没好意思跟支书当面请假，把这件事托付给了燕子去办，代价是承诺从草原回来的时候，给她带很多她从没吃过的好吃的。我和胖子也没什么行李需要收拾，因为根本就什么也没有，完全是一副无产阶级加光棍汉的现状，扣上狗皮帽了，再拎上个破军用书包就跑出了屯子，在山里足足走了一夜，清晨赶到专门运木材的小火车站。

给木料装车的活儿，都是屯子里的人头天夜里帮着干的，我们到的时候火车已经发动了，呼哧呼哧地冒着白气。趁看车站的老头不注意，我和胖子爬上了最后一节火车，悄悄趴在堆积捆绑的圆木上，静静等候发车。

按规定这种小火车只往山外的大站运送木料，根本不允许任何人偷着搭车。如果在开车前被看站的老头发现，我们俩即使说出大天来，也得被

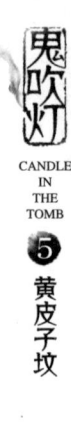

撑下来，而且说不定还会被扣上占公家便宜的帽子开会做检讨，所以这事实际上风险不小，我和胖子只好跟俩特务似的潜伏着，唯恐被人发现。

虽然我们小心谨慎，可还是暴露了目标。前两天在山里套黄皮子，我就开始有点流鼻涕。屯子里的赤脚医生人送绰号"半片子"，是一个比较"二"的乡下土郎中，人和牲口的病都能治。他给我开了点草药，喝了之后也没见好，偏偏在这时候忍无可忍打了个喷嚏，我赶紧用手捂嘴，可还是被看车站的老头发现了。

那老头听见动静，一看有人偷着爬到了车上，这还了得，立刻吹胡子瞪眼一溜小跑地冲了过来，想把我和胖子从小火车上揪下去。可正在此时，随着一阵摇晃，火车轰轰隆隆地开动了，车头逐渐加速，由慢转快，铁道两旁的树木纷纷后退。眼见看车站的老头再也追不上我们了，我和胖子立刻不再在乎被他发现会怎么样了，嬉皮笑脸地同时摘下狗皮帽子，很有风度地对那老头做出挥动着帽子告别的动作，口中大喊着："别了，司徒雷登……"

我们搭乘的这种小火车，运行速度根本不可能同正规火车相提并论，而且摇晃颠簸得非常剧烈。我和胖子在车上只觉脚下无根，耳侧生风，被折腾得七荤八素，无暇再去欣赏沿途古木参天的原始森林风光，只得裹紧了大衣和帽子，缩在木头下背风的地方。即使是这样，也好过走山路出山，那样的路程实在过于遥远。

一路辗转，绕了不少弯路，在此按下不表。单说我和胖子两个经过数日跋涉，终于踏上了克伦左旗的草原。如果把中国地图看成一只公鸡的形状，这片大草原正好是处于公鸡的鸡冠子下方，是呼伦贝尔大草原的一部分，属呼盟管辖，与兴安盟相邻近。这里地域广阔，林区、牧区、农垦区皆有。

克伦左旗被几条上古河床遗留下的干涸河道隔断，交通不便，地广人稀。我们俩先到了外围的农垦区知青点打听到丁思甜落户的草场位置，然后搭了一辆顺路的勒勒车进入草原。勒勒车是草原上特有的运输工具，桦、榆等杂木造的车辎辘很大，直径有一米多，赶车的牧民吆喝着"勒勒勒勒……"来驱赶牲口。

这是我们头一次到内蒙古大草原来，身临其境才发现与想象中的差距很大：所谓的草原，都是稀稀拉拉扎根在沙丘上，分布得很不平均。草全是一簇一簇的，秋草正长，几乎每一簇都齐膝深，虽然近处看这些草是又稀又长，可纵目远眺，无边无际的草原则变成了黄绿色汪洋，无穷无尽的，连绵不绝。

我们耳中听着蒙古族牧人苍凉的歌声，坐在车辕上，身体随着车身颠簸起伏。秋天的草原寒气凛冽，浮云野草，冷风扑面，空中雁阵哀鸣远去。据当地牧民说，前几天草原上也开始飘雪了，不过雪没下起来，估计今年冬天会来得早，和山里一样都要提前着手，做应付冬荒的准备工作。

胖子没来过东北，觉得山里和草原上都这么早下雪很不可思议，叨咕着不知道为什么气候会反常，冬天来得早，大概说明春天也不远了。我对胖子说："古人说胡地八月便飞雪，胡地是指塞外胡人的地盘，我看咱们算是进了胡地……"

我们坐在勒勒车上闲聊几句这天高地远的景致，说着说着话题就转移到即将重逢的战友丁思甜身上。当年她扎着两个麻花辫，戴着军帽在火车上跳"忠字舞"，并教旅客们唱革命歌曲，她曾一度让我和胖子惊为天人，觉得她长得实在太漂亮太有才华了。那时候大概已经有了点初恋的意识了，不过社会风气在那儿摆着，当时也没直接说出来，或许也完全没有想到那一层。很久之后，随着岁月的流逝，才体会到可能是有这种萌芽了。

现在重逢在即，我觉得心跳都有点加速了，能不能让我们亲密战友之间的革命友谊再进一步呢？那我就留在草原上不回大兴安岭了。我随即就跟胖子商量，想让他帮我问问丁思甜，在她心目中我的位置究竟是什么。

胖子立刻摇头："我说老胡，咱别这么不纯洁行不行？我刚还想让你帮我问问她，我在她心目中的分量呢，你怎么倒让我先替你问了。"

我心想敢情你小子也有这贼心啊，便对胖子说："我他妈平时对你怎么样？你摸着良心说说，列宁同志说忘记过去可意味着背叛啊。"

胖子拿出他那副二皮脸的表情，答道："你平时对我当然好了，对待我简直就跟对待亲兄弟一样，所以我想……一旦到了关键时刻，你一定会先替我着想的,是这样吗?难道不是这样吗?"我们俩争了半天,僵持不下,最后只好妥协了,决定分别替对方去问丁思甜一遍,看看谁有戏。

刚商量完这件事,勒勒车就停到了草原上的两座蒙古包前,只见丁思甜身穿一身蒙古族长袍,头上扎了块头巾,正在挤羊奶。看见她我差点没认出来,装束改变实在太大了,要不仔细看还以为是个蒙古族姑娘。丁思甜也没想到我和胖子会突然来探望她,怔了半天才回过神来,冲过来同我们拥抱在一起,激动得哽咽难言。战友们久别重逢,都有说不完的话,可心中的往事千头万绪,又不知该从何说起。

这片草场位于克伦左旗最北边的区域,只有三四户牧民,包括来插队的知青,整片草场的人加起来不超过十五六个。丁思甜是落户到牧人"老羊皮"的家里,平时除了老羊皮一家三口,连个能说话的人都没有,突然见到当年大串联时的战友,不禁喜极而泣。

我安慰了丁思甜几句,把我和胖子没能当兵、也到兴安盟插队落户的事情对她简略讲了。丁思甜轻叹一声,似乎极为我们惋惜,但她随即就打起精神说:"现在咱们也挺好的,你看我们草原的景色有多壮丽,蓝天当被地当床,黄沙拌饭可口香,草原上的生活最锻炼人。你们来了就多玩几天,明天我带你们去骑马。"

草原上的牧民对马极其看重,绝不会让外人骑乘自己的坐骑,如果马被外人骑了,或是马丢了,对牧民来讲都是天大的不吉利,而且这里的马匹也不多,所以我以为根本没有骑马的机会,也不抱这份念想了。想不到丁思甜却告诉我们,这里的牧民老羊皮不是蒙古族,他是新中国成立前从关外逃难来的,在草原上过了半辈子,新中国成立后干脆就当起了牧民,对草原上那些忌讳也并不怎么看重,跟他混熟了,骑他的马他也不生气。

我知道丁思甜乐观态度的背后更多的是一种对命运的无奈,黄沙拌饭怎么会香呢?不过我还是不提那些扫兴的话才是,于是让她给我们引见了牧民老羊皮一家。老羊皮在草原上生活了半辈子,可乡音难改,还有很浓重的西北口音。他说你们来得真是时候,今天晚上正好要宰牛杀羊,招待远道而来的客人,黄昏时分附近的牧民和知青们都会赶来。

我和胖子一听这消息，当时就乐得连嘴都合不上了。草原上的牧民真是太好客了，以前是听说过没见过，这回见识了算是真服了，我们刚一来就宰牛，还要杀羊，这怎么好意思呢？太过意不去了，更何况我们还是空着手来的，早知道带点土特产做礼物了。不过我们久闻手抓羊肉的大名，那今天可就厚着脸皮不见外了，忙问："平时咱这儿都是几点开饭？"

丁思甜在旁笑道："你们别拿自己不当外人，今天宰羊是因为今年这片草场接连出了几次自然灾害，但由于牧民们舍生忘死地保护集体财产，没有使集体财产蒙受任何损失，盟里说咱们这是支援农业学大寨的典型。因为内蒙古草原靠近边境，采取的是军管，所以上边派了个干部来咱们这儿拍照，报道牧民的模范英雄事迹。宰羊是招待他的，你们是恰好赶上了，要不然我可没办法请你们吃新鲜羊肉。"我这才听明白是怎么回事，白高兴了半天，原来这么隆重是为了招待别人，而且说什么牧区是支援农业学大寨的典型，大寨跟牧区能比吗？不过人家既然要抓典型，我们也没资格去过问，天底下有我没我无所谓，跟着蹭顿羊肉吃就应该挺知足了。

天还没黑，附近的几户牧民与知青们就陆续到了，加上我们和老羊皮，也总共才有二十几个人，知识青年就占了一半。其余的知青我们虽然不认识，但各自一提起知青的身份，便都是插兄插妹，跟旧社会拜了把子那种感觉差不多，共同的命运使彼此之间根本不存在距离，没用多大一会儿就厮混熟了。黄昏的草原夕照晚霞，一望千里，正是景色最美的时光。有知青去找那位干部借了照相机，大伙在一起合了个影，高高兴兴地等着晚上开饭大吃一顿。

我同丁思甜帮老羊皮把要宰的那头羊从圈里捉了出来。我觉得今天玩得十分尽兴，又看到血红的夕阳下，西边群山起伏，便生出远行之意，就跟老羊皮说，明天想借几匹马，让思甜带我们骑着马去草原深处玩玩。

老羊皮一听此言，脸色大变，他告诉我说：那边是去不得的。草原的尽头是蒙古高原，也就是与蒙古大漠连接的区域，草原深处有个地方叫百眼窟。现在破"四旧"，有些话本来不敢说，不过因为你们都是思甜这姑娘的朋友，才敢跟你们明说。百眼窟里藏着条浑身漆黑的妖龙，接近那里

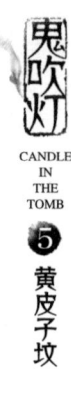

的牧民或者是牲口都被龙王爷给吞了，一律有去无回。要不是今年闹冬荒，牧民们担心牲口没抓够秋膘，否则绝对不会在如此接近百眼窟的这片草甸子上放牧的。你也不问问，谁还敢再往草原深处走半步啊，倘若惊动了妖龙，恐怕长生天都保佑不了咱们了。

看老羊皮说得像煞有介事，我不免觉得好笑，这也太扯淡了，草原上怎么会有龙，而且还是会吞吃人和牲口的妖龙？这种事糊弄小孩可能好使，我胡八一能信吗？

老羊皮见我不信，又说起一件亲身经历的事。几十年前，他给草原上的巴彦①牧羊，就听说了关于漠北妖龙的传说，说得邪乎极了，以至百眼窟附近的草原成了一个被当地牧民们默认的禁区，牲口丢在了那边，也没人敢去找，反正不管是人是马，去了就回不来。有一次从东北山区来了一伙人，抬着一口古旧的大箱子，看着跟口棺材似的，也不知道里面装的是什么。这伙人抓了老羊皮的兄弟，拿枪顶着硬要他带路去百眼窟，老羊皮悄悄跟在后边想把他兄弟救下来，但跟到百眼窟附近就没敢再往里面走，眼睁睁看着他亲兄弟带着那伙人进入其中，从那以后再也没出来过。

老羊皮信誓旦旦地说，他那次亲眼看见了那条黑色的妖龙，吓得几乎尿了裤子，实在是不敢再靠近了。从那以后他天天晚上做噩梦，也恨自己胆小懦弱，眼看着亲兄弟走上了黄泉路，却没勇气把他救回来。

我见他言之凿凿，神色间非是作伪，自然是很同情他兄弟的遭遇，但要说世上有龙，我又哪里会信，摇着头对老羊皮说："您见到的那条什么……龙，怕不是看走了眼，我猜也许是条黑色的巨蟒，有些大蟒像水桶般粗细，确实容易被看作龙。"

老羊皮望着我的目光突然变得凝重起来，伸手指了指天空。"这后生，你以为我老汉这么大一把岁数都活在狗身上，连蛇和龙都分不清哩？甚蟒蛇能上天？我亲眼看见那神神……那神神是在天上的哩。"

---

① 巴彦，蒙古语，指有钱人。

第十二章
夜幕下的克伦左旗

　　顺着牧民老羊皮的手指，我不由自主地抬头看向天空，厚重的云层从头顶一直堆到天边，我心中反复回响着他最后的一句话，那条"龙"是在天上的。

　　说完这些，老羊皮也不再继续说什么了，闷着头到一边去宰羊。我望着天空出了好半天的神，心下仍是对他的话将信将疑。这时候草场上开始忙碌了起来，众人都在帮忙准备晚上的宴会，我便不好再追问下去，转身回到了知青的队伍当中。

　　在牧区宰杀牲口有许多禁忌，比如杀了之后，绝对不能说"可惜了"，或者"不如不杀"之类的话，因为一旦讲了这种话，畜牛的灵魂就会留下来作祟。而且骑乘的牛或马、帮助过主人的牲畜、产子产乳多的母畜等等皆不可杀。因为知青都是外来的，牧民们很少愿意让这些人帮忙宰牲口，剥皮烹制的事也尽量不让知青近前，所以我们几个知青在牛马归圈后便没什么事可干了，只能干等着开饭。夜幕终于降临了，天似穹庐，笼盖四野，草原上牧人的帐房前燃起了篝火。牧民们陆续端上来一大盘一大盘具有蒙古风情的食物，开出了整羊席，搭配像什么血肠、羊肚之类的。我们从来都没吃过这些，闻到夜空里弥漫着奶制品特有的香甜气味，不停地吞着口水。

我和胖子中午就没吃饭，见了这许多好吃的，忍不住食指大动。胖子刚想伸手抓块手把肉吃，便被老羊皮用烟袋锅把他的手敲了回去，原来还要先请远道来的干部给大伙讲几句话。

讲起话来，也无外乎就是时下集会流行的老调重弹。那位姓倪的干部三十来岁年纪，瘦瘦的脸上架着深度近视眼镜，留着一面倒的干部式发型。其实他根本不是什么领导干部，只是个文职人员，被上级派下来写一篇牧区模范事迹的报告，想不到在草原上受到这么高的礼遇。牧民们根本也没见过什么领导，对他一口一个"首长"地叫着，让他着实有几分受宠若惊，一定要众人改口称他为"老倪"。

蒙古族以西为大，以长为尊，请老倪坐了西边最尊贵的位置。一位年长的牧民托着牛角杯，先唱了几句祝酒歌。丁思甜在草原上生活了半年多，已经学会了一点蒙古语，给我翻译说，唱的是：酒啊，是五谷的结晶，蒙古人献给客人的酒代表着欢迎和敬重……

我和胖子对祝酒歌是什么内容毫无兴趣，眼巴巴地盯着烤得直冒油的羊腿，心里盼着那老头赶紧唱完，等老倪再讲几句应付场面的废话，我们就可以开吃了。

老倪遵照当地的习俗，以无名指蘸着酒，各向天、地、火弹了一下，又用嘴唇沾了些酒，这才开始讲话。他先念了几句最高指示，又赞扬了几句牧区的大好形势，最后还没忘了提到这里的知青，说知识青年们在草原得到了很多锻炼，支农支牧抓革命促生产的同时，一定也要加强政治学习，要经常召开生活检讨会，及时汇报思想，及时进行批评和自我批评……

老倪车轱辘似的讲话说了能有二十分钟，可能说得连他自己都觉得饿了，这才一挥手，让大伙开吃。蒙古人喝起酒来跟喝凉水似的，一律都用大碗，酒量小的见了这阵势都能给吓着。这时候牧民们都要给首长敬酒，不胜酒力的老倪招架了没半圈，就被灌得人事不省，让人横着给抬进了帐中。

知青里面也没有海量之人，不敢跟那些牧民一碗接一碗地喝酒，干脆抓了些吃食，另外点起一堆小一些的篝火，到一边去吃。牧民们知道内地来的年轻人量浅，也没人追着我们斗酒，他们也乐得没有外人干扰。牧人喝多了就喜欢唱歌，吃到一半的时候，不知是谁的马头琴呜呜咽咽地响了起来，琴声如泣如诉，又格外苍凉雄浑，音色遒劲，势动苍穹。

我们十一个知青围坐在另外一堆篝火旁，体验着火烤胸前暖、风吹背后寒的草原生活，听马头琴听得入了神。我想去那边看看是谁拉马头琴拉得这么好，丁思甜说："不用看也知道，肯定是老羊皮爷爷的琴声。虽然他是西北的外来户，可不仅秦腔、信天游唱得都好，在草原上生活了几十年，拉起马头琴也深得神韵。我想腾格里一定是把克伦左旗草原最美的音色都给了老羊皮爷爷这把马头琴。"她说完站起身来，在马头琴的琴声中跳了一支独舞。

丁思甜以前就是文艺骨干，跳舞唱歌无不出彩，始终想进部队的文工团，可由于家里有海外关系没能如愿。草原上的蒙古族舞蹈她一学就会，跳起来比蒙古人还像蒙古人。蒙古族舞蹈形态优美，节奏不快，多是以肢体语言赞美草原的广阔美丽，以及表现雄鹰飞翔、骏马奔驰的姿态。

我们看丁思甜的舞蹈看得如痴如醉，浑然忘记了身在何方，直到琴声止歇，还沉浸其中，竟然没想起来要鼓掌喝彩。常言道："万事不如杯在手，一生几见月当头。"草原上天高月明，熊熊燃烧的火堆前，众人载歌载舞，把酒言欢，一辈子可能也没几次这样的机会。知青们落户在各旗各区，平常难得相见，都格外珍惜这次聚会，一个接一个地表演了节目，不是唱歌就是跳舞。

最后丁思甜把我和胖子从地上拽起来，对大伙说："咱们大家欢迎从兴安盟来的八一和凯旋来一个吧。"在座的几个男女知青都鼓起掌来。我和胖子对望了一眼，这可有点犯难。我们插队的那地方好像有跳大神的，可没有像草原上这样跳舞的，唱歌跳舞都没学会，这不是让我们哥儿俩现眼吗？

但我从来不打退堂鼓，何况当着丁思甜的面呢，稍一寻思，便有了计较。

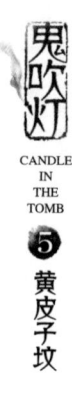

我对胖子使了个眼色，胖子立刻会意，伸出双手下压，做了个安静的手势，对大伙说："大家静一静，咱们请列宁同志给大家讲几句。"

知青们立刻知道了我们要玩什么把戏。在那个文化枯竭的年代，颠过来倒过去的只有八个样板戏，普通人没有任何多余的文化娱乐活动，可不管什么时候，年轻人总有自己的办法。当时最流行的娱乐之一，就是模仿电影中伟人的讲话，对已有的经典进行艺术再加工，单是模仿的难度也是相当大，并非人人都能学会。一旦某人学得有几分神似，装出几分普通人无法比拟的领袖气质，又能有独到之处，那模仿者便会成为众人眼中的偶像。

当年在军区偷看了许多内参电影，我想了想该模仿哪部。"同志加兄弟"的越南电影和朝鲜电影不合适，悲壮严肃有余但是戏剧张力不够，没什么经典对白，很难通过表演对观众带来精神上的冲击；国内的也不成，大伙都太熟悉了，缺少表演难度。稍稍一琢磨，我和胖子心中便有了计较，于是就地取材，在草地上捡了些羊毛粘在上嘴唇当成假胡子，又往手心里吐了些唾沫抹在头发上，俩人全梳成了大背头，尽量使自己的额头显得十分突出。

我们俩在熊熊火光之前脸对脸一站，旁边坐着观看的知青们都奇道："真像啊，这不就是列宁和斯大林吗？"他们明白了我和胖子要表演什么节目，随即笑嘻嘻地注视着我们俩的一举一动。

我一看不行，气氛不对，赶紧转过头来对知青们说："各位都得严肃点啊，不要嬉皮笑脸的。我们这段表演，是展现革命大风暴即将到来的凝重氛围，大伙都得配合点，要不然演砸了我们俩可下不了台了。"

然后我和胖子一动不动，如十月广场雕塑般地凝固住伟人在历史上的一个瞬间，其实这时候关键是自己不能乐出来，要不然别想唬住观众。丁思甜取出口琴，节奏缓慢沉重的音乐响了起来，在她的积极配合下，周围终于静了下来。知青们鸦雀无声，开始由刚才歌舞升平的浮躁中走入了历史篇章的沉重，时间仿佛回到了攻克冬宫的前夜。

我知道是时候了，把目光缓缓地扫向众人，然后盯着胖子，神情凝重地问道:"约瑟夫同志,准备好向冬宫发起进攻了吗?"这句经典的台词一出口,我自己都觉得自己变成了电影中的列宁同志,底下的听众好像变成了电影中那些仰望着列宁的工人。

胖子挺着个肚皮,拿出一副和蔼而不失威严、谦虚却又专断的二首长派头,对我说:"敬爱的弗拉基米尔·伊里奇,尼古拉的大门将在明天一早被英勇无畏的工人阶级打开,为此我们不惜付出血的代价。"

我握着拳头义愤填膺地恨恨说道:"剥削、压榨、统治、奴役、暗杀、暴力、饥饿、贫穷合起伙来吞噬着我们……几百年来,工人阶级的血已经流成了海,难道我们的血还没有流够吗?"

这一段要求语速快,吐字准确,务必把每一个字像炮弹一样发射出去,调动起听众同仇敌忾的情绪。大时代背景下的年轻人都有这相通的世界观与价值观,知青们联想到自己的命运,果然受到了感染,人人动容。此时该是把气氛烘托向高潮的时候了。"如果这最后的胜利还需要流血,那就让尼古拉的鲜血把冬宫淹没!"我趁机举起右手,做了个停止的手势,稍一停顿,随即把拳头挥下去,有力地说道,"因为死亡,不属于工人阶级!"

站在我旁边的胖子就等着我说最后这句台词,马上举起拳头,带头喊道:"对,死亡不属于工人阶级!"周围的知青们跟着胖子一起喊着"死亡不属于工人阶级",然后大家一起热烈鼓掌,并一致要求请列宁同志不许走,还得再来一个。

一次完美无缺的表演,尺寸火候都拿捏得无懈可击,观众配合得极其到位。我曾不止一次模仿过列宁的演说,也许将来还有玩这个游戏的机会,但我心里很清楚,不管是气氛还是情绪,今后再也无法达到这次的境界了。夜幕下的克伦左旗草原晚宴,令人终生难忘。

我扯掉假胡子回去落座的时候,丁思甜吃惊地对我说:"八一,你太棒了,想不到你还有这种本事,我刚才真把你当成列宁同志了,演得实在太像了。"我听她如此说,当然得意忘形,不过还是得保持我一贯谦虚的本色,那个年代流行矜持,所以我摆了摆手,有些不好意思地说:"没什么,这算什么啊,江上有奇峰,锁在云雾中,我是寻常看不见,偶尔露峥嵘。"

73

胖子很羡慕我受到知青们的赞赏,他赶紧对丁思甜说:"刚才我光给老胡配戏了,都没来得及展现我自身的风采,要不然我再单独朗诵一段诗歌,也好让你们见识见识我的峥嵘……"在胖子的积极怂恿下,知青们又开始了第二轮表演。

这个夜晚就这么过去了一半,在这种场合,即使再没酒量的人,也会多多少少地喝上几碗。酒不醉人人自醉,最后我喝得迷迷糊糊,也不知道什么时候散的,又是谁把我抬进蒙古包的。

一夜长风,一刮而过,睡得昏天黑地,醒来的时候头疼欲裂,流了不少稀鼻涕,看来感冒还没好利索。我睡眼惺忪地看了看四周,原来自己和胖子,包括那个"首长"老倪,都被安排在了同一座蒙古包里,衣服和鞋都没来得及脱。只见胖子一条腿压在老倪肚子上打着鼾,老倪则不断说着胡话,二人兀自未醒。蒙古包里并没有另外的人,我估计其余的牧民和知青大概都连夜回去了。

我丧失了时间的概念,也不知道现在是几点了,头疼得厉害,还想再躺下睡个回笼觉,可还没等闭眼,就发觉蒙古包外的声音不对,轰隆隆的,如同闷雷砸地。这片闷雷声像是潮水般从东边向我们睡觉的蒙古包掩来。我正暗自纳罕外边出了什么事之时,就见丁思甜从外边冲了进来,焦急地对我叫道:"快往外跑,牧牛炸群了!"

第十三章
牛虻

不需细说，丁思甜的神色已经告诉我了，受惊的牛群正朝着我们奔来。草原上的牧牛一向温和，但它们一旦惊了群，形成集群冲击，比脱缰的野马势头还猛，几百头牛发起性子冲过来根本拦不住，连汽车都能给踩成铁皮。

我顾不上去打听牧牛为什么炸了群，从地上一跃而起，一脚踢醒了胖子，但"首长"老倪昨天喝过了量，怎么踢也踢不醒。情急之下，我只好和胖子把他抬了，幸亏是穿着衣服睡的觉，全部家当就剩这一身行头了，只抓起军用挎包便随同丁思甜抢出帐房。

外边天已大亮，只见东边尘埃漫天而起，乱蹄奔踏声与牛群中牧牛的悲鸣惨叫混为一体，铺天盖地地就朝我们这边盖了过来。有几条忠实的牧羊狗冲过去对着狂乱的牛群猛吠，想协助主人拦住牧牛，可这时候牧牛已经红了眼，狂奔的势头丝毫不停，顷刻间便把那几条狗踏在草地上，踩成了肉泥。

我哪里会想到有这种阵势。眼看牛群横冲直撞，想迂回到侧面躲避牛群的冲撞踩踏已经来不及了，可等在原地，马上就会被牛蹄子踩扁。我们骇然失色，稍微一愣神的这么点工夫，就连说话声也都被淹没掉了。混乱之中，丁思甜拽着我的胳膊，拼命向蒙古包后边跑去。

我完全清楚凭两条肉腿根本跑不过惊牛，也没办法问丁思甜为什么往那边跑。虽然担心她被吓得失去了神志乱逃，但还是同胖子横搬着老倪跟着她跑了过去。不用回头，单从声音上就能听出来，身后的牛群已经越来越近，刚才停留的蒙古包已经被踩瘪了，十几步之内，必定会被乱蹄踏死。

正在绝望之时，我发现前边几步远处是条干河沟，这沟风化已久，已经干涸了不知几百年了，河沟也日渐被沙土荒草侵蚀，如今只剩下一米多深、半米多宽的沟壑遗迹，如同绿茸茸的草毯上生出一道裂缝，它也是草原上若干条天然防火带之一。我这才明白丁思甜的意图，她引我们往这边跑，是想让大伙跳进沟中，避过受惊牛群的冲撞。

我和胖子搬着"倪首长"，同丁思甜用尽全力冲刺，四人几乎是滚进了干土沟。刚进土沟，头顶便一片漆黑，泥沙草屑纷纷落下，震耳欲聋的蹄声震得人心发颤，我们紧紧捂住耳朵，也不知过了多久，哀嚎惨叫的牛群才完全越沟而过。

"首长"老倪终于被折腾醒了，坐在沟中，望着我们三人，茫然不知所措，还问刚刚究竟发生了什么。这时老羊皮和他的儿子儿媳赶了过来，他们顾不得追赶牛群，先看到老倪没事才松了口气，分别将我们从沟中拽出。众人说起刚才的事情，原来昨天晚上几乎所有人都喝多了，不知是谁临走时牵马带倒了牛圈的围栏。克伦左旗最大的牛群都在这儿了，幸好有忠心的牧羊犬，围着牧牛使它们没有走失，牧牛们就在圈外的草地上啃草，到了早上还没任何事发生。

早晨老羊皮一醒，发现牛都出了圈，这事经常发生，也犯不上大惊小怪，于是他招呼儿子、儿媳出来帮忙赶牛。他们刚转到牛群后面，就突然发生了意想不到的事情，不知从哪儿冒出一只大牛虻，狠狠咬了一头牧牛。

牧牛的尾巴平时摇来摆去，主要就是用来驱赶草丛中的牛虻或蚊蝇。牛虻是种虫子，它其实也分吃荤的和吃素的两类，雄的只吸草汁，雌的牛虻则专吸牲畜血液，身体灰黑色，有透明的翅膀。相比起蚊蝇来，牛虻尤其让牧牛感到惧怕。这只大牛虻大概躲过了牛尾鞭的击打，一口死死咬住了牧牛的敏感部位，疼得那头牧牛当时就蹿出老高，把其余的牛都吓炸了群，跟没头苍蝇似的撞了出去，冲着蒙古包就过来了。丁思甜发现牛炸了群之后，没有自己逃命，冒险救出了还在睡觉的三个人，否则现在连人带帐篷全成草皮了。

牛群惊了就没人拦得住，因为声势太猛，连马匹都被吓得四腿发软，不敢在后边追赶。只有任凭它们在草原上发性狂奔，直到精疲力竭之时才会停下来，那时候牧人才能赶上去把牛追回来。

老倪听明白事情的来龙去脉之后，吓得几乎没了魂，要是没有知青们舍命相救，可能在睡梦中死了还不知道自己是怎么死的，感激得连连同我们握手。我和胖子什么样的首长没见过，当然不像普通牧民般拿老倪这屁大的小干部当回事，可是觉得他这人比较随和可亲，而且救人的事是理所当然，也就没怎么居功自恃。

"倪首长"又对众人说："连毛主席都说——小小寰球，有几只苍蝇碰壁。我看草原上有几只牛虻捣乱也不是什么大事，只是要尽快追回跑散的牧牛才好。我回去就要报告你们牧区的模范事迹了，上级还要号召所有牧区林区都向你们学习，所以这当口可千万别出什么岔子。"说完看了看两眼发直的老羊皮，问他为什么还不快去追那些牧牛。

老羊皮满是皱褶的老脸上血色全无，一副失魂落魄的表情。牧牛过沟之后，分作几群跑散了，其中一群狂奔向了草原深处百眼窟的方向。跑到别处倒还好说，一提起那个地方，老羊皮心里就一阵阵发怵，当然这个原因他不敢对老倪直接讲。

我在旁看得明白，知道老羊皮的苦衷，我不相信草原深处会有什么妖龙，立刻站出来对老倪说："往西边跑的牛，我负责去追回来，盟里出个模范牧区也不容易，这件事能不能先别声张，否则老羊皮的先进典型就该成落后典型了。"

老倪点头道："知青们去那边追赶牛群也好，不过你们要小心点，过了漠北就是国境线了。牛群要是跑到了蒙古，想讨回来就麻烦了，那属于国际事件，会让国家财产蒙受巨大损失。眼下我就尽我最大能力，暂时先把这件事压下来，在这儿等着你们回来，点清了损失数量之后再回去向上级汇报。牛群奔逃的时候已经踩死了不少小牛犊子，我看咱们务必要想办法把损失降到最低。"

丁思甜已经牵了三匹马出来，听到老倪的话就对他说："您太多虑了，牛群不会跑进荒漠，最多是在草原上兜圈子。而且牧牛不管怎么跑都是成群结队，克伦左旗的狼不多，少数的草原狼不敢打它们的主意。应该不会有别的意外，我们一定能完成任务，把牧牛一头不少地追回来。"

我看她牵了三匹马，便问丁思甜："怎么你也要跟我们一道去西边追赶牛群？据说那里很危险，你还是别去了。"

丁思甜倔强地说："你们虽然号称敢上九天揽月，可下五洋捉鳖，但你们连马都没骑过，不会骑马又怎么去追牛？再说我是这个牧区插队的知青，牧区里出了事也有我的责任，所以我当然要去。"说完她又去搬来几副马鞍马镫，我和胖子根本不会骑马，只好认可，由她带领。

这时老羊皮踌躇着走了过来。连三个知青都能为了牧区冒险接近百眼窟，都到这时候了，这把老骨头还有什么豁不出去的呢？而且最主要的是，万一不仅牛没找回来，知青再出了意外，那就更没法交代了。他终于下定决心，让儿子、儿媳去找另外几群跑散的牧牛，然后回来照顾好倪首长，并且修补牛圈羊圈，他自己也同我们三人去百眼窟方向追牛。

我们不敢再耽搁，在另外一座没被牛群踩塌的蒙古包里找出些应急之物携带了，众人便匆匆忙忙地分头出发了。生手骑马确实需要一个熟悉的过程，不过我和胖子天生就对这种事适应能力强，加上有丁思甜和老羊皮的指点，没走出几里，我们已经基本上掌握了要领。

骑马关键是不能跟马较劲，马匹快走和快跑的时候，小腿膝盖和大腿内侧用力夹马，身体前倾，与马鞍保持一种似触非触的感觉，并且跟随着马的跑动节奏起伏，千万不能让自己的身体发硬。四个人催动骏马在草原上疾驰，如同在草海上御风滑行。我和胖子心中大乐，心想这回可真过足了马瘾，就冲这个，也不算枉费辛苦去追赶牧牛了。

第十三章 牛虻

炸了群的牧牛跑起来就不会停，而且刚才一阵耽搁，一时半会儿也追不上了，好在沿途踪迹明显，倒不必担心追丢了。老羊皮担心我和胖子耍过了头，又没穿马靴，一旦从马上掉下来，坠了镫可不是闹着玩的，只让我们纵马跑了一程，就逐渐减缓了速度。

我借这机会问老羊皮，那百眼窟的地名好生奇怪，却是为何得名？老羊皮说他也不太清楚，只听说那附近的草原上有许多窟窿，洞口大得出奇，都是干涸的水眼，地窟窿一个接着一个，可能就是因为窟窿多，所以才叫百眼窟。因为那边失踪的人畜太多了，所以好多年没人再接近了，并不清楚是否真的如此。

老羊皮始终对百眼窟附近出没的黑龙感到恐惧。我觉得大概是由于当年他兄弟的失踪，在他心头蒙上了一层阴影，心里有个解不开的疙瘩。我不知道如何劝他，只好安慰他世上并没有"龙"那种生物，那只是一种古人创造出来的图腾。

说到这里，我突然想起我家传的那本残书《十六字阴阳风水秘术》，那上面好像有许多提到"龙"的章节。这本破书是我家里留下的唯一财产，我一向随身携带，当时还没怎么仔细看过，于是掏将出来，在马背上胡乱翻了几下，果然是有"寻龙诀"。这上边说："山川行止起伏为龙，地势绵延凝结为龙。"看来龙也是山的象征，这书上可没说龙是活的。

胖子对我那本破书一直看不顺眼，见我又拿它说事儿，立刻挖苦我说："你怎么还没把这本'四旧'读物给扔了？这种胡说八道的书是有毒性的啊，你长期看是要中毒的，我的同志，而且你竟然还敢拿出来给别人看，想把低级趣味灌输给贫下中农和革命战友？"

我反驳道："你懂个蛋啊你，胡说八道有理，低级趣味无罪，何况我始终是带着批判的眼光来看的……"正说话间，老羊皮忽然勒住马缰，告诉我们三个，草甸子尽头就是百眼窟了。他敢向长生天起誓，他就是在那里看到的妖龙，那恐怖的情形到死都忘不了。

其时红日在天，我们骑在马上，手搭凉棚向西眺望。沉寂的大草原黄草连天，一片苍茫，波涛般起伏的草海尽头，有一片隆起的丘陵，看似草海上的几座孤岛，那就是让老羊皮谈之色变的百眼窟了。看来牛群是奔着那边去了，不找到牛群大伙回去没法交代，看来不管是龙潭还是虎穴，都得过去探上一探了。

老羊皮带了一把蒙古刀出来，那是口名副其实的康熙宝刀，是当年御赐给一位蒙古王爷的。后来"破四旧"的时候，王爷的后人让老羊皮帮忙把刀给偷偷扔了，老羊皮知道这口刀是宝刀，当时觉悟一时没提高上去，觉得扔了太可惜，于是就在自己家藏了。他家的成分低，根本没人注意他，所以这刀就保留了下来。

他觉得康熙宝刀能辟邪驱魔，便随身带了出来，可能对他来说，这次他已经不打算活着回去了，显得非常悲壮。这时候眼看即将接近百眼窟了，老羊皮唰的一声拔刀出鞘，嘴里吼上了秦腔给自己和知青们壮胆，边吼边催马前行。只听他那破锣般的嗓子怒吼般唱道："赵子龙哎……"这一句秦腔脱口而出，吼得高亢激昂，悲愤莫名。

我们被老羊皮这感天动地的一嗓子吼得头皮一阵发麻。虽然没听过真正的秦腔什么味儿，但都觉得他这把破嗓子实在是太地道了，这时候确实需要唱唱那位一身是胆的赵子龙给大伙鼓鼓劲了。刚想为他喝彩，他却突然住口不吼了，眼睛牢牢盯着地面上被牛群踩踏的痕迹。原来牛群跑到这里之后，奔窜的角度微微偏离，不再是直指百眼窟的方向了。老羊皮顿时大喜，感谢长生天，这些牛祖宗没进百眼窟。可是我们并没有高兴太久，顺着踪迹又一路追了下去，行不过数里，百余头牛在草原上的足迹竟然凭空消失了。纷乱的牛蹄印在一个地方戛然而止，难道这一大群牧牛全都在草原上蒸发了？众人目瞪口呆，该不会是被龙卷风刮走了？可四周完全没有任何起风的迹象。牛群失踪的地方到底发生了什么？

第十四章
失踪

黄草漫漫的大草原，像是波涛起伏的黄绿色大海。草都是差不多高的，但草下的沙丘却起伏不平，地形高低错落。草原上的大多数区域，像这种起伏落差都不大，从远处或者高处很难分辨。草原上也有岩石山或沙土山，因为天高地广，从远处看只是觉得天地相连，起伏绵延，唯有到了近前，才能确切感受到坡度落差之大。

牛群奔逃的踪迹，刚好是在一个上坡处消失不见，我们急忙带住马仔细搜索。看这片草皮上蹄印杂乱，周围的草上还有啃食的痕迹，说明牧牛们逃到这里之后，已经从惊狂中恢复了平静，在此逗留啃草。

但奇怪的是，偌大个牛群就在这里凭空失踪了。即使牧牛在此遇到狼群的袭击，也会留下蹄印一类的痕迹，毕竟我们是前后脚追过来的，这么短的时间内，什么力量能使牛群消失？我在马上问丁思甜："你们这草原上是不是有龙卷风？狂风把牛都卷走了？"

丁思甜说："听说漠北的蒙古偶尔有龙卷风，咱们这儿的草原倒是非常罕见，而且能卷走上百头牛的龙卷风该有多大？真有龙卷风的话，今天晴空万里，咱们远远地就应该望见了，再说这附近的草地并没有风吹的痕迹。"说完她转头去问老羊皮，毕竟老羊皮在草原上生活了几十年，经验远比我们知青丰富。

老羊皮没说话，他从马背上下来，摸着地上的牛蹄印看了半天，最后颓然坐在地上，脸上老泪横流，说看来那两百多头牧牛肯定是让草原上的妖龙吞了。老羊皮哭天抹泪捶胸顿足："长生天为甚要这么惩罚苦命的牧人？"几十年前他亲兄弟就是到这附近之后就失踪了，现在牧牛跑到这里也不见踪影了。这些牛都是大队的集体财产，要不是昨天喝醉了酒，没有去加固牛栏，也不会出这种事情。这责任实在是太大了，而且上级一旦查问下来，根本解释不清，说牛群都被龙给吞了，连根毛都没剩下，谁会相信？

丁思甜也急得落下泪来，她外表要强，其实内心敏感，和普通女孩一样十分脆弱，承受不住这么大的打击。我和胖子见状很是替他们着急，我翻身下马，劝老羊皮道："我看事到如今，不找到这些牧牛的下落，咱们是交不了差的。现在着急也没用，咱们赶快到周围找找，就算把草原都翻个底朝天也得找到它们。"另外我也不相信什么妖龙吞噬人畜的传说，退一万步说，就算草原深处真藏着一条外形近似于龙的猛兽，它也不可能一口把这么多牧牛全吞下去。它有那么大的胃口吗？再退一万步说，吞下去了总得吐骨头吧？把牛骨头找到，也能有个交代。这年头帽子那么多，找不到牛的下落，随便给这老头和丁思甜扣上一顶帽子，那可是吃不了兜着走的罪过。有些事即使害怕也躲不过去，关键时刻只能咬牙撑住，有哭鼻子的工夫，还不如赶紧接着找牛呢。

胖子也劝："思甜别哭了，在我印象中，你可不是那种只会哭鼻子抱怨、什么用都不顶的大姑娘。想当年咱们可都是搅得五洲震荡风雷激，四海翻腾云水怒，横扫一切牛鬼蛇神的红卫兵。你也曾说过将来想做一个充满卓越的智慧和远见，具备深刻理论思维和不屈战斗精神的解放军文工团战士。你可千万别跟胡八一似的整天高呼低级趣味无罪，别忘了，死亡不属于工人阶级。"

丁思甜被胖子说得破涕为笑，抹了抹眼泪点头道："对，死亡不属于工人阶级。"她和老羊皮这一老一少，在我们的劝说下，终于认清了形势。

这世界上能挽救自己命运的人，只有自己，怨天尤人根本没有意义。现在没别的办法，把牛丢了就只能依靠自己去接着找了，哭天号地也不可能把牛给哭回来。

实际上我还有个想法没跟众人言明。昨天老羊皮说起几十年前他兄弟被人逼着带路去百眼窟的事情，曾提到过从山里来的那伙土匪携带了好大一口箱子。我当时就觉得此事蹊跷万分，这件事发生的年代，与四婶子说的时间非常吻合，说不定是泥儿会的胡匪们把从山里挖出来的东西带到了草原。他们选择草原的动机我猜想不出，可那口黄大仙的箱子里，八成有值钱的黄金。万一牧牛群真找不到了，如果能找到黄金，也许能让丁思甜和老羊皮将功折罪。

因为在兴安岭听过太多关于金矿的传说，把百眼窟想象成胡匪的藏金宝库这一念头已经在我脑海中先入为主了，形成了主观印象，所以随后的一切想象猜测都是以此为前提的。至于那些失踪了的人，很可能都是被看守宝藏的胡匪杀掉灭口了，最后泥儿会出现了内部斗争，为了争抢黄金和古墓中的"四旧"，打得你死我活同归于尽。八成是这么回事！那时候我见识尚浅，凡事不往深处想，还很为自己这番推断感到满意，觉得十有八九就是这么回事。

这片生满长草的坡地侧面是一个山坳，沿路下去就是丘垄起伏的鬼地方——百眼窟。我们暂时还不死心，重新骑上马，在附近转悠着继续搜寻蛛丝马迹。

此刻日已过午，我们刚上马背没过一会儿，马匹便突然显得极为不安，"咴儿咴儿"嘶鸣着，四周的空气里仿佛存在着什么异常的事物，才使它们焦躁惊慌。我担心胯下马尥蹶子把我甩下来，赶紧用一只手揪住缰绳，另一只手抓着马鞍铁环。但马匹并没有尥蹶子，只是在原地盘旋打转。我看其余的三匹马也是这种状况，急忙对老羊皮叫道："老爷子，这些马怎么了？"

老羊皮提紧缰绳，硬是将惊慌失措的马匹带住，告诉我们说，草原上的马都有灵性，要比人的直觉灵敏许多，它们一定是感到附近有什么可怕的东西，而这些东西是人感觉不到的。老羊皮的坐骑是一匹退役军马，比普通的蒙古马高出一头，这匹马的马齿虽长，但心理素质比一般的马要沉稳得多，有它带着，其余那三匹马一时还不至于乱了阵脚。

马匹的情绪略微稳了下来，我们趁机举目四顾，想看看周围的草原上有什么状况，说不定能有什么线索。一时间所有人的神经都如同拧满了弦的发条，紧紧绷了起来。为了防备草原狼，老羊皮还带了一杆老式猎枪，他有康熙宝刀防身，就问胖子："那胖娃，会不会放枪哩？"

胖子轻蔑地将嘴一撇："让您给说着了，小时候还真开过两枪。"可他随后从老羊皮手中接过了猎枪一看，苦笑道，"您这种枪我可没打过，这是猎枪吗？我看比当初义和团打洋鬼子的鸟铳强不了多少。"牧民的猎枪也有先进的，可老羊皮只有一杆猎铳，因为克伦左旗草原上的豺狼并不多，偶尔远远地看见一只，用猎铳放个响，只为了起一个震慑作用。这种小口径火铳其实还有很传奇的历史，它的原型出现在天津，是一种打野鸭子的器械，构造简单耐用。当年太平天国北伐，打到了天津，只要打下天津，大清的京城就保不住了。这节骨眼上天津知县谢子澄把打野鸭子的民团组成了火枪队，使用打排子枪的战术进行防御，号称"鸭排"，最后竟然就依靠"鸭排"把太平军打退了。所以清末民初，民间着实造了一大批这样的作坊式火器，红军长征时也还有人使用这类武器。可它再厉害也是半个多世纪之前的家伙了，现在早都该当成古董，送进博物馆了。

不过现在没时间争论这支猎铳能不能有杀伤力了，有防身的器械总强过赤着两个拳头。四人尽量靠拢，将视线呈扇形对着草原铺开，马匹仍然在"咻儿咻儿"打战。我凝神望向前方，草原上视线宽广，天苍苍，野茫茫，无不尽收眼底，可除了长风抚草而过，原野上空空荡荡，察觉不到什么异常的动静。

越是安静心中越是没底，整整一大群牛在草原上突然失踪，而且失踪得如此彻底，我感到冥冥中似乎有种神秘的力量，绝非人力所能对抗。看马匹这般不安，也许那股可怕而又神秘的力量正在接近我们，可我们甚至不知道它在什么方向。我反复问自己该怎么办，或战或逃？想来想去，眼

第十四章 失踪

下也唯有静观其变了。

脑海中翻翻滚滚的思绪，忽然被天空中一声大雁的悲鸣打断了。我听到空中雁鸣，和其余三人一齐下意识地抬头往空中看去，只见一排人字形的雁阵正自我们上方掠过。秋天候鸟结队迁徙，是草原上司空见惯的景色，我们本不以为意，可这排雁阵飞行的路线前方，恰好悬着一团黑云，那片云厚得惊人，有那么一点像是原子弹爆炸的蘑菇云，不过规模小得多，颜色也不同，在草原上挺常见，不仔细看倒也不容易引起注意。云团从高空直垂下来，这是一种名为"天挂"的云，有经验的牧者见到这种云，便知道最近要有雨雪了。

我们抬眼望上去的时候，飞行的雁阵刚好切入云层。由于人字形的雁阵很长，外围有几只大雁还没接近云团，随着云中几声悲惨的雁鸣，最后这几只雁如同惊鸿般散开向后逃去。我们看到这情形，心中立刻打了个突："我的天，那云中有东西！"老羊皮抱着脑袋一声惊呼："长生天啊，妖龙就藏在云里！"

高空处似乎有强风吹过，"天挂"的浓云迅速散开成为丝絮状，蓝天红日看得格外清楚。那云中空空如也，什么也不存在，而逃散的飞雁还在远处哀鸣。刚刚那些飞进云中的大雁，如同蒸发在了云中，连根雁毛都没留下。

我们瞠目结舌，如果不是亲眼所见，谁会相信刚才这一幕可怕的情形。这时天上洒下来的阳光似乎有一瞬间转暗了，但在我们的眼睛看起来，天上仍然是蓝天白云，没有任何不应该有的东西。可马匹随即再次变得惊慌失措，由于我们为了将马带住，都向后勒着缰，马匹知道主人没有发出奔跑的指令，只是在原地盘旋，但怎么勒也不肯停下。

就在这不知道进退之时，我忽然有一种耳膜发胀的感觉，心道不妙，天上那东西朝我们来了。老羊皮也反应了过来，挥动马鞭，朝我们的坐骑后臀各抽了一下，大伙都知道不跑不行了，一齐磕镫催马："跑啊，快跑！"

四匹马终于得到了解脱，带着我们豁剌剌冲向草坡后面。骑马最怕的就是下陡坡，很容易马失前蹄，可这时候谁也管不了那么多了，不用人去催促，马匹都玩了命地狂奔起来，耳边只有呼呼呼的风声作响。

马匹只拣地势低洼处逃窜，全是在起伏的草丘之间飞奔。我们知道马对危险的感知比人敏锐许多，不必去问理由，只管伏在鞍上，任由那匹军马带着我们逃生就是了。百忙之中我还不忘回头看了一看身后，只见阵阵秋风在草海上制造着层层波浪，天高云淡，身后根本就空无一物。

一口气奔出两三里地，四匹马这才慢了下来，马的情绪也从惊慌不安中恢复了下来，看来已经脱险了。我们勒住缰绳停下，回首张望，谁也说不清刚才究竟遭遇了什么。但失踪的牛群，也许和那些飞进云中的野雁一样，都被某种无影无形的东西给莫名其妙地吞没了。

我问老羊皮，他上次说几十年前在草原深处见到过龙，是否与我们刚刚的遭遇相同。老羊皮一脸茫然若失的表情，他说那次的情形完全不一样，那次是在黄昏，看到天空有条狰狞的恶龙，全身漆黑，简直像是可怕的幽灵一样，可不是刚刚那样的晌晴白日，那么多的生灵说没就没了，这事真是见鬼。

众人胡乱讨论了几句，都是一筹莫展，谁也说不出个所以然来。丁思甜父母都是博物馆的管理人员，各种知识她从小接触得多了，在我们这些人里就属她知识面最宽，可是就连她对这种现象也是从未听闻。她说世界上可惊可怖的自然现象极多，人类只不过是作为渺小一物看世事，又哪里认得清其中奥秘。但不论是用唯物主义还是唯心主义，或是批判主义的眼光来看现状，咱们的那些牧牛，都多半是永远也找不回来了。

正当丁思甜感叹命运弄人时，我突然发现不远处的山坳里荒草萋萋，一派狐鬼出没的迹象，心说刚才只顾着逃，这是逃到什么地方了？赶紧让老羊皮看看地形，这是哪儿啊？老羊皮定下神来，拨转马头看了看四周，神色顿时紧张了起来，他望着那片山坳说："上辈子一定造孽喽，咱们怎么就偏偏跑进了百眼窟！"

第十五章
蚰蜒

草原的天空，仿佛存在着一个无影无形的幽灵，虽然我们的眼睛无法看见它，但那些被天空吞噬的野雁和牧牛，以及惊慌不安的坐骑，都表明了冥冥中真真切切地有种不为人知的可怕事物。在不明真相的情况下，我们不得不选择回避。

刚开始谁也没有注意到，老羊皮所骑乘的那匹退役军马，竟然带我们逃进了那个草原牧民的噩梦——百眼窟。这片被称为百眼窟的丘陵地带，位于草原与荒漠交界之处。我们所来的东面是茫茫草海，向西则是一望无际的蒙古大漠，中间被一片丘陵般起伏的山地隔断，形成了典型的荒漠化草原植被地带。

眼前的这片山坳野草丛生，古树交错，如果从高处望下来，这地方也许会像一个黑绿色的巨大陷阱。当时天气虽然晴朗，可地势低洼，风吹不进来，只见齐腰深的乱草间飘荡着一缕缕雾气，里面还散发出阵阵腐臭。老羊皮指着山坳深处告诉我们，百眼窟的确切位置实际上是在山坳的灌木丛里，当年他兄弟就是被土匪胁迫着走上了这条不归路。

我问老羊皮几十年前他在这儿亲眼看到的妖龙在哪里，是在这片山坳的上空吗？老羊皮说那时候可没见到有这么多雾，山坳里就是一片密林，可现在不知道怎么有这么大水雾，看草木密集的深处，雾浓得几乎都要化不开了，上次看见龙的地方现在都给雾遮住了。

我们在马上向林子里张望了几眼，越向深处雾气越是浓重，这种情况下，如果那里面真藏了什么，不摸到跟前根本就看不到。老羊皮催促着我们趁现在能走赶紧离开，在这鬼地方停留太久，要是真出点什么意外，恐怕想走就来不及了。眼下牧牛是找不回来了，回去后是要打要罚也都认了，总比留在这儿送了性命好些。

虽然我和胖子忍不住想进林子看看里面究竟有什么，可考虑到丁思甜和老羊皮的人身安全，只得打消了这个念头，当下拨转马头便要离开。老羊皮更是不想在此多耽搁半刻，想拣近路打马翻过一个草丘，不料这坡上有许多隐蔽的鼠洞，平时洞口都被荒草覆盖，根本看不出来。牧民们最怕的事，便是将马腿陷进鼠洞，那样很容易导致马的腿骨折断。

丁思甜的坐骑枣红马刚好踏到这么一个鼠洞，洞口都是草根沙土，加之又是陡坡，马匹自重本就不轻，踩塌了鼠洞后马足陷落，枣红马载着丁思甜当即向侧面栽歪了一下，只听那马一声悲嘶，前腿胫骨顿时折了。

所幸丁思甜身子轻，被失去重心的枣红马一甩，滚落到了长草上，并未受伤，饶是如此，也惊得花容失色。她身子单薄，如果被栽倒的马匹压住，至少会受重伤。

我们见同伴落马，都吃了一惊，立刻带马止步，见丁思甜只是摔了一身的黄土草屑，这才把心放下。我刚想翻身下马，却一眼瞥见被枣红马踩塌的老鼠洞中，有只受了惊的灰白色野鼠蹿了出来。野鼠三角脑袋上的两只小眼睛闪着恐惧的光芒。它大概正在洞里闭目养神，被突如其来的马蹄惊得不轻，慌乱中逃窜起来也完全顾不得方向，"嗖"的一下从丁思甜身边蹿了过去。

从马上落地的丁思甜仍是惊魂未定，见突然有只毛茸茸的大老鼠从眼前跑过，这野鼠又肥又大，都快赶上小一号的猫了，而且离得这么近，鼠毛都快蹭到脸上了，吓得她喊了一声，急忙缩头躲避。

据我对丁思甜的了解，她胆子不小，在女知青里算是出类拔萃的人物了。但刚才事出突然，她的这一声惊呼也算是出类拔萃了，连那只野鼠都被她吓了一跳，全身一哆嗦原地蹦起老高。野鼠身在空中还没落下，丁思甜身后的草丛中乱草一分，从中探出一条长得见首不见尾的黑斑蚰蜒。那蚰蜒形似大蜈蚣，全身暗黄泛绿，由于活得年头久了，遍体皆是黑斑。它口边的腮脚钩爪极锐，一口将跃在半空的野鼠衔住，腮脚钩爪上的小孔内通毒腺，一旦捕住活物随即就会注入毒液，那野鼠连挣扎都没来得及就送了性命。

这条蚰蜒可能平时伏在草中掠食，丁思甜落马滚到它身前，它正打算出来咬人，可那倒霉的大老鼠先撞上了枪口，这倒救了丁思甜的性命，否则它早已悄然无声地咬住了丁思甜。这一切都发生在一瞬间，我和胖子、老羊皮三人到了这会儿才反应过来。刚开始看这怪物这么多脚，以为是条大蜈蚣，可定睛一看，对足比起蜈蚣要少很多，只有十来对，对足的长度惊人，比它的身体还要宽许多，最后一对尤其长，这才知道是蚰蜒，便齐声喊叫着催马去救丁思甜。

蚰蜒一口吞了硕鼠，那野鼠虽大，却哪里填得满它的胃口，它须爪挠动，转头又去咬丁思甜。丁思甜毕竟当过红卫兵，在大串联风暴和广阔天地中历练过几年，此时面临危机，虽然心里十分惊慌，但手脚还能活动，见那蚰蜒伸开腭足咬来，赶紧用手撑地，把身体向外滚开躲闪。

这时我们其余三人已经赶到近前接应。那蚰蜒完全从草丛中爬了出来，它身体有一米多长，乱爪攒动，仗着毒性猛恶行走迅速，面对人和马匹毫无惧色，贴在草面上发出"沙沙沙沙……"的响声，再次扑向丁思甜。

胖子在马上举起猎铳想打，可这把老掉牙的武器竟然在关键时刻哑了火。枪虽没响，但马已经蹿过了头，带起一阵黄土奔到了坡底，胖子方才把马带住。我看那条蚰蜒行动迅速，在草面上飞速滑动，干脆让马踩死它方为上策，于是驱马上前，猛地提拉缰绳，想让马蹄子将这条蚰蜒踩成烂泥。可是我救人心切，忘了身处斜坡之上，胯下马前腿高高抬起，蹬地的两条后腿失去了重心，马蹄落下时没能按预期踏中蚰蜒，反而是向坡下的方向打了个踉跄。这一下没勒住马,那马顺势带着我冲下了草坡。

我回头看时,只见经验老到的老羊皮并没在坡上纵马快跑,他深知这草丘上可能还有别的鼠洞,而且这种地形,一旦一击不中救不到丁思甜,等到再拨马回身便已迟了,所以他比我和胖子慢了半步。此时老羊皮已将康熙宝刀从鞘中拽出,火红的夕阳映得刀锋泛着寒光。

说时迟,那时快,眼看蚰蜒便要扑住丁思甜,就见老羊皮手中刀光一闪,一刀斩在蚰蜒身侧的对足上。那蚰蜒中有大的花蜒种类,一旦生得老了,外壳会逐渐变得坚硬,但是只有对足细得与身体极不搭调,经常会断,断了还可以再生,老羊皮这一刀挥下去,齐刷刷削去了这只大蚰蜒三条长足。

蚰蜒疼得在长草中翻了几翻,终于没能咬住丁思甜,但它紧接着一扭身体,在草丛中游走如风,借着一冲之力凌空跃起,直朝老羊皮扑了过来。老羊皮见刚刚一刀没能将这蚰蜒挥作两段,对方又卷土重来,好在他虽然年老,但常年的游牧生活使得身手依然灵活,急忙俯身趴在马鞍桥上,蚰蜒带着一阵腥风从他背上扑过,落了一空。

蚰蜒习性奇特,昼不能见,黄昏后则出,闻腥而动,草原上的黑斑花蜒毒性最大,咬死马匹牛羊也不足为奇。只见那扑空了的蚰蜒落在老羊皮身后,也不回身,径直爬到那匹折了腿的枣红马身上。枣红马正动弹不得,见有条粗大的蚰蜒爬到了身上,知道若被它咬中定是在劫难逃,想翻转马身以自身的重量压死这条毒虫,但没等它行动,就被蚰蜒的腮脚扎入神经,顷刻间双眼发青,僵硬地死在了草丛中。

蚰蜒虽然能毒死牛马,但牛马皮厚,所以平时它只食小兽,有的大蚰蜒偶尔也吃人。牧民对马匹看得如同性命,老羊皮见枣红马死了,自然十分悲痛,除了心疼马,更担心这次连牛带马死了不少,回去没法向牧区交代。但他随即发现那条黄绿黑斑相间的大蚰蜒咬死马匹后,又朝他和丁思甜扑了过来。

紧急关头也顾不上为枣红马难过了,他赶紧把手伸给丁思甜,将她拉上坐骑,二人同骑了那匹退役的老军马,双足一磕马镫,老军马载着老羊皮和丁思甜,从草丘的斜坡上虎跃下来。

第十五章 蚰蜒

我和胖子掉转马头正要再次赶回去，却见老羊皮带着丁思甜已经跑到了我们身边，他们身后的草丛中沙沙作响，那条一米多长的大蚰蜒也紧随其后追至。我看那蚰蜒来势汹汹，一瞬间就能毒死一匹蒙古马，也不敢再纵马去踩它，打了个手势，与胖子再次拨转马头，众人催马遁入林中，想借马速将紧追不舍的蚰蜒甩掉。

可刚一进树林我就后悔了，越往山坳深处树木越是茂密，在宽广的草原上跑马，无遮无碍确是一桩快事，但有树的地方骑马实在是让人眼晕。马匹在树丛中飞奔，眼看着一棵棵奇形怪状的古木从身边飞也似的掠过，感觉好像随时都会撞在树上。

跑不多远，我身上的衣服已经被树枝刮了好几道口子，狗皮帽子也不知道掉到哪里去了。眼看林中树木横生倒长，参天蔽日，再跑下去众人非得跑散了不可，我赶紧拉住缰绳，但专门受过训练的马才能说停就停，我这马并不太听话，不但没停反而斜刺里冲了出去，把骑马跑在旁边的胖子也给挤得偏离了路线。

胖子的坐骑带着他奔向一株老树，老树有条粗枝生得极低，刚好横在胖子的行进路线上，胖子见状，赶紧来了个镫里藏身。这招他只看草原上的牧民使过，根本没实践过，他把腿从镫里抽出，身体笨拙地在马背上打了个斜，蜷缩着坠在坐骑一侧，虽然动作难看，却正好避过了那条横枝。

胖子对自己的表现颇为得意，唯恐其余的人没看见他这一手，大呼着叫大伙注意他这边的动作。可是他这镫里藏身只会照猫画虎地模仿一半，他身胖体重，再想翻回马背可就难了。这时他的坐骑即将奔到两株大树之间，两树之间的宽度过一匹马没问题，可马的侧面加上胖子就无论如何也过不去了。胖子眼看自己要撞树上了，躲无可躲，又根本不可能让马匹停下，干脆闭上眼弃马滚落在地，摔入了一团乱草之中，那匹马头也不回地蹿进了密林深处。

我光顾着看胖子镫里藏身，也被一根粗硬的树枝从马上撞了下来，仗着衣服穿得厚实，肋骨才没被撞断，而且双手抱住了树枝悬在半空。胯下马奔得性起，同胖子的坐骑一前一后奔进了密林浓雾之中，都在片刻间跑没了影踪，只留下一串马蹄声。

我抱着树杈悬在半空，上不着天，下不着地，肋骨被撞得生疼，刚想放手让自己下来，可就听脚下的荒草中"沙沙"几声响，那条被削去了三条对足的大蚰蜒从草间冒出了头，张牙舞爪地昂首而起，奔着我的脚就是一蹿。我一看不好，赶紧腰腿用力，翻身爬上了树杈。

老羊皮马术娴熟，虽然他和丁思甜并骑，骑的又是匹老马，在林中跑起来仍然比我们快出许多，进树林后就把我和胖子甩在了后边。丁思甜回头看见我和胖子落马，便立刻告诉老羊皮，二人打马回身，正撞见我在树杈上躲避蚰蜒的攻击。

蚰蜒在古树长草之间进退如电，不等老羊皮的马到近前，它便从草丛中转到了他们身后，人立起来张开足咬向老军马的后臀。我趴在树杈上看得真切，一声惊呼，心想可惜了这匹能解人意的退役军马，最后却惨死在蚰蜒口下。

第十六章
鱼汤

　　老羊皮常年在草原上牧牛放羊，也时常遇到恶狼、猞猁之类的猛兽从马匹背后袭击，知道该当如何应付，正发愁找不着机会收拾它，这家伙却自己送上门来。他立即打了声呼哨，那匹老军马驮着他和丁思甜，就在大蚰蜒扑至马臀的一刹那，猛地向前一欠身，前腿撑地，两条后腿狠狠蹬向从马后扑来的蚰蜒。这一蹬之力不下千百斤，把黑斑蚰蜒蹁得在空中翻了几翻，远远地落在地上滚了出去。

　　那蚰蜒吃了大亏，再也不敢造次，滑进长草深处远远地逃走了。我见老羊皮出奇制胜，喝了一声彩，从树杈上爬下来，和丁思甜一起把摔得七荤八素的胖子也拽了起来。众人扑落身上的树皮杂草，这才想起有两匹马跑进林子深处了。牧牛没找回来，加上刚刚被蚰蜒毒死了一匹枣红马，现在四匹马只剩下一匹老军马，损失越来越大。老羊皮连吹了几声招呼马的口哨，等了半天也不见动静，不知道那两匹马跑哪儿去了。

　　老羊皮对这片被称为百眼窟的区域从骨子里感到恐惧，可人有时候是没有选择余地的，牛马的损失责任更为重大。这两年斗争形势这么紧张，有那么多顶帽子，万一给扣上几顶可就要了老命了。老羊皮毕竟年岁大了，刚才一阵剧斗便已使他心跳加剧，跟个破风箱似的呼哧哧喘着，加上心理负担太大，眼前便一阵阵发黑。

丁思甜见老羊皮身体不支几欲晕倒，急忙扶着他坐在树下，揉着他的心口为他顺气。可老羊皮仍然是连咳带喘，一口气没倒过来，咳得背过了气去。我们赶紧进行抢救，又是按胸又是捶背，才让他呛了一口痰出来，总算是有呼吸了，可人还是昏昏沉沉的，怎么招呼也醒转不来。

丁思甜在草原上插队，始终得到老羊皮一家的照顾，她几乎把老羊皮当成了亲爷爷，此刻见他不省人事，又怎能不急，流着泪问我该怎么办。我插队的那个屯子里，有位赤脚医生，绰号"半片子"，有时候我会去协助他给骡马瞧病。我和胖子、丁思甜这三人中，也就我有点医学常识，但我面对昏迷不醒的老羊皮也感到无所适从。就算是赶快送他回牧区，也需要走将近一天的路程，而且牧区离医院还有一天的路程，等找到大夫，人早完了。

没想到还是胖子给提了个醒，他说："这老爷子是不是饿的呀？咱们从早上起来就风风火火地出门追赶牛群，直到现在眼瞅着太阳都落山一半了，水米几乎就没沾牙，别说他上岁数的人了，连我这体格都有点顶不住了，饿得头晕眼花的。"

经胖子这么一提，我和丁思甜也觉得饥火中烧，已经一天没吃东西了。白天光顾着找牛，着急上火的，谁都没想起吃东西来，老羊皮肯定是劳累过度，加上白天没吃东西，所以饿得昏过去了。

我们临出发的时候，老羊皮担心一天两天之内找不回所有的牧牛，于是带了些干粮，甚至还用马驮了口烧水的锅来。他照顾老军马，只把那口空锅子以及一些零碎轻便的物什挂到了马上，其余的粮食和用品都由另三匹马负载，倒霉的是我们眼前只剩下这匹老马，身上没有任何可以食用的东西。

胖子说那没办法了，宰马吃肉吧，要不然咱们都走不出林子了。丁思甜赶紧拦阻，草原上立过功参过军的牲口是不能宰的，它们都是人类的朋友，宁可饿死了也不吃马肉，等老羊皮醒过来，要知道有人宰了他的马吃，还不得玩命啊。

野外的天黑得早，下午四点一过，太阳就落山。这时天色开始暗了，林中夜雾渐浓，光线越来越少，已经变得和夜晚差不多了。头顶上不时飞动的物体，不知是鸟还是蝙蝠，发出凄厉的鸣叫，那声音使人感觉脑后每一根头发都立了起来。

我们都有点搞不清东南西北了，胖子和丁思甜都望着我，希望我拿个主意，现在该怎么办。我稍一犹豫，对他们说："虽然老马识途，可这林子里雾大，如果咱们没头没脑地往外乱走，一来人困马乏，都一天没歇气了，再继续走容易出事；二来如果再遇到藏在深草处的蚰蜒毒蛇，或是遇到狼群猞猁之类的猛兽，一定没咱们的好果子吃。毛主席教导咱们说，我们应该尽量减少无谓的和不必要的牺牲，所以我看咱们现在要做的是就地点起营火，一来防备虫兽袭扰，二来找些东西煮来吃了，让人和马匹都养足了力气，等明天天一亮再继续行动。"

胖子说："这方案好是好，可不周全。你们瞧这片林子，除了草根树皮就是烂泥，别说吃的东西，连口干净水都没有，咱们煮什么呀？可不吃东西又实在是走不动了，这状况让我想起革命前辈曾作过的一首小诗：'天将午，饥肠响如鼓……囊中存米清可数，野菜和水煮。'当年陈毅将军的游击队那么艰苦，可毕竟米袋里还有几粒米能跟野菜一起煮着吃……"

我听胖子一提米和野菜，肚子里顿时打起鼓来："胖子你什么意思？咱们处境这么艰难还敢提煮野菜粥，越是饿肚子就越不能提吃的，否则会感到更加饥饿。想当年革命前辈们断粮三月，依旧斗志激昂，咱们怎么就不能克服克服？"

这时丁思甜突然一拉我的衣袖说："八一，你们听听，林子里是不是有流水的声音？"我心想这山坳的林子里哪儿会有什么河流，也许是谁的饥肠响动，使丁思甜听岔了？可我静下来一听，不远处还真有溪流叮咚流淌之声。有水声就有活水，我们嗓子正干得难耐，而且如果是条溪水，里面也许有鱼，另外顺着水走，在这雾气迷漫的密林中，也不容易迷路。

我们一刻都没耽搁，老军马的挎囊中有盏煤油汽灯。新中国成立前这灯叫洋油灯，其实洋油就是煤油，牧区没有松油，晚上普遍都以煤油汽灯来照明。我提了灯在前找路，胖子把老羊皮摺到马背上驮着，他在旁边扶着，丁思甜牵着马，一伙人就朝着传来流水声的地方摸索前进。

我们拨林取路，走出不远，果然见到一口水潭。由于天黑又有雾气遮盖，能见度不足十米，看不清这水潭的大小，不过听远处那水声流量很大，估计这潭不小。站在潭边的青石上举起灯来一照，只见水花翻滚，水下有许多肥大的黑鱼被灯光吸引，纷纷游过来。

克伦左牧区的人视鱼为天神，从来不吃鱼捉鱼，这片草原上大小湖泊里的鱼生活得自由自在，从来就不怕人，不像内地的鱼，一见有人就远远遁入湖底。不过我们可管不了这些，这里除了鱼和马没别的东西能吃，在这片荒凉的草原上，鱼是神仙，马是朋友，吃神仙还是吃朋友，对我们这些当过红卫兵的知青来说，这是根本不用考虑的一个问题，毫不犹豫地会选择吃掉前者。

我和胖子撸胳膊挽袖子准备动手捉鱼。丁思甜把老羊皮安顿好，拴住了老军马，捡些碎石围成灶头。林子里有的是枯树枝叶，随手就拾了一大捆。她很麻利地点了堆火，用树枝架起锅来烧水，先烧开一点水，把锅涮干净了，然后再煮些热水给大伙喝。

对我和胖子这种没媳妇的男知青来说，做饭是最难过的一关。虽然是在野外，丁思甜还是料理得井井有条，看到她忙活的背影，心中莫名生出一种惆怅的情绪，不过这种心情很快就被饥饿驱赶走了。我们俩商量了一下，这里的鱼不怕人，这就免了不少麻烦，不用像在兴安岭那样浑水摸鱼，直接找了两根树杈，拿老羊皮的"康熙宝刀"削尖了当成鱼叉。

有了鱼叉当然也不能在水里乱戳，而是要先把煤油汽灯挂在水面，把肥大的黑鱼都吸引过来，接下来还要耐着性子，根据水流、气泡、水花等迹象摸清鱼儿游动规律，再行出击。由于光线不足，我们并没能完全掌握水中游鱼的动向。虽然准备得不太充分，可这潭中的黑鱼还是被我们戳上来七八尾，其余大一些的黑鱼终于明白过来有危险，头也不回地游进了深水。

我看捉到的这些鱼体形肥大，再多人也够吃了，但人饿起来眼就大，怎么看都觉得量少。于是我和胖子把鱼交给丁思甜收拾下锅，又再次回到潭边，故技重施，叉了几尾刚从远处游过来的黑鱼，这才觉得差不多够四个人吃了。实际上我们捉的鱼别说四个人吃，就算再多四个人也足够了。

丁思甜告诉我们黑鱼用火一烤就干了没法吃，于是用刀子切开鱼腹去除内脏，刮了鱼鳞，切成段下到热锅里，看样子是要煮一锅鱼汤。滚热的水气一逼，只闻得锅中香气四溢，虽然没有任何佐料，可这时候谁还管它是咸是淡呢。我们咽着口水强压饥火，目不转睛地盯着锅内的鱼，看得眼珠子都快掉锅里了。

胖子馋得口水都掉了下来，他用衣袖胡乱抹了几抹，对我和丁思甜说："据说北大荒兵团那帮哥们儿一日三餐都喝汤，他们还给汤写了首诗，喝汤之前我先给你们朗诵朗诵：啊，汤、汤、汤，革命的汤！一顿不喝想得慌，两顿不喝馋得慌，三顿不喝心发慌……"

我和丁思甜都被胖子的诗逗笑了，丁思甜说："胖子那诗是从哪儿来的？那可都是老皇历了。以前的北大荒很荒凉，又有兔子又有狼，只长野草不长粮，后来兵团的人逐渐多了，把北大荒建成了北大仓。听说现在好多了，不用整天喝汤了，我有个同学就在那边当班长。对了，你们俩在兴安盟都吃什么？"

胖子说："我们那边好吃的太多了，天上龙肉，地下驴肉都吃遍了，也没觉得有什么好吃，还没咱们这锅鱼汤好呢。这汤可真鲜，单是闻着都是种享受。"

丁思甜奇道："龙肉也有的吃吗？难道老羊皮爷爷说的是真的？这世上当真有龙？"

我解释道："天上龙肉,地下驴肉。这所谓的龙肉，其实就是山里的榛鸡，它俗名又叫飞龙，因为味道鲜美，是山珍野味里的极品，所以美其名曰龙肉，其实跟普通的野鸡没多大区别，下次我从那边给你弄两只来，让你尝尝龙肉什么滋味。不过小胖说得还真挺对，我也感觉咱们这锅鱼汤太鲜了，也没放调味料，怎么这味道会这么好？也许是我饿了，反正我觉得这辈子没闻过这么诱人的鱼汤。"

说话间鱼汤就熬得差不多了，只诱得人食指大动。忽听身后一阵咳嗽，老羊皮慢慢醒转过来，嗅着鼻子闻着那锅鱼汤。"哎呀，香得很……这煮的是甚，怎的恁香？"

我们一回头见他醒了，都松了一口气，看来果然是饿过了头才昏迷的，闻见鱼汤自己就醒了。我心想不能对老羊皮说是鱼汤，这老头虽然也是贫下中农，但骨子里的迷信思想还很严重，封建尾巴没割干净，我要告诉他是鱼汤，他肯定不让我们喝了，不如先让他喝饱了再告诉他实话，那他就没话可说了。

想到这儿，我不等胖子先吃，就一把抢过他手中的马勺，慷慨地盛了满满一勺汤递给老羊皮："我们知识青年响应号召上山下乡，就是为了向贫下中农学习，应当多听取贫下中农的意见，并且接受贫下中农的教育。您先来口尝尝，给我们点评点评这汤熬得怎么样。"

老羊皮也可能是饿得狠了，也可能是由于这锅鱼汤味道太香，见马勺送到嘴边，顾不得再问什么，接过来两口就喝了下去。他舔了舔嘴唇，意犹未尽，颤颤悠悠地走到锅前，一勺接一勺地喝了起来。他也不嫌烫，一口气喝了半锅，连里面的鱼肉也捞出来吃了许多。

胖子一看急了，这么一大锅够八个人吃的，这老头自己就去了半锅，这干巴老头饭量怎么如此惊人？我和丁思甜也看傻了眼，他怎么跟中了魔似的吃起来没完了？这么吃下去不是要撑死吗？我们赶紧拉住老羊皮："您知道这锅里煮的是谁的肉吗？不问清楚了就吃这么多，这是林中水潭里的黑鱼肉啊。"

老羊皮已经吃得太多了，撑得他直翻白眼，一听是鱼肉也吓了一跳。"甚？黑鱼肉？罪过嘛，这神神也吃得？吃了要把报应来遭……把报应来遭……"可说着话，他就像管不住自己的手一样，又接着用马勺去捞鱼肉吃。

我见老羊皮两只眼睛瞪得血红，与平日里判若两人，一个人绝不可能喝了这么多鱼汤还像饿鬼一样。我心中当时咯噔了一下，一种不祥的预感油然而生——这锅鱼汤喝不得！

第十七章
百眼窟

　　老羊皮喝了那鲜美的鱼汤之后，整个人仿佛变作了从阿鼻地狱中爬出来的饿鬼，唯恐别人和他争食，把我和胖子推在一旁，自己把住了剩下的半锅鱼汤，一只手用马勺舀汤，另一只手则伸入滚烫的锅中捞鱼肉，两只手流水似的往嘴里送着食物，就好像他的嘴变成了无底洞，不论喝多少鱼汤吃多少鱼肉，都填不满。可那鱼肉鱼汤毕竟是有形有质的事物，老羊皮吃得实在太多，肚子胀得鼓鼓的，鼻孔里都往外泛着白色的鱼汤。

　　我和胖子、丁思甜三人面面相觑，都看得呆了，见过能吃的，但没见过这么能吃的。胖子看得心惊肉跳，一个劲地跟老羊皮说："给我们留点，给我们留点……"丁思甜隐约察觉到不妙，但她并不知道究竟发生了什么，她使劲拽了我的胳膊一把。"老羊皮爷爷他……他究竟是怎么了？他再吃下去要出人命了。"

　　我胳膊被丁思甜一扯，这才醒过味来，刚才真是看老羊皮饿鬼般的吃相看傻眼了，这锅鱼汤肯定有问题，难道草原上被视为天神的鱼当真吃不得？吃了就会变得着了魔一样，一直吃到死为止？

　　眼看老羊皮要自己把自己给撑死了，我无暇再去细想，走过去抓住老羊皮后衣领。他的肚皮胀得像鼓，好像随时都可能裂开撑破，我担心用的力气大了，会伤到他的内脏，只是轻轻抓住他的衣领，把他向后拉起，然后让胖子夺过他手中的马勺。老羊皮已经失去了神志，口里鼻子里都往外呛着鱼汤，被我向后一拉就躺倒在地，口吐白沫，人事不知了。

我心想幸亏喝的是鱼汤，给他揉揉肚子，从嘴里吐出来些，再放个茅，料想也无大碍。可刚一抬眼，发现胖子正用马勺要去捞鱼汤，他嘴里还跟丁思甜念叨着："难道这汤真的那么鲜？让贫下中农喝起来停不了口，我也试试……"

我怕胖子会重蹈老羊皮的覆辙，赶紧抬脚将热锅踢翻，剩下的鱼汤全泼在了地上。我对胖子和丁思甜说："这汤不能喝，喝了就变饿鬼了。"丁思甜替老羊皮揉着肚皮说："是啊，我看老羊皮爷爷好像是越喝越饿，明明肚子里已经满了，但他似乎完全感觉不到，越喝越想喝。看来克伦左草原上的牧人从不吃鱼确实是有原因的。"

我很后悔当初让老羊皮先喝第一口鱼汤。那时候我们根本无法理解这其中的秘密，只觉得这片雾气蒙蒙的林子里，就如同那个关于这里有条妖龙的传说一样，处处都透着诡异可怕，让人难以理解。许多年后，我参军到了兰州，才知道在黄土高原上有种罕见的黑鱼，这种黑鱼肥美少刺，用以熬汤，鲜美无比，任何人尝上一口，都会变得跟饿鬼投胎一般，越吃越饿，越吃越想吃，一直吃到胀死为止。关于这种可怕的黑鱼，有许许多多的传说，有说这些鱼都是闹饥荒时活活饿死之人所化，也有人说黑鱼是河中的龙子龙孙，谁吃谁就会遭到诅咒。

后来随着科学日益昌明，我才了解到，原来这种黑鱼中含有一种麻药，人类之所以会感到饥饿和饱胀，都是由于人的大脑下视丘中有一段"拒食神经"。黑鱼中的某种成分，恰好能麻痹这段神经，使人感到饥饿难以忍耐，一旦吃起来，就再也控制不住自己的食欲了，从古至今，因其而死之人，难以计数。

当时在百眼窟的密林中，我们大概就是误将这种黑鱼煮了汤，不过那时候我们根本不知道此中原因，只是感觉到不妙，这鱼汤是绝不能碰了。

老羊皮胀肚昏迷，看样子一时半会儿醒不过来，而且他胀成这样，也没办法挪动他，一旦把肠子撑破，在这无医无药的荒郊野外，我们也只能眼睁睁看着他一命归西了。

望着泼了一地的鱼汤和正在吃草的老军马，我和胖子、丁思甜三人皆是愁眉不展。这潭中的鱼太过古怪，肯定是不能吃了，可饿劲上来，实在难熬。这时候难免会羡慕那老马，在草原上到处有草，随便啃啃就不饿了，哪儿像人吃东西那么麻烦。

眼下我们只好苦等老羊皮恢复过来，再去找别的东西充饥。林中的夜雾渐渐淡了下来，依稀能看见天上的暗淡星月了，好在除了这潭中的鱼不能吃，倒未见有什么危险之处。四周静悄悄的，三人围着火堆，想闲聊几句，借以分散注意力，缓解腹中饥火煎熬，可说了没两句，话题就转移到吃东西上了。我们充分地回忆曾经吃过的每一顿美食，大串联的时候我们曾游历了半个中国，从北京的烤鸭、天津的狗不理包子到西安的羊肉泡馍、兰州的拉面，一顿顿地回忆，一口口地回忆。

三人正谈吃谈得投入，却听身后传来老鼠触物的窸窣响动，我们急忙回头一看，原来泼洒在旁的那小半锅鱼汤，以及里面的鱼肉鱼头，引来了几只肥大的鼹鼠。这些家伙也当真馋得可以，禁不住黑鱼鲜味的诱惑，顾不上附近有人有火，竟然大胆地前来偷食，抱着地上的鱼肉碎块正啃得热切。

我见这些鼹鼠体形肥硕，皮光毛亮——它们俗称"大眼贼"，通常生活在草原下的黄土洞里，在林中干燥之处也偶尔能见到，体形比野鼠肥胖得多，正是野外的美味——赶紧打个手势让胖子和丁思甜不要出声，随手捡了一根拳头粗细的树干，对准其中最大的一只，一闷棍砸了出去。那大眼贼贪图鱼鲜，它就像老羊皮一样吃得神志不清，根本没有躲闪，被砸了个正着。

胖子也跳起身来，抡着粗树棍跟我一同打鼠，顷刻间便有七八只肥鼠被毙在了乱棍之下。三人大喜，赶紧动手烤鼠吃肉，每只大眼贼的体形都跟小一号的兔子差不多，一烤就嗞嗞冒油。丁思甜开始还有些不放心："万大眼贼也跟黑鱼一样,人吃了就变饿鬼怎么办?"

我对丁思甜说:"草原上可没有不许吃大眼贼的传说,不是有许多牧人都在秋天捉了最肥的大眼贼当口粮吗?我看应该问题不大。"说话间,那边胖子已经风卷残云般啃掉了半只烤得半熟的大眼贼。我和丁思甜仍有些担心,尝试着吃了些,发觉无异,这才放心大吃。

草原上的牧民把吃烤鼠肉视为家常便饭,但在兴安岭山区,有许多人却从来不吃鼠肉。新中国成立前,在山区里找金脉开金矿的人就忌食鼠肉。我曾经听我祖父说倒斗的手艺人也不吃鼠,而称老鼠为"媳妇儿"。这是因为他们整天做的营生都是搬土打洞的勾当,与老鼠无异,属于同行,而且老鼠也是"胡、黄、白、柳、灰"这五大家之一的"灰"家,天天跟土洞子打交道,就绝不能得罪老鼠,否则指不定哪次一不留神,就会被活埋在盗洞里。

我当时根本没动过盗墓的念头,对吃些大眼贼的肉毫不在乎。丁思甜也不太相信什么黄皮子、长虫、狐狸、刺猬和老鼠之类是仙家,但她深信天道有容,凡事不能做得太绝,吃老鼠也一样。在丁思甜的老家,新中国成立前闹饥荒,当地老鼠特别多,虽然没粮食,可老鼠一点没见少,大伙为了活命,就抓老鼠吃,也不知吃了几十万只老鼠,终于把饥荒熬了过去。可当地人已经养成了吃老鼠肉的习惯,有粮食的时候仍然要抓老鼠吃,而且是家家都吃,人人皆吃。结果有一年突然就闹起了鼠疫,死的人数都数不过来,疫情过后,有的整座村子死得就只剩下两个吃全素的活人。

胖子说:"这叫什么天道有容?我看老鼠就是四害,把它们消灭干净就不会闹鼠疫了。不过你们听没听说过,有人说这世上的老鼠比人还多,看来等消灭干净了帝修反以后,咱们就要着手剿鼠了。"说着话,他忽地抄起猎铳,倒竖起来枪托朝下,去捣一只在附近鼠洞中探头探脑窥探我们的大眼贼。

那大眼贼被鱼汤和烤鼠肉的香气撩拨得坐卧不安,在鼠洞里探着脑袋,想找机会爬出来偷些鱼肉吃,忽见有人抡棍子砸来,赶紧缩身回洞躲闪。胖子刚吃饱了想借机消消食,这一下子把劲使得足足的,一枪托狠狠地捣在地上，不料没砸到大眼贼，倒把地面的土层砸塌了一大块，这里的土壳很脆，下面又有窟窿，用枪托一捣就塌陷了下去。

这片林子之所以叫作百眼窟，可能是因为地下有许多洞穴或地窟窿，但是多年来自然环境及水土变化使落叶荒草遮住了这些窟窿，形成了一层土壳，如今已很难直接找到什么地窟，这层土壳又被在地下挖蚯蚓而食的大眼贼挖得百孔千疮，所以胖子用枪托一砸就塌了，却也并不奇怪。

但当时我们都没想到会发生这种事，草丛中的土壳轰隆塌下去一大块，实在是出人意料。更让人吃惊的是，露出的大窟窿里挤满了老鼠，胖子抬手一指："哎哟我的姥姥，怎么冒出来这么多大老鼠？"

我顺着他的手一看，也是全身一震，看得头皮都发麻。那窟窿里面都是树木的根茎和烂泥，其中竟然有座庞大的"鼠山"。无数只大眼贼你拥我挤地堆在一起，群鼠蠕动叠压，码起来一人多高，而且不仅有大眼贼，附近到处乱窜的还有灰鼠和草原犬鼠，以及许多根本认不出种类的肥硕野鼠，乌泱乌泱的一大片，这个巨大的老鼠洞大得超乎想象。

受到洞口塌方的惊扰，群鼠跟决了堤的潮水一般蜂拥而出，由于数量太多，竟连我们点起的火堆都给立时压灭了。我和胖子、丁思甜三人赶紧抡刀挥棍驱赶冲到身边的众多巨鼠，这些大老鼠被人一赶，更是乱了营，吱吱乱叫着在林中各处乱窜。野鼠的天敌之一就是蚰蜒，而夜晚又正是蚰蜒觅食的时辰，受到野鼠群的吸引，只见从石头缝里、草窠子里、树丛中钻出一条条黄绿色的大蚰蜒，钻入逃散的野鼠群中大肆吞咬。

原本死一般沉寂的林子里乱成了一团，混乱之中撞上这许多天敌，野鼠们一时不知道往哪边逃好了，东撞一头、西撞一头地在林中兜起了圈子。在草原上牧民们常见的蚰蜒不过二十厘米左右长，将近一米的都甚为罕见，可这会儿我们发现周围竟然还有两米多长的花斑大蚰蜒。身上有斑点的蚰蜒毒性之猛比之毒蛇更甚，如果我们在这种情况下跟着群鼠向外乱闯，肯定会被蚰蜒的毒腭咬到，咬上就没救，因为根本来不及施救便会毒发身亡。

想到丁思甜那匹枣红马被蚰蜒咬死的惨状，实在是令人毛骨悚然。如果这时候能有几匹坐骑，我们还能赌赌运气，冒险骑马冲出去，可身边仅有一匹老马,那马现在也惊了,它的缰绳被拴在树上,嘶鸣着挣扎不脱,只得不断尥起蹶子踢开在混乱中靠近它的鼠群和蚰蜒。

我抓起地上的那盏煤油汽灯,喊胖子和丁思甜架住昏迷不醒的老羊皮,往塌掉一大片洞口而暴露出来的老鼠洞里逃。这时鼠群大部分已经蹿出了巨大的鼠窟,与林中那乱成一片的撕咬吞噬相比,只有这又脏又臭的洞窟是唯一退身之地。胖子和丁思甜立刻明白了我的意思,两人半拖半架着,把挺着肚皮的老羊皮拽进了鼠窟。我挥起康熙宝刀,一刀削断拴住老军马的缰绳,老马身得自由,纵声长嘶,但并没有立刻冲出包围圈,而是围着鼠窟打转,不肯舍主逃生。我用刀一指林外,对它说:"自己逃吧。"

那老马竟似真有灵性,好像看出以它的高度钻不进那鼠窟,又见主人们已进去避险,这才打声响鼻,反身向林外冲了出去。我见马跑了,就立刻钻入鼠窟,一进去就是一阵腥臭呛进鼻孔,赶紧用衣袖捂住鼻子。

鼠窟里面甚深,两侧则潮湿狭窄,竟像是一条人工修建的地下隧道。举灯一照,深处黑洞洞看不到尽头,洞中还有些没逃干净的大小老鼠,不时从我们脚面上嗖嗖爬过。耳听蚰蜒吞咬游走以及野鼠悲惨嚎叫之声已经到了洞口,我心想这回算是真正进了百眼窟,现在是想不进去都不行了,当下不敢怠慢,赶紧用刀指了指洞穴深处,对胖子和丁思甜说:"转战游击是我军克敌制胜的法宝,咱们应该在迂回运动和大踏步的撤退中寻找战机转败为胜,现在先往里面撤,小心脚底下。"

当年我们这三个年轻人,怀着一腔"剩勇"贸然闯入了一个禁区。初时最多是有些紧张不安,别的倒也没有多想,可那时我们谁也没有料到,在这鼠窟的尽头,一个巨大的噩梦正等候着我们的到来。

第十八章
观龙图

我们闯进鼠窟,举起灯一照,只见四周尽是古砖,那砖奇大,形同石板,头顶上也是古砖砌成的弧形顶棚。不过这古砖隧道搭建得非常简易,有多处因为年久失修而塌陷,加上野鼠打的洞,以及上面树根生长侵蚀,就眼前这么一段隧道已是百孔千疮,面目全非。慌乱与黑暗之中,我们也无法仔细分辨这儿到底是什么地方。

头上石顶的老树根茎和泥土中,有无数蠕虫与白花花的虫卵,也许刚才老鼠们搭起鼠山正是为了去吃虫卵。蚰蜒虽然猛毒凶恶,却不善穴地,体形大得钻不进鼠洞,但这时候群鼠聚集之窟塌了人人一个缺口,于是大小蚰蜒们纷纷赶来吞噬逃窜的野鼠。为了躲避洞外来势汹汹的蚰蜒,我们只好一步步向这神秘隧道深处撤退。最棘手的是老羊皮胀着个肚子,神志全失,胖子想背都没法背他,只得同丁思甜倒拽着他的两条胳膊,四仰八叉地拖着他走。照明的用品只有我手中这盏昏暗的老煤油汽灯,根本照不出三五步远。我们一面摸索着前进,一面还要用脚拨开地上聚集的野鼠,与其说是往隧道深处逃跑,倒不如说是往里面"蹭"。

行不到数步,就听身后群鼠又是一阵大乱,想是已有蚰蜒钻进了隧道。

我四下里一望，见身前的几块古砖都被树根挤得松动了，再稍微加以外力，这段隧道非得塌方不可。事到如今只能兵行险招，如果被活埋了也认了。于是我赶快让胖子和丁思甜拖拽着老羊皮速速前行，越快越好，别管后边的动静，然后把康熙宝刀插入鞘中，用那刀柄对准头顶的石砖连捣带撬。

刚撬下来两块石砖，其上的泥土碎石便纷纷滚落，我不敢停留，抽身出来，猛听"轰隆"一声，隧道顶紧跟着塌落了下来，把下面的大小野鼠砸死不少，那些蚰蜒暂时是过不来了。我抹了一抹头上的汗珠，转身赶上已经走出一段距离的胖子等人。

胖子听见后边的动静，问我是不是把隧道顶给捅塌了。我说这回退路算是断了，只能寄希望于前边另有出口了。面对这种情况，三人心中多少都有些慌，这地道黑乎乎的没个尽头，也不知是否另有出口。虽然这里还有许多大眼贼出没，但大眼贼能钻出去的洞，我们可钻不出去。倘若被活埋在这恶臭泥泞的鼠窝里，这样的死法未免也太窝囊了些。

我祖父以前以看风水相地为生，曾经结识过一些盗墓的手艺人。我听他讲过，盗墓贼干的是穿梭阴阳界的勾当，能干这行的没有胆子小的，可他们也有非常惧怕的事情，倒斗最怕的就是被活埋在地下，那是最惨的死法。不过倒斗的人中，有善于相地的摸金校尉，能外观山形，内辨地脉，不论是在地上还是地下，都能判断地形地脉。在摸金校尉看来，宇宙有大关合，山川有真性情，他们将山川看作有生命的存在。"山之体，石为骨，林木为衣，草为毛发，水为血脉，云烟为神采，岚霭为气色"，只要能摸清山川水流生命的脉搏，就定能在绝境中寻得"生门"。

当然那时候我还不懂这些深奥的风水秘术，只记得我祖父大概讲过这么个意思，心中不免有些羡慕摸金校尉。天下之事福祸无门，吉凶难辨，如果是摸金校尉在此，他们能分辨出这条黑漆漆的地下隧道是通往何方吗？我甚至感觉这条古砖堆砌的隧道极像是盗墓故事中的墓道，也许在尽头处会有一口大棺材。

我胡思乱想着接替了丁思甜，同胖子抬起老羊皮，丁思甜背着猎铳举灯给我们照亮，三人摸索着往前缓缓而行。我无意中把刚才的念头对他们说了，丁思甜奇道："咱们大串联的时候，也听你讲过风水盗墓的故事，难道你祖上是干这行的？"

不等我回答，胖子就替我回答了："老胡他爷爷是大地主，被革命群众发现之后，已经被批倒批臭并且踏上一万只脚了，还给老胡扣了顶地主阶级孝子贤孙的帽子，要不然他怎么没当上兵呢。我这情况跟他正好相反，其实我们家祖上都是要饭的泥腿子，这么穷够光荣了吧？可我们家老爷子愣是有历史问题没交代清楚，好像还多多少少有点现行问题，到现在也没弄明白是'历反'还是'现反'，结果我也被扣了顶帽子，是修正主义的白专苗子，同样不能参军。你说我这一颗红心闪闪亮，难道不是有目共睹的吗？我他妈招谁惹谁了？"

胖子一席话说到了众人痛处，三人皆是神色黯然。我心想这些烂事有什么好提的，说多了心里难受，得赶紧把这话题岔开，于是边走边对胖子和丁思甜说："我祖父确实有几亩薄地，不过也不是什么大地主，他也不是盗墓的，只不过认识一些倒斗的高手，还亲眼见过大粽子。"我担心他们听不懂行话，还解释说倒斗就是盗墓，粽子就是坟墓里的尸体。听我祖父讲，平常都说世上三百六十行，行行出状元，但实际上能够自成体系的中国传统行业一共分为七十二行，都各有各的传承来历与祖师爷，比如屠夫、裁缝、木匠、盗墓、响马等等，这里面最牛的是什么行业你们知道吗？有句话说得极精辟："七十二行，盗墓是王。"因为盗墓需要的技术与知识、胆色、手艺，以及盗墓得到的回报与风险，都是其余七十一行完全不能相比的。不但如此，世人也公认"盗墓倒斗，摸金为王"。所以摸金校尉才是中国传统职业中真正的王中之王。

胖子不懂装懂地说："噢，闹了半天，你觉得咱们现在走进了一条墓道？其实我看盗墓也没什么可怕的，古墓不就是埋死人的地方吗？那些封建社会的帝王将相和才子佳人，不是通通都给打倒了吗？"

丁思甜也说："对啊，古代农民起义，都是先要盗挖帝王皇陵，这也表现了农民起义军蔑视封建王权的大无畏精神，还有与他们势不两立的决心气概。"丁思甜嘴上这么说，但她毕竟是女孩，虽然当过红卫兵，终归不如我和胖子二人胆大包天，对古墓有些畏惧心理难以克服，向我打听古墓中都有什么。

我刚进这条地道的时候心里有些慌，但走了一段，已经逐渐适应了这隧道中压抑黑暗的环境，胆子又壮了起来，被丁思甜问起墓中都有什么，便半开玩笑地说："可能跟皇宫似的吧，有好多雕刻喷泉什么的。"突然想起在大兴安岭深山见过古墓鬼市，于是又添油加醋地给他们形容道："那些雕刻全都是古代女人，不光长得挺顺溜的，还都光着腚不穿衣服，是裸体雕刻，都是大理石的，我在山里亲眼看见过。"

胖子和丁思甜对这些事一无所知，不知我所言是真是假，大眼瞪小眼地接不上话。我继续跟他们说："现在得明确纪律了，一会儿万一真进了古墓，咱们不能意气用事，就算是盗墓也不准毁坏文物古迹，开枪动刀不能朝着墙上的裸体。尤其是小胖你，绝对不许你在里面随便乱摸大理石雕刻的裸体宫女，那可都是老粽子留给咱们无产阶级的。"

我说得郑重其事，把胖子唬得张口结舌，"我保证我绝对不摸，反正咱是光看不摸，谁摸谁是孙子……哎，不对啊，咱们也是无产阶级，咱为什么不能摸啊？"

这时丁思甜插口问我："你真能确定这满是老鼠的地洞是座古墓吗？"我无奈地说："其实我也不知道，刚才是怕你们紧张，才胡扯几句让你们安心。要说正经的，我看这里既可能是古墓，也可能不是古墓。至于这究竟是什么地方，只有天晓得，鬼才知道。"

胖子气得咬牙切齿："老胡你刚说的原来都是废话呀，什么叫既可能是，也可能不是？"说着话，我们已经不知不觉走到了隧道的尽头。这里已经没有了古朴残破的大石砖，而是一个穹形的天然洞穴，洞穴也不甚大，有百余平方米，围着这洞穴一圈，是一个挨一个的隧道，规模形制都与我们进来的那条相同，身处其中，根本分不清东南西北。

我和胖子抬老羊皮走了许久，胳膊都有些酸麻了，发现走到这里四周竟然有许多岔路，一时不知何去何从，于是就先把他放下。老羊皮迷迷糊糊地嘴里说着胡话，好像还在惦念着他的牧牛和马匹，这一番连拖带搬，可能也帮他消了食。

丁思甜挑灯看了一看,忧心忡忡地说:"这简直是个地下迷宫啊,咱们是不是进了地下迷宫的正中心,为什么所有的隧道都通向这里?"

我揉着发酸的膀子看着四周,也不知这是什么地方,肯定不是古墓,也不会是什么地下迷宫。洞穴周围的隧道是呈放射状分布的,我数了数,总共是十条,不多不少,让我们越看越觉得这洞穴布局奇特。这洞中立着一面石墙般的天然翠石屏,围着石屏地面的泥土中半埋着许多巨石,石头的形状不一,大小也不相同,埋得杂乱无章,瞧不出其中有什么奥妙。

胖子一看就说:"这埋的是大理石吗?不是说有石头雕刻的女人吗,怎么都刻成土豆了?"我没去理睬胖子的戏谑之言,心中不禁纳闷,谁吃饱了撑的在山洞里埋这么多大石头干什么?

正当我暗暗称奇之时,丁思甜按捺不住好奇心,提着灯走近那面光溜溜的石墙观看,发现天然翠石屏上刻了许多图案,好像是一块半截埋进土里的石碑,于是赶紧招呼我和胖子近前观看。

那巨大光滑的石面上并无文字,但两面都刻有精细的图案,其上有些许剥落磨损,原本涂着的色彩也暗淡得几乎没了颜色,但并不影响看清上面的图形。只是其中表现的内容实在是过于扑朔迷离,令人难以置信,我只看了几眼,便觉得呼吸都变得粗重起来了。

其中一面刻着一片起伏的丘陵,中间的盆地里是茂密的森林,看那地形特征,好像就是我们所在的百眼窟这片区域。丘陵周围绘了个黑色的龙形阴影,如同一条张牙舞爪的黑色老龙,正吞噬着周围的牛羊人畜。想到那些凭空失踪的牧牛和野雁,我们都知道这石刻内容不假,只不过可能雕刻这幅图画的古人也同我们一样,仅知道这附近有人畜神秘消失,却难解其中之谜,故此虚化了一个游荡在天空的龙形阴影。

我们在草原上看到飞入云中的雁阵失踪,随后便感到耳膜疼痛,若非坐骑警觉,现在八成也被这画中的龙形黑影吞了。可当时四个人八只眼明明看到草原上空空荡荡,天空中并不存在什么异常之物,为什么人的眼睛看不见它?这龙影究竟代表什么秘密?难道是一条古龙的亡灵作祟?古人

109

留下的这个神秘的暗示,后人实在太难揣摩其中真相了。

胖子看得走马观花,没觉得这石墙上古老的记载有什么看头,只随便瞧了几眼,便从怀中摸出一支皱巴巴的劣质新功牌香烟,坐到老羊皮身边歇脚抽烟去了。

丁思甜的好奇心比我有过之无不及,看了这墙上神秘的图案,心中全是疑问,就问我对此有何看法。我说首先我不太相信世界上有龙,虽然古时候有许许多多看到龙的事件,但是其中多半子虚乌有。我上初中的时候,记得有次在城郊出了件轰动一时之事,有山民在打井的时候挖出一条半死不活的龙来,当时有许多人都拿刀去割龙肉。还有谣言说,割龙肉可以,拿回家吃了也可以,但割的时候绝不能提到"龙"字,一提"龙"字,天上立刻会阴云密布雷鸣电闪,谁提过那个字,谁就会当场被雷劈死,还风传属蛇属龙的人都不能去围观,反正说什么的都有。到后来真相被证实了,其实所谓的龙,只不过是山民挖井时挖伤了一条躲在地洞里的巨蟒。

这面绘有龙形的巨石,不知是哪朝哪代的遗迹,看来草原上牧民们关于百眼窟附近有妖龙吞噬人畜的传说由来已久。我只是觉得那很可能是一种罕见的气象现象,似乎当时还完全没有被世人了解,但是究竟什么样的力量才能无影无形地将生灵化为乌有呢?凭我和丁思甜两个,又哪里能参得透其中玄机,胡乱分析了几句,都不得要领,只好作罢。

丁思甜转去石墙的另一侧,去看那面的石刻。我心中疑团越来越大,没有立刻同她去看石刻,而是找胖子要了支烟。这新功牌纸烟,还是我们用套来的"黄仙姑"换来的,烟的质量很差,而且劲也大,非常呛,就这样我们还舍不得直接抽,在烟丝里混了一半干树叶,把一根烟搓成两根,抽一口就觉得神魂颠倒,如堕五里雾中。

我抽了两口烟,觉得脑子好使多了,于是走到丁思甜身边,同她一起去看巨石上雕刻的花纹图案,但愿这边会有些有用的内容。可刚刚站定,只往那石墙上看了一眼,我手中的"混合型"香烟差点掉在地上,这一侧竟然画着"黄仙姑"!

第十九章
引魂鸡

这条被无数野鼠占领的地下通道，连接着一个如同地下大厅般的洞穴，大厅的地面埋着许多巨石，四周更有许多构造相同的通道。我万没有想到，在这洞穴的石墙上，竟然刻着与黄皮子庙那位"黄仙姑"一样的神像。

在石墙后雕刻着画面，在我们发现这天然翠石屏之时就已经注意到了，不过这些雕刻年代久远，石壁上剥落模糊，若不以衣袖擦掉浮土灰尘，实是难以辨认。

此时我站在石墙近前，借着昏黄的灯光，一眼就注意到了那张诡异邪恶的黄鼠狼脸孔，这黄皮子头女人身的画像，令人一看之下，心中就立生烦厌。由于出乎意料，我险些将手中的纸烟掉在地上，赶紧用手指捏住烟尾，放在嘴上狠狠吸了一口，使自己惊诧意外的心情稍稍平稳下来。

劣质的烟丝混合着枯树叶，抽上一口喷出来烟雾，简直像是生炉子时冒烟的烟囱，将我身旁的丁思甜呛得一阵咳嗽。她挥着手驱赶烟雾说："你难道就不能少抽一点烟吗？这么年轻就养成烟瘾，将来想戒就难了。"我觉得丁思甜身上全是优点，唯一的小小缺点，就是她不能容忍别人抽烟。每当看见我和胖子吸烟，她总要说列宁同志戒烟的事情。列宁同志年轻的

111

时候生活贫困，而且烟瘾同样很大，有一次列宁的妈妈对他说："亲爱的弗拉基米尔·伊里奇，你难道就不能少抽一点烟吗？"不愧是伟人的母亲，说出来的话就是不一样，她不直接说你能不能不抽烟了，而是说能不能少抽一点。这是多么伟大的一句哲言啊，既温柔善良，又推己及人，不愧是女人中的女人。在被他母亲这样语重心长地说过之后，列宁同志就再也没吸过烟。

这时候丁思甜又提到这事，劝说我以伟人为榜样，让我戒烟。可我的心思全放在看那"黄仙姑"的画像上了，对她的话根本没太在意，双眼紧盯着石墙上的雕刻，半自嘲半应付地回答着丁思甜："嗯……不就是戒烟嘛，我觉得戒烟其实一点都不难，我最近这半年就已经戒过一百多次了……"

丁思甜见我回答得心不在焉，而是全神贯注地在看石墙，便顺着我的目光看了过去。石屏上的雕刻图案极为磅礴复杂，"黄仙姑"那妖邪的形象只占其中一隅，待她看清那张面目可憎的黄鼠狼脸，也吃了一惊，用手捂住了自己的嘴，险些叫出声来。

那画中的黄鼠狼脸女人，形态举止十分奇特，口中念念有词好像正做着什么邪术。她身前放着一口古纹斑驳的大箱子，箱口半开半掩。在石墙的正中间，则直挺挺地躺着一个女人。那女子头戴面具，身着华美的鳞衣，看她平躺的姿势格外僵硬，似乎是一具被精心装扮的尸体。

在女尸和"黄仙姑"的下方，有一只似鸡似雉叫不出名的长羽禽鸟，正托着一个模糊的人形向上飞升。我在东北山区插队这半年，虽然地处偏僻，但也见识到了许多保留于民间最底层的神秘民俗，我看这模样古怪的飞鸟，发觉其形态极像是大兴安岭民间传说中的"引魂鸡"。

传说人死之后化为鬼，鬼者，归也，其精气归于天，肉归于地，血归于水，脉归于泽，声归于雷，动作归于风，眼归于日月，骨归于木，筋归于山，齿归于石，油膏归于露，毛发归于草，呼吸之气化为亡灵而归于幽冥之间。

人活着全仗有一口气息不绝，一旦呼吸停止，这口阳人气息便立即坠入茫茫之大地。在受这种观念影响的风俗中，家中有人过世，要立即宰杀

第十九章 引魂鸡

一只雄鸡,并以鸡血涂抹尸身,相传雄鸡之魂可以载着死者亡灵使魂魄升腾,避免坠入轮回再受劫难。在我插队的屯子里,有跳大神的,也就是跳萨满舞的,还有给死人做"引魂鸡"的神婆、神汉,在运动中这些人都挨了整,在开批斗大会时,他们交代罪行,我才得以知晓。

这时候胖子见我和丁思甜看个没完,便也过来凑热闹。我们三人眼见这天然翠石屏上内容离奇荒诞,实是难以窥得其中奥秘所在,只是凭眼中所见揣测,似乎这天然翠石屏上所记载的,是"黄仙姑"施展邪术,利用一种类似"引魂鸡"或是"扎纸鸟"之类的法门——在山区里一些洞窟中,还会看到类似的古老神鸟图腾,被当地人俗称为大羽送死鸟,是一种能牵引亡灵的神鸟——将那戴有面具的女尸亡魂从阴曹地府中救了回来,意图使之复活,而"黄仙姑"那口形影不离的箱子,大概就是其邪法的来源。

这与我事前的猜测截然不同,看来这被无数离奇传说包围着的百眼窟,绝非盗墓胡匪泥儿会藏宝之地。他们费尽周折挖出黄皮子坟下的箱子运至草原深处,难道竟是为了给一个早已亡去千年的死鬼招魂?

我想到这儿心里不禁打了个突,也越来越是好奇,看这天然翠石屏年代甚是久远,想来那戴面具的女尸必定是古人无疑,她究竟是何许人也?现在又身在何处?泥儿会的胡匪来到这里之后,到底都发生了什么?关于百眼窟附近人畜失踪的传说是否与之有关?还有……各种念头在脑海中此起彼伏,可越琢磨越是没有头绪。

胖子冷不丁一拍大腿说:"我说老胡,我突然想起一件事来,你看埋的这些石头像什么?我越看越觉得眼熟,咱们是不是曾经在哪儿见过?"

我的注意力都集中在"黄仙姑"的那口箱子上,正在猜想那箱子中装有什么稀罕物什,想着想着却被胖子的话打断了。我顺势往那些埋在地面的石头上瞧了几眼,猛然想起在大兴安岭深山的许多人家中,凡是老房子,屋中角落都摆着圆形山石,有的用泥土埋住一半,有的干脆就直接摆在屋中。我们知青刚落户到山里,对这种在屋里放石头的做法很不理解,觉得完全没有任何意义,后来跟屯子里的山民混熟了,经过多方打听才得知,原来这些石头都是新中国成立前留下的,早年间人们都用这种方法辟邪驱

113

鬼。古书中提及："埋石四隅，家中无鬼。"这些石头是用来镇鬼的。在东北民间，僵尸、吊死鬼作祟害人之事的传说极多，住在荒山中的人家，为了保平安，才逐渐形成了这种习俗，至于具体始于什么年代，现在已经无从考证了。

我和胖子提到此事，不由得怀疑这地洞里埋着的许多石头是用来镇压鬼魅的。这些话使丁思甜有些紧张了，她对我们说："快别提这些了，我觉得后背都冒凉气了，咱们现在该怎么办呢？来路回不去了，这里共有十条通道，剩下九条，究竟要往哪一边走才能出去？"

我发现丁思甜胆子确实是变小了，也许是因为牧区的牛马损失惨重，让她心中没了底。我估计她和老羊皮的心情差不多，牧区出了事故要承担责任，把这责任减小的唯一办法就是找回丢失的牛马，但失踪的牛群和惊逃的马匹恰恰是跑入了这片被牧人视为"禁地"的区域，那些关于百眼窟的恐怖传说，早已渗入了当地人的骨髓里，是进是退着实令人犯难。可在这个特殊的年代里，畏怖之心，终究是不如惧责之心来得强烈。如果替她和老羊皮设身处地地考虑一下，他们心中承受的压力一定很大，激烈的思想斗争也一定在不断地进行吧。

要说以前大串联的时候她可不是这样，那时候恰同学少年，意气风发。有一次我们串联到某地，恰巧赶上当地一位中学教师带着一群初中生挖了一座坟，那墓主是清末维新时期的名人，尸体被从坟墓里拉出来，倒挂在树上示众，让革命群众们看看历史上最大保皇党的丑陋面目。我和丁思甜等人闻讯后连夜前去参观，大晚上的月黑风高，几个人竟然兴冲冲摸黑去看挂在树上的古尸，那时候也没见她有半分惧色。

我回过神来，对丁思甜和胖子说："这处地穴是是非之地不宜久留，咱们先看看老羊皮的情况怎么样了，然后尽快想法子出去再说。"随后走到老羊皮身前，见他兀自腹胀未消。我们那时候缺乏医药常识，并不知道人体腹腔内肠管的运动主要靠自主神经支配，同时也受到肠管血运动的影响，过量饱食后，容易出现腹胀、血管扩张的现象，因此肠管血运动就会受到一定的影响。

第十九章 引魂鸡

我们能做的唯有替他按摩腹部。老羊皮神志多少恢复了一些。最让他念念不忘的是他的马匹，剩下的三匹马，都分别逃进了百眼窟地上的密林深处，失了坐骑代步，就连想返回牧场都不容易。我只好安慰他，一定尽快找回马匹。

眼看老羊皮略有好转，我就同胖子和丁思甜商量往哪边走了。这地穴周围环绕着十条通道，构造几乎一模一样。原路已经塌了，别处是否还有出口尚未可知，但这地穴应该不是古墓，建得不甚坚固，找到出口的可能性还是相当大的。我想这里既然有返魂、镇魂的象征性事物，似乎处处都涉及亡魂、鬼魅，那这周围的十条隧道，很可能代表着冥府的十道，在内部分不清东南西北，只好随便选一条走了。

胖子问："老胡你这是不是胡掰啊？我听你这说法可够悬的，凭什么说冥府有十道？为什么不是八道九道或是十一道？"

我说："记得我祖父以前有张冥府水陆图，那上边画的阴间刚好有十道，至于为什么不是九道或十一道，我听说是由于唐代将天下划分为十道，阴与阳是相对的，所以阴间也有十道。不过这十条隧道是不是这么回事我也吃不准，古代人的心思，咱们又去哪里领会？反正要想化被动为主动，就得亲自走进去看看，要是走运的话，也许这下面还会有其余塌方的缺口能爬出去。"

胖子想想觉得挺有道理，这时大伙歇得也差不多了，于是我仍然同胖子将老羊皮抬了，在来路上做了个记号，随意拣了条通道走了进去。地下潮气很重，呛得人脑仁儿都疼，成群结队的老鼠史是让人厌恶。一路上的石砖缝隙处都有许多鼠窟，估计能通到地面，但只有老鼠才能往来其中。

没走多远，隧道内部的坍塌就阻住了去路，只好掉头返回。在另一条隧道里面，终于发现有道竖井，顶部空间狭小，只容得下一人。我先顺着陡峭的石阶摸了上去，发现地道中通向上方的竖井口被一块灰色的岩石堵住了。用手一摸，那灰色的石板竟是一大块水泥，上面还箍着铁圈，最奇怪的是水泥板表面上还有些阿拉伯数码，像是某种编号。我急于离开这阴森潮湿的地穴，没顾得上仔细去看那些数码究竟有什么含义，把煤油汽灯

115

衔在口中，伸出胳膊往上用力推了推，沉重的水泥板只被我推开了一个窄缝，上面的冷风呼呼灌了进来，但我用尽吃奶的力气，却再也推不开那水泥板分毫了。

我爬下竖井，把上面的情况告知给同伴们，胖子和丁思甜大为诧异："你是不是看错了？这百眼窟应该是处古迹，虽然具体是做什么用的咱们无从得知，但怎么会有带编号的水泥板呢？"不过洋字码究竟是从什么时期传入中国的，我们也说不清楚，并且不打算去做这方面的考证，只想尽快脱身。

我们三人里就属胖子力气最大，我对那水泥板无能为力，只好让他再去试试。胖子脱下大衣摘掉帽子，挽起袖子爬上竖井，只听他运气拔力，一边咒骂着一边推动压住竖井的水泥板，突出了全身筋骨，使出一身的蛮力，喝了一声："开——"硬生生把那水泥板推到一旁，外边暗淡的星光立时洒将下来，我们长出了一口大气，不由得都生出一种重见天日的感觉。

胖子当先爬上地面，我和丁思甜在下边托着老羊皮，胖子在上面接了，将他也拽出地道，然后我俩也跟着爬了上去。只见外边月影朦胧，身边树影婆娑，仍然是在百眼窟的那片林子里，这里并没有蛐蛐和野鼠出没，到处都是寂静一片。

趁我和胖子四处打量辨认方向的时间，丁思甜提着灯，好奇地去看那块水泥盖子。"咦……这上面除了编码还有字……给水部队……波3916……"

第二十章
怪楼

丁思甜提着燃料即将耗尽的灯，借着如豆般昏暗的光亮，努力地辨认着水泥板上残留的字迹。"给水部队？3916？这是什么意思？是军用设施吗？"

我和胖子听到她的话，蹲下身来也去看那水泥板。这块扁平的水泥板，好像是刻意制作出来封住竖井的，但并没有将井口砌死，如果使用撬钩从上面开启的话，轻易便可打开。水泥板两侧都有编码，是某种制式建筑材料。

自秦代起，为了便于督造管理，就已经产生了要在砖瓦上刻上工匠姓名的规定，但怎么看这块水泥板也不像古物，什么是给水部队？难道是军用的？3916是部队番号？我猜想，莫非是有军队对隧道中央那处摆满了镇鬼石的洞穴进行过挖掘？我望了望胖子和丁思甜，他们同样为之困惑，都猜不透这是做什么用的。

我对他们说："先别管这水泥板上的编号了，百眼窟中隐藏的秘密实在是太多了，咱们仨就算每人再多长一个脑袋，六个脑袋加起来想破了也想不明白这些事。既然想不明白就不要费心去想了，我看这林子里危机四伏，万一再遇到蚰蜒之类的毒虫可就麻烦了。但林中地形复杂难辨，咱们失了坐骑，又要抬着老羊皮，想连夜摸着黑出去根本不可能，只有先找个相对安全的地方挨到天亮再做计较。"

丁思甜看看星光暗淡的天空，忧心忡忡地对我说："我觉得今天这个夜晚真是过得又慢又长，咱们连块手表都没有，也不知现在是夜里几点钟了，还要多久天才会亮。"说着把油灯熄灭，林中有些许微弱的星光，她打算尽量节省最后一点灯油用来应急。

我也抬头瞧了瞧星空，星月之光虽然惨淡，幸好最主要的几颗星星还能依稀认出，先找到北斗星的斗柄确认方向，然后寻到三星，只见三星打着横，闪着微光斜挂在东方。东北地区在夜里都是通过三星在天空的位置来测算时间，以此判断，我估计现在才是夜里十点前后。荒山野岭天黑得早，自天黑下来已经六七个小时了，却仍然未到子夜。

胖子也会观三星辨时的方法，他掐指一算，最少还要七个小时才能天亮，这么长的时间哪里才算是安全的呢？便提议不如回去刚才那地穴里对付一宿，天亮时再找路离开。

可三人一想起那地洞里的大量野鼠、肮脏潮湿的环境、镇鬼的大石、随时都可能塌方的危险，以及"黄仙姑"那张充满邪气的壁画，便立即打消了这个念头。我见身旁有株老树生得粗壮高大，便决定爬到树上去看看附近地形，然后再做决定。

来到树下，我手足并用，攀着树干爬上了树梢。这时林中雾气已散，我踩在树杈上双手抱住树梢，低头向下看了看，已经瞧不清丁思甜和胖子的脸了。我对他们挥挥手，也不理会他们看没看见，便抬头去观察四周地形。

可这时乌云遮月，天空只有几点寒星，看了半天也仅仅见到附近树影朦胧，瞧不清有什么可以容身之处。在黑暗朦胧的环境中，人总是下意识去尽力睁大眼睛，想要看得更清楚一些，可眼睛都看酸了也是什么都没瞧见。

我抱着树，用一只手揉了揉眼睛，又扭着脖子去看另一边，恰好在这时候，天空流云飘动，凄冷似水的月光从乌云稀薄处照了出来。借着月光，我发现在我身后，最多隔着几棵树的距离，矗立着一片模糊的阴影，好像

第二十章 怪楼

是一大片建筑物。由于整片阴影都是死气沉沉的没有灯火，所以看上去只有黑压压一片近似于建筑设施的轮廓。

再想定睛细看之时，流云已再次遮蔽了月色，稍远些的地方又是一片漆黑，连个轮廓阴影也瞧不清了。由于先前发现了那个带有部队编号的水泥板，所以在附近发现一些房屋我也并不觉得太过意外，不过的确没想到竟然会离我们如此之近。

我本想再等一等，等月光再次从云缝中漏下来的时候瞧个清楚，可胖子和丁思甜在树下担心我失足跌落，催我赶快下去，于是我急忙从树上溜下来，把在树上所见对胖子等人说明。那边似有房屋一类的设施，可是里面黑灯瞎火，没有丝毫动静。如果真是房屋一类的建筑，纵然无人居住，它最起码也有四面墙一个屋顶，说不定里面还能找到些吃的东西，好过在林中又冷又黑，于是三人一致同意到那里等候天亮。

我指明了方向，三人一起架着老羊皮向那边走去。走着走着我就发觉后边有人跟着我们，可回头看看又没什么动静，我以为是自己听错了，也没把这事放在心上。带着几人穿过树林中齐膝深的荒草，迎面是一幢三层高的楼房。

这楼房外表普普通通，但透着一股洋味，形式不中不西，窗户上都有玻璃，保存得十分完好，绝对是座近代建筑。胖子扒着窗户往里瞅了半天，里面没有半点光亮，什么也看不见，只是所有的窗户缝上都贴了封条，上面有些奇怪的日文和符号。

丁思甜对我说："这楼房既不像洋楼，也不像现代的中式楼房，在我的印象里，只有日本人才会盖这种古怪风格的楼房，苏修绝不可能在这里起楼，这大概是那什么给水部队的兵舍吧。"这一地区在抗战时期曾是日军控制区域，很有可能是兵舍一类的建筑。那时候日本人效仿欧洲，十分崇洋媚外，觉得欧洲什么都是好的，就连普通的楼房，都会或多或少吸取一些西洋建筑的特点。要真是那样的话，现在至少已经荒废掉二十几年了。

我点了点头没有说话，心中在想，原来这里被日本鬼子占了，泥儿会的胡匪们是汉奸吗？挖出来的东西都拿来孝敬小鬼子了？不知道这楼中藏

119

着什么样不为人知的秘密。不过这些事完全凭猜测是不靠谱的，有什么事等到天亮再说吧。我招呼胖子背起老羊皮，顺着墙根走，找到了楼门。

眼前这幢楼只有三层，从外面看每层大约有二十扇窗户，全都紧紧关闭着，里面静得瘆人。胖子说："这地方不错，咱们进去把门一关，什么东西也甭想进来，咱就待到天亮再走不迟。"

我们都知道附近出没的蚰蜒习性是"昼伏夜出，闻腥而动"，只要天亮了再往树林外走，就不用担心什么了。见这幢楼结实完整，都觉得正是藏身的好地方，楼门也没上锁，就那么虚掩着，是左右两扇合页门，门上各有个四方的小玻璃窗子，但门前没有任何标识。

我为了给众人壮胆，抬脚踹开了楼门，由于许多年没有开合，门上的合页都快锈住了，发出嘎吱嘎吱一阵难听的响声。楼中常年无人走动，到处都是尘土，角落挂满了灰，空气中散发着一股淡淡的霉味，虽然也是阴晦久积之所，但比起地洞里潮湿的腥臭来，已好得太多了。

我和胖子把老羊皮的胳膊架到肩膀上，抬脚就进了楼道。楼里实在太黑，丁思甜虽然舍不得再浪费煤油，也只得把灯点亮照明，边走边看楼房内的结构。只见楼门内装了一面大镜子，把原本还算宽阔的过道堵住了一大半。镜前有道铁闸门，闸门没有放下，开关的扳擎设在外侧，里面则没有开关，如同监狱一般只能从外部开启，看那闸门构造应该是气阀制动，不需电气也可操纵。有这种装置，说明这座楼房一定曾经是处戒备森严的保密设施。楼内墙壁都刷了白灰，地下也是洋灰地面，不过唯一奇怪的是，这里所有的门都被砖头封死了，除了楼道之外，没有任何门户房间。

三人大感奇怪，楼房盖了不就是为了住人吗？从外边看这楼毫不起眼，怎么内部的门都被砖头堵死了？我们走到楼梯口，发现楼梯并未用砖头堵死。看来楼内的空间只保留了走廊过道与楼梯，原来外边的窗户全是摆设。

我们不由得在楼梯口停下脚步，谁会吃饱了撑的盖一幢没有房间的楼房？这分明就是个毫无用处的水泥块子。

丁思甜忽然说："对了，我记得你和胖子说过，你们插队的那地方有种风俗，在房中放石头可以……镇……镇鬼？这里……这里的每一间房屋都砌满了砖头，会……会不会是……"

我和胖子故意学着丁思甜说话的节奏，对她说："你……你……你看你……吓得都口吃了。那都是'四旧'的迷信风俗，还能当真不成？再说了，在宅中埋石镇鬼，是为了能够让人住得安心。这楼中的每一间屋子都用砖头码得严丝合缝，别说住人了，连大眼贼也住不进去，难道人都住在过道中吗？哪儿有这么摆石镇鬼的？这样做还不如直接把楼拆了来得省事。"

丁思甜说："不许你们学我。我真是有些担心，也许这楼连拆都不能拆，拆了会出更大的事，只能用砖头把房间填满……"

我心想丁思甜这想象力也太丰富了，得给她打点预防针了，要不然以这种疑神疑鬼的精神状态，一定撑不过今夜，于是随手拿出小红本对她说："咱们跟着红太阳一往无前，要是有什么阶级敌人想借尸还魂，咱们就把它批倒批臭。"

胖子插口道："没错，不仅要批倒批臭，还要踏上一万只脚，让它永世不得翻身……但话又说回来了，我也觉得这楼里确实不太对劲啊，这楼盖得简直跟水泥棺材似的。"

我一听就连胖子现在也是心里没底，看来这幢楼盖得的确不是一般邪门，鬼知道是干什么用的。其实这会儿我心里也挺发毛，但人倒架子不能倒，得给自己找个台阶下，于是握着小红本说："咱们虽然毫不畏惧'帝修反'的嚣张气焰，但这里四下都不通风，所有的门户又都堵死了，空间狭窄压抑，跟那全是大眼贼的地道相比也没什么两样，我看咱们不如到楼门前过夜才是上策。"

同伴们当即表示赞同，谁也不愿意在这跟骨灰盒似的水泥块子里多待，当下就按来路回去。来到合页门前，看到门上的两扇小窗户我才想到，敢情这幢楼只有这大门上的窗户是真的，从楼外往楼内看是黑沉沉的，在里面透过窗户往外看也黑漆漆的看不清楚。

我伸手刚想推门，就听楼门外"砰！砰！砰！"传来一阵敲门的声音。叩门之声也不甚大，但静夜黑楼之中听来，格外惊心动魄。我吓了一跳，原本已经伸出去推门的手又缩了回来。百眼窟人迹罕至，我们四人都在一起，会是谁在外边敲门？

不过我的潜意识告诉我，这么想根本不对。这合页门根本没锁，轻轻一推就开，谁想进来根本用不着敲门，除非不是人。想到这儿我额头有点见汗了，看来有些事不信是不行，身不由己地向后退了几步。

三人面面相觑，都作不得声。门外那敲门的动静停了一停，似乎是在等着回应，随即"砰！砰！砰！"又叩了三下，一声紧似一声，似乎是想故意折磨我们绷紧的神经。胖子也听得心惊肉跳，但他的脾气秉性在那儿摆着，竟然壮着胆子，张口对门外喊了一嗓子："谁啊？别他妈敲了，屋里没人！"

门外的声音顿时停止，我们在楼内竖起耳朵听着门外的动静，这一刻就连空气仿佛都凝固了，静得就连头发丝掉地上都能听见，可这阵寂静持续了还不到三秒钟，"砰！砰！砰！"的敲门声再次响起。

我脑上的筋蹦起多高，猛然记起在林场守夜的时候，也有半夜鬼叫门的经历，可那次应该是黄皮子捣的鬼，一想起这事当即就不害怕了，血冲脑门子，拔出康熙宝刀就走到门前想要抬脚将门踢开，我非得看看究竟是他妈什么东西在这儿闹鬼。

没等我抬脚踹门，就看那门上的两扇窗户外，赫然露出两只白生生的手，五指慢慢挠动着玻璃，发出刺耳的摩擦声，听得人鸡皮疙瘩起了一身。我抬了一半的脚硬生生停在了门前，猛听楼门生锈的合页一阵怪响，大门从外边被缓缓推了开来……

第二十一章
凶铁

　　长满锈迹的合页"嘎吱嘎吱"地发出声响，楼门被从外边推了开来！我从不知道开门的声音也会这么恐怖，随着楼门洞开，好像有盆带冰碴儿的凉水兜头泼在了我的身上，但透过楼门已经打开的缝隙，只能看到楼外一片漆黑。

　　我还想硬着头皮看看究竟是谁想推门进来，可身后架着老羊皮的丁思甜和胖子先撑不住了，叫了一声："撤吧！"说着他们就开始向楼内退去。我身后失了依托，也不敢逞能在这儿继续戳着了，提着那盏昏黄的煤油汽灯反身便走，一抬脚才感觉到两条腿都软了。

　　古人云"兵败如山倒"，没有计划和组织的溃散和逃窜是可怕的。我们这几个人虽然号称撤退，但实际上，恐惧就如同传染病一样互相感染着，抑制不住心中狂跳，就如同没头苍蝇一般，你推我挤地往楼道深处退却，直撤到走廊尽头楼梯口的位置，黑暗中险些撞在迎面的墙上，这才止住脚步。

　　我提着煤油汽灯看了看胖子和丁思甜，他们脸色惨白，完全可以用面无人色来形容，我估计我的脸色也好不到哪儿去。这回可是真发怵了，首

123

先这楼中格局之诡异,就不得不让人产生唯心主义的感觉,十有八九是因为这幢楼里闹鬼,最要命的是出门没带黑驴蹄子。

这座楼的楼门非常特殊,不像普通的楼房设在横面,而是开在了长方形楼体的窄端。走廊两侧的房间都用砖头砌死,直对着楼门的一条走廊很长,尽头处也被砖头封了,走到这里唯一的选择就是走楼梯,走廊拐弯处的楼梯一上一下,看来这栋楼还有地下室。

楼梯就像走廊一样都是活的,没有用砖墙堵住,刚才在楼门前发生的事,使我们锐气丧尽,一时不敢再做从原路返回到楼门的计划了。走到这一步,也只剩下两种选择:上楼去二层,或是下楼进入地下室。

由于这座楼中实在太静了,我们在走廊尽头,听不到楼门那面有任何动静,这才松了口气,丁思甜按着胸口上气不接下气地说:"先别慌,刚才谁看清是……是什么从外面进来了?"

胖子对丁思甜说:"你还好意思说呢。刚才还不是你先打的退堂鼓?我还没看清楚门外是什么呢,就跟着你们撒丫子跑进来了。我看咱们这就是那所谓的闻风而逃吧,想不到我一世英名都毁在这儿了。"

这时老羊皮忽然从昏迷中醒转过来,他一看自己被丁思甜和胖子半拖半架,不知身在何方,腹中又撑胀难忍,心里边还有点犯糊涂,忙问我:"这黑洞洞是甚所在?莫不是进了阎罗殿?想不到我老汉临了临了,是跟你们几个知青做了一搭……"

我对老羊皮简单解释几句,忽听楼口处咣当一声巨响,震得楼内的墙壁嗡嗡回响,听声音是楼口处的闸门落下来了。这座楼的窗户都是摆设,如果没有别的出口,那道闸门处就是唯一能离开的通道了。

铁闸声响过之后,楼中又没了动静。众人面如土色,过了半晌才回过神来,刚才光顾着往里跑了,竟然没想起来楼口有闸门,一旦关上了想出去可就难了。只听胖子骂道:"我×他祖宗八辈的!这是想把咱们关禁闭,活活闷死在这楼中啊!这也太歹毒了,别让我知道是谁干的,让我知道了我他妈非把它批倒批臭不可!"

老羊皮以前在西北住窑洞,后来到草原谋生住帐房,从没在钢筋水泥的楼房里待过，按他的话说，感觉这楼内像是个白匣匣。他虽然还不太清楚情况，但听胖子这么一说也猜到了七八分，也不住地唉声叹气，回牧区虽然免不了挨斗挨批，可总好过活活饿死在这石头匣子里。

丁思甜对我说："究竟是谁把闸门关闭的，这世上真的有鬼吗？早知道，刚刚咱们就应该鼓起勇气冲出去了。"众人你一言我一语地议论当前处境，有后悔的，有抱怨的，还有发着狠骂不绝口的，说来说去都没有一句有用的。

我知道这楼中不见天日，关在里面的时间越久，心理压力也就越大，而且无水无粮，再不想办法脱身，恐怕真就要把性命留在这幢鬼楼之中了。于是我对众人说："你们先听我说几句，目前咱们的处境确实艰难，我想这都是由于咱们今天一系列失误造成的。自古兵法有言：临事贵守，当机贵断，兆谋贵密。遇到困难和变故的时候，最重要的是能坚持一贯的原则和方针，不能动摇、怀疑和没有信心；在遇到机会的时候一定要果断坚决，不能犹豫退缩；在部署计划的时候一定要周密详细，不能冒失盲目。可反观咱们的表现，这三点都没能够做到。不过，不经一事，不长一智，从现在起要想化被动为主动，就必须贯彻这三条原则。只要咱们紧密团结，遇到困难不动摇，遇到危险不退缩，谦虚谨慎，胆大心细，咱们最终就能战胜一切敌人和困难。"

这番话还是我以前听我爹在读报纸时所念的某首长讲话内容，现在眼看大伙都快成一盘散沙了，便将这些言语说将出来。也许这时候需要有人站出来，也许这些话确实言之有理，不管是因为什么，反正是挺管用，众人被我一说，都镇定了许多。

老羊皮问我现在该怎么办。我说："这座楼的房间都被砖头水泥封了，但这只是一层的情况，二楼三楼和地下室是什么样，咱们还不知道。如果有地下通道或是上面有没被堵死的房间，就可以设法离开了。关键是一旦遇上什么情况，千万别自乱阵脚。"

说罢，我挥了挥老羊皮那柄康熙宝刀。据老羊皮讲，此刀是康熙征噶尔丹时御用之物，后赏赐给蒙古王公，这把刀长柄长刃，刀身平直斜尖，不仅有长长的血槽，还有条金丝盘龙嵌在其上，锋利华贵非同凡物。

虽然这刀是"四旧",可毕竟是皇家之物,又是开了刃的利器,一定能够辟邪,不过这些话我也是随口而言,至于康熙的兵刃是否能够辟邪这回事我当然不知道。眼下必须得找些托词让大家觉得有了靠山,否则再碰上什么说不清道不明的异常现象,众人又要扭头就跑了。

我们下定了决心,就立刻展开行动。我们首先寄希望于找到一间未被封闭的房间,从窗户出去,能不进地下室就尽量不进地下室。虽然楼中完全是一团黑,楼上楼下没有任何区别,但地下室毕竟是在地下,可能是出于心理暗示的作用,我们选择了先去楼上察看。

四人一边念着最高指示互相说着话壮胆,一边走上了二楼。丁思甜说:"有优势而无准备,不是真正的优势。你们看这楼里所有的供电线路都被掐掉了,看来这栋楼以前的确使用过,不知道是出于什么原因被遗弃了。"

我说:"我看这幢楼绝不是被废弃了那么简单。那么多用砖头水泥封闭的房间,还有被封条从外边糊死的窗户缝,以及门前双面的大镜子,这一定是不想让某种东西进入或离开,但咱们在里边也没觉得太过憋闷,说明里面竟然还有通风换气的气孔。实在是让人摸不着头脑了,这叫来者不善,善者不来。友谊,还是侵略?"

胖子说道:"那还用问吗,肯定是侵略啊!人若犯我,我必犯人,反动的东西,你要不打它就不倒。把我惹急了我就把这楼给拆了,挖地三尺也要找出来这里藏着什么见不得人的东西。我非给它蛋黄挤出来不可。"

老羊皮劝道:"一定是咱们吃了水里的神神,那神神如何吃得?现在遭了报应,被关在这白匣匣里逃不出去了,还是认了命罢了。"

我对老羊皮说:"一切权力都属于我们的工农兵,什么神神仙仙的?我忘告诉你了,那鱼只有你自己吃了,要遭报应,这里边也不应该有我们三个的事啊。另外这地方也不是什么白匣匣,可能是当年小鬼子盖的楼,你们以前难道都不知道这里有日本人吗?当年你兄弟羊二蛋进了这百眼窟就失踪了,他是不是被日本人杀害了?"

老羊皮哪里能想到这层,顿时目瞪口呆。"打倒土豪劣绅,难道我家那苦命的二蛋兄弟,被小鬼子坏了性命?"我并没有回答老羊皮,一个又一个谜团笼罩着百眼窟，这里究竟发生过什么根本难以猜想，不过有一点可以肯定，这楼肯定是抗战期间由日本人盖的。与其让老羊皮迷信地把他兄弟的失踪事件归结为妖孽作祟，还不如让他把这笔账算在军国主义和"帝修反"的头上，这样至少能使他化悲痛为力量，而不是不断地唠叨吃了几条鱼会遭什么报应。

说着话我们已经走遍二楼和三楼的楼梯口，这两层的房间依然是全部堵死，楼内一些原本的日文标识已全部刮掉，只剩下一些不太容易辨认的痕迹。走廊和一层一样被砖墙隔断，无法进入楼内的另外半个区域，为什么会这样？莫非是那半座楼中有什么不可告人的东西？也有可能和楼中的房间一样，另外半座楼房全部用砖头砌成了实体。

我们虽说不想打无准备之仗，可眼前的处境简直是盲人骑瞎马，夜半临深池，在这危机四伏的神秘环境中，竟然完全不知道究竟要面对什么。我百思不得其解，看来再找下去也是做无用功了，我们站在二楼走廊的砖墙前，决定回身到地下室再去找找。

刚要动身，心细如发的丁思甜在砖墙上发现了一些蛛丝马迹。所有房间的砖墙外观都相差无几，似乎是在同一时期砌成的，全都结结实实牢不可破，但二楼走廊中的砖墙，有七八块砖见方的一部分却显得有些特别。砖头的颜色虽然差不多一样，但这一片砖头却显得与走廊中整面砖墙不太协调，似乎新旧程度稍有区别，而且砖与砖之间也是里出外进，不似其余砖墙那般齐整，缝隙间也没有水泥黏合，若不是丁思甜眼尖心细，确实难以察觉。这些砖是曾经被人扒开过又回填上了，还是在实心墙上故意留下的秘密通道？

除了老羊皮还在神不守舍地想着他兄弟的遭遇之外，我和胖子都为丁思甜的发现感到由衷的振奋，准备给她记上一功。胖子性急，一看墙上有砖头是活的，立刻就想动手拆墙。

我把胖子拦住，蹲在砖墙前反复看了看，用刀鞘敲了几下，但这些砖头太厚，从声音上难以判断墙的另一侧是空是实，而这几十块砖头确实是可以活动拆卸的。墙壁里面有什么完全是吉凶难料，我咬着嘴唇犹豫了一下，眼下已陷入僵局，不把这唯一活动的砖墙拆了看个究竟，终究不是了局，而且最重要的是，我们的那盏煤油汽灯已经只剩下豆粒那么大的光亮了，洋油即将燃尽，而且没有任何可以补充的灯油了。这楼里即使是白天也不会有任何光线，在彻底失去光亮之前，必须尽可能找到脱身的办法。

只要有一线希望就要做十二分的努力，我坚定了决心，便开始同胖子动手抽掉墙砖，丁思甜在旁边挑灯为我们照明，老羊皮也伸手帮忙，接过拆下来的砖头摆在一旁。

能活动的砖头只有几十块，我和胖子抽掉几块砖头，看见里面还有一层可以活动的砖，两层砖墙后面，就不再有砖了，黑乎乎的好像有什么别的东西，拿煤油汽灯照上去也看不太清，用刀鞘一戳，有沉闷的金属声。胖子焦躁起来，不耐烦再一块块往外抽了，伸进手去把两层砖头一齐扒塌了，于是走廊的砖墙上，出现了一个不到一米见方的窟窿。

大家聚在墙前，见两层砖墙后不是通道，不免都有些失望，但大伙都想看看墙里埋着的到底是什么东西，于是用康熙宝刀挑起煤油汽灯去照，这才看清原来墙里埋着个大铁块，冷冰冰黑沉沉的，四人心中说不出地惊奇，难道两层砖头后面还有一层铁墙？

我伸出手在上面一摸，指尖立即触到一阵冷冰冰的厚重感，一种不祥的预感使我全身都打了个激灵。我连忙定了定神，再仔细一摸，发现这层铁墙上还有几行凸起的文字，要挑着灯将双眼凑到近处才看得清。我们四人轮流看了一眼，那不是咱们的中国字，不是数字，也绝对不是日文那种鬼画符或是日文汉字。

我们满头雾水，这铸铁般的墙壁好像是层铁壳，而且埋在楼里，不知道究竟有多大多厚。铁块上的字是什么？也许能读出来便能揭开其中的秘密。可就在这个时候，手中的煤油汽灯闪了两闪，随即便油尽灯灭了。

第二十二章
孤灯

煤油汽灯一灭，完全封闭的楼房内立刻变得伸手不见五指。我和其余三个同伴，只有呼吸相闻。黑暗中丁思甜摸到我的手，我感到她手指冰冷，知道她怕得很，想安慰她几句，让她不要担心，可一想起众人进了这座古怪的楼房之后，那道突然落下的铁闸，窗户上白色的人手，以及面前这深埋在砖墙里的大铁块，实在是想不出有什么令人安心的理由可以对她讲。

这些不合常理的现象还能说明什么呢？显然这是一座"鬼楼"，事到如今想不信都不行了，不过这句话不仅我不想说，估计在这种情况下，也不会有人愿意听。

我摸出口袋里的半盒火柴划亮了一根，在绝对黑暗的环境中，哪怕只有些许的光亮，都会令人感到希望的存在。我借着火柴的光亮看了看其余三人，大伙还算镇定，火柴只有二十几根，一旦用完就再也没有光源了，所以不到必要的时候不能使用。

老羊皮想起刚才见那铁壁上有些字迹，他是大字不识一个的文盲，就问我们道："那铁砖砖上都印了些甚呀？你们这些娃都是主席派来的知识青年，可认得准？"

火柴烧到了根，四周再一次陷入无边的黑暗。我把烧完的火柴扔掉，绞尽脑汁地把刚才看到的字体在脑海中重现，好像是些洋字码，对于外文，我们只学过些俄语，不过也都是半吊子水平，后来苏联"变修"了，更是完全荒废了。不过丁思甜的父母曾在苏联留学，她的俄语水平不错。但那铁墙上的外文要是英语之类的，我们就彻底没人认识了。一九六四年开始有的学校也教英文，但所教内容并不系统，是直接教一些短句，例如万寿无疆、万岁万万岁之类。当时我们几个人所在的学校都没开设这门课程。

但丁思甜却很肯定地说，那些绝对不是俄文，俄文有些字母和英文字母区别比较大，这点还是能看出来的。当时正值中苏关系紧张，大伙战备意识都很强，一提到外文，甚至怀疑这铁墙里装的是炸弹，但仔细一想，又觉得这种事不大可能。

不是苏修那就有可能是美帝了，以前我家里有些在抗美援朝战场上缴获来的美军战利品，有洋酒瓶、烟盒、不锈钢的勺子一类，都是些杂七杂八的物件，所以我对英文的认识仅仅停留在"USA"的程度。

胖子突发奇想："二战那会儿，日本和德国是盟国，这会不会是德文？也可能是日军在太平洋战场上缴获的美军物资？"

我对胖子说："德文什么样你认识吗？"

胖子说："那美国文咱也不认识啊。所以我觉得只要不是俄文和日文，它是哪国的文都不重要了，反正咱们全不认识。"

胖子的话给了我一些启发，可日本人盖的楼里面封埋着印有洋字码的铁块，这铁块是用来做什么的？为何埋在砖墙里面？完全没有任何头绪，越想越是头大。

这时丁思甜对我说："再用一根火柴好吗？咱们再看一眼。"我也正有此意，当下凑到砖墙的窟窿处，抽出一根火柴划亮了，用手拢着火苗，以防这微弱的火苗被众人的气息吹灭了，光亮一现，漆黑的铁壁立刻映入眼帘。

这次虽然光亮微弱，但众人看得极是仔细，终于又有了一个发现。适才只顾着看铁壁上奇怪的字符，并没有留意到藏在砖后的这堵铁墙并非整体的巨大铁块，而是一个可以拉开的铁盖，像是一道低矮的活动铁门。刚刚由于胖子扒塌了砖墙，有些砖头还没被拆除，铁盖边缘的缝隙没有完全显露出来，与盖子铸成一体的把手也被一些砖头挡住了。

这个发现使众人呼吸加速，火柴也在这个时候灭掉了，胖子摸着黑去拆剩余的砖头，丁思甜问我："八一，原来这是个可以开合的盖子，好像铁门一样，但若说是门，未必太小了一些，人要趴着才能进去，如果不是铁门又会是做什么用的？"

老羊皮插口道："思甜你这女娃，怎就对这些事这么好奇？我老汉活了大半辈子，也没碰上过这么稀奇的东西，我看这铁墙后边一定不是善地，否则怎么藏得这么严实？打开它怕会放出厉鬼来。造孽嘛，不知上辈子得罪了哪路神神……"

我劝老羊皮说："世上本无鬼，庸人自扰之。这座楼中发生的事情虽然奇怪，但我相信万事都有根源，只是咱们仅窥一隅，没能得见全局，所以当局者迷。咱不能阎罗殿上充好汉——闭着眼等死，也别光披着马列主义的外衣，干那种大开庙门不烧香、事到临头许牛羊的傻事，我看求菩萨求佛爷都不顶用，等会儿要是能打开这铁盖子，一旦出了什么事，有我和胖子先顶着。"

老羊皮说："我都一大把年纪了，我怕甚尿啊，我是担心这女娃，唉……我这辈子安分守己净吃素了，虽说一辈子没剃头，也不过是个连毛僧，怎么倒霉事都让咱赶上了……"他的话说了一半就说不下去了，我知道他大概想到就算回了牧区，对牛羊马匹的重大损失也没法交代。老羊皮这老汉肚子里全是苦水，我怎么才能想个法子帮他和丁思甜推脱责任呢？

我们说话的工夫，胖子已经把砖墙彻底拆开，剩下的墙壁都是砖头水泥砌死的部分了。我问胖子："这铁盖子能拉开吗？"胖子伸手摸了摸说："八成能拉开，有个铁栓没锁上，也没焊死。"

我把刀拽了出来，让丁思甜准备用火柴照亮，以便看清楚这铁盖子后面究竟有什么名堂。见一切就绪，我伸手拍了拍胖子的肩膀。胖子得到信号，便抬脚蹬着砖墙借力，用两只手去拉动那沉重的铁门边缘的把手。黑暗中随即传来"咔嚓嚓"的沉重之声,只闻到一股呛人的气息从铁盖子后边冒了出来。这味道令人作呕,要多难闻有多难闻,像是恶心刺鼻的煤烟和油脂混合在一起的味道,我们赶紧把鼻子捂上。

我听着动静,低声对丁思甜说:"上亮子。"丁思甜立刻划了根火柴,火光亮了起来,敞开的铁盖子后边,是一层一米多厚的漆黑石砖,再往里是一个圆柱形向上的竖井,上不着天,下不着地,井壁内侧都是厚厚的黑色碳化物,好像常年烟熏火燎而形成的。我用丁思甜的围巾包住鼻子钻进去探了探,下边黑漆漆的看不到底,上面则有一小片朦胧的星光,好像在楼顶有个圆形天窗,竖井狭窄,如果用手脚撑着井壁,也许能够一点点爬到天窗的位置。

我回身出来,胖子也钻进去看了看,老羊皮和丁思甜问我铁盖后究竟是个什么情况。我不太确定地说:"我看像是……是个大烟囱的烟道。"老羊皮没见过这么大的烟囱,有点不大相信。我给他解释道:"当年我和胖子、思甜串联的时候,有一回光顾着参观革命老区体验革命精神了,一天没吃东西,晚上回去的时候过了饭点,但是我们转天还得干革命呢,晚上也不能饿着呀,于是胖子去偷了老乡猪圈里的一头小猪,我负责抱着小猪,把它装进烧着的砖窑里,想烤熟了吃烤乳猪,结果没掌握好火候,里面温度实在太高了,愣把挺胖的一小猪给烤没了。后来老乡带着人来抓我们,我们就敌进我退,撤进了砖窑厂的废砖窑烟囱里躲到天亮,才得以逃过被革命群众追究偷社会主义小猪的罪名。"

就是那次的经历,让我们对烟囱有了一个极其深刻的直观体会,一辈子都忘不了。我刚才用手在铁盖子后面的烟道里抹了一把,都是烟灰,再一捻,黏腻腻的竟像是油烟,这烟道下肯定是火窑或是炉膛,这么久没使用过了,为什么还会如此油腻?另外还有那令人作呕的气味……

一个不祥的念头在我脑中浮现出来:这是火化用的焚尸炉!就算不是烧死人,至少也焚烧过大量动物。那油脂是被高温和浓烟带到烟道里,冷却凝固后留下的,所以历时虽久,这厚厚的油脂依然没有消失。二楼砖墙后的铁盖子也不像是炉膛,而是清理烟道防止堵塞的疏通作业用通道。只有火葬场的老式焚化炉才需要这种设施，因为烟道中的油膏必须用人工才能清除。听说德国纳粹用毒气室对犹太人进行屠杀之后，会用焚尸炉来处理尸体，日本人是不是也引进了这种德国装备来毁尸灭迹？但是我们搞不清楚，如果这真是个大烟囱，为什么需要如此严密伪装和封闭？恐怕这其中绝不仅是掩人耳目这么简单。

一想到可能是烧过无数尸体的焚尸炉，我差点把前半夜吃的烤大眼贼全吐出来，赶紧把手上的黑色油腻在衣服上擦掉。可要想脱困逃生，就必须有人从焚尸炉的烟道里爬上去，但这个过程中不能使用火柴照亮，以免将烟道中残存的可燃物点着引火烧身。还有一个办法是摸黑去地下室，不过那里应该是个大铁炉子，未必会有出口，只靠剩余的几根火柴去地下室也不太现实。

我把这个打算跟同伴们一说，胖子立刻反对："不成，这绝对是盲动主义。我说老胡你这可是要整高难度啊，虽说咱们早晚有一天得从这烟囱出去，可烧成了烟跟活着往上爬的感觉太不一样了，这根本就不是给活人用的。再说烟道上糊着这么厚的一层油膏，爬起来肯定得打滑。你们可能觉得无所谓，大不了摔下去摔到炉子里，摔死摔残也不会觉得有什么不好意思的，可万一上边尺寸窄，把我卡到当中，上不去下不来活活憋死岂不难受？这种窝窝囊囊的死法我可接受不了，恐怕世界上从古到今都没有这种先例，我也不想破这种世界纪录。"

我说："咱们近视眼配镜子——必须解决目前问题。现在也没别的辙了，不是我个人英雄主义，我看这事到如今唯有冒险一试。你们就在这儿等着我，我单枪匹马爬出去，然后设法从外边打开铁闸放你们出去，要是掉下来……那就算我先走一步，咱们下辈子再见吧。"

丁思甜抓着我的胳膊苦劝："千万别去，火化炉的烟囱是爬着玩的吗？就算不摔死，里面的煤灰油烟呛也能把人呛死，咱们还是另想办法吧。"

我也是仗着一时血涌的狠劲，害怕稍一犹豫就不敢再冒险爬那烟道了。人强需添九分狠，马壮要加十八鞭，不能耳根子一软在关键时刻掉了链子。于是我不顾丁思甜的劝阻，再一次钻进了铁盖后的烟道里，用围巾把口鼻都蒙了，往上瞧了瞧烟囱口。从我这儿到出口，只隔了一层半楼的距离，并没有多远，加上我对自己登梯爬高的手段还是比较有信心的，咬了咬牙就把身子探进了烟道。

这烟囱虽大，也只是相对而言，实际上远比火葬场的那种大烟囱小了许多，头顶有朦胧的星光，看到天窗般的烟囱口，我又平添了几分信心，用刀鞘刮着烟道内壁，迅速清理掉了一圈煤灰和油膏，又用脚蹬在上面试了试摩擦力，这烟道内很是狭窄，如果用腰背支撑着逐步蹭上去问题不大。

可有些事看似容易做起来难，刚刮了一层油泥，在烟道里就已经呛得睁不开眼了，虽然蒙着鼻子还是有种严重缺氧的眩晕感。而且烟道内壁是一蹭一滑，在这里边有劲也使不出来。一边撑着身体防止掉下去，一边用刀鞘去刮油，实在是太困难了。我刚爬上去不到半米，就已经觉得胳膊腿都打战了。

我估计是坚持不下去了，不得不准备放弃，最后抬头往上看了一眼，就打算下去了。不料一抬眼，正看到烟道口不知在什么时候出现了一团暗红色的亮光。我以为是看花了眼，闭上眼使劲摇了摇头再睁眼去看，但见有一灯如炬，明暗变幻，形如鬼火，飘飘忽忽地悬在上方。

见此情形，我猛然想起常听老人讲，在漆黑的夜晚，如果一点灯火都没有，却突然出现孤零零的一处光亮，绝对是鬼火而非灯火，那正是："明月莫独行，孤灯不是人。"这个念头刚一闪现，烟囱顶上的那团鬼火就朝下面飘了过来，我心中一慌，这可真是他妈的天上下刀子手捏两把血，怎么什么邪乎事都有？支撑着身体的手脚打了个滑，失去了维持平衡的重心，顺着焚尸炉的烟道掉了下去。

第二十三章
第五个人

　　这一眼出乎意料，好似一个霹雳空中过，眼瞅着那鬼火般的光芒从上至下移将过来，我蹬着烟道内壁的双脚一滑，身体失去支撑立时下坠。我心中十分清楚掉进烟道底部的炉膛内定然无幸，就算是不被当场摔死，也会跌得筋断骨折。可我并没有料到，焚化炉的烟囱里气流久积，烟道又极为狭窄，所以身体下坠的速度竟会极慢，好似身在云端。

　　胖子正好守在二楼烟道口，等着我上去之后的信号，虽然烟道内黑咕隆咚，但他听声音就知道我失手了，赶紧把手伸进烟道内乱抓，我的后背对着他，被他揪住衣领扯了回来。

　　二楼的烟道疏通口更窄，在铁盖子外边还有砖泥洋灰，我脑袋在墙角上撞了一下，混乱中也没觉出疼来。我不是胖子那种老虎撑到脚后跟了，还有心思看看是雌是雄的人，心知不妙，一秒钟也没多耽搁，加上胖子的拖拽，倒着爬回了烟道疏通口，反手将铁盖关上。黑暗中就听烟道里有个铁锤般的东西狠狠挂在了盖子上，发出嗡嗡的回响。

　　听上去好像在烟道顶有个什么东西，被我用刀鞘刮煤灰的声音惊动了，竟然钻进烟道内部。那东西在烟道疏通口外边撞了几撞，便寂然无声了。

我和其余三人的心都悬到嗓子眼了，刚才要不是胖子见机得快，我一旦掉进焚尸炉里，就算没摔伤，现在也被烟道里那个东西叼去了，那鬼火般的东西究竟是什么？

丁思甜想看看我有没有受伤，又划亮了一根火柴，我见火光一亮，赶紧一口气将火柴吹灭："我蹭了一身煤灰油膏，你想把我点了天灯啊？"说着话时觉得脸上黏腻腻的，大概是脑袋被撞破了流出血来，用手胡乱抹了一把，让丁思甜找块手帕先给我包扎起来。

老羊皮对我说："不叫你娃把那黑洞洞来爬，你娃偏要把那黑洞洞来爬，多亏了你娃命大，你娃这是有造化啊。"

胖子对老羊皮说："有什么造化？刚才要不是我眼明手快把他拽回来，从此以后革命队伍里，就没他胡八一这么一号人物了。"

我说："同志们，现在都什么时候了，咱们就别倒老账吃老本了。虽然说死亡不属于工人阶级，但是这烟道里的东西，我估计不是善主儿。从烟道出去肯定是没指望了，但是咱们坚决不能灰心沮丧，照我看一计不成，咱就再施一计，只有摸黑进地下室了。下面情况不明，只能走一步说一步，以不变应万变了，接下来不管发生什么事，咱们都要提前做好车马炮临门、瘸子爬山步步难的思想准备。"

楼道里漆黑一片，没有灯烛真是寸步难行，但我们无论如何都舍不得再使用剩下的火柴了。那时候人人都穷，不到万不得已也不会烧衣服照明，因为谁也不知道我们什么时候才能再见到外边的光亮，好在是在楼房内部，摸着墙壁和楼梯的栏杆往地下室走还算行得通。

四人一步步蹭到了楼梯的尽头，再也没有向下的楼梯口了，我这才让丁思甜划根火柴看看地形。这幢楼房的地下果然是焚尸间，我们身前就有几辆推死尸的滑车，几个用来摆放消毒除尸臭用品的柜子，柜边白森森的墙壁上挂着两套类似防化服的装备，可能是这里的烧尸工所穿，墙边是巨大的炉膛，两道冰冷的铸铁膛门紧紧关着。底层的空间极大，刚到焚尸炉边，一根火柴便已经燃烧完了，我们甚至没来得及看焚尸间中有没有什么未被销毁的遇难者遗体。

焚化间中既静且冷，空气仿佛都结冰了，身处于这种阴森冰冷的环境，我们心里都七上八下的。丁思甜扯着我的衣袖问："听我舅舅讲以前在山西打鬼子的事，鬼子杀了老百姓要么不埋，要么埋进土坑里。你想过没有，为什么这里的日本鬼子，杀了人之后还要用炉子把尸体烧成灰烬？"

我被她一问，心想女的就是好奇心强，甭管什么都要刨根问底，就随口答道："这还用问吗？鬼子肯定是想毁尸灭迹。你舅在山西当过八路啊？这件事倒没听你提起过。"但转念一想，不对，始终没想到这一层，听说小鬼子最是抠门，吃饭都舍不得用大碗，耗费人力物力在这荒郊野岭造个秘密焚尸炉似乎没有任何必要。如果不需要毁尸灭迹，为什么要焚化尸体呢？除非是有些尸体……

我想很可能这百眼窟发生过什么要命的事情，是鼠疫吗？不太像。那召唤千年亡魂的壁画，从兴安岭运来的古老铜箱，还有日军什么给水部队建造的秘密焚尸炉，这些不可思议的事件背后存在着什么联系吗？另外，这里的人都哪儿去了？是战败时投降了，被苏军消灭了，还是像那群牧牛和野雁一样都失踪了？那个无形无影能够吞噬生灵的东西究竟是什么，与地穴壁画中的龙形黑影是一回事吗？地穴中埋的石头又有何用？壁画中的女尸被日本人挖走了吗？又是谁在外边把楼门的铁闸关闭，想要把我们困死在这里？用砖头封闭的房间，那道只能从外面开启的闸门……疑问实在太多了，可这些事情单凭想象是完全猜测不出来的。

我深知闻声不如亲见、观景不如察形之理，也许这地下焚尸间里会有一些线索，不过现在要做的头等大事，就是先把大伙从这座楼里带出去。这些同伴有两个是我最重要的战友，还有一位是我们应该去结合的贫下中农，他们对我无条件地信任，我一定尽全力不让他们出现任何意外。

我一边胡思乱想，一边摸到推尸体用的滑车前。上面有些白布单子，也许是焚化前包裹尸体用的，刚好可以用它"上亮子"。我先把头脸蹭到的油膏着实擦了擦，拿了一套带面罩的防化服穿在身上，然后带着其余三人把裹尸布扯成一条一条，又用刀将消毒柜劈成若干木条。一番忙碌之后，终于制作了十几支简易火把，并将其中一支点燃，算是暂时缓解了我们盲人骑瞎马的艰难处境。

火把的照明范围可比火柴大多了，众人都觉眼前一亮。只见墙壁上应急灯以及各种管线一应俱全，不似楼上除了砖头就是钢筋水泥，不过这些设施早已失去电力不能使用了。

我们刚刚点了火把，正想仔细察看地形，以便谋求脱身之策，身后巨大的焚化炉中突然猛地一震，里面似乎有一巨物要破炉而出。我知道可能是在烟道中所见的东西，但不知它究竟是个什么，好在炉膛都上了栓，任它再大的力量也撞不开。虽然是只闻其声未见其形，也觉得声势骇人，实是非同小可，不免担心坚固的炉门会被撞坏。

我举着火把四下里一看，焚尸间里没有多余的门户，仅有一条直直的通道，便招呼众人："虽然咱们东山打过熊，西山宰过驴，可敌进我退，好汉不吃眼前亏，先撤。"说罢带头进了那条通道。通道的地面是水泥斜坡，可能是为了便于用滑车推送尸体而设计的，尽头处又是一道完全闭锁的厚重铁闸，内部没有能够开启的开关。

我们用力推了推拦在通道处的铁闸，但如同蜻蜓撼柱，铁闸纹丝不动。我和胖子气急败坏地骂道："这该死的地方是谁设计的？竟把所有开启门户的开关都设在外面！"

这座地下一层地上三层的建筑，简直就是一个钢筋水泥和铁板组成的闷罐，唯一没有阻拦的烟囱口还不能出去，再找不到出口可就眼睁睁要被困死在这里了。众人无奈之下，只好退回焚尸间继续寻找出口，可四壁坚固异常，拿炮轰都不见得能把这座楼的墙壁打透，更别说我们手里只有一支老掉牙的猎铳了。

这时焚尸炉里的声音已经没有了，我轻手轻脚地走到炉前，附耳贴在炉门上侦听，里面似有巨物蠕动摩擦炉壁之声。我对其余的人做了个噤声的手势，带领众人来到墙角小声商议。

眼下处境虽然令人担忧，但并没有直接的危险，我们还有足够的时间商量如何离开这座鬼楼。我告诉三个同伴："炉膛里确实有东西，好像是什么野兽，我估计可能是只独眼巨蟒，可能在我往烟道外爬的时候被我惊动了，打算下来伤人，结果也困在炉内回不去了。炉壁上都是煤灰油膏，不一点点刮净了，就算有三头六臂也甭想上去。"

丁思甜父母从部队退伍后，都分配到了自然博物馆工作，她知道许多生物的习性，一听我说关在焚尸炉中的可能是巨蟒，便摇头道："应该不会，环境所限，在位于草原与大漠之间的荒野不会栖有大蟒。"

老羊皮插嘴说："我早说过，可你们就是不把我来信，那是龙王爷啊！咱们这回闯下天大的祸端了，不单吃了水里的龙子龙孙，竟然还把龙王爷给困在里面了，怕这铁壳壳也难把它来挡……"

我心想对老羊皮这号觉悟过低的贫下中农说什么全不顶用，那简直是对牛弹琴给驴唱曲，纯属瞎耽误工夫。他太认死理，我也实在懒得再跟他解释了，眼下的情况可以说是坐困愁城，不得不做最坏的打算了。再楼上楼下的折腾，也未必能寻到出路，可总不能眼睁睁在这儿干等着，能熬到什么时候算一站呢？

我想到这儿心中有些焦躁，就不耐烦地对老羊皮说："哪里会有什么龙王爷马王爷？扁担横在地上，你都不知道念个一，怎么就偏信这些捕风捉影的传说？"

丁思甜劝我说："八一你别总说老羊皮爷爷不好了，他这不是迷信，而是朴素的阶级感情。咱们知青插队都是来接受贫下中农再教育的，不是来教育贫下中农的。我爸爸曾经说过中国历史上最苦的就是农民了，他们一辈子受剥削，面朝黄土背朝天，老牛力尽刀下死，可在中国最伟大最有承受力和最具有忍耐力的也是农民，没有农民也就没有中国的历史了。"

我被丁思甜一说，顿时冷静了下来，也觉得虽然没说什么过头的话，但确实不该对老羊皮这种态度。俗话说："好言一句三冬暖，恶语半句透骨寒。"可是当着丁思甜的面不太好意思认错，只好打个马虎眼，对众人说道："这两天没进行批评和自我批评，回去一定补上。"

胖子在旁边借机挖苦我说："回去后你还要带头做自我检查，认真学习文件，跟紧形势，批判你自己内心深处的右派思想，自觉地改造你那套资产阶级世界观，并且要交代清楚你的历史问题、出身问题，以及是怎样产生名利思想脱离革命队伍,从而走上白专道路的。你不要以为你不交代组织上就不清楚了,组织上对你的情况那是完全掌握了的,现在是给你个机会让你自己交代出来,是为了挽救你对你宽大处理,你最好悬崖勒马,千万不要自绝于人民,历史的经验告诉我们说……"

我打断他的话说:"你个胖子不去当反动组织的黑笔杆子,真是浪费了你这身胖肉。咱们给关在这不见天日的水泥棺材里,你竟然还有心情扯淡,我他妈说什么了我就自绝于人民?"

胖子说:"能快活时先快活,得便宜时且便宜,发愁着急有什么用,不是照样出不去吗?依我看咱们就准备打持久战吧,估计过两天那个老倪看咱们还不回牧区,他总该派人来找咱们吧?等他们找到这儿的时候,咱们就能出去了。"

丁思甜说:"怕就怕他想替老羊皮隐瞒责任,想尽可能多给咱们争取几天时间,那样的话咱们没吃没喝,能在这里坚持多久?他们又要花多少时间才能找到这里?"

我听到丁思甜说到没吃没喝,突然灵机一动,想出一个主意,对胖子和丁思甜说:"我倒有一损招,你还记不记得咱们在砖窑烤小猪解馋的事,不如咱们从二楼扔下火头,把这焚尸炉来个再点火,不管里面关着什么东西,也一把火给它化成油烟了。"

此言一出,众人齐声称善,可见当事者迷,就一直没想到这个办法。只要设法把焚尸炉再次点火,不仅能烧死炉中的东西,还能利用火焰清除烟道中的油膏,那样就能从烟道里爬出去了。只要能爬出去一个人,便可从楼外打开封闭的铁闸。

大伙刚要展开行动,胖子手中的火把就燃尽了。为了尽可能地节约光源,我们虽然准备了十几支火把,但只有一根快烧光了才点下一根,想到脱身的办法时过于兴奋,竟然忘了接续火把。丁思甜赶忙取出火柴盒想要点火,可就在这个时候,忽听黑暗中窸窣有声,好像有人走动,发出声音的地方似乎是在焚尸炉的炉门处。

这楼中除了我们四个活人之外,哪里还有别人?这里甚至连老鼠都没见到一只。我以为是老羊皮摸黑去到那边，赶紧用手四处一拍，老羊皮、胖子、丁思甜，一个不少都在身边，黑暗之中怎么突然多了一个人，或者是多出来了一个……鬼？

　　黑暗中那轻微的响动使我们毛骨悚然，多出来的那个人究竟是谁？他在焚尸炉前想要做什么？我产生了一种不祥的预感：难道有人想把那焚尸炉的炉门打开？那样的话后果将不堪设想。但地下室一片漆黑，我们目不见物，也无法采取行动，我只好低声招呼丁思甜快划火柴点火把照明，可她此时也是十分紧张，连划了两下都没能够将火柴划着，心中不免更慌乱，于是手中加力，没想到哆哆嗦嗦地用力过大，竟然把盒中仅剩的几根火柴全撒在了地上。这时就听得炉门铁栓"吧嗒"一声，被干净利落地打开了。

第二十四章
锦鳞蚺

火把灭了，黑暗冰冷的焚尸间里连一丝一毫的光亮都没有。我们四人又都聚在一起不离半步，这时听得远处炉膛铁栓声响，尽皆惊骇讶异，心中当时就生出一个念头——闹鬼了！

地下室里黑得伸手不见五指，但我心知肚明，那焚尸炉的炉门一开，困在里面的东西就会被放出来，斗室之内万难抵挡。当下也顾不上害怕了，在黑暗中循声冲了过去，想在炉门打开之前再把它重新关上。

可焚尸炉前横着几辆推尸的滑车，这车又唤作"太平车"，刚刚我们还说起为何以太平车来命名，大概是人死之后便得解脱，世间俗事全部被抛在了身后，平平静静地脱离苦海之故。可万没料到太平车不太平。尤其是黑灯瞎火目不见物，只冲出两步，便撞在了推尸车上，脚下又被散落在地上的裹尸布绊个正着，一个跟跄摔倒在地。

只听已被拨开铁拴的炉门"咣当"一响，随着刺耳的蠕动声，一团鬼火从炉中飘然而出，与此同时身后火光亮起，丁思甜终于用手中唯一的一根火柴将裹尸布捆成的火把点燃了。我趴在地上，借着火光往前一看，焚尸炉的炉门赫然洞开，从炉内探出个头方口阔、目光如炬的三角脑袋。那物瞎了一只眼，仅有的独目犹如红烛，全身都被焚尸炉内的煤灰蹭得墨黑，由于火把的光亮所限，也看不清它究竟是个什么怪物。

那独眼怪物在烟道里被困得久了，见人就扑，黑乎乎的身体好似生满了鳞甲，一动起来带着一阵腥风。我见势不妙，来不及站起身来，就地滚进了一张停尸的铁床底下，头上恶风响动，铁床好似风卷残云、雨打落叶般被撞得飞了出去。

我见失了铁床作为屏障，只好跌跌撞撞地起身躲闪。这时在我身后的胖子和丁思甜等人都看得呆了，铁床落地一震，他们才回过神来，又点了两支火把，在旁拼命摇动着想把那怪物驱退。我稍得喘息，发现焚尸炉里钻出的怪物全身都是尸膏油腻之物，唯有以火退之，百忙之中招呼胖子快些上亮子。

胖子虽是个万事都不在乎的莽撞之辈，但他非同一般之人，怎么说也是将门之后，自幼单挑群架身经百战，打架心黑手狠豁得出去，上初中的时候就敢伸手抽高中生的耳光，心理素质超常过硬。按照丁思甜在大串联中对他的评语来说，他不仅具备完善成熟的斗争理论，更可贵的是他拥有敢于斗争、善于斗争的气魄与精神，说白了其实就是这人除了打架，干别的任何工作都不合适。

此刻我一招呼胖子用火，他立刻明白了我的用意，跳上一张停尸铁床，凭借着居高临下，将手中火把对准那凶光闪动的黑影投了过去。可那物来去如风，鳞甲呼啸声中闪身躲过，胖子的火把掷了个空。我缩身躲在角落中看得真切，见火把将要落地，急忙鱼跃而起，在那火把落地之前接在手中，再次对准那怪物移动的方向掷出。

那个方向正是一处死角，我满以为一击必中，让它再也无从逃遁。可火把只不过是木头条缠着裹尸布，再抹了些我爬烟道时蹭在衣服上的黑油，动作幅度稍大火光也就跟着变暗，顷刻之间被我和胖子扔了两个起落，火把上的火焰已被风带灭，只剩个木头条子投在了墙角。

在这瞬息之间，焚尸炉中蹿出的怪物已经在地下室中转了半圈，像团黑色的旋风一样冲到了丁思甜面前。这时丁思甜正忙着同老羊皮点燃其余的火把，以便支援我和胖子。她和老羊皮都在地下室的另一端，万没想到怪物会像疾风骤雨般来得如此之快。

我和胖子都是血肉之躯，想冲过去替丁思甜抵挡一阵也来不及了，只好大叫："用火把砸烂它的狗头！"丁思甜双手抡起火把横扫出去，飞溅的火星正好带在那怪物漆黑的身体之上，黑暗中"呼"的一下火头大起，好似点燃了一条火龙，悲鸣声中烈焰飞腾，只见丈许长的火龙缩成了一个大火球猛地向后弹出。它力量大得难以想象，又是垂死挣扎使出全身之力，撞得墙壁都摇了三摇。最令人意想不到的是这一下竟然撞在了地下室的水管上，数条臂粗的水管都被撞裂，管道中黑水喷涌，顷刻间流得遍地都是，火球在地上翻滚两下就压灭了火头。

焚尸间内的给水管道是用来清污的，水龙头上还接着冲刷尸体的胶皮管子，水管内壁都生满了水锈，遭外力猛撞破裂，里面残留的污水都淌了出来。想不到这怪物误打误撞，竟把焚身之火弄熄了。

我和胖子借着这个时机，赶紧冲到老羊皮和丁思甜身边，对火又点了两支火把。四人往水管破裂处一看，心中都是一惊，原来那水管刚刚破裂，流出的污水浑浊不堪，但灭起火来却是立竿见影。随后淌出的水就干净了一些，那目光好似鬼火般的怪物被水冲刷，顿时现出原形：全身斑纹犹如古之锦绣，显得鳞甲变幻莫测，肛门两侧尚存后脚退化之迹，身体前粗后细，尾部更是细得如同钢针，可穿百枚铜钱，原来是只喜欢居于树梢塔顶、吞捉鸟雁蝙蝠的"锦鳞蚺"。它仅在子午两时吐毒，平时虽然无毒，但筋力绝伦，能绞杀人畜吞而食之。眼前这只已瞎了一只眼睛，独目之中满是红丝，凶光闪动，射着寒星。

丁思甜的父亲曾经为博物馆捉过这种东西做标本，她在博物馆亲眼见过，我也听她说过此事。蚺类多栖于丛林密集之处，在有蚺活动的地区，土人都说此物长如人臂，既能行而生风，常竖身追逐活人。又说蚺为蛇之最大者，其生性最淫，妇女一旦为其所缠，以尾入阴，则必死无疑，被视为淫龙的一种。其肉能入药，功效如神。蚺之尾骨被民间称为"如意钩"，成形后的形状极似铜钱，但只有雄蚺才有，如意钩能成形者罕见异常，万金难求。黑白各类蚺皆无毒,唯有锦鳞蚺能于子午前后吐毒,如果妇女中毒可按治蛇毒之方救治,但即使救治及时得当,也会留下后遗症。

丁思甜的父亲带人去南方丛林中捉蚺,有个当地小孩在旁观看,摸到了死蚺的胆囊,回家后就患上了缩阳症,遍求解救之方,都说无药可救。十岁之下的幼童阳具尚未长成,绝不能碰蚺的胆囊,否则阳具缩入腹中,蚺生几年,则阳缩几年,届期自出,除此之外,没有其他任何办法。

我和胖子是只闻其名,却从来都未曾亲见,但一看它那钢刺般的尾巴和一身光怪陆离的鳞甲,就知道多半是条锦鳞蚺。此物一向生于南国,北方草原大漠之间可从来没有,不知是不是日本鬼子弄来的。

老羊皮对此物更是连听都没听说过,只见鳞甲俱全非同凡物,还以为是独眼龙王爷下凡,心中彷徨无计,双膝一软就跪倒在地,想要磕头求饶。他自言自语道:"尊神莫要怪罪啊,我们都是放羊的老百姓,违法的不做,犯歹的不吃,一辈子不争名不争利,安分守己,有口饭吃就谢天谢地了,尊神就饶过老汉和这几个知青吧。"

锦鳞蚺刚被火焰燎得惊了,蜷缩在地上微微颤动,有些不知所措,只把蚺头对着丁思甜的方向,似乎正蓄势待发。我知道势头不对,这家伙只要稍微定下神来,就会扑到丁思甜身上,忙伸手拉起老羊皮的后衣领,把他拽了起来:"它可听不明白您那套朴素的阶级感情……"

我们四人和锦鳞蚺在忽明忽暗的火光与稀里哗啦的淌水声中打了一个照面。虽然感觉这一刻极其漫长,时间都凝固住了,但实际上双方并没有僵持多久,锦鳞蚺就淫心大动,再也按捺不住,眼中红光一闪,竖起了身子,疯了似的朝丁思甜狂扑了过来。我一手举着火把,一手拉着老羊皮,本想让众人掉头从地下室往楼上撤,但眼见来不及了,只好全力招架。

我和胖子、丁思甜三人同时举起火把,组成了一道火墙,封住那锦鳞蚺的汹汹来势。可眼前黑风一晃,锦鳞蚺早就绕过火墙,转到了我们身后。我们后边就是个带玻璃门的空柜子,腥风晃动之间,蚺头已从柜子上探了下来。

这时再想回头抵挡已然来不及了,我和胖子情急之中半蹲下身子,用后背一撞，将空柜子撞翻在地，白漆的木架子轰然翻倒，压在了那锦鳞蚺身上。我们刚一回头，锦鳞蚺已经将柜子绞碎，身子一竖，从一堆玻璃木头的碎片中蹿了出来。它动作太过迅猛，带起了不少碎玻璃碴子，向周围四散飞溅开来，我们四人手中的火把被劲风一带，都险些熄灭。在这明暗呼吸之际，就觉得有几道寒光从面前划过。我和胖子将老羊皮与丁思甜挡在身后，脸上都被碎玻璃划了几道，觉得脸上有异，但并不疼，用手一抹，全是鲜血，伤口虽浅，但流血不少。

我和胖子一见鲜血，眼也红了，挥动火把对准锦鳞蚺投出，借着它躲闪之机，合力抬起一辆推尸的太平滑车，横将过来朝它压去。那锦鳞蚺游走神速，飘忽来去，而且筋力悍猛，我们只是凭着手中的火把才能与它周旋几个回合。照这么下去，一旦被它钻个空子，四人之中必有死伤，只有设法用铁车将它挤住，才能从一味躲闪回避的被动局面中摆脱出来进行反击。

我们咬着牙抬起太平滑车冲上近前，眼看就能压住它了，可锦鳞蚺的动作快得跟黑风一般难以捉摸，只见黑影一闪，太平滑车又砸了个空。锦鳞蚺被丁思甜身上的体香所引，也不和我们纠缠，躲过推尸车，捉空又去追丁思甜。

这时丁思甜已退到焚尸炉边，再也无处可逃，见锦鳞蚺扑到近前，不免吓得花容失色。好在她也是军人家庭出身，又当过红卫兵，这半年多在广阔天地中，也没白锻炼，抡着手中火把对准锦鳞蚺当头砸去，口里还喊着："打倒你个地富反坏右判特走资修的臭流氓……"

但锦鳞蚺全身生风，丁思甜的火把又如何阻得住它，黑风中锦鳞闪烁，当场将丁思甜卷倒在地。我和胖子这时候就算插上翅膀飞过去也晚了。在这千钧一发之际，地下室内一声巨响，烟火弥漫，飞沙走石。不知什么时候，老羊皮手中的猎铳响了。这枪声震得人耳鸣不止，焚尸炉前硝烟刺鼻。

原本老羊皮见了那好像龙王爷一般的锦鳞蚺，惊得体如筛糠，就算这尊神过来吞他，他也没有任何反抗的胆量。但一见丁思甜遇险，老羊皮就完全忘了自己的安危，一是因为他把丁思甜看作自己的亲孙女，二来如果知青出了意外，那是对毛主席不负责，绝对属于重大政治事件，事到如今哪儿还顾得上这是哪路神神，想都没想举枪就打。

这把鸭排猎铳是老古董了，时不时地哑火，这回也该着丁思甜命不该绝，枪声一响就把她的性命救了。虽然老羊皮担心火枪打到丁思甜，开枪的时候把枪口抬高了许多，而且这猎铳早已没了什么杀伤力，但喷烟吐火的声势惊人，绞住丁思甜的锦鳞蚺被猎铳震慑，放开丁思甜疾向后退。但它慌乱之中不辨方向，一头撞进了炉门洞开的焚尸炉里，我正好冲到近前，用后背顶上炉门，顺势拉上了铁栓。

四人劫后余生，呼呼喘着粗气谁也说不出话，一停下来我觉得全身冰凉，这才注意到衣服都快被汗水打透了，也不知是惊出的冷汗，还是恶斗中流淌的热汗。停了一停，我和胖子、丁思甜三人惊魂稍定，剧烈的心跳和粗重的呼吸终于缓了下来，唯有老羊皮一手举着火把，一手端着猎铳，龇牙咧嘴的一动不动，那副表情好像连胡子都竖起来了。

胖子过去先把丁思甜拉起来，看看她没受伤这才放心，又过去在老羊皮肩膀上一拍道："行啊老爷子，不愧是贫下中农。"老羊皮被他一拍，一屁股坐在地上，满脸的茫然若失，似乎不相信刚才是自己救下了丁思甜。

再次被关进焚尸炉的锦鳞蚺连撞了数次，但那炉门足有半米厚，任它力气再大也冲不出来了。可我仍然不敢怠慢，紧紧扶住炉门的铁栓没有撒手。因为我清楚地记着，就在刚才火把全灭没有光线的时候，有人把炉门打开了，那是除了我、丁思甜、胖子、老羊皮之外的第五人，正是这隐藏着的家伙放出了锦鳞蚺，要是再有这么一次，我们恐怕就没刚才那么走运了。看来这楼中肯定还躲藏一些东西，它是存心不想让我们活着走出去，要是不能尽快把这家伙找出来，我们此番绝无生机。

第二十五章
阴魂不散

我知道焚化间中肯定藏着些什么，不把它找出来我们还有更大的麻烦，于是以后背顶住焚尸炉的炉门，把地下焚尸间用目光扫了一遍，可丁思甜等人手中的火把光亮不够，地下室的远端及各个角落仍是一片漆黑。越是看不清楚黑暗中究竟有什么东西，心中越是不安。那时候还没有密室幽闭空间恐惧症那么一说，但我们四人实在是在这水泥棺材里待够了，尤其是这楼里有些说不清道不明的诡异现象，稍微仔细想想，心中便觉得发毛。

胖子出主意说："你们在底下堵着炉门，我上二楼去将火把扔进焚尸炉中，烧死那狗娘养的锦鳞蚺，免得它再出来耍流氓。"

我点头同意，一不做二不休，不烧死它也没办法从烟道里爬出去。这时丁思甜却拦住我们说："别烧，这炉中火大，烧了连灰都剩不下。锦鳞蚺身上有两件宝，一是尾骨上的如意钩，二是头骨上的分水珠，听说都是能起死回生的珍贵药材。咱们的牛和马怕是都找不回来了，损失已经难以挽回，可要是能把这两样东西带回去，说不定能被免于追究责任。"

我和胖子都怀疑如意钩之类的蚺骨是否真那么有价值，但总好过空着两手回去。至于怎么捉蚺，丁思甜曾听她爹说过，锦鳞蚺喜欢出没于树梢、塔顶等地势极高处，在那附近必有观音藤，只有用观音藤才能将它捕杀。不知这栋楼房附近是否生有这种植物，如果找不到就先设法离开这儿，再多带人手回来擒它。

我一转念之间，已认定此事绝不可行，对丁思甜说："不行，当断不断，必留后患，咱们务必现在就把它烧死。此物来去如风，人不能挡，万一再让它从焚尸炉中钻出来，咱就真该去见马克思了。另外这楼中除了烟道，又哪里有其余出口能够离开？"其实还有最重要的一点，这座楼十有八九是闹鬼的鬼楼，而且通过今夜经历的一系列事件，可以看出楼中的冤魂绝对是想把我们置于死地。从地下室内的空气质量来看，焚尸间出口处的铁闸，未见得是始终关着的，说不定同样是我们进楼之后才被封闭的。现在有几支火把照明倒还好说，一旦能烧的东西都烧尽了，楼中的亡灵再把焚尸炉打开，那可就真他妈是坟头上耍大刀，要吓死人了。

这个顾虑我实在不想直接对丁思甜等人讲出来，因为眼下大伙的精神压力几乎都快到极限了，但就算我不言明，其余的人此时也都能想得到其中利害了，于是打消了杀蚰取如意钩的主意。在当前的艰难处境中，只有先尽一切可能生存下去才是首要问题，留得青山在，不怕没柴烧。

我让胖子拿上火把到二楼去，并让丁思甜也跟去做个接应，点火之后立刻回地下室来跟我们会合。胖子又找到掉在地上的康熙宝刀插在皮带上，举着火把大咧咧地就朝楼梯口走去。

丁思甜也随后跟着，可二人刚一抬脚，在经过我面前的时候，丁思甜就突然脸上变色，伸出两只手，把我和胖子从焚尸炉前拽了开来。我心中奇怪，刚想问她拽我做什么，但一转眼间，对这突发的情形已然明了。原来焚尸炉炉门的缝隙中，正冒出一团团黄色的浓雾。锦鳞蚰能于子午二时吐毒，此时可能恰好是子夜时分，这毒瘴又猛又浓，在地下室没有空气流通的环境中凝聚不散。炉膛与楼梯口相距不远，顷刻间都已被毒烟遮住。

我见黄雾浓得好似化不开了，猛然想起刚在这焚尸间里换过衣服，焚尸工的衣服都是连裤的防护服，帽子上有个简易的滤网口罩，可以防止被煤烟尸臭熏呛。因为那时候衣物是非常重要的财产，不到万不得已也不会舍弃，所以胖子等人并没有换衣服，而且挂在地下室角落中的只有两套防护服，挂在楼梯口的另外一套已被毒气笼罩。

我心想事到如今只有戴上过滤口罩突破毒雾到二楼放火了，但是一摸衣服心中立刻凉了半截。原来在同锦鳞蚒的混战中摸爬滚打甚是激烈，悬挂在防护服上的过滤口罩早已脱落不知去向了。

蚒毒走五官通七窍，毒性比其他蛇毒更甚，眼见出口被毒雾封锁，我心知大势已去，同其余三人各自用手捂着口鼻，迅速向焚化间的远端撤退。这样的做法无疑是饮鸩止渴，越退离楼梯口越远。

地下室中并不通风。虽然蚒毒形成的雾气自焚尸炉中散出来后大部分凝聚在炉门附近，向焚化间纵深处散播的速度逐渐变缓，但毒雾仍然在渐渐朝我们逼近。

压抑的地下室中上天无路，入地无门，室内的氧气越来越少，火把的火焰都变得更暗淡了。四人无计可施，唯有不断退向墙角。胖子忽然想起一事，冒冒失失地对丁思甜说："我说思甜，咱们去见马克思之前，我还有件事没来得及问你呢。你看我跟老胡两人，谁有可能跟你把纯洁的革命友谊进一步升华升华？"

丁思甜在我们身后，黑暗中我看不清她的神色，不知她在这种绝境中被问到此事，是害怕还是脸红。想到即将屈死在这阴森的焚尸间里，我也盼着临死前听听丁思甜的心声，可丁思甜却对我们说："我……水，你们快看管道里流出的污水！"

她的声音又惊又喜，仿佛在黑暗中见到了一丝光明。老羊皮举着火把往她说的地方一照，原来我们不知不觉中退到了墙角铺设管道之处。被锦鳞蚒撞裂开的水管流出许多污水，这时已经淌尽了。地面上仍是积了不少黑水，积水处有十几个小小的漩涡，室内的积水都从这里渗了下去。由于排水孔多年未曾疏通，污水渗得很慢，如果不是刚好退至墙角，绝难察觉到它的存在。

我们见有个地沟，简直就像抓到了救命稻草，胖子伸手在污水中一摸，惊喜道："不像是地漏，是他妈一个铁盖子，我试试能不能给它揭开……"

我看蚰毒逼近，一刻也不容多耽搁了，便催胖子快些动手。胖子把铁盖上那些排水孔处的污泥抠掉，伸进手指去用力往上拽。他两膀发力，使劲向上拽了几拽，铁盖子却跟生了根一样纹丝不动。

昏黄的蚰毒如烟似雾，我们所处的位置不消片刻就会被毒雾笼罩，现在已经开始感觉到呼吸困难，胸口气血翻滚想要张口呕吐，眼瞅着有条下水道，却无论如何逃不进去，急得众人连连跺脚。我灵机一动，想起这座楼盖得古怪，所有的门户通道要么封死，要么是朝外开，都跟焚尸炉的盖子一样，莫非这下水道也是如此？

丁思甜也跟我想到了一处，她手指纤细，能伸进排水孔里，于是连忙蹲下身去伸手摸索。果然通过排水孔摸到内侧有个横插住的销栓，虽然生了锈，但还是有些松动，她顾不上手指被搓掉了皮肉的疼痛，连扯了几次，终于将铁栓扯脱，两边的排水铁盖顿时落下。

排水盖下是很深的排水沟，都是用大水泥管子连接而成的，我们哪里还管里面又潮又臭，即刻鱼贯而入。排水沟的高度两米多一点，我最后一个跳了下来，溅了一身臭水，想要把开启的排水盖关上，但刚才混乱之中，抽下来的铁栓已不知被丁思甜扔到哪里去了。我不太甘心，但在老羊皮等人的催促下，只好作罢。

地下水道中的污水并不太多，但水泥管道底部是一层漆黑恶臭的烂泥，泥泞不堪，里面还有许多潮虫被人惊吓了，来回快速爬动。环境虽然恶劣，但毕竟还有水流运动，不存在致命的沼气，只是在烂泥中行走很容易滑倒，水路两端都看不到头，更是分辨不出方向。按说这接近漠北之地水源稀少，为何荒废多年的水泥管中还在排水，这点实在是让人猜想不透，只好不再费神去想，眼下只有走一步看一步了。

我指着上水处对众人说："我看条条大道通北京，咱们就随便拣一边走吧。不管怎么说，总算是从那楼里出来了，我就算在下水道里被烂泥熏死，也绝对不回那鬼地方了。"

虽然下水道与焚尸间没有绝对的隔离措施，但蚰毒毕竟有限，只要空间的纵深够大，便不必担心会中毒了。在狭长的水泥管道中，四人顺路前行，虽然前途渺茫未知，但毕竟远离了那充满怨念的焚尸炉，心头的压力多少减轻了一些。我和胖子、老羊皮不住口地称赞丁思甜，要不是她刚才的勇敢表现，大伙都得被毒死了，那种死法简直像是死在纳粹毒气室里的犹太人，连个收尸的都没有，实在是太惨了。

丁思甜说："我最崇拜的是苏联当代英雄奥斯特洛夫斯基，我只不过希望能像他所说的那样，当一个人回首往事时，不因虚度年华而悔恨，也不因碌碌无为而羞愧。"

我学着电台里的朗诵腔，对丁思甜开玩笑说："当我回首往事之时，我不会因为没从焚尸炉的烟囱里爬出去而感到悔恨，也不会因为钻过臭气熏天的下水道而感到碌碌无为。"随后正色对众人说，"咱们去路未卜，不知前边还会发生什么，大伙都得打起精神来，这万里长征才刚刚走完了第一步……"

胖子接着我的话感叹道："今后的道路会更曲折、更艰难、更漫长……"丁思甜接口说："所以咱们才要节约闹革命，点两支火把太浪费了，只用一支好吗？"

丁思甜说完就将手里的火把弄熄了。我们总共只绑了十来支简易火把，现在只剩下了四五支，而且每支燃烧的时间非常有限，都算上也未必能烧半个小时，实是不知能否撑到爬出阴沟之时。这时四人队伍里，只剩下老羊皮手中的一支火把照明，他举着火把走在中间。我发现老羊皮比先前精神了许多，可能是因为他在焚化间开枪救了丁思甜。这事虽只是在举手投足之间，换作我和胖子开这一枪连眼都不会眨，但对老羊皮来说，那等于他战胜了自己，也解开了他心里的那个死结。当年他就是因为一时懦弱，没去救他兄弟，恐怕他这些年都生活在那件事的阴影里。

我一边思潮起伏，想想老羊皮的事，又想想焚尸炉附近的那些异常情形，一边深一脚浅一脚地跟着众人往前走。胖子背着康熙宝刀走在最前边，然后是举火照明的老羊皮，其次是丁思甜，我走在最后，四人呈一字队形，走得十分紧凑。我无意间看了一眼墙壁，由于作为阴沟的水泥管道非常狭窄，所以火光显得比在地下室里明亮得多，我们的身影清晰地映在弧形水泥壁上。四人一走一晃,壁上的人影也跟着晃动起伏,但我发现水泥壁上并不止四个身影,不知从何时开始,我身后还多出一个黑影。

那个黑影沉默地跟在我们身后,正好处在火光映照范围的边缘,随着老羊皮的走动,火把被气流带动得忽明忽暗,跟在最后的黑影也影影绰绰地时隐时现。我觉得头皮阵阵发麻,心道不妙,怕什么来什么,焚尸间里的那个幽灵阴魂不散地跟出来了。我没敢声张,稍稍放慢了脚步,侧耳听着背后的动静,可身后除了一股直透心肺的恶寒之外,哪里还有半点声响。

第二十六章
僵尸

我发觉水泥管壁上多了个影子，心想这可真叫破裤子缠腿，那个幽灵竟然阴魂不散地跟到这里，但倾听身后动静，却绝无声息，好像我们四人身后，除了多出个鬼影之外，便根本不存在任何东西了。

我未敢轻举妄动，心里揣摩着那鬼影的意图，它显然不能直接置我们于死地，这是什么原因？很可能老羊皮的康熙宝刀真能辟邪，经过战争杀过人的兵器，自身便带着三分凶气，杀的人越多，刀刃上的杀气越重。虽然康熙皇帝御驾亲征未必就上阵厮杀，但皇家禁中之物非比寻常，那鬼影可能正是对此刀有些忌惮，这才没直接对我们下手。

这些念头在我脑中一闪，脚下却未停步。只见老羊皮手中火把即将燃尽，如果不趁现在还有光亮的时候看个究竟，再拖下去对于我们会更为不利。我心中虽然发怵，但不得不硬着头皮回头去看个清楚，不彻底摆脱掉这焚化间亡灵的纠缠，我们恐怕就逃不出去了。

我出其不意，猛地一转身，满以为能看见些什么，然后招呼胖子抽刀驱鬼，不料却扑了一个空。面前只有漆黑漫长的排水管，别说鬼影了，连潮虫、蟑螂一类的虫子也没有半只，墙壁上的阴影几乎就在我转身的那一瞬间消失了,只剩下在黑暗里发臭的空气。

我望着排水管的深处,心口怦怦直跳。我能感觉到,就在那看不见的黑暗处,确实有双怨毒的眼睛,往那边一看,就觉得全身起鸡皮疙瘩,一股寒意直透胸腔,但凭着一支火把的光亮,我们毫无办法。

我正踌躇间,老羊皮等三人却被我刚刚突然转身的动静吓得不轻,还以为身后出了什么事情,都停下来回头张望。他们看我直勾勾地盯着排水沟的黑处发愣,还以为我在焚尸间里惊吓过度,急忙拉着我询问端倪。

我心想:要是说刚才发现背后有个鬼影跟着咱们,岂不打草惊蛇?不如暂不明说,见机行事便了。于是只对众人说:"在这臭水沟里走了许久不见出口,不免有些担心,所以就停下来查看地形。"

丁思甜安慰我说:"这排水管道又长又深,想必地上除了那藏着焚尸炉的三层楼房外,应该还有许多建筑设施。那样的话,总有其他水路与此连接,污水最后都会汇合至一处,咱们一直走下去,早晚会见到出口。"

我点头称是,坚持到底就是胜利。从早晨出发寻找牧牛开始,直到现在已经过了子夜,这一天真是过得万分艰难漫长,但找不到出口,就不到松懈的时候,还要提高警惕继续前进。于是我让老羊皮换了支新火把点上,又问胖子要了康熙宝刀,四人强打精神继续往前走。我仍然断后,随时随地留心着身后的动静,可这一路下来,却再没出现什么异状。

火把消耗的速度超出了我们的预计,再不从臭水沟里爬出去,一旦没了光亮,就更没希望离开这里了,我们不得不加速移动脚步。想不到走出不远,就见在那道被填补的水泥管壁前方数米处,被一道铁栅拦阻住,铁条都有鸡蛋粗细,铁栅底部被大锁锁了,一团锁链半坠在水中。这里头顶处有个布满了排水孔的矩形铁盖,但太过狭窄根本钻不出去,加上又被从上边锁住了,根本不可能从底下推开。见此情形,我们心中立时凉了半截,这回完了,前边已经无路可走了。

老羊皮蹲下身在铁栅下的黑水里摸了摸,忽然喜道:"莫急,我那把刀子是御用的宝刀,这么多年了,钢口还是那么锋利,铁条虽然割不断,但锁头扣住的那段铁链浸在泥水里,已经锈得变色了,用刀切断又有何难?"

我闻言心中一动，也去检视被锁头锁住的铁链。铁栅上本无装锁的位置，只在外侧有个能够活动的铁栓，可能当时是临时装的锁链，所以滑落在了底部，坠入泥水中的一段已经锈蚀透了，而且铁链也比铁栅细了许多。康熙宝刀仿蒙古长刀形制，是件背厚刀重的马上利器，虽不能削铁如泥，但斩开生满了锈的铁链，倒是不难。我连忙让胖子和丁思甜把住铁链，瞅准了抽刀剁去，手指粗的生锈链条迎刃而断，再视刀刃，没半点崩口。

众人齐赞刀快，合力推开铁栅，前面数步开外，又有一处十字通道，其中一侧太窄，另外两边分别有一道可以排水的铁闸门，但在我们这一侧便可开启，看来这里已经是属于另一片不同的区域了。打开其中最大的一道铁门之后，我并没急着进去，想起不久前被反锁在焚化房内上天无路入地无门的感觉，至今都让人后怕，幸亏那里是焚尸炉而不是监牢，否则就算有排水口也肯定钻不进人。吃一堑，长一智，这回在门口就将闸门开关破坏，万一前面出不去，还不至于绝了归路。

我们再三确认了数遍绝对不会被反锁住之后，这才迈步入内，但接下来仍是管网交错不见尽头的臭水沟。我们觉得排水管道长得没有头，实际上很可能是一种错觉，由于环境腐臭狭长，身体疲惫不堪，走起来又格外缓慢，所以才会产生这种感觉。在行出一段距离之后，管道两侧终于开始出现一些更加窄小的分支排水管，但这些排水管道的直径都不过一个篮球大小，只有老鼠和蟑螂能钻进去。还有几处都是些窄小的长方形水漏，也都钻不得人，管道外也全是黑漆漆的，看不出是什么地方，想来并非所有的区域都设有焚化间那么大的排水盖。

我走在队伍的最后，对下水道中地形的变化并未十分留意，这些交给丁思甜等人就足够了，我把注意力都集中在了背后以防不测。这时前边的丁思甜突然停了下来，我毫无准备，险些撞在她身上，定神一看，原来前边的胖子和老羊皮都已停步不前。我刚要问他们出了什么事，但借着队中火把的光亮，就已发现果然事出有因。

在胖子前面很近的水泥管壁上，有个漆黑的圆环，有水缸口大小，其环线一周的形状里出外进，并不算规则。在火光映照之下的灰白色水泥墙壁上有这样一个黑色圆圈，显得格外显眼。火光明暗闪动中，只见水泥壁上那漆黑的圆环竟似微微蠕动，胖子一眼瞅见，以为是条黑色的水蛇蜷在墙上，随即停了下来。

我心想水蛇里有没有黑色的都不太好说，何况水蛇怎么可能盘成一圈贴在墙上？就算是蛇有那么长，它也不会那么细，这里更不可能有泥鳅。可并非我们看错了，墙上的黑环不是淤泥涂抹的痕迹，确实是在动的，虽然动作幅度极小，如果不仔细看都可能被忽略掉，会以为那仅仅是用黑泥所涂抹的环形标记。

这个黑色的圆环引起了我们的注意，待到看清绝不是盘成圈的水蛇、蚰蜒之后，四人走近两步，对着墙壁打量，都不由得全身一震，感觉头皮都炸了起来。水泥墙上有一圈缝隙，里面爬出爬进的全是蟑螂，小得比芝麻粒大不了多少，都是刚长成的小蟑螂。这环形裂缝被它们当作了巢穴，刚好绕了一圈，火光暗淡中如果离得稍微远些，肯定会以为是墙上有个蠕动着的黑色圆环。

丁思甜看得恶心，想要立即离开，继续前行寻找出口，我拉住她说："地下水路跟迷宫差不多，咱们连方向都不能辨认，火把也快用光了，再走下去哪里是个尽头？这墙上的环形缝隙好生突兀，说不定是条暗道。"

胖子也说："肯定是这么回事，用屁股想都能想出来，水泥管子上哪有那么容易出现形状如此规则的豁口。"他早就在恶臭的阴沟里待得憋闷难熬，说罢也不再仔细观察，抬起脚来，照着水泥环状裂缝中间的部分一下下狠狠踹去，震得缝隙中的无数小蟑螂纷纷逃窜。

这块水泥墙并不太大，环形的缝隙是从内侧被人凿开的，以至并不太严密的接缝里面爬满了蟑螂。水泥块被胖子踹得脱落下来，大小蟑螂满墙乱窜，老羊皮赶紧挥动火把将它们远远驱开。水泥后是条以人力挖掘的低矮隧道，内部高低起伏很不规则，只有双膝着地弓起身子，才能费力地爬进去。我好奇心起，欲穷其秘，于是接了火把钻进去探了探。这条隧道仅有七八米长，尽头处向上有个被地砖盖住的出口，向上一推就能揭开。我探出头去看了看，出口是在一处房间的床铺底下，屋里杂七杂八地摆放了许多物什。

丁思甜等人在后边招呼我赶紧出来，我怕她担心，没仔细看，只好先倒退着爬出隧道，把所见情形对众人讲了。在臭水沟里走了多时，人人都觉憋闷恶心，都快被活活熏死了，既然有个通道通进一间房屋，不妨先进去透口气。而且那房间里似乎有许多应用之物，说不定能找到食物和照明工具，那样便多了几分活下去的指望。

当下众人一致同意。仍是我最先爬了进去。开始的时候，我以为这里是处监房，可在我再次从那床底下探出头来看的时候，就否定了自己的判断——监房绝不会是这样。我揭开头顶的地砖和床铺，把其余三人一个个拉将上来，众人举火环顾四周，都觉得十分诧异。这里虽然是地下室，但显然配备有完善的通风孔，空气流通，完全没有让人胸口发闷的感觉。房中是典型的欧式风格布置，甚至还有个装饰用的壁炉，虽然身处斗室，却让人有种置身异域的错觉。这里生活用品一应俱全，墙边有摆满了书籍的书架，但电路早就断了，电灯都已不能使用。

丁思甜见屋里摆着个装饰用的烛台，上面还插着几根完好无损的蜡烛，就过去拿了起来，在火把上接了火，然后举着烛台好奇地四处打量，不知不觉走进了外屋。胖子见架子上有几瓶洋酒，正好口渴难耐，抄起来就灌了几口。老羊皮更是没见过世面，不知道胖子喝的东西是什么，就向我打听那玻璃瓶瓶里装的是甚。

我刚要回答，却听已走到外间屋的丁思甜一声惊呼，我们三人闻声急忙抢步过去接应。丁思甜见我们赶至，赶紧惊恐地躲到了我身后。我们不用问也知道她是见了什么可惊可怖之物，接过烛台往这间屋中一照，也是吓了一跳。

胖子口里还含着半口洋酒没来得及咽下去，当时"噗"地一口把酒全喷了出来："这怎么有只死猴？"老羊皮颤声说："憨娃可别乱讲，这哪里是猴，我陕西老家那边荒坟里最多这种东西，这是……是……是是是……"他此时也是惊慌无主，说到最后就"是"不出来了。

我见外屋的木椅上仰坐着一具高大的男尸，尸体穿着睡袍，身上水分全无，已成僵尸，紫色的枯皮上生出一层鸟羽般的白毛，下半身则生兽毛，爪生达背，五官狰狞，张着个嘴死不瞑目。由于人死后尸毛滋生，相貌都已经辨认不清了。

我替老羊皮说道："是具僵尸，谁也别碰它，活人不碰它，它就诈不了尸。"胖子不信："你怎么知道是僵尸？难道你一摸它就能蹦起来？又胡掰想吓唬我是不是？"

我只注意着眼前这具古怪的尸体，对胖子的话充耳不闻，以前也没亲眼见过僵尸，但据说就是这个模样。烛光中我见那僵尸面前的书桌上有几张写满了字的发黄纸张，可能是这死尸临终所写，说不定对我们逃离此地有所帮助。于是我把烛台交给胖子，让他举着照明，我捂住口鼻小心翼翼地走到尸体跟前，伸手把那几张纸拿了起来，然后赶紧退开。

我让胖子和老羊皮盯住死尸和蜡烛，一旦有什么异动就赶紧退回下水道，然后举起发黄的纸页一看，上面密密麻麻的全是俄文。我俄文水平实在太低，只好让丁思甜看看写的是什么，里面是否存在有价值的信息。

丁思甜快速翻看了几页，随口给我们翻译了几句，我越听越觉得惊心动魄。原来这是一位被日本人软禁的俄国科学家，被迫在这秘密设施中参与一项行动，这些信纸是他生前写的遗书。遗书里面提到了许多令人难以想象的事实——日军从这百眼窟中挖出了一些不得了的东西。

第二十七章
龟眠地

丁思甜的俄文很久没拿起来过了,临时抱佛脚难免生疏,读起这封遗书来稍稍有些吃力。我让她别急,坐在里屋慢慢看,有眉目了再告诉我里面的详细内容。然后我跟胖子和老羊皮三人一商量,这具僵尸死后状况太过蹊跷,留下它必有后患,咱们要想在这里暂时休整,守着个死人也提心吊胆的难以安心,干脆一不做二不休,先把尸体处理掉。

胖子说:"这还不简单?拿刀剁了他的脑袋,要是还不放心就再大卸八块,然后往下水道里一扔。"老羊皮则说:"在陕西发现僵尸一定要用火烧,焚僵尸前还必先覆以渔网,免得其煞入地为祟。"

我对老羊皮说:"在东北山区也有类似的说法,不过那是说的吊死鬼。凡是吊死人的地方,掘地三尺,必可挖出形如煤炭的一段黑物,那就是吊死之人临终前留下的一口怨气,若不掘出早晚都要为祟害人,不过我倒没亲眼见过。"

没有人希望自己死后变成这般模样,将产生尸变的僵尸毁尸灭迹,于人于己都有好处。但至于采取何种灭尸的方法,是焚烧还是碎尸,以及这尸体何以会变得如此诡异狰狞,竟然上半身生鸟羽,下半身生兽毛,我不解其中缘故，还不敢轻举妄动。

据我所知，一个地方出现僵尸，不外乎有这几个原因：首先是风水变异，人死后尸气不得消散，日久郁为枯蜡；其次是临死前为了防腐，自行服食慢性毒药，或是死后灌蜡注汞，尸体里有水银的僵尸，尸身上必有大片黑斑，若是以民间所流传的秘方在生前服用砒霜铅汞混合之物，尸体会有发霉的迹象；还有一种是出于电气作用，尸体表层死而不腐，遇生物电或雷击而起，追扑生人。

这三者是最为常见的原因，还有些比较罕见罕闻的现象，例如尸体为精怪依附，或是死因离奇，还有在风水环境独特的地方，也会让死者尸体历久不腐，皮肉鲜活如生，但那种洞天福地般的风水吉壤实在太少见了。

我掏出《十六字阴阳风水秘术》翻了翻，找到一段"龟眠之地"的传说。书中记载，当年有人在海边，见到海中突然浮出一座黑山，再细观之，原来是数十只老龟驮负着一头死去的巨龟自海中而出，这些老龟把死龟驮至一处山崖下的洞穴里藏好，这才陆续离去游回大海。偷偷看到这一切的那个人，擅长相地择穴之术，知道此穴乃是四灵所钟，洞中"龙气冲天"。其时正好他家中有先人故去，于是他探明洞中龟尸的情形后，把自己的先人不用棺椁而是裸身葬入其中。此后这个人飞黄腾达、平步青云，成就了一方霸业。那处龟眠洞日后就成了他家宗室的专用墓穴。数百年后此洞龙气已尽，地崩，露出尸体无数，当地人争相围观，所有尸身皆生鸟羽龙鳞，被海风吹了一天一夜之后，全部尸体同时化为乌有。

当年看到这段记载，我颇不以为然，也没太留意过，但眼见这地下室中的僵尸生有鸟羽，正与《十六字阴阳风水秘术》中记载相同，心中也觉得骇异。许多年后我才知道其中的真相，原来在某些环境特殊的地方，有种滋养尸体保持不腐的微生物，但时间长了就会让尸体产生变异。在这类地方折根树枝插在地上，树枝上的树叶能够数月不枯。在古代，这样的地区就被风水先生视为"吉壤"。有无数人穷其一生，踏遍千山，就只为了求得这么一块风水宝地，却不可得。

老羊皮和胖子见我翻着本破书，半天也没拿定主意，就一个劲地问我。

我将《十六字阴阳风水秘术》合上说："我也是急学急用，活学活用，没有太大把握。这僵尸之所以会变成这样，很可能跟这地下环境有关。咱们既没渔网，也没有黑驴蹄子，但咱们有床单，想除掉它只能把它裹起来，用洋酒浇上去烧。"当下带着老羊皮和胖子，三人找些布将口鼻蒙了，手上也都缠了布，又从里屋的床上扯下床罩，将木椅上的俄国僵尸裹了，拖进下水道中。

我让胖子拿来几瓶洋酒，我们不知道这是不是俄国人喜欢饮的伏特加，但酒性确实很烈。我们碰碎了瓶口，把酒都泼在尸体上。我怕酒倒得不够烧不彻底，想把剩下的几瓶也都倒上，胖子心疼起来，赶紧劝阻："老胡咱们可要节约闹革命啊，要勤俭办一切事业，差不多就得了。"

我只好作罢，用手中火把点燃了尸体，火苗噌的一声蹿起一人多高，烧得噼啪有声，火光中那被裹住的尸体被烧得筋骨抽搐，好像突然间变活了一样，好生令人心惊。我们硬着头皮皱着眉头在那儿盯着，烧了许久也只将尸体烧为一块焦炭，看来要想完全烧毁几乎不可能了，除非把它拖去焚化间，用大火烧灭才行，但烧到这种程度，也差不多了。

我们重新回到那俄国人的房间，丁思甜已经读出了遗书中的大半内容。我们为了节约光源，只点了一支蜡烛，四人围着蜡烛坐在桌前，胖子给每人倒了一杯酒。这时众人的精神状态和体力都已接近极限，虽然这房间绝非善地，但和焚尸间、下水道相比，已如天堂一般。我们需要借此机会稍做休整，顺便掌握一些有关这百眼窟的重要情报，然后才能制订脱离此地的计划。

我对丁思甜说："吃急了烫嘴，走急了摔跤，咱们眼下完全没有头绪该怎样行动，所以要做什么也不用急于一时了。你给咱们仔细说说，这俄国人在临死前究竟写了些什么，里面的内容备不住对咱们有用。"

丁思甜定了定神，借着蜡烛的光线看着那几页纸，把她能读懂的部分一点点翻译给我们听，但有些内容实在看不懂，也就只好暂时先跳过去不管，其中的记载大概是这样的：

日本关东军一个中队在呼伦贝尔接近漠北的区域神秘失踪，随着搜寻工作的展开，侦察部队在百眼窟附近发现了一些神秘的超自然现象。百眼窟是位于大漠与草原之间的一片丘陵地带，地理位置和环境极为特殊，内部不仅林木茂密，而且山口处经常有人畜失踪，还有许多人传说在那里亲眼看见过龙的存在。

当时日本与德国处在同一战线，纳粹一向信奉神秘主义，德国人从某一渠道知道了满蒙地区的这一神秘现象，就给关东军提供了一些技术支持，希望关东军能对此事彻底调查，找到导致这一神秘现象产生的根源。

那时候日军兵力不足，已难于应付过长的战线，正在着手准备设立全世界最大规模的细菌战研究机构（也就是后来臭名昭著的防疫给水部队）。写此遗书的俄国人是沙皇后裔，后流亡于德国，他不仅在医学领域有独到建树，同样也是细菌专家，后被纳粹借调给关东军防疫给水部下辖的波字研究所，被迫在百眼窟协助做一项秘密研究。

日本人在调查百眼窟的过程中，从地下挖出了一个巨大的山洞，洞底层层叠压着许多保存完好的古尸，尸体实在太多了，似乎永远也挖不完。最高处有具头戴面具装束诡异的女尸尤为突出，经过专家勘察并与古籍对比，得出一个惊人的结论：这是传说中汉代的大鲜卑女巫。在那个巫卜昌盛的时期，这是一个被半神化了的人物。她的埋骨之地龙气冲天，与兴安岭的大鲜卑山嘎仙洞同样被鲜卑人视为圣地，经常会在洞中举行埋石祭山的仪式。在鲜卑人的传说中，黄鼠狼是阴间的死神，这个藏尸的山洞，也正是地狱的入口。

这个所谓的"龙气"只在百眼窟的山口才有，它无影无形，时有时无，令人难以捉摸，能吞噬一切人畜野兽，只有在阴云四合雷电交加之时，才能看到山口附近有黑色的龙形阴影在云中翻滚。日本人认为，这就是当年鉴真和尚东渡，传播到日本的佛经中记载的"焚风"。这种像恶鬼一样的阵风，是从阿鼻地狱中刮出来的，被其吹到的生灵，会立刻化为灰烬，如果能掌握使用这种"焚风"的方法，将相当于拥有一种具有强大毁灭力的武器。

但人类在自然现象面前实在是太渺小无力了，根本不可能掌握这其中的奥秘,不过对于鲜卑女尸即使暴露在空气中也不会腐坏的现象,却可以在细菌领域进行研究。于是日本人在山中建立了这样一个半地上、半地下的秘密研究设施,研究所内养殖了大量老鼠和蛐蜒之类的剧毒之物。当时在太平洋战场热带战区作战的日军,许多人被丛林里的毒虫毒蚺所伤,所以研究所利用这里独特的自然环境,还特别建立了一个培养热带毒物的实验区,运用藏尸洞土壤里的特殊成分进行解毒实验。

研究所建成后,随着发掘的深入,越来越多奇形怪状的尸体被从藏尸洞中掘出,百眼窟里突然闹起了鬼,一到晚上就见四处鬼火闪动,白天就开始起雾,山坡上云气变幻不定,其中楼台宫阙若隐若现,稍近之,郁郁葱葱,又如烟并庐舍,万象屯聚,既而视之,则又全都不知所终。

研究所里的日本人慌了神,因为鬼市的传说在日本也有,以为把藏尸洞里的怨魂都放出来了,于是从本土找了位阴阳师,按照他的指示在一栋研究楼内部修建了一座半隐蔽于地下的焚尸炉,所有的房间和窗户一律封闭,仅有的几个出口门户朝向也有特殊要求,然后把从藏尸洞里挖出的大量尸体都送进焚尸炉中烧毁。他们认为这样可以镇住藏尸洞里的亡灵,也确实起了一些作用。

写这遗书的俄国人,整天生活在地下室里,只有需要他到现场工作的时候,才会让他离开地下室。日本人知道他就算逃回苏联也得被枪毙,所以对他的看管也不是很严密,但他的人身自由仍然受到极大限制。后来他结识了一位有反战情绪的日本医官,在那位医官的协助下,他了解了一些外界的情况,得知日本战败已成定局,并计划逃出这个魔窟。医官给他提供了地图和所有逃跑时需要的物品,当一切准备就绪的时候,他偷偷挖了条地道想从下水道里出去,结果挖错了角度,没能绕过铁闸。正当他准备再次挖掘的时候,有几个东北地区的胡匪运送来了一口刚出土的铜箱,当天夜里整个研究所警报声大作。

写这份遗书的俄国人产生了一种很可怕的预感,警报声过后,外边就没了动静。他独自被关在地下室里也出不去,不知道外边究竟发生了什么,想挖新的隧道逃跑之时,发现自己的生命已经即将走到尽头了,于是他把自己的经历写了下来，希望有人能看到这封信，信中说那口箱子极度危险……

遗书写到这里戛然而止，连落款日期都没能留下，显然那俄国人写到这儿就死了。我们甚至无从得知他的名字，只能从时间上推测此信很可能写于苏军出兵攻打关东军前夕，所以突发事件之后，这座秘密研究所并没来得及被关东军销毁。

至于那口铜箱里装的是什么，它的危险又从何而来，这俄国人临死前究竟遇到了什么，我们目前都无从得知。不过他留下的逃生用品正是我们所急需的，尤其是遗书中提到的研究所地图，另外他的遗书也解开了我们心中许多谜团。不过一来这俄国人所知有限，二来丁思甜翻译得并不全面，研究所里面仍有许多秘密是我们所无法知晓的。

这时四人喝了些烈酒，加上身体困乏至极，都是一动也不想动了。本想稍微休息一会儿，就去找那俄国人的地图和工具，然后尽快从这里逃出去，但丁思甜等人实在太累，没过多久，便都趴在桌子上沉沉睡了过去，老羊皮和胖子更是鼾声大作。我本想叫醒他们，但也觉得全身酸疼困乏，上下眼皮都开始打架了，明知道现在不是睡觉的时候，却自己说服自己：既然我们在这研究所中待了一夜，就算这里有什么细菌病毒，该感染的也早就感染了，怕也没用，现在身体快到极限了，要是不先休息一阵，再有什么事情肯定难以应付。于是我打定主意，紧握住康熙宝刀，把心一横，趴在桌上睡了起来。

这一觉睡得七荤八素。也不知过了多久，我猛地醒了过来，桌上长长的蜡烛早已经熄了，室内黑暗无边。我刚一动弹，就觉得胳膊肘蹭到了餐桌上的一些东西，下意识地用手一摸，似乎是那具已被烧成焦炭的俄国僵尸躺在了桌子上。

第二十八章
俄罗斯式包裹

我在黑暗中摸到身前的桌子上有些又硬又干的东西，用手轻轻一捻，就捻掉了一层像是煤灰般的碎渣，从手指传来的触感判断，那些碎末里面是硬邦邦的死人骨头。摸到死人骨头倒没什么，可我明明记得早把那俄国人的僵尸拖到下水道里烧成焦炭一般了，皮肉毛发都成了黑炭，就剩下些骨头烧不动，是谁把那烧剩下的尸骸拿到桌上来了？

我心中骇异万端，一时也无暇细想，眼前漆黑一团，桌上应该还有我们先前在房中找到的火柴和六个蜡烛台，我想先摸到这些东西上亮子，以便看个清楚。我向前伸手一探，摸到的却不是什么火柴，而是又硬又圆表面还有好多窟窿的一个东西，仔细一摸，原来是个死人的脑瓜骨，我的大拇指刚好按到骷髅头的眼窝里，手一抖，赶紧把它甩到桌上。

就在那骷髅头落在桌面发出一声轻响后，从黑暗中突然冒出两团绿幽幽的鬼火。我全身一震，如同梦魇般僵在原地，心神完全被那鬼火所摄，整个人都像被掏空了一样，只剩下行尸走肉般的一副躯壳，既不能呼吸也不能思考。我本不相信人有魂魄之说，但这时真真切切体验到了灵魂出壳究竟是什么滋味。

第二十八章 俄罗斯式包裹

正在这魂不附体之际,怀中忽然一震,那康熙宝刀在鞘中抖动鸣响,尖锐的嗡鸣之声震动空气,两盏鬼火般的目光随即悄然隐退。我就好像从梦魇中挣脱出来,"啊"的一声叫了出来,眼前一亮,只见自己好端端坐在椅子上,桌前的蜡烛燃得仅剩小小一截,兀自未灭,蜡烛周围散落着一些焚烧剩下的骨骸。

我冷汗淋漓,似乎是刚刚做了一场噩梦,可梦得竟然如此真切,桌上那俄国僵尸的遗骸赫然在目,这一切又显然不是梦境那么简单。我向周围一望,围在桌前歇息的其余三个同伴也都醒了,包括胖子在内的这三个人,个个出了一身冷汗,面孔苍白。不用问,他们刚才和我的经历一样,都险些在梦中被勾了魂去。

丁思甜胸口一起一伏地对我们说:"有句话说出来,你们可别认为我唯心主义。这……这屋里……这屋里跟焚化间一样真的有鬼,可能那口铜箱子里装着亡灵的噩梦?"

丁思甜心中发慌,胡乱猜测,但没有人反驳她的言论。刚才明明是想暂时坐下来休息片刻,但四人鬼使神差般地睡着了,又竟然做了同样一个噩梦,俄国僵尸的骸骨又莫名其妙地跑到了桌子上,不是见鬼才怪。不过我觉得刚才心底感到的那股寒意似曾相识,意识到很可能不是那俄国人作祟,极有可能是那焚尸炉里的鬼魂还一直纠缠着我们。我摸了摸怀中的长刀,心想多亏了此刀镇得住,否则就不明不白地送了性命。这些恐怖的事情,是否与遗书中提到的那口铜箱子有关?研究所的人好像都在二十几年前的某天同时死掉或是失踪了,这里究竟发生过什么?越是不明真相,越是使人心里觉得不踏实,众人都认为再也别多耽搁了,赶紧找出地图,然后速速离开这是非之地。

从那蜡烛的燃烧程度来看,我们这一觉睡了能有四五个钟头,虽然是在计划之外,但头脑比先前清醒多了。我将那俄国人没有烧化的残骸都捧起来用布包了,在屋中找个柜子装了进去。转念一想这俄国研究员也是可怜,被日本人关起来早不跑晚不跑,偏赶上出事才想起来逃跑,没准死后还不太甘心,于是我对着那柜子说道:"人的一生应该生得伟大,死得光荣,生前没对人民做过什么有益的事，死后就更应该安分守己。你所做之事虽是被人胁迫，却也属助纣为虐，最后落得这般下场是自食其果，可怨不得旁人。孽海无边，不早回头，虽然悔悟又有何意义？现在法西斯主义已经彻底灭亡了，你这屋里的东西，我们就不客气了，代表人民没收了。"

这时其余三人已对房间中进行了一番彻查，最终在壁炉里发现了一个口袋。那口袋显然是俄国人的老式携行袋，用帆布制造，跟面口袋的样式差不多，没有拉链和扣子，袋口有个拉绳，一抽就能扎紧袋口。从第一次世界大战开始俄国就流行使用这种袋子，二战前后，中国东北等地，也能见到许多这种口袋。它是典型的俄式风格，简单、粗糙、笨重、耐磨。

老羊皮举着蜡烛照亮，丁思甜和胖子把袋子抖落开，一件件查看里面的东西。这俄国人的口袋简直就跟个百宝囊似的，七零八碎的什么都有。看他所准备的物品中，除了水壶和野战饭盒之外，甚至还有一些钱物，可能是准备逃出去之后谋生用的。还有火柴、防风蜡烛和几瓶有数十粒的化学药品。这类化学药品在野外逃亡中是必备之物，可用于解毒洗肠、助燃以及做夜光记号等等，但我们知道用途却识不得这些化学品的类别，只好都一并取了。这些物品正是我们所需要的，丁思甜将它们分出来放在一旁，不要的就扔到桌上。

随后又找出两个日式工兵照明筒。这种工兵照明筒与我们常见的手电筒不一样，造型扁平四四方方，全身都是黑色，有两个烟盒大小，前边拳头大小的灯口是圆的，卧在黑色的铁盒子上，后边没有手持的地方，但在顶部有个固定的提环，使用的时候可以拿带子随意绑在胸前，进行各种短距离照明作业。袋子里还有些与之匹配的干电池。

另外就是些食物了。当年日军后勤供应原始落后，根本没有大批量地为部队供应野战口粮，但一些特别单位享受的待遇也和普通部队不一样，例如海空军以及众多特殊部门。这俄国人很可能得到那名日本医官的帮助，储藏了脱水鱼干、糖块、罐头之类的东西。我担心食物都变质了，于是尝了一点，发现在地下室的恒温环境中，直到现在还是可以食用的。这也可能与使那俄国人僵尸保全至今不腐的特殊环境有关。

袋子里竟然还有一支用油布包裹的"南部十四式"手枪。这枪是日本兵工厂通过模仿德国鲁格手枪，也就是德国纳粹军官的配枪进行生产制造的，枪体采用半自动闭锁机构，容弹量八发。我国军民在抗日战争时期，俗称此枪为"王八盒子"。胖子家里以前有这么一把战利品，在这儿看见"王八盒子"觉得像是见了老朋友，拿起来反复推拉了几下。这枪用油布裹得严实，半点都没有生锈，弹匣也是满的。不过这破枪设计工艺上存在先天缺陷，卡弹、炸膛、哑火等毛病很多，带上它最多能起个防身作用。胖子有枪在手就什么也不在乎了，二话不说先把手枪别到了自己的后腰上。我对他说："'王八盒子'本身就不好使，加上这支枪二十多年没维护过了，你还是悠着点用吧，不到万不得已就尽量别用这枪。'王八盒子'别名又叫自杀枪，打不到敌人事小，打到了自己可吃不了兜着走了。"

胖子正想对我吹嘘他那套玩枪的手艺，丁思甜突然喜道："这张纸可能就是研究所地图了。"说着从杂物中捡起一张图纸。我们停下话头，急忙把地图接过来借着蜡烛的光亮一看，略微有些失望。地图有一大一小两张，小一些的那张所谓的研究所设施地图只不过是手绘的，上面做了许多标记，看起来乱糟糟的；另外那张大比例的地图，则是百眼窟周边的地形图，北连大漠，南接草原，那些地方老羊皮也是一向熟知的，所以这张图对我们意义不大。

再反复看那研究所的结构图，才发现这地方非常庞大，地图虽然简陋，倒很直观易懂，也颇为完善，画的主要是研究所地下纵横分布的水路。从地图上画的记号来看，那俄国人的逃跑路线是从这间地下室出发，沿下水道方向，经过焚尸间的地下水管，然后绕过被完全封闭的监牢区域，兜个圈子向北。西边山口有不时出没杀人于无形的"焚风"，他显然是想从北侧山口离开。

我们对这地下室心有余悸，看罢地图，立刻找出了逃生路线，就决定尽快出发，当下收拾一切应用之物，把剩下的几瓶洋酒也都带了。众人的资本主义尾巴没割干净，临走时又敛了些稀罕的洋玩意儿，能穿戴的衣服鞋子也没落下。我见房中有顶战斗帽，就顺手戴在了自己头上。我的狗皮帽子丢了，头上又有伤口，不戴帽子容易破伤风，也免得下水道里的跳蚤蟑螂掉进头发里。我给自己找了个借口，总算把我的行为和老羊皮等人的低觉悟行为区分了开来。

回到恶臭的下水道里，想来外边的天也快亮了，对于脱离绝境的路线也有了眉目，虽然回去之后的事情也着实令人头疼，可总好过在这闹鬼的研究所里每时每刻担惊受怕。我们归心似箭，参照着地图拢烛前行，按照逃脱路线上的指示，我们等于是要走一段回头路。

可还没等走出多远，我发现丁思甜不停地咳嗽，而且脸色也不对。我以为是光线太暗看错了，但让她停下来仔细一看，她神色憔悴，眼角眉梢都罩了一层明显的青气，摸了摸她的额头，微微有些发烫，烧的温度虽然不高，但看面色竟似病得不轻。

我早就担心这下水道焚尸炉里会不会有什么病毒细菌，见状不禁替她害怕起来：黑死病？鼠疫？可又不像在这秘密研究所里感染上了传染病，那样的话人人有份，为什么我和胖子、老羊皮三人都没觉得有什么异常状况？

老羊皮和胖子听见动静也都停下来看她。老羊皮熟知药草，算是半个赤脚医生，他看了看丁思甜的舌苔，又摸了把脉，惊道："这怕是中了什么毒了……"

丁思甜十分要强，在知青点干活的时候，有点小病小灾就咬牙硬扛，不愿意别人怜悯照顾她，本想坚持到同我们离开此地再说，可这时她也知道隐瞒不住了："从焚化间里逃出来之时，被锦鳞蚰的毒气一逼，便开始觉得胸口有些憋闷难过，因为当时见大伙都没事，所以也并未在意。在俄国人的房间里时也还没觉得怎样，可现在这种感觉越来越重了，而且觉得全身发冷，恐怕是中了蚰毒了。"

那子午二时吐毒的锦鳞蚰所喷毒雾甚浓，当时我们被困在焚化间内，虽然在吸入致命毒雾之前成功逃脱，但那蚰毒极猛，每个人都不免感到头晕恶心，恐怕都或多或少地吸进了一些蚰毒。锦鳞蚰异常性阴，其毒也属阴毒，男子阳气旺盛倒不觉得有什么，但在同等条件下，女子对蚰毒更为敏感。丁思甜只吸入了一些细微的蚺毒,就无法承受。蚺毒过了一段潜伏期,终于开始发作了。

据说女子中了锦鳞蚺所吐之毒后会口眼发青,并伴有持续低烧的症状,双眼产生幻视,能看到五彩缤纷的颜色,如果没有药物医治解毒,大约二十四小时之内,就会头晕、呼吸困难、全身麻木,严重时会昏迷甚至不省人事,最后会因呼吸系统麻痹和肌肉瘫痪而死亡,到了晚期就算是华佗再世也没有回天之力了。

老羊皮焦急地说:"这可没救了,草原上很难找这种解毒的草药。咱们回牧区再到旗里的医院,少说要将近两天的时间,那这娃岂不是要把命来送?"胖子也急得焦头烂额,对我说:"老胡你有主意没有?赶紧给思甜想个办法,咱可不能让她这么死了呀。"

我见丁思甜虽然吸入的蚺毒有限,现在情况还算稳定,能走能动,神志也还清醒,但这中毒的早期症状毕竟是出现了,如果从百眼窟北侧山口出去,就到了没有人烟的荒漠边缘,离牧区更远,即便不那样绕路,在没有马匹的情况下,也根本来不及把她送进医院。而且万一她所中之毒在更短时间内发作,却又如何是好?再者,谁能保证这一路平安,不出半点岔子?

我紧锁眉头,拿着地图看了看,立刻打定了主意:"锦鳞蚺是鬼子研究所特意养的,他们是为了治疗在太平洋战场上被蚺毒所伤的士兵而进行研究的,这研究所里说不定会有解毒的血清。这种可能性是非常大的,不担三分险,难求一身轻,我看回天之道,唯有赌上这一把,去主研究楼寻找解毒剂。"

最后胖子和老羊皮都同意了这个计划,寄希望于把她送进医院救治根本就不现实。丁思甜把自己的性命托付给我们也完全放心,这样做看似冒险,但确实没有更多选择的余地了,最好的选择往往是在无可选择的情况下做出的。

为了不给丁思甜带来太大的心理压力,我没有表现得太匆忙,确定了路线之后,仍是按正常速度前进,反正从地图上看到主研究楼的距离并没有多远，速度再慢也来得及。要是研究楼中没有血清一类的解毒剂，那么一切也就全都完了，我心中隐隐害怕，总在想万一没有解毒剂呢？而且我们这几个人里，谁又能认出解毒剂什么样？最后干脆把心一横不再多想了，反正是不见棺材不落泪，不到黄河不死心。

　　没过多久，就进入了一片非常开阔的地下水道，这里有许多并排相连的水泥管道。走在前边开道的胖子忽然踩到了什么，骂骂咧咧地抬脚在黑水中一挑，从污水里露出几根烂透了的死人骨头，有半截腿骨下还挂着只鞋。我正要看个究竟，却在黑暗中发觉，我们所处的水泥管道突然旋转了起来。

第二十九章
莫洛托夫鸡尾酒

从俄国人绘制的研究所地图来看,庞大的地下排水设施实际上是条人工改道的地下河。正是由于在百眼窟的山坳里挖出了大量地下水,受地质环境所限无法修建分水渠,只有利用蛛网般的排水管道将其引出山外,否则地下水就会淹没我们头顶这片区域,这座秘密研究设施也就无法修造在现在的位置了。

但是现在的地下排水通道中的水已经即将干涸,只剩下些污水淤泥,想来那山中水源早已干涸了。地下水路分为两部分,一部分是完全封闭的,另外一部分属于半封闭式,在紧急时刻可以作为疏散通道。若想接近主研究楼,最近的路线就是通过半封闭管道区。这里环境复杂,管网交错如同迷宫,如果没有这份地图,将很难顺利找到出口。

我们举着火把觅路而行,到了一处沟管交错开阔的枢纽区域,这里四壁都是黑漆漆的,污水烂泥极多,水中各种浮游生物滋生,正好是位于地下水路的中心地带。眼看着就要到达目的地了,却发现在管道底部的黑水中有许多尸骨,看那些没有腐烂掉的服饰,很可能是日军秘密研究所的警卫。胖子捏着鼻子用脚拨了拨那些已经烂了的死人骨头。我们见状都忍不住想:"这管道中怎么会有鬼子的尸骸?"正要看个究竟,却发现身处的管道猛地抖动了起来,一时间好似天旋地转。

但这只是错觉,脚下却没有摇动的感觉。我们举着火把抬头一看,四人都被眼前的景象惊呆了。只见身前一米远的管壁上,黑压压地布满了蟑螂。这些蟑螂黑色棕色皆有,背生长翅,大得惊人,体形长短都在三四厘米见方,一只挨着一只,密密麻麻地间不容发,成千上万的数量将整个墙面都盖住了。这些大蟑螂恐怕是受到了污水中某些成分的刺激,不仅体形比普通的大了一倍,它们还能够靠着啃噬同伴的尸体以及进入这段下水道的老鼠和潮虫等生物维持生命。

这些蟑螂原本潜伏不动,慢慢地互相咬噬,此时有一小部分受到火光和脚步声的惊动,立刻快速窜动起来,一瞬间就产生了连锁反应,整条管道中的蟑螂好像沸腾的开水,没头没脑地到处冲撞逃窜,管壁变成了流转的黑潮,有不少蟑螂从管壁上掉了下来,我们头顶肩膀上立刻落了一层。

我想招呼众人往回跑,但这工夫不光谁也顾不上谁了,而且没人敢张嘴说话,挤掉下来的大大小小的蟑螂把火把都快压灭了,掉在人身上到处乱爬,一张嘴说不定就钻嘴里几只。而且体形小的蟑螂见缝就钻,钻进耳朵鼻子也受不了,它能顺着耳朵一直爬进人脑,我们只好各自拼命把掉在头顶肩膀上的蟑螂掸落。

蟑螂窜得极快,我们跑是没处可跑了,只好抡着手中火把将它们赶开,盼着这些蟑螂赶快散尽。众人心神略定,从刚刚面对大群蟑螂形成的黑潮中回过神来,竭尽全力把能用的家伙全都用上,总算是使潮水般的蟑螂从身边散开了。

没过一会儿,管道里的蟑螂就渐渐少了下来。我腾出手来,替丁思甜和老羊皮拨掉身上的蟑螂。四人脸色都变了,宁可让恶鬼索了魂去,也不想被蟑螂给活埋了慢慢咬死。胖子对我们说:"趁着蟑螂散了,咱们赶快冲过去。"

胖子话音未落,只听老羊皮大叫一声,他的身子忽地往下一沉,被污水里的一个东西拖倒在地。我和丁思甜发觉不对,伸手想去拽他,可拖住老羊皮的那股力量极大，我虽然抓住了老羊皮的胳膊，但被那巨力牵动，脚底被带了一个踉跄，险些摔倒在淤泥之中。

丁思甜就没我那么走运了，她抓住老羊皮的衣襟，想阻住老羊皮被向后拉扯的势头，但臂力有限，加上脚底湿滑站立不稳，一下子滑倒在地，但她仍未撒手，跟老羊皮一起被拖向了下水道的黑暗之中。这时胖子已经掏出了那支南部十四式手枪。我见黑暗中看不清楚目标容易误伤，而且看这劲头这家伙也小不了，心中想明了这些尸骨的来历，很可能是有些人在出事的时候想从这里逃跑，但遇到了要命的东西，都被结果在了臭水沟里。要想救人一点也不能犹豫，否则就等着给那俩人收尸了，于是我拔出康熙宝刀，对胖子叫了声："别开枪，往前扔火把！"说着就一个箭步冲了上去。

老羊皮和丁思甜的火把在倒地时就落在淤泥中灭了，我们为了节约闹革命，都没舍得用那俄国人的工兵照明筒，只是用他房中的家具和衣服又做了数支简易火把。这火把有利有弊，若是地道中有虫蝎蜈蚣之属，打着火把远远地就可以驱散它们，而且可以判断空气质量是否对人无害，但缺点是照明范围非常有限，只不过眼前数步，稍远一些就看不到了。

我一手拎刀一手举着火把追了过去，只好让胖子在身后将他的火把当作短时照明弹往前抛出去，利用火把落地熄灭前的光亮看清前方十几米的情况。我刚一起步，身后的火把就从肩上飞了出去，在漆黑的空间里划出一道低低的抛物线，随即掉进管道前方的污泥中熄灭了。

但借着火光一闪之际，我已经瞧见就在我前边几步之处，地面有个管道间破裂的大缺口，直径将近一米，里面深不见底，从里面探出几条粗大的黑色节肢类钩爪，生满了黑色的硬毛，正把丁思甜和老羊皮往管道的大裂缝里拖拽。

老羊皮失去重心倒在地上，也不知受没受伤，他竭力挣扎着想要摆脱，但根本使不上劲，猎铳被他压在了身下，想放铳也办不到。丁思甜趴在地上拽住老羊皮的衣服，咬紧牙关奋力往后拖着，但根本无济于事，连她都被快速拽了进去。

我踩着遍地的死蟑螂，一踏就嘎吱一声，三步并作两步赶到近前，这才看清楚拽住老羊皮的是条大钱串子。钱串子比蜈蚣和蚰蜒体形要宽许多，而且对足较少，但是钩爪更宽更长，身体最大能长到两米长。排水管道中的这又深又阔的缝隙，就被这钱串子当成了巢穴，由于畏惧火焰，它才想将老羊皮拽到排水管道的下层。

我赶到跟前，借着手中火光，发现那深渊般的裂缝边上都是人骨，深处还有几只大得吓人的蟑螂来回乱爬。救人心切，也没顾得上细看，我挥起长刀就砍了下去，想将这条半截缩在洞里的大钱串子一挥两段，把老羊皮和丁思甜救下来。

不料那钱串子动作也是极快，我刀在空中，它早将老羊皮拽至洞口，这刀如果砍得实了，不仅斩不到它，反而会将老羊皮剁了。我见大事不妙，赶紧将火把朝洞中扔了进去，但洞中阴潮之气太盛，火把一晃就被湿气打灭了。我在黑暗中扑倒在地，伸手抱着老羊皮，想用力撑住洞口，但没想到那裂缝有一米多宽，那钱串子力大，长着黑毛的钩爪一扯，连同我和老羊皮、丁思甜都有半个身体陷入洞中。

丁思甜在混乱中打开了挂在胸前的工兵照明筒，晃动的光柱中，老羊皮用手撑住了一副死人骨架，那烂骨头死死卡在管壁侧面的狭小裂缝里。他拼了老命撑住，稍稍减缓了我们三人身体继续被扯进洞内的势头。我见眼前都是攒动的虫足，想用长刀去砍，奈何地形狭窄难以施展，只好向洞中伸刀乱扎，每扎一刀就冒出一股黄水四处飞溅，我怕这虫液有毒，把脸埋在老羊皮背上，手中却丝毫不停。

乱刀攒刺虽然大部分都扎中了那钱串子，可都不够深，不致命，而且这东西生命力很强，即使被砍掉几截，一时半会儿都死不了。丁思甜被拖在最后，此时已经爬起身来，抓住了我和老羊皮出死力往后拉拽。我和老羊皮的肩膀胳膊都被虫足钩住，又在狭窄的缝隙间受到制约，手脚都不能做大幅度的动作，虽然一时半刻之间尚能僵持住不被拽到洞中，却绝不是长久之计，凭着一己之力想脱身根本就不可能。我突然感觉到有一条腿被丁思甜抱住往后拽，但她力量单薄难以济事，我心中急躁起来，大骂那个王胖子怎么还不过来帮忙。

第二十九章 莫洛托夫鸡尾酒

正在这进退两难之时,就听身后有人大叫:"贫下中农们别急,我给你们送鸡尾酒来了!"我跟老羊皮一面勉力支撑,一面用长刀格住洞中探出的钩爪,听到身后的叫喊声就知道是胖子上来了,但他喊的送鸡尾酒什么的,完全是不知所云,偏偏在这要命的节骨眼儿上,不知他又要出什么幺蛾子。

原来胖子也知道刀枪之类很难立刻将那条钱串子杀死,打开绑在胸前的工兵照明筒,从后边赶上来的同时,把从俄国人那儿顺出来的一瓶烈酒从包里掏了出来,往里面胡乱塞了一把药片,又用顺出来的棉布袜子堵住瓶口,点着了递给丁思甜,然后拎着我和老羊皮的腰带,一把将我们的前半截身子从洞中扯了出来。

洞里的钱串子也被带出来一截,它见到嘴的食物又出去了,哪里肯善罢甘休,正想再给拽回去。这时胖子手中的"王八盒子"连开两枪,打得它身子一缩,丁思甜瞅准机会,把瓶口燃烧着的烈酒砸进洞中。那俄国人喝的酒喝到嘴里跟刀子似的,酒精浓度极高,加上里面放了些化学药片,可能还起到了助燃剂的作用,顿时烈焰升腾,排水管的裂缝下成了火海,烧得其中的蟑螂和钱串子等物乱作一团,不知有多少只扭动挣扎着死在火舌之下。

胖子所做的燃烧瓶,是我们当红卫兵搞冲击时曾经用过的。不过那时候烈酒不好找,多数都用汽油或工业酒精,再添加助燃物代替,配方也因地制宜,赶上什么用什么。这种多种燃烧物混合组成的燃烧瓶,最早在第二次世界大战苏芬战争中广泛使用,被称为莫洛托夫鸡尾酒。我看看自己和老羊皮虽然擦破了些皮肉,身上青了几块,但都没什么大碍,这时候脑袋里都是一片空白,也没有后怕的念头了。

我看了看裂缝下烧着的洞穴,火光渐暗,没被烧死的蟑螂又开始在那缝隙中爬进爬出,看得人心中发麻。谁也不想在此多待,于是四人互相搀扶着继续往深处前进。这片地下水路中危机四伏,我们担心还有其他的危险,看地图上的标识附近有个出口,能够通到地上,已经离主研究楼很近了,于是加快脚步走向那里,就算是稍稍绕远点,也不打算在这潮虫蟑螂越来越多的排水管中抄近路了。

排水管道的拐角处，便有嵌入水泥墙中的一节节铁梯，胖子当先爬了上去，推开水泥盖子，外边的天已是蒙蒙亮了，随后丁思甜也顺着铁梯爬了上去，老羊皮神不守舍地准备第三个上去。我见他神色黯然，却不像是因为刚刚受了一番惊吓，他这个人平时沉默寡言，总是一副饱经沧桑心事重重的模样，闲下来的时候不是猛抽烟袋锅就是唱老家的酸曲，进了这百眼窟后更是时常唉声叹气，有时候好不容易打起精神，过不多久便又黯然失神。我心想他这很可能是因为得知当年他兄弟羊二蛋的遭遇真相，原来是被日本人在这里害了，而且当初他由于迷信思想束缚，没敢出去把人救下来，所以至今念念不忘。我将心比心也能体会到他的心情，尤其是那焚尸炉可能还烧过他亲兄弟的尸体，触景生情，怎能不让人心忧？

为了表示同情，在老羊皮爬上铁梯的时候，我拍了拍老羊皮的肩膀，安慰他道："我理解您的心情，我看您兄弟的事就别多想了，毕竟都是过去的事了，人还是得想开点，咱们要一切向前看。"

老羊皮大概见我年轻，说出这种话来让他很是吃惊，他边往上爬边问我："你娃知道我心里想个啥？我可就这一个兄弟啊。你娃家里有几个兄弟？"

我心想我家就我一个孩子，不像当时流行的社会主义大家庭，没其余的亲生兄弟姐妹了，不过这话可不能这么说，就对老羊皮说："您得这么想，全世界受苦人，都是咱的阶级兄弟。"

说着话我也爬上了竖井。外边已是天色微明，胖子和丁思甜都关掉了工兵照明筒，但他俩和老羊皮打量着周围，个个神色有异，我也顺着他们的目光看去，不由得猛然一怔，这地方怎么那么眼熟？

第三十章
精变

从地道里钻出来后竟到了建筑设施之外，这一点实是出人意料。按逃生地图所绘，这个出口处，应当有一处规模庞大的植物园，去往主研究楼必先绕过这里，所以当初我们为了不绕路而行，才决定从下水道走直线通过，难道那俄国人的情报有假？

此时天已微明，拂晓的晨雾笼罩四野，轻烟薄雾中，隐隐可见隔着一片密林，对面有座矮山，对着我们的那面山体已经被挖去了一半，残破的山体截面上布满了大大小小的山洞，好似一块生满了虫子眼的苹果被从中切开。看上去这些洞穴皆是天然生成，我来不及细数，但目测估计，有不下百个洞口。

被挖开的山腰中部，有极高大的巨型石兽露出土中。我们四人对望了一眼，总算知道这地方为什么叫百眼窟了，原来是有座生了上百个天然窟窿的石山，看来以前的猜测全然不对。让我感到吃惊的不止于此，那石山洞窟的布局与那狰狞的石兽，让我想起了不久前听燕子说起的"鬼衙门"。传说那地方是通往冥府的大门，误入之人，绝无生还之望。可只知"鬼衙门"的传说，也知道是在山里的某个地方，却从没有人能够道出此中详情。

那俄国人的遗书中也曾提到，日本鬼子挖出了通往地狱的大门，事实与传说相印证，原来是着落在此处，这百眼窟就是通往阴间的鬼门关。

胖子也觉得那边的山坡非常眼熟，盯着看了半天才想起来："这不就是大号的鬼衙门吗？咱们在团山子见的比这小多了，估计这里是货真价实的。你们说那里边真能通着阴曹地府吗？我看这事挺悬的……"

丁思甜所中的蛐毒属于神经性感染，而非血液性感染，发作得不快，她虽然发着低烧，但精神倒还健旺，看着那大窟窿小眼的山坡对我和胖子说："阴曹地府？那些密密麻麻的山洞让人看了就觉得不舒服，难道你们以前在别的地方见过吗？那里面是什么地方？"

我觉得事到如今，已经没有必要隐瞒了，就让胖子把以前的事情简单对她讲了。

丁思甜和老羊皮听罢，脸上均有惊异之情，望山生畏。那大鲜卑女尸的藏尸洞，竟然在传说中还是阴间入口？日本鬼子肯定是从藏尸洞里挖出了太多的恶鬼，才会弄那样一座满是符咒的焚尸炉不断焚烧。

我心想又得找点借口稳定军心了，最好的办法也不外乎是"阶级斗争，一抓就灵"。于是我对大伙说："咱们在这儿遇到的一些事情，确实可惊可怖，难以用常理揣测。不过我看世上未必有什么阴曹地府，有的话那也是帝王将相才子佳人的归宿，跟咱们无产阶级没半点关系，没必要对那山洞过分担心，再说有这康熙宝刀镇着，谅那些魑魅魍魉也不敢造次。我看这事绝对靠谱，倒不是因为这刀是皇帝老儿用过的，凡是指挥过三军或是在战场上使用过的兵器，本身就带着三分煞气，有什么不干净的东西，也都能给挡了。"

这番话倒是将老羊皮说得连连点头，他很是相信这种说法，可丁思甜突然问我："那咱们……咱们死后会去哪儿？天国？地狱？抑或是永恒的虚无？"

我被问得张口结舌，这件事真是从来都没想过，只好告诉她说："什么永恒的虚无，那属于典型的阶级斗争熄灭论。咱们都得好好活着，将革命进行到底，即便是死也不能毫无价值地死在这种鬼地方。"

这话让丁思甜稍觉安心。我说完后，让众人在原地休息片刻。重新对照地图，发现并非俄国人的地图存在错误，而是环境的巨大反差给我们造成了一种错觉。毕竟平面图以地下水路为主，地表建筑只有个符号标记，我们从排水设施中钻出来的这个出口，确是那个曾经封闭的植物区，可顶棚早已彻底塌了，四周还有些残破墙壁和铁网，掩映在枯树丛中。穿过这片枯树丛，在那布满洞窟的山坡下，有一片低矮的青灰色建筑，那里应该就是主研究楼了，里面有配电室、医务室、储藏室、通讯室等等单位，但看上去地面规模要比想象中的小很多。

那栋楼房里情况不明，想在里面寻找解毒剂谈何容易，距离目标越近，我心里的把握反而越小了，眼看着丁思甜眉目间青气渐重，我知道现在也只有死马当成活马医了。这时丘陵草木间雾气加重，能见度渐渐低了下来，我看准了方向，对众人把手一招，架上丁思甜，匆匆钻入了枯木荒草之间。

枯树叶子和杂草非常密集，被人的衣服一蹭沙沙作响，惊得林中鸟雀飞起，发出几声凄厉的鸣叫。我拔出长刀在前开道，将茂密的乱草枯枝砍断，从中开出一条路来。草丛里的雾越来越大，加上树丛的荒草格外密集，走到深处时，能看到的范围不过数步，我不得不慢了下来，以免和其他人在林中走散了。

正当我担心因为起了雾会失去正确的方向时，眼前出现了一条倒塌的古藤，挡住了去路，我们只好停住不前。这就是生满荆棘倒刺的观音藤，是锦鳞蚺栖身之所，我们离开焚化间时那蚺被关在了焚尸炉中，也不知道现在怎么样了。只见这观音藤生得十分巨大，粗壮处需数人合抱。百眼窟的泥土罕见异常，可滋养尸物，否则这南方的巨藤也无法生长于此。这大概也是日军防疫给水部队在此设立研究设施的原因之一。

倒掉的观音藤断得支离破碎，但这藤实在太大，又生满了倒刺，想攀爬过去可不容易，我们看了几眼，"望藤兴叹"，只好准备从两侧草木更为密集的地方绕过去。这时胖子想出一个办法：用顺来的那几件俄国人的衣服铺在藤上，盖住那些硬刺，就可以直接爬过去了。

我们本就不想从两侧绕路，因为那些区域的古木狼林，犬牙交错，几无落足之地，用长刀开路极是艰难，要费许多力气。一听胖子这主意还不错，也难得他有不馊的主意，于是当即采纳。我依法施为，果然很轻易就爬上了横倒的藤身。由于顺来的衣服有限，众人都必须集中通过，我和胖子先爬上去，然后把丁思甜和老羊皮也拽了上来。

正准备从对面下藤，老羊皮脚底下突然踩了一空，当场摔个马趴，将膝盖露到了垫脚的衣服外边，立时被观音藤坚硬的竖刺扎得血肉模糊。膝盖上全是骨缝，被藤刺扎到其感觉可想而知，顿时疼得他"啊呀"一声，倒吸凉气。在老羊皮失足滑倒之际，我想伸手去拽他，可就在那一瞬间，我几乎不能相信自己的眼睛了。

老羊皮背了个包袱，里面裹着我们从那俄国研究员房中顺出来的杂货，本来一直是由胖子背负，可由于胖子和我要先为众人开道攀上藤身，就暂时背在了他的身上。我去拽他的时候，见他背上的包袱中竟然伸出两只白毛茸茸的手臂，我的目光刚一扫过去，那手臂"嗖"一下缩进了包袱。

当时雾气朦胧，天光暗淡，但绝不是我看花了，那双长满了毛的白手，同我们在焚化间楼门处所见一模一样，那次只见玻璃上白影一晃，根本就没敢仔细去看，但确确实实是见到了这么一双人手。虽然下着雾，可眼下毕竟是在白天，而且那一个包袱才有多大的空间，怎么会伸出两条胳膊，难道真有幽灵一直跟着我们到此？

这一路上出了许多惊异莫名之事，例如在焚尸间里被人反锁住；焚化炉紧锁的炉门在黑暗中又被打开了，放出的锦鳞蚺险些要了众人的命，还导致丁思甜中了蚺毒命悬一线；走在排水沟的时候，我明明见到背后跟着个模糊的黑影；在那俄国人居住的房间里，被烧掉的僵尸残骸莫名其妙地出现在了桌子上，众人也差一点在梦中被勾了魂去。这一切的一切，无不表明有个打算置我们于死地的亡灵紧紧跟在我们身后，但我始终没能找到它，从最初开始就是我明敌暗，十分被动。

我万万没有料到，那个想害死我们的东西，不是跟在我们身后，而是更近。它就藏在我们当中的某个人身上，要不是老羊皮无意中滑了一跤，我恐怕还发现不了这个秘密。

第三十章 精变

说时迟,那时快,我瞅见老羊皮背着的包袱中白影闪动,立刻拽住他的胳膊叫道:"快把包袱扔了!"老羊皮可能是膝盖疼痛难忍,竟没听明白我的意思,只是疼得龇牙咧嘴,连话都说不出来。

我心想这事一句两句也说不明白,而且老羊皮被刺伤了膝盖,不知伤势如何,只好先把人拖上来再作理会。但我自己根本拉不动老羊皮,用力一蹬,脚下垫着的衣服脱了扣,加上刚刚眼中所见的那一幕对我触动极大,用当时流行的话来说,"已经触及灵魂了",自己竟然也从藤上滑落。

这时胖子和丁思甜也伸出手来,想帮我把老羊皮拽回藤上,但四人都集中到了一侧,导致脚下所踩的衣服重心偏移,挂断了藤上硬刺,四人翻着跟头一齐从藤上跌落。幸亏横倒着的观音藤不算太高,底下又有树枝和厚厚的杂草接着,这才没直接摔冒了泡。

纵然是这样也摔得不轻,而且掉下来的时候下坠力道不小,恰好藤下有棵倒掉的枯树,那树根很大,都是又枯又烂,根茎交错间形成了一个树洞,里面是空的,胖子滚落草丛中又砸穿了树洞上的朽木,我们的身体也跟着又是一沉,重重摔在了树洞底部。

树洞底下都是烂木疙瘩,要不是间接落地,腰可能都要被摔断了。我好像全身骨头都散了架,就听胖子也哼哼着叫疼。我正想挣扎着起身看看他们的情况如何,这时头顶轰然有声,干枯脆裂的观音藤被我们连蹬带踏,承受不住,也随即裂了开来,把头顶堵得严严实实,顷刻间树洞中就没了光亮。

我在黑暗中叫着同伴们的名字,胖子和丁思甜先后有了回应,虽然摔得不轻,但仗着年轻身子骨结实,也没什么大事,就是疼得直冒冷汗。

我见这二人没事,把心稍稍放下,让他们打开身上的工兵照明筒,看看老羊皮是不是也掉进这树洞里了,怎么半天都不见他的动静。树洞上窄下宽,根茎比电线杆子都粗上几圈,密密匝匝的好像围了道树墙。四周没有任何间隙,底部有七八平方米大小,面积非常有限。我急于找到老羊皮,不等上了亮子,就忍着全身疼痛,在树窟底下摸索起来。

忽然手上摸到些黏糊糊的东西,好像是鲜血,我心中更是着急,催促胖子和丁思甜快开照明筒。可那两只工兵照明筒大概给摔得接触不良了，怎么拍打也亮不起来。胖子摸到口袋里有半根蜡烛，只好拿出来暂时应急。

　　胖子刚划亮了一根火柴，忽然有阵阴风一闪，好像有人吹了口寒气，立刻把火柴吹灭了。我们刚才已经感觉出来，这树洞四下已被堵得严丝合缝，里面空气不流通，哪儿来的风把火柴吹灭了？胖子手忙脚乱地又划着了一根，可还没等那火光亮起来，便又有一阵阴风把它吹灭了。

　　胖子气得破口大骂："谁他妈活腻了往老子这儿吹凉气！"丁思甜想帮他划亮火柴，也没能成功。因为黑灯瞎火什么都看不见，我觉得心中忐忑，想去摸插在身后的长刀，可摸了一空，当时从藤上摔下来，刀不知道掉到哪里去了。

　　就在这时，我眼前忽然亮起一对绿幽幽的眼睛，好似两盏鬼火，对着那双眼睛一看，我全身立刻打了个寒战，坐在地上急忙以手撑地倒退了几步，把后背贴在了树根上。这双鬼火般的眼睛如影随形地紧跟着飘了过来，碧绿的目光里充满了死亡的不祥气息，带着一种摄人心魄的诡异力量。这种感觉似曾相识，只要经历过一次就绝难忘记，我好像不止一次地见过了，上次在那俄国人的房间里，不对……不止两次，还有在兴安岭那座黄大仙庙中也曾见过。这是"黄仙姑"的眼睛——那只被胖子换了水果糖遭到剥皮惨死的"黄仙姑"。

第三十一章
恐惧斗室

望着鬼火般碧绿的妖异目光，我忽然想到，凡是猫鼬黄狼等等兽类，在夜晚之时目力极佳，眼中精光不亚于小号灯泡。猫类瞳孔可随光线变化收缩放大，而成了精的老黄皮子恰好是光线愈暗，目中精光愈盛。上次在黄大仙庙中了那"黄仙姑"的迷魂法，我们险些吊死在那地窖里面，尤其是在没有灯火的漆黑地窖里，"黄仙姑"那双绿得瘆人的眼睛，至今记忆犹新。突然念及此处，那对绿光顿时飘忽闪动，我顾不上再去管它，忙问胖子："你拿去换水果糖的'黄仙姑'，最后怎么样了？"

只听胖子一边敲打着身上的工兵照明筒一边答道："我亲眼看见被人剥了皮筒子，怎么这……"显然他也见到了树洞中这双绿气盈动的眼睛，以为是那黄皮子死不瞑目前来索命，饶是他胆大包天，也不免又惊又骇。

胖子那句话尚没说完，黑暗的树洞中，竟然又出现了一对鬼火般的眼睛。两双眼睛忽闪了几下，就听对面发出一阵古怪的尖笑，笑声难听刺耳，充满了奸邪之意，听得人身上鸡皮疙瘩一层层地起着。我心想不对，当初只弄死了"黄仙姑"一只黄皮子，身边怎么冒出两对绿灯似的眼睛，缠着我们的究竟是什么东西？

想起百眼窟入口那个"埋石祭山"的山洞，里面有黄皮子精给女尸勾魂的壁画，在那个尚未开化巫卜横行的时代里，充满了远古的图腾神像崇拜习俗。大兴安岭与相邻的草原上，有把黄鼠狼视为阴间死神化身的观点。但自宋朝起，这种风习渐衰。可我有时候会觉得古人对世界的认识虽然原始，但并不能否认，对于生命与自然的领悟，古代人在某些方面比现代人更为纯粹和直观。黄皮子替死者招魂之事未必空穴来风，只是古人对事件真相的表述角度，以我们的价值观和世界观难以揣摩其中真意。

我心神恍惚，对于僵尸那种看得见摸得着的威胁尚能奋起剩勇一拼，可对于死亡后的虚无却无从着手，甚至从来都没有直观的概念。我一时之间束手无策，眼睁睁看着那四盏鬼火在身边飘动，心中乱成一团，想要带着胖子和丁思甜等人夺路而逃，可别说找不到出口了，就连光亮都没有一丝一毫，空自焦急，一点办法也想不出来。

这时掉在树洞口的那段观音藤忽地一坠，向下沉了一截，藤身和枯树洞口处露出两道缝隙。外边虽然有云雾，但毕竟是在白天，一些微弱的光线随之漏进了树洞底部，我们四周的环境状况，从伸手不见五指变得略微能见到朦胧的轮廓了。

树洞中稍稍可以视物，那四盏鬼火和奸邪的狞笑立刻同时消失。我急忙揉了揉眼睛，定睛一看，老羊皮倒在离我两步远的地上，他似乎摔到了头部，趴在地上一动不动，不知生死如何。丁思甜和胖子分别坐在我的两侧，他们二人也都摔得不轻。

就在老羊皮的身后，他背着的包袱已经散开了，包袱中的物品纷乱地落在地上，有两只长相奇特的黄鼠狼蹲在老羊皮身上，贼头贼脑地看着我们，一脸古怪的表情。这两只黄皮子全身竟没一根黄毛，遍体雪白好似银狐，不过黄皮子的脸可没狐狸那么好看，既丑且邪，视之令人生厌，而且猫鼬体形特征明显，再怎么变换毛色，也是黄皮子。

据说老黄皮子每生三旬，后背就会添一缕白毛，这对全身银毛的黄皮子，不知是活得年头太多成精了，还是属于黄皮子中的一个特殊种类，生来即是毛白胜雪？只见这两只黄皮子似乎被那突然从头顶缝隙处漏下来的天光吓得不轻,伸开四肢半蹲半趴着,尾巴拖在身后。

我一看这对黄皮子的动作,脑子里如同晴天打个炸雷,顿时醒悟过来:在焚化间的楼门口,玻璃上那两只人手,原来是这对黄皮子装神弄鬼,它们的四肢加上脑袋平贴在玻璃窗上,就如同人的手掌及五指,那条毛茸茸的尾巴,岂不正像人的胳膊?

我暗骂自己意志不够坚定,这才真叫疑心生暗鬼,当时竟然让这俩白毛畜生给唬住了,只是不知道这对毛色银白的黄皮子为什么想把我们逼进绝境。从古到今,黄皮子和狐狸是民间公认最为狡猾和通人性的东西,有关它们修炼成精的事情多得数不清。实际上这些东西所谓的成精,也并非能幻化人形。至于狐狸精变成小媳妇、黄皮子变成小老头之类的传说,往往是添油加醋的夸大其词。它们所谓的成精不过是能通人性,知道人类社会是怎么回事,理解和模仿人的衣食住行等等行为举动。所以有些方术之士时常会说:"人是万物之灵,这些畜生过多少劫,遭多少难,最终得了道,也无非才达到了普通凡人的标准,可惜生而为人之人,却终不能善用此身。"这种说法,也从一个侧面说明了黄皮子或狐狸能通人性的事实。

黄皮子能猜人的心思,可我猜不出它们的所作所为和目的动机,感觉最有可能的是,这对黄皮子大概与百眼窟有着某种极深的联系。它们将我们逼进焚化间后,又不知从哪儿溜进楼内,着实给我们制造了不少麻烦,并且一路尾随我们进入那俄国人的密室。也许是对康熙宝刀有所忌惮,只有在我们产生倦意神志不清的时候,它们才能来害我们的性命,平时则只能施展些借刀杀人的鬼蜮伎俩。

这些念头在脑中一转,我便已明白了七八分。正是由于一个突如其来的事件,我们从观音藤上落下来,摔进了一个树洞,而这树洞又恰好被断藤挡住洞口,斗室般的树窟里没有了任何躲藏空间,这才得以发现它们的行踪,否则在不知真相的情况下,还不知会被它们跟到什么时候。

唯一最有必要,却猜想不透的一件事,是在我如此提高警惕的情况下,这两个家伙究竟是怎么神不知鬼不觉地跟着我们的?这时那两只黄皮子贼兮兮地露出脑袋,四只眼睛不怀好意地望着我们。被它们这么一看,顿时

187

想起这一路上担惊受怕的困苦，我不由得怒上心头，想起文攻武卫时的号召："拿起笔来做刀枪，集中火力打黑帮，牛鬼蛇神敢动一动，砸碎它的贼脑壳，杀杀杀……"此时再不武卫，更待何时？我杀心顿起，管它是什么东西，只要不是捕捉不到的幽灵，先宰了再说，免得日后再添麻烦。

可没等我伸手，早已恼了的胖子抢先一步扑了上去，咬牙切齿地道："实在是欺人太甚！我他妈非把这俩小黄皮子的屎给捏出来不可……"胖子量级大，在树洞里跟一面墙似的，加上他出手又快，在狭窄的树窟里要擒两只黄鼠狼还不容易？可没想到，他连扑几次，都落了空。那俩黄皮子也都老得快掉毛了，它们并非躲闪得有多快速，而是似乎能料敌先机，在胖子出手之前，就把躲闪方位和时机预料到了。

胖子脑袋上都见汗了，照这么下去，被活活累死也抓不住它们。他发起狠来哪儿还顾得上什么，拽出南部十四式就开了两枪。他抬手开枪的动作快得连我都看不清，而且我记得他在军区打靶的时候开枪就没落过空，至少我没看见他放过空枪，只要枪响肯定有个结果。

我心想这两枪就算解决问题了，总算甩掉了一个大包袱，不料胖子两枪全都射空了，这么短的距离，这么明显的目标，竟然没有击中，别说胖子傻眼了，连我都不太相信自己的眼睛，觉得心底生出一阵寒意。那两只黄皮子活像两个来去无迹的白色鬼魅，竟然在明明不可能的情况下躲开了致命的子弹，两发手枪弹都像飞蝗般钉进了树根里面。

胖子还以为是这破枪出了问题，在震惊中微微愣了个神，其中一只黄皮子借这机会到他面前放了个屁。我和丁思甜都在胖子身后，视线被他的身体遮挡了，只见一股绿烟扑面，树洞里顿时奇臭无比，胖子更是首当其冲，熏得脸都绿了，"王八盒子"也不要了，滚倒在老羊皮身边咳嗽个不断，双腿在地上乱蹬。两只黄皮子躲在角落里眼神闪烁，一脸的阴笑。

我看到黄皮子那邪气逼人的眼睛，立刻明白了，这两双眼似乎能够看透人心，逼视灵魂，好像我们的一举一动都能被它们猜到。在我们插队的山里，常常会听说成了精的黄皮子不仅能摄魂，还能通魂，也就是类似于现代人所说的读心术和催眠术。

但成了精的黄皮子能读取人心到什么程度，就没人说得清楚了。也许它只是通过人的目光产生心电感应，预先猜测出人类的一举一动，要说得更邪门点，甚至真有可能把人心看透，别说是七情六欲，就连五脏六腑大脑小脑里边想什么都能被它看穿。

我恍然大悟，正是因为这对黄皮子能通人心神，所以即使跟在我们身后，它们也能遁于无形无迹，而且它们想方设法给我们制造精神负担和心理压力，因为人的精神状态越差，就越是能被它们钻了空子。那具俄国人的僵尸被我们烧得剩一堆残骸，它们还偷偷将尸骸摆在桌上，这样即使没能在睡梦中杀死我们，也会让我们误以为是在闹鬼，从而变得更加紧张。人的神经都有其极限，过不了多久，不用它们下手，我们也差不多精神崩溃了，其用心何其毒也。想到这对白毛畜生心机之深，比人心还要狡诈，我不禁感觉全身发凉。

这时丁思甜见胖子被臭屁呛得厉害，忍着树洞里的臭气想去扶他。我却知道这黄皮子屁虽然呛人，还没有致命的危险，这时候正是僵局，黄皮子暂时无处遁形，想直接弄死我们根本不可能，我们的行动和想法都能被它们预先知道，自然也奈何它们不得。双方都在等待出现置对方于死地的时机，这种情况下千万不能贸然行动。我正想阻止丁思甜靠近，可我比不得黄皮子料事如神，发现她的举动时已晚了半步。丁思甜的手刚抓住胖子的胳膊，就见那对银白毛色的黄皮子目中精光一闪，倒在地上昏迷不醒的老羊皮突然起身，他眼中呆滞无神，可两只手像铁钳子似的直朝丁思甜脖子上掐去。

我看老羊皮目中半点神采也无，知道他八成是被黄皮子摄了魂去。人的神志一旦失去，比如昏迷或者睡眠、精神失常时，便会灵台泯灭。这就好像中了催眠的魔障一样，既不知道疼痛，也不认得同伴，而且这样失了神志的人力量奇大，要是让他把手箍在丁思甜的脖子上，立刻就能把颈骨掐断。

我见丁思甜势危，只好放弃了敌不动己不动的战术，伸手推开老羊皮的胳膊。老羊皮全身肌肉神经僵硬异常，力量奇大，我使出全身之力，才将他推倒。由于地形狭窄,我和老羊皮、丁思甜三人都滚倒在地。我从观音藤上跌落,摔得全身筋骨欲断,刚刚推倒老羊皮动作太猛,牵扯得全身又是一阵奇疼。我倒地之时,顺势往那对黄皮子待的角落看了一眼,只见它们蹲在稍远的一段树根上,正瞪着眼睛狠狠盯着我们的一举一动。

我这时灵机一动:黄皮子奸猾阴险,若真是以眼睛来预知我们的行动,只要我们蒙上眼睛就可以了。但随即便认定此计绝不可行:我们若是目不见物,都跟瞎子一般,更是拿它们没有办法了,不过……

脑中刚刚闪出一个念头,就听长刀出鞘之声在耳边响起,原来老羊皮摔倒在地,正好靠近那把康熙宝刀掉落的位置,他闷不吭声地抽出刀来,对着丁思甜心窝便刺。

丁思甜本名叫作丁乐乐,后来忆苦思甜时期才改的名。我一直都觉得她的本名更适合她,爱说爱笑,能唱能跳,虽然后来有参加红卫兵的经历,也并没有把她培养成一个真真正正敢于斗争善于斗争的战士,她骨子里还是个文艺女孩,哪里经历过面对面的真杀真砍,而且对方还是她很熟悉的贫下中农老羊皮。那个平时和蔼沉默,会拉马头琴,处处护着她的老羊皮,竟然跟变了个人似的,拔刀狠刺,一时间吓得丁思甜目瞪口呆,加上发着低烧身体虚弱,竟连躲闪这致命的刀锋都给忘了。

我见丁思甜愣在当场,冷气森森的一抹寒光刺到面前竟然不知闪躲,想拦那失了心的老羊皮是拦不住了,只好合身扑去把丁思甜再次向侧面推开。老羊皮手中长刀猛递向前,擦着我的肩膀插进了后面的树根,刀锋一拖,我肩膀的衣服和皮肉全被划破了,血流如注。我顾不上流血和疼痛,为了防止老羊皮再以刀伤人,急忙扣住了他持刀的双手,可老羊皮并不抽刀,而是双手下压,插进树根一寸有余的长刀,由直刺转为向下切落。

我知道这长刀要是压下来,不仅身后的树根,我和身前的丁思甜都得被切成四段,只好和她拼了命地以肩膀和双手接住下压的刀锋和刀柄。我们虽已使出全力,可那柄长刀仍然一点点切了下来,我们攥住刀口的手都被割开了口子,鲜血滴滴答答地落在地上,也顺着刀柄淌在了老羊皮的手上,在两只黄皮子的狞笑声中,树洞里夺刀的三个人全变成了血葫芦。

第三十二章
读心术

老羊皮戳在树根上的长刀切住我的肩膀向下压来,我半坐在地上,后背倚住树洞,身前被丁思甜挡住,仓促之余,只好一只手攥住刀锋,一只手隔着丁思甜去托老羊皮握刀的双手,但这根本就是徒劳之举,康熙宝刀一点点压了下来。

丁思甜也想帮我托住刀锋,以求二人能从刀下逃出,可一来她力气不够,二来这狭窄的树洞中没有半点周旋的余地,我的腿也被丁思甜压住,想抬脚将老羊皮蹬开都办不到。

树洞里只剩下因为紧张与用力过度而咬紧牙齿的摩擦声。这时被黄皮子把脸都熏绿了的胖子挣扎着从地上爬了起来,他看见我和老羊皮等人浑身是血地扭打在一起,两眼顿时充了血,生出一片杀人之心。他的南部十四式手枪不知掉哪儿去了,从地上爬起来的时候,手边刚好碰到老羊皮那杆猎铳,顺手抄将起来,对准那失了心的老羊皮就要打。

丁思甜见胖子要下杀手,大概是想要出声阻止,但此时身处锋利的刀刃之下,一身都是鲜血,紧张得喉咙都僵了,空自张着嘴发不出半点声音,巨大的精神压力终于超出了她所能承受的范围,眼前一黑晕倒在地。

而我此时心中也极是焦急，明知胖子只要扑倒老羊皮缓解我们的困境便可，想要出言制止，但我和丁思甜的处境差不多，使出全身的力量挡着压在肩头那柄长刀，身体已经完全感觉不出疼痛，整个人处于一种一触即溃的状态，神经绷到了极限，想说话嘴不听使唤，除了咬牙什么声音也吐不出来。

老羊皮完全变成了一具没有心智的行尸走肉，但那俩成了精的老黄皮子见到胖子的举动，目中精光大盛，老羊皮好像受到某种感应，就在胖子举起猎铳之际，突然抽刀回削，"咔嚓"一声，寒光闪动，胖子手中的猎铳铳口被齐刷刷斩断。

胖子见猎铳断了，发一声喊扑到老羊皮身上。老羊皮以康熙宝刀切断猎铳，也是倾尽全力，长刀顺势砍在了侧面的树根里，急切间难以拔出，被胖子一扑倒地，他张口咬住了胖子的侧颈，顿时连皮带肉扯去一块。胖子仗着肉厚脖子粗，而且他越是见血手底下也就越狠，按住老羊皮，二人扭作了一团。

胖子往常同人滚架一向罕逢对手，因为基本上很少能有人跟他处于同一量级。我记得在小时候胖子没有现在这么胖的一身横肉，也从来没人称他为"胖子"或"小胖"。在小学一年级的时候，他得了肾炎，我们那时候，医院治疗肾炎的手段完全靠吃药，连针都不打，他在吃了那种治疗肾炎的药物后，病是好了，可身体随即就胖了起来。不过那个年代"胖"绝对是好现象，从来没听说过那时候有人要减肥，胖是富态，是健康，那时候的姑娘们也都想嫁给胖人，不像现在的趋势是"穷胖富瘦"。而且胖子自从身体胖起来之后，得到了很大实惠，以前光是人狠嘴狠，跟年纪大的孩子打架就要吃亏，可自打胖了之后，提升了量级，更是逮谁欺负谁，看谁不顺眼就揍谁。他的那手绝招"人体加压器"，就是把对方撞倒了，然后他自上而下伸开四肢舒展着砸下去，更是令周围各个学校各个年级的孩子们谈胖色变。

可胖子虽然身强力壮，有着一股血勇的浑劲，却一时制不住老羊皮，老羊皮已是心神全失，目光呆滞，就像条疯狗似的，张口乱咬，两手跟铁钳一般，只要被他揪住了就死死不放，指甲深陷入肉里。

我刚才险些做了刀下鬼，肩膀上的刀伤不轻，但还有知觉，应该不至于伤了骨头，老羊皮这一抽刀，算是稍稍得以喘息，赶紧扯块衣襟扎住血流不止的肩膀。这时见胖子和老羊皮纠缠在一处，实以性命相拼，照这么死磕下去非出人命不可，而且老羊皮神志不清，一旦出了什么意外，被胖子误伤了他的性命，回去定是不好交代。

当然这一切皆是那两只老黄皮子从中捣鬼，老羊皮不过是因为摔晕了过去，从而成为它们借刀杀人的工具而已。但一时半会儿很难想出办法对付能读取人心的黄皮子，于是我就准备动手，协助胖子按住老羊皮，先将他捆起来再说。

我爬前一步，刚对着老羊皮伸出胳膊，就觉得脸侧太阳穴上的头皮一紧，被人从身后扯住了头发。人的头发都是顺着头顶旋着生长，头顶后脑和两侧的头发各有其生长方向，要顺着头发生长的方向揪扯还好说，可我当时正趴在地上探身向前，被身后伸过来的那只手扯住头发向上提拉，差点把头皮给扯掉了，这一把头发揪得我痛彻心扉。

我不用回头也知道是谁扯住了我的头发，肯定是刚才昏倒在地的丁思甜，她也被黄皮子制住了心神，已经变得敌我不分了。我并不知道老黄皮子这邪术的底细，不过以理度之，它仅能控制住昏迷状态下的人，似乎与民间控尸术相似。那是一种给尸体催眠的异术，听我祖父讲在我们老家乡下，新中国成立前就有类似的巫邪行为。人处在睡眠状态下反倒不会为其控，而是直接能被其摄去魂魄。这大概是昏厥状态下人身三味真火俱灭，而睡梦中头顶肩膀三焘真火微弱之故。我们在黄大仙庙碰到的"黄仙姑"，跟这对全身雪白的老黄皮子相比完全不可同日而语，这俩黄皮子道行太深了，根本没有弱点可寻。

现在我们的一举一动无不被那黄皮子事先料到，根本伤不得它们半根毫毛。而且我们四人中已有两个迷失了心志，几乎人人带伤，有人死亡只是迟早的事情，不管怎么挣扎恶斗，流血的也都是己方同伴，根本毫无胜算。想到这些，我整个人都陷入了深深的绝望恐惧之中，甚至有些丧失继续抵抗的信心了。

但这念头很快就被疼痛打消了，身上越疼心中越恨，我狠劲发作，决定拼到底了。我只觉头上被丁思甜扯得火烧火燎一阵剧痛，来不及去掰她的手，只好顺势把头侧过去，以求减缓头皮的疼痛。刚把头部侧过去，太阳穴上突然传来一阵冰冷的金属触感，丁思甜不知在什么时候把掉在地上的南部十四式手枪捡了起来，我头向侧面一偏，太阳穴刚好被她压下来的枪口顶个正着。

我心头一紧，想不到我的父辈们艰苦抗战，好不容易取得了胜利，都到今天了，眼看着世界革命都要成功了，我却被日本人造的南部十四式打死，而且还是我的亲密战友丁思甜开的枪，这种死法真是既窝囊又悲惨。事情总是在不经意间杀我们个冷不防，事态总是往最不希望的方向发展，在那一瞬间我问自己难道这就是命运吗？

从那冰冷坚硬的枪口戳在太阳穴上，到听得扣动扳机的动静，这一刻实际上仅仅一两秒钟，可在我感受起来，却是异样煎熬地漫长。时间和脑海中的混乱思绪仿佛都被无形地放慢了，变作了一帧一帧的红色慢镜头画面。

四周的一切仿佛都静止了，耳中只剩下那"王八盒子"扳机的声响，死一般漫长的等待过后，就连这声音也突然消失了。扳机没有扣到底，那支模仿鲁格系手枪设计的南部十四式构造上存在先天不足，加上刚刚又被胖子重重摔了一下，竟在这性命攸关的一瞬间卡壳了。

"王八盒子"是公认的自杀枪，因为在战场上枪械卡壳就等于自杀，可顶住我太阳穴的这把枪卡壳，则相当于救了我的性命。刚才没来得及害怕，这时候也顾不上后怕和庆幸了，我抬手抓住枪口，想把丁思甜从身后扯倒。

不料丁思甜在身后照我肩膀的伤口狠狠捣了几拳，我的伤口刚才匆忙中随便用衣服包扎住了，但根本就没能止血，被她从身后打中，顿时疼入骨髓，鲜血透出衣襟，将整个肩膀都染红了。

那边的胖子也正好把老羊皮压住，老羊皮嘴里还死死咬着胖子的一块皮肉，目眦欲裂，拼命地在挣扎着，不过他一声不吭。这时，我们四人已是全身鲜血，都跟刚宰过猪似的，谁也看不清谁的脸了，情状显得极是恐怖。

树洞角落中的两只黄皮子，都伸开四肢顺着树根爬到洞顶，显然是担心洞中这场血淋淋的恶斗会波及它们，于是尽量躲在稍远处，贴在老树干枯的树皮上，扭过头来幸灾乐祸地盯着这边看，眼中妖异恶毒的绿光盈动流转。我一边忍痛按住丁思甜，一边抬头望了那对黄皮子一眼，被那绿光一摄，那种身心俱废的感觉再次传遍了每一根神经。

我不敢再去看那黄皮子的眼睛，心中却早已经把黄皮子祖宗八辈骂了个遍。我现在血流不止，已经渐渐感到力不从心了，如果再不尽快解决这场危机，就绝无生还的希望了。我一直认为黄皮子的摄魂与读心之术都是通过它们的眼睛干扰人心，只要设法使它们的眼睛丧失视力，我们便可摆脱目前的窘境。

我瞅个空当，抓了一把地上的泥沙，对着那对黄皮子撒将出去，树洞上白影闪动，黄皮子早已躲开，沙土都扬了个空。我原本也没指望一把沙子便能奏效，只是希望借机扰乱它们的行动，使我和胖子能腾出手来对付它们。虽然这俩老黄皮子能预先对人的行动做出判断，但这树洞内地形狭窄，如果我和胖子同时动手，利用地势也许会有机会擒住它们。

两只狡诈的黄皮子似是识破了我的念头，带有几分嘲弄地向我靠拢过来。我心里骂着："白毛畜生，欺人太甚！"但明知就算伸手过去捉它们，不管动作如何隐蔽，也只会扑空，只好视而不见。

这时胖子已用裤腰带反扎了老羊皮的双手，见我按住了丁思甜，便想过来相助，可他刚一起身，被反绑住的老羊皮也跟着猛然站起，一个头锤撞在胖子的腹部。胖子猝不及防，别看老羊皮干干巴巴一个瘦老头，但丧失了心神，也不知哪儿来的那么大劲，现在即使有两三个大小伙子也未必能按得住他。

这一头撞得结结实实，胖子被他撞得向后仰倒，后背随即重重撞在了树干内壁上，好像是倒了一面墙似的，震得树洞里一阵晃动，卡在洞口的观音藤也跟着又掉下来一块，这仅剩半截的空心老树树洞边缘与古藤间的缝隙再次加大，洞底的能见度也提高了许多。那缝隙虽大，但是由于藤身上有许多硬刺，就算是体形如猫的黄皮子也钻不出去，它们和我们仍然是处于一个几近封闭的狭窄空间之内。

在这一片混乱中，我突然发现随着树洞内光线变得越来越亮，那两只黄皮子却像是受到了极大的惊吓，嗖的一下快速溜到仍然漆黑的角落中，但它们那鬼火般的眼睛已经暗得多了，不再那般让人觉得毛骨悚然。

我心中顿时一片雪亮，原来这对老黄皮子怕光，光线越强，它们眼中的鬼火就越暗。被我按住的丁思甜渐渐安静了下来，极可能是因为光线的变化使黄皮子控人心魂的力量减弱了。我手脚越来越软，但知道这天赐良机如同绝境逢生，若不趁这机会宰了这对白毛畜生，怕是永世都不得安生。

我想到此处，顾不上血流不止，抬手抓住斩在树根上的长刀，正要用力拔出刀来，去干净利落地宰了那对老黄皮子，可就这么一眨眼的工夫，面前的两只黄皮子竟然全都不见了踪影，头顶的观音藤再次下坠，这次倒将漏下光线的缝隙挡了个严实，树洞里黑得伸手不见五指了。

第三十三章
千年之绿

我的手刚握住长刀,就觉得眼前一黑,我还以为是失血过多造成的,但随即发现是压在洞口的观音藤落了下来,树洞里再没半分光亮。此时老羊皮和丁思甜都像是泄了气的皮球,委顿在地上一动不动。我赶紧和胖子打声招呼,让他摸到火柴烧件衣服照亮,看看究竟是怎么回事,那两只老黄皮子怎么就不见了?

胖子点燃了一件俄国人的衣服,烟熏火燎中再次把树洞照亮。只见洞内被鲜血溅得点点斑斑,老羊皮和丁思甜都横卧在地,上方的观音藤将两只黄皮子血淋淋地卡在树洞口。可能是这对黄皮子惧怕康熙宝刀的煞气,宝刀被神志清醒的人一握,它们先自慌了三分,加上我已看出黄皮子扰乱人心的鬼眼是随着光线的变化而由强转弱,它们更沉不住气了,打算从观音藤的缝隙中先逃出去。想不到观音藤被它们一拽,藤上的硬刺刚好将其卡在洞口,刺得全身体无完肤,虽是一时未死,却也是遍体鳞伤,鲜血把全身的白毛都染红了。

我看明究竟,心想这黄皮子毕竟只是畜生,得势之时猖狂至极,一旦被人识破鬼蜮伎俩,便恢复了黄鼠狼本性,立刻奔窜逃命。其实我们当时完全处在下风，黄皮子若是能再使刚才的局面僵持一时半刻，还未知鹿死谁手。

胖子的脖子被老羊皮连皮带肉咬下一块，流了不少血，他也不去理会伤口大小，只是疼得暴跳如雷，憋了一肚子邪火没地方发泄，见那两只黄皮子卡在树洞口，立刻过去扯下一只，那黄皮子被观音藤扎得半死，这时被人捉住丝毫反抗不得。胖子一手揪住黄皮子的小脑袋瓜，一手攥住它的身体，双手交叉着往两边反复扭了几圈，咔吱吱几声骨骼断裂的清脆响声，那只老黄皮子的脑袋就被胖子从腔子上硬生生扭了下来。

胖子还觉得不解恨，扔掉黄皮子的尸体在上面跺了两脚，又捉住剩下的那只。这次是揪住两只后腿劈开叉，按在康熙宝刀的刀锋上狠狠一拖，将它从中间活活割成了两半。

树洞里满是鲜血，已经分不清是自己的血还是黄皮子的血了。我见终于宰了这两只如鬼似魅的老黄皮子，如释重负，支撑精神的求生欲望瞬间瓦解，胳膊都像灌满了铅，上下眼皮开始打架，一动也不想再动，头脑中昏昏沉沉的阵阵发胀，盼望着能立刻倒在地上睡去。但我知道这还远远没到松懈的时候，现在要是昏过去了，没止血的伤口流血不止，就足能要了人命。

我和胖子没敢怠慢，也顾不上为死里逃生而庆幸，赶紧看了看老羊皮和丁思甜的伤势。丁思甜脸上暗青之色凝结，情况十分危险，而老羊皮似乎在和胖子的剧斗中伤了内脏，口角鼻孔都在流血。我们从来没有应付过这种状况，不知该如何着手，心中都很慌乱。商量了几句，没有太好的办法可想，我跟胖子说："必须想办法尽快找些枯的化香草来生火，先处理外伤，草灰可以止血。"

胖子用刀切开挡住洞口的观音藤，这附近杂草甚多，其中不乏非常常见的化香草。我们跟猎户们进山打过猎，知道这种化香草可以止血，有些野兽受了外伤流血不止，就会找到附近的化香草草丛反复滚蹭，不久伤口就能愈合止血，屡试不爽。此草生于阴湿之山地，高可七八寸，每丛都是奇数，长成羽叶形状，尖长柄长，秋冬之交颜色由绿转红，草茎有细鳞如松球，焚烧成灰烬止血治伤效果颇为显著。

我们焚草止血，将那几件俄国人衣服中干净的部分扯成条，裹扎身上伤口。我肩上刀伤不轻，所幸深未及骨，止了血就不用担心了。胖子颈上伤口面积大，而且是用牙咬的，伤口参差不齐，敷上草灰裹上之后，仍然向外渗着血，疼得他不住地吸着凉气。

没过多久，老羊皮先醒了过来，他是老而弥坚，伤得虽是不轻，却还能动弹。他吐了几口嘴里的血沫，见到四周都是血迹，脸上尽是茫然若失的神色，完全不记得跌进树窟后都发生过什么事情。

我看丁思甜有只手因为握着刀锋被割出了很深的口子，伤口像孩子嘴似的往外翻着，只好咬牙撒上一把草灰，然后给她裹上布条。丁思甜本来昏了过去，但剧痛之下又醒转了过来，额头上渗出黄豆大的汗珠，她看我和胖子都为她担心，强忍着疼对我说："用化香草能治疗伤口吗？人民才把你培养到高中毕业，你怎么知道这么多东西？是不是在哪儿接受过秘密的特务训练？"

我和胖子见丁思甜还有心情说笑，都觉得安心不少。但外伤好治，内毒难除，再不帮她驱除身上的蚰毒，不久便有生命之忧。胖子修好了两支工兵照明筒之后，四人互相搀扶着艰难地爬出树洞。这片区域名为百眼窟，想必类似的地洞树窟不在少数，可这毫不起眼的枯树洞，刚刚险些成了我们葬身的坟墓，想起来就让人觉得后脖子冒凉气。

不过若不是这番恶斗，那两只老黄皮子还不知会设下什么阴毒办法来谋害我们的性命，而且它们始终躲在暗处，其手段着实叫人防不胜防。虽然众人差一点就全折在树洞里，可毕竟解决了一个天大的麻烦，不过我们一时也无暇去过多考虑其中的利弊得失，只有一步一蹭，在林中变幻不定的迷雾中继续向前。

路渐走渐高，离那观音藤的位置落差虽不到十米，但雾气已薄，能依稀见到四处山口。南侧山口云雾最重，好似积了半山白雪终古不化；北侧林中遍地树窟，有的被枯枝败叶遮挡，有的直接就能看见漆黑的洞口，人落入其中便有灭顶之灾。

两侧多有古松林，松柏夭矫生长，皆是栋梁之材，树皮厚至半米，色如琼脂，脂呈云霞回波之状。听人说万年古松皮才可生出霞雕云刻胭脂绣，看这古松林形势，比起我们在大兴安岭所见到的最古老的林子来可能还要古老得多，恐怕真是生于洪荒之际，已越万年才能长成这般气象。这片古老的土地不知道蕴含着多少秘密。

在西北侧的丘陵崩塌了一大块，露出一片漆黑的大洞口，山前有被水冲毁的迹象，洞口有摊残水，冰冷清澈得令人恍惚。呼伦湖以南有许多交错纵横的地下水洞，可能那里就曾有这样一条地下水脉。庞大的地下排水管道，就是用来使水脉改路，以便日军能顺利挖掘北面的山丘的。但由于某种原因，水路被堵，暴发了山洪，席卷了这片古松林，观音藤等根基浅的植物都没能幸免于难，其中的锦鳞蚰也许就是趁着涨水的机会逃出去的。

日军研究所中最重要的设施大部分都被水淹过，那片虫眼般洞窟密布的山坡下，就是一座两层建筑的宽阔楼房。林草掩映之中，冰冷的砖石楼房没有半点生命迹象，阴森得如同坟地。我当先推门而入，举着照明筒往里面扫了扫，墙上挂着一些塌灰，地上有几具横倒竖卧的死尸，死状极为恐怖，死者身上全都生出鸟羽兽毛，和我们在地下室见到的俄国人相似，但死得却不那么从容，显然在生前经过了一番痛苦的挣扎，墙上还有指甲抓出的印痕。

我估计这些人的死亡极有可能同从山里运来的铜箱子有关，可能在开启铜箱的一瞬间发生了什么非常可怕的事情，所有的人都死了。不过百眼窟附近依然有大量的蚰蜒和野鼠，看样子也是从研究所里逃出繁衍下来的，为什么那些动物没有全部死亡？难道那铜箱中的东西只能使人类死亡？不管怎么说，我们能活着走到这里，就说明那铜箱带来的灾难已经过去了，这点倒不用过于担心。其实就算担心也没什么用，该来的早晚要来，甚至已经来了而我们还没察觉到。

我不再胡思乱想，对门外的三个同伴招了招手，示意他们这楼中一切安全，可以进来了。胖子背着丁思甜，老羊皮跟在后边扶着，三人进楼一看有这么多死尸，也都咋舌不已。我对他们说这不是僵尸，没什么可担心的，死尸的尸变都和百眼窟特殊的环境有关,这里很可能是风水学上所说的龟眠之地,至于从科学的角度来说是什么原因,在那会儿我是说不清的。

走廊里的尸体越来越多,我们这辈子加起来也没见过这么多尸体,而且这些人死得实在太过蹊跷,究竟什么样的东西能无影无形地杀死这么多人?我们不免怀疑极有可能发生了细菌泄漏之类的事故,才导致这里变成了死城。

从那俄国人的遗书中我们得知,利用百眼窟内的某种物质治疗蛊毒,是这座日军研究所的重要课题之一,这也是救丁思甜性命的唯一希望所在,我们需要在这里找些解药。我看丁思甜昏昏沉沉的,担心她毒气攻心一睡不起了,就不断跟她说话,让她千万别睡着了。

但我并不知道这楼中是否真有解毒剂,有的话又存放在什么地方,必须四下里寻找,只好把和丁思甜说话的任务交代给老羊皮。老羊皮不擅说话,只好让他给丁思甜唱歌,反正要想尽一切办法让丁思甜保持清醒,老羊皮只好唱起酸曲:"骑白马,挎洋枪,三哥哥吃了八路的粮,想要回家看看妹子,呼儿嗨哟,打日本来顾不上……"

老羊皮的声音苍凉悲愤,在寂静的楼道里听起来格外动人心魄。我心想还不如不让这老头唱呢,什么叫鬼哭狼嚎?这就是鬼哭狼嚎啊。不过刺耳的歌声确实能让人精神为之一振,丁思甜的神志也随之清醒了几分。

我们在楼中一层层地仔细寻找,可这楼中仅有病体病样和各种人体器官标本,以及那些死状怪异的尸骸,各个房间也仅有数字作为标记。最后一路转到了地下室,这里防腐药水的气味浓重,经久不散,建筑设施的地下部分都是冰冷肃穆的水泥地,空气透骨地凉。在主要通道的尽头处,是一道黑色的大铁门,门后似乎是个储藏室,各种物品排列在架子上,地上摆着许多带有编号的木箱。

我想看看里面有没有药品,跟胖子两人在其中四处乱翻。在工兵照明筒光线的晃动下,忽地瞥见货架深处有抹阴森诡异的绿光。我以为这附近还有其余的黄皮子,顿时紧张起来,由于右肩有伤,只用左手提了刀快步过去查看。

这一看才发现，却原来是一口铜箱，铜体衬着地下室中的阴气，被手电筒一照，显得翠润欲滴，绿可盈骨，箱体纯青犹如翡翠。胖子和老羊皮也看个正着，都是"啊呀"一声，惊为天物，他们还以为这箱子是翠玉的。

但我知道这一口箱子虽然一丝铜色也没有，它却不是玉的，而是全铜的。以前我家有个小巧的青铜朱雀，那是我祖父当年收藏的古物，后来当"四旧"给破了。我听他说过如何观铜，但当时没太在意，也不知记得是否准确。据说铜器坠水千年则变为纯绿而且色莹如玉，未及千年，或者器物厚重巨大，就会变得绿而不莹，铜身上各处蚀斑也如以往，那是因为铜性尚未散尽，其重只能减三分之一。

若是铜器被水泡土埋，自身的铜性为水土蒸淘殆尽，则不见铜色，唯有翠绿彻骨，或在遍体翠绿中存有一线红色如丹，叩之有铜声，也是非常罕见的古代器物。

不曾入水土的古铜器，在人间流传至今，都是紫色且底部生有朱砂斑，甚至斑块已经变得凸起，如上等辰砂，放在大锅里以沸水烹煮，煮得时间越久，斑痕越是明显。如果是假货，这么一试，斑痕就能被煮没了，所以甚是容易区分真假。

我见这口铜箱透骨晶莹，用工兵手电筒一照，薄光流转，显得好像都快透明了，便猜想这极可能是一件埋藏于土下，或是从水中打捞出来的上古之物。难道这就是黄大仙庙下的那口铜箱？仅就我所听到的，关于此物的传说就已很多，但似乎没一个能说清楚的。

想到这儿，我不禁出了一会儿神。胖子觉得好奇，抬手就想揭开箱子看看。我其实也想看个究竟，但知道这不是儿戏，天知道里面藏着什么祸端，于是赶紧按住铜箱说："咱们先找药品要紧，这'四旧'破破烂烂有什么好看？别忘了这研究所里那么多人都死得不明不白，这东西不碰也罢。"但是我将手下意识地按到铜箱上，却感觉那铜箱甚轻，一按之下竟推得晃了一晃，这说明里面是空的，从中放出来的东西，也许至今还留在这楼中。

第三十四章
编号是"0"

我按着那口青翠彻骨的铜箱一晃，那铜质早在水土中蒸淘尽了，留下的铜骨只有以往的几分之一，所以着手甚轻，感觉里面空荡荡的，根本就什么都没有。这倒不出所料，日本人找泥儿会的胡匪挖那古物出来，自然不是密封着存起来，肯定一到手就开启了。

研究所中有大量的横死之人，从俄国人的遗书上判断，这里发生重大事故，恰好是在泥儿会把铜箱从山里运来之后没多久的时候，虽然并不能确定这些人的死因与之有关，但这铜箱多半脱不了干系。虽然这楼中一切寂静，想害我们性命的黄皮子也已经被收拾掉了，可我们毕竟还要在此逗留一段时间，万万不可大意了。也许这空箱子中会剩下什么线索，查看明白了，也好让我们今后不管遇到什么，都能事先有个心理准备。

想到这儿我没再阻拦胖子，让他把箱盖揭开，举着工兵照明筒往里照了两照，确实空无一物，在箱底只残留下些黑色的木屑。我们对望了一眼，相顾无言，猜想不出这里面究竟有什么名堂。胖子顺势把铜箱踢到一边，我们还想在这库房中继续找找有没有药品，于是让丁思甜坐在门口的木箱上暂时休息，老羊皮也留在那儿看着她。

老羊皮真的很实在，刚才让他给丁思甜唱歌提神，他到现在还在哼哈地唱个不停。在他那"骑白马，跑沙滩，我没有婆姨你没有汉，咱两个捆作一嘟噜蒜。呼儿嗨哟，土里生来土里烂……"的嘶哑白马调曲声中，我和胖子举灯搜索，拆开了一个又一个的木箱，可里面的东西全都让我们大吃一惊。

最奇怪的东西，是我发现的有个箱子里装着的一个黑色木匣。匣中有一只琉璃瓶，瓶体莹润如新，但看起来是件古物。那瓶中储了一个青色的大骷髅头，瓶口直径仅有七八厘米，而那骷髅头的直径却接近三十厘米，不知道是怎么装进去的，也无法知道这瓶子是用来做什么的。

还有一只黑色的古瓦罐，罐身刻满了各种古老的中国符咒，看上去平淡无奇，但保存封装得极为妥善严谨，似乎极为贵重。这瓦罐让我想起以前听说过的一件事。

新中国成立前有个在北京收购古玩的商人，有一次在乡下收购古董，无意中从一个农家收得一只黑罐，上面刻有许多古篆，看起来像是符箓咒言。当时他并没有花太多的钱，只是在收别的古玩时搭着收来的。这古瓦罐造型朴实无华，颜色甚黑，虽然看不出年代出处，但那古玩商极是喜爱，也不拿去出售，而是自己收藏起来，放在家中储满了清水养花。

有次严寒，天冷得滴水成冰。当天古玩商生意繁忙，就忘了把瓦罐中的水倒净，事后想起来，还以为那黑罐会被冻裂，想不到转过天来再去看的时候，院子里凡是有水的地方全冻住了，唯独这漆黑的瓦罐没事。古玩商觉得甚是奇怪，于是重新倒进去水再次实验，仍然是终日不冻分毫，甚至在冰天雪地中把手指探入罐里，可以感觉出里面的水都不凉。

这古瓦罐中如果注入热汤热茶，在一天之内也都像是刚刚在炉子上烧开的。从那开始，商人才知道这是件宝物，珍惜无比。后来他有次喝醉了，无意将那古瓦罐从桌上碰掉地上，碎为数片，发现瓦片与寻常陶器没有什么区别，但是有个夹层，也就是两层罐壁，在夹层中刻着鬼工催火图。那鬼工青面獠牙，执扇引柴烧火，刻画得极是精美细致，那工艺好像不是人力可以雕琢出来的，只能用鬼斧神工来形容。但当时没有人能说得清这古瓦罐到底是什么年代的产物。

听说到后来有种说法，称这种外凿咒文内刻阴鬼的器物都是湘西辰州秘制，工艺早就已经失传了，现在能见到的，几乎没有完整成形的，有残片之类也尽是从古墓里出土的。当时我把这事完全当成故事来听，以为这就跟那个宝葫芦的故事性质差不多，可在这里见到这瓦罐，竟与那道听途说的民间异事非常相似。稽古证今，一一吻合，看来古人的工艺和智慧确实有许多都已失传，只有令现代人佩服的分儿了。

但那时候我虽然觉得新鲜，并没有觉得这些古物有什么价值，反正都属于"四旧"范畴，随便看了看就放回了原处。这时胖子也翻看了不少东西，对我直摇脑袋，示意一无所获。

胖子奇怪地挠了挠头，对我说："这地方藏的都是些什么稀奇古怪的东西，不顶吃不顶喝，没一件有用的。"

我说："看这些物品似乎都是盗墓的挖出来的，多半是那些泥儿会的人干的好事，也可能有些是从民间搜刮得来，反正都是古物。而且我发现这些残破古旧的东西有一个特点，就是都跟箱匣有关。他们肯定是刮地皮似的想找出一件重要之物，很可能就是百眼窟壁画中的招魂铜箱。你看这些器物大多数都装在铜箱或木匣之内，甚至还有几口铜棺材，大概也被错当成与此地有关的那口铜箱给挖了出来，这里面不会有咱们需要的东西。"

眼见在这库房中毫无收获，我们只好再到别处寻找药品。四人身上皆有伤，加上疲惫不堪，走得快不起来，虽然心急如焚，却也只能顺着走廊一步一挨地往前慢慢蹭。这楼中都拉着电缆，但电力已失，我们不知这些建筑中是靠什么发电，而且找解毒剂和伤药更为紧要，腾不出空来去寻找电力设备，好在有两个时好时坏的照明筒，也不至于完全摸黑。

丁思甜趴在胖子背上迷迷糊糊地问我这楼里有没有鬼，我劝她别胡思乱想，以前闹鬼的动静，可能全是那两只老黄皮子搞出来的。但我心中也在嘀咕，这建筑正好在山窟下方，从外边看过去，可以见到那山坡的截面土中埋着几尊巨大的石兽，正是与那鬼衙门的传说完全一样。都说那里是鬼门关的入口，联想到那黑色的古瓦罐，觉得有些传说并不是空穴来风，名之为名，必有其因，既然称作鬼衙门，难道那山窟里面真的有鬼吗？

我暗中告诉自己，还是别再提这些事了，提得多了，总说有没有鬼，那即便是没鬼也得出鬼了。这楼道里虽然没有光亮，但想来现在已是清晨时分，白天就更不可能有鬼了。我一边给自己找些理由让自己保持心态的平稳，一边挨个房间查看翻找。

这研究所的地下设施共分两层，最底层的规模远大于第一层，走道都用红漆标着序号。这层区域可能属于保密设施，若非有这些号码，走在里面很容易迷路。不过既然已经深入到研究所的核心区域，能不能救丁思甜的命全在此一举了，只好展开地毯式搜索了。

我还有个疑虑，就是日军建造如此大规模的秘密研究设施，恐怕绝不止研制毒气和细菌这么简单，这里面也许还有更惊人的秘密和研究项目。不过这些事情太复杂了，而且我们所见所闻不过是冰山一角，根本就没什么头绪，越想越觉得头疼，脑壳里好像有许多小虫来回乱爬乱咬。就这样胡思乱想着往前走，不知不觉跟着其余的三人走到了一条宽阔通道的尽头，这里有道正圆形的大门，上面有个醒目的红色标识"0"。

铁门半掩半合并未锁死，这扇门与我们在附近所见的门完全不同，这些地下室有大有小，用途各异，一路查看过来，似乎也没什么规律可言。我用照明筒在门口往里扫了扫，黑咕隆咚的好像很深，空间比想象中大出许多，于是决定进去看看。但里面情况不明，不知是否有什么危险，便让胖子留在门口接应，由我单枪匹马进去探探路。

胖子的伤口又疼了起来，他捂着脖子对我说："你就剩一条胳膊能动了，还想搞个人英雄主义？你应该明白集体的力量才是战无不胜的，干脆我跟你一道进去，让贫下中农留下来照顾思甜，咱还有什么不放心的？"

这建筑中虽然有许多尸体，但并没见有什么危险，这道"0"号门内万一有些什么，凭我现在的状况还真应付不了。如果让胖子一个人进去，他冒冒失失更是危险，只有我和他搭档照应才比较稳妥，于是我想了想便同意了。

我们把康熙宝刀留给了老羊皮，让他照看好丁思甜，里面不论发生什么都不要进去，我们也不会走出太远，探明了状况就会立刻返回。随后我拿了刀鞘，胖子拿着剩下两发子弹的"王八盒子"，二人拉开铁门，一前一后走了进去。

刚一落足，我就觉得脚下发软，用工兵照明筒照了照，见地下果然不是水泥地，而是铺满了红色的泥土，用刀鞘往泥土中戳了几下，土层厚得戳不到底，满地的泥土沟坎不平，竟然有点像是菜园子。

这里面的空气又潮又冷，而且空气中似乎有很多杂质，虽然呼吸起来感觉不出什么，但已经干扰到了工兵照明筒的射程，照明的距离缩短了许多，光线都快被黑暗吞噬净了。我们不敢随随便便再往深处走了，就顺着标有"0"字记号的铁门摸索到墙边，出人意料的是，这里的墙壁都是土砖，而且与顶壁连成弧形，造成这宽敞的地下室中间高，两侧低，土砖向上内收，层层收拢，交错叠压，看形状更像是窑洞或地窖。

我和胖子以为这是鬼子的菜窖，可怎么看怎么觉得不对，土砖上有许多疙里疙瘩的隆起物，互相连成一片，像是墙上用泥土糊住了什么东西。看到这儿，我估计这里也不可能找到什么药品了，这儿不像是善地，鬼知道是干什么诡异勾当的，还是撤回去再想办法到别处去找为好。

我们正要退出，忽然觉得头顶上有阵响动，一阵冷风袭来，我们赶紧低头闪躲。照明筒微弱的光线中，只见有个白乎乎的人影，从天花板上大头朝下地垂了下来，也看不见那人的脚挂在什么地方，只有两只手和脑袋倒吊在我们眼前，晃晃悠悠地似是要伸手抓人。

我和胖子赶紧同时握了那把刀鞘，戳在对方头上将其抵在墙上，胸前的工兵照明筒正好照到那人的脸上，那根本就不是活人的脸，出奇地白，而且干枯得开始塌陷了，两手的指甲长得都打卷了，弯弯曲曲地微微颤动。

我们见过上吊的吊死鬼，可从没见过大头朝下悬在半空的死人。那尸体仅能看到上半身，身上全是泥土，好像刚从坟里爬出来，鼻子和嘴都快烂没了，下巴掉了一大块，脸上白乎乎的一片都是蛆虫，唯独两只眼睛炯炯有神，但和活人的有神不一样，这死尸的眼睛不会转动，虽然在照明筒的光线下闪着精光，但目光发直发死，直勾勾地盯着我们。

我和胖子都吃了一惊，俩人虽然腿肚子都快抽筋了，可还是硬着头皮用刀鞘将那倒悬下来的僵尸脑袋顶在墙上。胖子慌乱中想摸出枪来射击，我一边目不转睛地盯着那死尸的眼睛看着，一边焦急地对胖子说："你快盯着它的眼睛看，千万不能眨眼。"

第三十五章
砖窑腐尸

从天花板上垂下来的僵尸，散发着一股好像是烂鱼堆积腐臭的咸腥味，伸着两只老树般的爪子欲扑活人。我和胖子并力用刀鞘将它的脑袋顶到墙上，但那僵尸劲力很猛，我们用上吃奶的力气也只堪堪将它顶住。

那从房顶泥土中钻出的尸体头脸腐烂得还剩不到一半，白花花的蛆虫在那没有下巴的嘴里爬进爬出。它眼中目光虽然呆滞，但被工兵照明筒的光柱一照之下，突然精光暴起，力量变得更加大了，虽然中间隔着刀鞘，它又长又弯的指甲还是搭到了胖子的肩膀上。

胖子慌了神，"老胡你不是告诉我没鬼吗，那这他妈是什么东西？"我说："我哪儿知道，看这人身上穿的衣服不像关在这里的囚犯，看样子是军国主义的幽灵借尸还魂了。"

我们二人心头惶然莫名。说着话胖子就想伸手去掏那支南部十四式射击，我见此情形也不知道现在究竟面对的是什么，脑袋只剩半个了，哪儿还能是活人？而且看这尸体身上满是泥土、蛆虫，竟像是诈了尸从坟墓里爬出来的，但是它的眼神却比活人还要犀利，看上去跟夜猫子的怪眼一样。

我竭尽全力支撑着刀鞘，见胖子想要用手枪，心想这东西脑袋就剩一半了也能扑人，就算用枪抵住头部再给它开两个透明窟窿，怕也不起作用，此物必是诈了尸的僵尸无疑。我急忙告诉他别用"王八盒子"，根本不管用，赶紧盯住它的眼睛，绝对不能眨眼。

在东北山区诈尸的事太普遍了，随便找一个人都能给你说几种不同的版本，诈尸的各种原因都有，应付的办法也各异，根本搞不清是真是假。就我所知道的种种僵尸传说里，僵尸总共可以分为几个类别，有种身上长毛的叫凶尸，尸毛很长，有的像是兽鬃，民间管这东西也叫作煞，其实煞也有凶恶的意思，这是由地下土层环境特殊造成的尸变，人不碰它就不会诈尸扑人。

还有种僵尸跟第一种非常类似，身上跟陈年馒头似的生出一层茸毛，又短又密，这实际上就不是僵尸了，而是有埋死人的坟故意和老狐狸洞相通，是一种防盗墓的手段。墓里埋了符，一旦有人挖坟掘墓想窃取墓中贵重物品，狐仙就会被符引到棺中死人身上，就算盗墓的当时跑了，狐仙也能附在死人身上追着缠着不放，直到把盗墓贼折腾死才算完，是非常阴毒狠恶的一招。对付这种情况必须带雄黄酒，斩白鸡头，把僵尸身上的老狐狸吓跑。

另有一种最为常见，尸身颜色呈暗紫色，全身僵硬如铁石。在停尸入殓前，如果尸体出现这种变化，除了要点上长明灯派人看守照料之外，脚底还要用红绳拴住，称绊脚绳。如果长明灯一灭，或是有野猫碰到死尸，则立即就会诈尸，力大无穷，扑到人十指就能陷入肉中。想对付这种尸起的状况，只有用竹竿先把僵尸撑住，然后覆以渔网焚烧。

盗墓的摸金校尉对付僵尸则必用黑驴蹄子，然而我们别说黑驴蹄子了，就连渔网和竹竿也没有，虽然不是赤手空拳，可仅有空刀鞘一把，虽能暂时把腐尸抵在墙上，可时候一久终究坚持不住。像我们遇到的这种情况，似乎是属于尸腐眼不闭的僵尸，死前心头必有一股怨念未消。我见那腐尸瞪目直视，想起有个古法：传说僵尸睁眼是借活人的气息而起，它用眼瞪过来，活人如果也用眼瞪过去对视，四目相对，则阳气克制阴气，它一股阴寒的尸气就被压制住了发作不得。如果这时候活人的眼睛稍微眨了几下，或是目光散乱，阳气便会分散减弱，僵尸就会趁势而起。

念及此处，所以我才赶紧用眼盯住那腐尸的眼睛，但一个人不眨眼根本就坚持不了多大工夫，我赶紧告诉胖子也按我说的去做，二人轮流用眼盯住僵尸，不敢稍有松懈，硬生生撑在那里进退不得。

但那全身蛆虫、烂泥的腐尸劲力丝毫不减，白花花的指甲对着我们卷了过来。这时我们面对着墙角，二人见情况紧急，也顾不上再跟死人对眼神了，一齐低头躲避。那指甲好似钢钩，"唰"的一声从我们头顶掠过，在砖墙上生生挠出几道印痕。

我对胖子叫道："瞪眼这办法不管用！这他妈八成不是僵尸，推开它跑吧……"可只要一撒手，那腐尸就会立刻扑到身上，急切间猝莫能离，而且一个人也撑不住它，想出去取刀都办不到。没过一会儿，我和胖子脑门上便都见汗了。

常言道"人凭胆气虎凭威"，初时我和胖子心中一乱，胆气就先自减了一半，但僵持了大约半分钟之后，我们就渐渐回过神来了。见那腐尸也真了得，我们用包银的刀鞘顶住它的脑袋，刀鞘的一端都硬生生戳进去一截，但它的尸皮就像是皮革一样又坚又韧，任凭怎么用力也戳不透它的脑袋。我和胖子身上原本已经止住了血的伤口，都因为用力过度给撑开了。我见再消耗下去只会是死路一条，可又难以抽身逃走，灵机一动，计上心来。

我和胖子借着墙角狭窄的地形，把手中所握的刀鞘一端打了个横，牢牢卡在了两面砖墙所形成的夹角之间，这样一来那从天花板上垂下来的腐尸就被钉在了墙角，纵然它能够挣脱出来，也非是一时之功。我们借机摆脱了相持不下的困境，哪里还敢再做逗留，转身就走。脚底下刚一挪步，忽然从这砖室地面厚厚的泥土中伸出几只白森森的人手，抓住了我和胖子二人的脚踝。

黑暗中我和胖子毫无准备，当即就被撂倒在地，摔得满嘴是泥。再看从泥中伸出来的那些手臂，也都是干枯发白爬满了蛆虫，带着长长的指甲乱抓乱挠，原来这巨大的砖室里面埋的都是死尸。

我倒在地上用脚蹬开那些手臂，并借力一点点向铁门的方向爬了过去。

可这泥下也不知究竟埋了多少腐尸，这会儿大概遇着阳气全都诈了尸，从泥土中成堆成堆地爬了出来。在这阵混乱之中，我仿佛还听到砖室深处有更大的响动，似乎是土层下面埋着什么大得难以想象的东西，此刻已经破土而出。听那动静绝不是腐烂的死尸所能发出的，那响声越来越大，声如裂帛，就好像撕扯破布一般刺耳。

我和胖子想站起来都办不到了，只能手脚并用踩着腐尸的脑袋和胳膊往外爬。这时几乎已经爬到了铁门边，眼瞅着就到门口了，可刚爬出两步的距离，却又被那些泥土中的死人胳膊扯回三步，竟是距离逃生的出口越来越远。

我们想要呼喊铁门外的老羊皮，可声音都被身后的巨响覆盖住了，一阵阵绝望的情绪从心底涌动出来。这砖室像是连接着地狱的入口，一旦进去就出不来，慢慢地被饿鬼们拖进十八层阿鼻地狱之中。想到这些全身如淋冰水，寒战不止，我们八成是看不到世界革命胜利的那一天了。

正绝望无助之际，眼前亮光一闪，原来老羊皮在门口听到砖室里动静不对，挺刀秉烛进来查看。他本来最忌鬼神怪异之事，但眼见我和胖子落难，也不能袖手旁观，吹胡子瞪眼抢刀挥出，康熙宝刀的刀锋掠过，顿时切断了几支纠缠住我腿脚的手臂。我脚下一轻，立刻用手撑地站起身来，然后拽起胖子。

老羊皮被砖窑深处的巨响惊得阵阵发愣，站在那儿还想看看里面到底是什么东西，我想叫他快逃，但空张着嘴发不出声音，只好和胖子连推带拽，三人慌里慌张地推门逃了出去。只听后面像是老树拔根的声音隆隆不绝，那砖室又极是拢音，震得地下通道都发颤了，但工兵照明筒只能照见身前数步，所以只闻其声，难观其形。这时也容不得我们再去猜测观察究竟有什么巨物破土而出了，眼下众人身上带伤无法快速远遁，只好先关闭"0"号砖室的铁门，但愿这厚重异常的大铁门能挡得住它。

带有"0"号标记的铁门上有个转盘形锁，老羊皮和胖子俩人用后背顶门，腰腿加力，把那二十几年没有开合的铁门合拢起来关上，吱吱嘎嘎的声音传来，我握住转盘门锁，准备在铁门闭合之际坠着身子以自重使它转动起来，锁住这道门户。

眼看着将要将铁门闭合了，但砖室中已经有几条腐尸惨白的胳膊伸了出来，都被夹在了门缝处。那些死人的手指抓挠着铁门，指甲和铁皮摩擦的声音，在空旷的地道里显得动静极大，听得人头皮发紧，恨不得伸手捂住自己的耳朵，不想让这种渗入骨髓的响声传进脑袋里。

胖子抢过老羊皮手中的长刀，随手砍去，斩断了几条手臂和一个从门缝里探出的腐尸头颅，断肢处顿时流出许多黑乎乎的黏稠液体，气味奇腥恶臭，令人作呕。胖子砍了几刀，但砖室里伸出的腐尸肢体越来越多，原本快要闭合上的铁门又被硬生生撑开了数寸，铁门后似乎有股无穷无尽的神秘力量，已经超出了人类所能对抗的范畴。丁思甜见我们三人吃紧，也挣扎着过来帮忙，我们四人咬牙切齿用上了全身力气，但那铁门不但再也顶不回去，门缝反倒是被越撑越大，最后在一阵阵惊涛骇浪般的巨大力量冲击下，我们被撞倒在地，这道"0"号铁门终于从里面给彻底撞开了。

第三十六章
禁室培骸

"0"号铁门被砖室中传来的巨大力量撞得轰然洞开，门后好像有座山体正蠢蠢欲动。我和胖子在那密室内遭遇的腐尸虽然力大，但行动缓慢僵硬。单凭那些满是蛆虫的僵尸，绝不可能发出这般动静，这神秘的砖窑里肯定埋着什么不同寻常之物。

但我们根本不可能继续留在铁门前，等着看里面会爬出什么东西。我见想依托铁门采取守势的算盘已然落空，连忙让胖子背起腿脚发虚的丁思甜，四人强忍着伤痛向通道外边退去。我闻到身后恶臭扑鼻，百忙中举着工兵照明筒回头望了一眼。这一晃之间，只见得铁门中拥出无数白森森的死人肢体，这些尸体像是被某种植物裹住，全都连为一体，正一股一股地从砖室中蠕动而出。

这些花白的尸体中夹杂着无数植物的根须，千丝万缕地挂满了泥土和肉蛆。我暗自吃惊，在砖室中遭遇那一具腐尸，先是以为死人诈尸，可用眼睛瞪视的办法克制不住它时就开始怀疑不是僵尸，但究竟是什么难以判断。刚才匆忙中回头一望，我发现所有的死尸都如同生长在一个什么发白的植物根茎里，那白里透黄的东西竟然像是一株罕见的巨大人参，上半截看起来像个老太婆，满脸皱褶，身材臃肿，下半截则像人参一样，全是枝枝杈杈的根须，有长有短好似触角，每条根上都有硬毛倒刺，数十具腐烂干枯的尸体都与它的根部长为了一体。天知道日本鬼子在砖窑里养的这是什么怪物！

可即便是千年成形的老山参也绝没有这么大，这要真是万年千年的老参，也一定是株妖参。胖子也回头看个正着，惊道："老胡你快看，死人身上怎么长出萝卜了？"

我边扶着老羊皮往前跑边对胖子说："你什么眼神？仔细看看，那是棵大人参上长了一大堆死尸，不是死尸上长了萝卜！还有俄国人的烈酒没有？赶快扔一瓶点着了阻住它……"

可是刚才撤得匆忙，慌乱中把从俄国人房间里卷出的包裹扔在了铁门附近，想回去拿是不可能了，只好加快脚步逃离。但我们这四人已经疲乏到了极点，脚底下像是灌满了铅，心里虽然着急，脚下却是死活迈不开步子。然而身后被那些腐尸裹着的异形植物越追越近，只听那枯树皮摩擦墙皮水泥的声音就在脑后，腥臭的气味都快把人给呛晕过去了。

地下通道里大部分都是密闭的铁门，但有的锁死了无法打开。我们慌不择路，见通道拐角处有道带铁格子的铁门没有关上，赶紧互相搀扶着踢门冲了进去，反手关门的时候却又晚了半步，那好像人参般的植物有条触须已经探进门来，胖子正想顶门，不料首当其冲被那根须上的几具腐尸缠了个结实。

我和老羊皮正死死顶着铁门，根本腾不出手来救他。这时胖子一条胳膊两条腿全被腐尸抱住，他只剩一只胳膊还能活动，忙挥刀割断了那条妖参的根须触手，浓如泼墨的恶臭汁水溅了他满满一身。妖参的根须一断，好似知道疼痛一般向后猛地缩了一下，我和老羊皮顺势把铁门推上了。这道门上的气锁由于太久没用已经失去作用了，我顺手推过一把椅子顶门，外边指甲挠动声依然不绝，一阵阵地猛撞铁门。

我们用后背倚住铁门，心脏突突跳成了一团，心中只剩一个念头：主席保佑，但愿这铁门和墙壁修得坚固，可千万别让那怪物破门进来。门外响声虽然不绝于耳,但这地下室完全是按照军事标准建造,拿炸弹也未必炸得开,我们退到这里,终于算是获得了暂时的安全。

胖子赶紧伸手摸了摸自己,见身上零件一样没少,这才松了口气。再看被长刀切断的那条妖参根须,将近两米长,足有海碗粗细,被割断处流出许多黏稠的恶臭汁液,奇腥异常,半条根须虽然断了,但还兀自翻滚抖动,像是被切掉的壁虎尾巴。然而与其生为一体的三具腐尸全都彻底失去了生命的迹象,眼睛里流出漆黑的液体,只是跟着扭动的妖参根须阵阵抽搐,看起来都不会再构成什么威胁了。

老羊皮和胖子都脱了力,靠着铁门颓然坐倒。我强撑着用工兵照明筒照了照我们所在的地下室,屋内满眼狼藉,都是些散乱的桌椅柜子,调节空气的管道似是被堵死了,地下的空气阴冷透骨。我惦念着丁思甜的状况,无心再去多看,扶着她倚在墙角坐下。

只见丁思甜面色青得像要滴出水来,虽然神志尚在,但气息已如游丝一般,出来的气多,进去的气少,好像随时都有可能一睡不醒。我安慰她,让她无论如何都要坚持到底,先喘口气歇一歇,就算把这研究所揭个底朝天,也要找到解毒剂。

丁思甜似乎已经知道自己死期临近,不禁极为悲伤,吃力地对我和胖子说:"我知道我这次是没救了……千万别把这件事告诉我妈妈。我真怀念咱们一起全国串联的日子。你们别为我难过,一定想办法活着出去,要记住,死亡不属于工人阶级。"

我和胖子紧握住丁思甜冰冷的双手,悲壮地含泪答道:"低级趣味无罪……"想到生离死别在即,都哽咽着再难开口。这时老羊皮过来说:"这女娃的命苦着嘞,咱们可不能让她就这么死在这黑屋屋里。"

胖子哭丧着脸道:"看丁思甜现在的气色,那锦鳞蚺的毒八成已经散进骨髓了,咱们是巧妇难为无米之炊。这神经性毒素如果没有解毒剂,咱们根本就没办法救她的命了。"

肩上的伤口疼得我脑门青筋一蹦一蹦的,要不是当前处境危险,恨不能一头栽倒在地,昏昏睡上个三天三夜。但见众人沮丧绝望,不禁从骨子里生出一股极其强烈的逆反情绪，精神反而为之一振。记得俄国的一位哲学家曾经说过："生命的苦难总是压得你透不过气来，如果你不反抗，而是只去听从命运的摆布，就只会在困境中越陷越深，直到最后失去一切。"

我咬着牙对众人说："要是有米……就连他妈的拙妇也能为炊。我绝不能眼睁睁看着咱们最重要的战友在眼前牺牲！没米去找米，没药去找药，现在还不到给她开追悼会的时候，只要还有一口气在，绝不要轻言放弃！"

胖子被我一说，发起狠来就要冲出去。我拦住他，给众人分析眼前的处境：如果研究所中真有治疗蚰毒的药品，很可能在一个相对封闭的仓库或实验室中，但这地下设施的规模大得出人意料，身处其中别说想找具体地点了，能不迷路失去方向都很难做到，不过现在首先要做的是想办法离开这里。

我侧耳一听，地下室外走廊中的动静比刚才小得多了，但那外貌酷似老妇一般的人参精好像还守候在外。那家伙身上全是烂泥和肉蛆，而且根须上裹着许多腐烂的死尸，几乎堵满了外边的通道，别说能想办法解决掉它，我们甚至不知道它究竟是什么东西。

我用水壶里最后一点凉水浸湿了衣襟，敷在丁思甜额头上给她降温，然后在室内来回踱步，绞尽脑汁想着脱身的办法。走了几个来回，一眼看到了在关闭地下室铁门时被胖子砍断的半条老参般的根须，根须上有几具皮肤惨白的尸体，我用脚去拨了拨其中一具死尸，想看看它究竟是植物还是尸体。

那白色的腐尸身上爬了厚厚一层肥蛆，蛆下有片黑色的东西。我见有所发现，急忙把工兵照明筒放近一些，一照之下，发现原来尸体身上穿着一件黑衣，腰间还有条红绦系着，双腿以下被吸进粗大的根须之中，与其融为了一体，分辨不清下身是什么装束。再看另外的几具尸体，却都是身上没有衣衫，死的时候大概赤身裸体。

我心中一动，忙对胖子等人说："那俄国人遗书上明确地写着，这研究所里也关押了许多各国俘虏作为活体实验的对象，可你看这穿黑衣的腐尸，这黑衣红绦非常眼熟，咱们是不是在哪儿见过？好像是兴安岭山区的盗墓胡匪组织,这绝对是泥儿会的人。"

胖子闻言连连点头。这件事也不难想象,很可能是泥儿会的人从黄大仙庙盗来一些机密之物,然后被鬼子卸磨杀驴扔进砖室里喂了那株妖参。不过其中有个细节值得注意:其余的腐尸与其死状一样,但皆是一丝不挂,显然这泥儿会的胡匪死得很匆忙,不像是日本鬼子有预谋的行为,也许这胡匪同研究所里其余的人一样,都被那场突如其来的灾难所影响,他在慌乱中逃进了那间砖室,结果……就变成这样了。刚刚若非老羊皮的康熙宝刀锋利,我和胖子现在多半也和他一个下场了。

胖子伸手在死人衣服里乱摸,想搜搜看有没有什么用得上的东西,结果摸出一对黑驴蹄子和几节绳索,另外还有些辟邪的朱砂,这就进一步证实了死者的身份,百分之百是泥儿会的胡匪。再验看干枯的尸身,肢体筋骨僵如朽木,头发指甲还在生长,都与僵尸一般无二,实难想象它是如何变成这等模样的。

为了谋求脱身之策,我和胖子思前想后,冷不丁记起那砖窑般的密室很是古怪。我们在插队的屯子里搞移风易俗,拆了许多古墓老坟,将坟砖削整刮净后重新使用,那些坟砖的形制虽然与这地下砖窑不同,但都带着一股阴寒呛人的气息,即使在晌午的阳光下,拿着一块坟砖,也绝对感觉不到一丝的暖意,那坟砖永远像是从冰窖里刚取出来的。在这一点上我和胖子是深有体会,进入砖窑后那种令人汗毛发奓的感觉不会错,也许那个以"0"为代号的密室实际上正是一座地下古墓的墓室,而那墓室泥土下为何会埋藏着一株成了形的巨参?

这时一直默不作声的老羊皮听到我和胖子的讨论,突然插口道:"我还以为你们知识青年有知识,知道那神神是个甚嘞,可听你们说是人参,错了嘛!在我老家还有那神神的养尸地,要是我没老糊涂记错了,那可是从西域回回国挖出来的宝贝。"

我没想到老羊皮竟然识得什么西域回回国,忙让他把话说清楚了,那根部长了许多尸体的人参到底是什么东西?

第三十七章
面具

老羊皮语言表达能力有限，加上他说得颠三倒四，我和胖子听得满头雾水，但总算是大概弄懂他的意思了。在老羊皮的老家有片沙地，那片区域干旱少水，但沙地中部的泥土却十分湿润阴森，自古传说那里是养尸地，尸体埋进去能不腐，实际上那块地生长着一些古怪的植物。

传说这种植物是古时从数千里外西域回回国圆沙城传进来的。此物极毒，全身类似人形，有点像大得异常的人参，但要大出数十上百倍也还不止，本身也和人参没有任何关系。内地对它没有准确的称呼，只泛称尸参或鬼参，古回回国称其为"押不芦"。

这东西专在阴暗腐臭的泥土中滋生，一些受到潮气侵蚀的墓穴，或者淤泥积存的古河床，都非常适合它生长，其根须能深入地下数丈。说它是植物，它却又能伸展根须绞杀人畜为食，宛然一株巨大的食人草。如果挖开地面掘出这株植物，无论人畜，一旦触其毒气则必死无疑。

要想挖出押不芦，采取的办法多是在确认押不芦生长的位置之后，围着它挖四条土沟，沟的深浅以可以容纳农村的大水缸为准，从沟底开始用坟砖堆砌成砖窑的形状，连上边都给完全封闭住，封闭前在里面关上几条恶犬，随后彻底用坟砖封堵，形成一间密室。

关在砖室中的恶犬由于呼吸不畅，在一阵咆哮后，出于本能会用爪子挖泥，想要掘沟而出，一旦刨出押不芦这种剧毒植物，恶犬则沾染毒气，立刻毙命。

还有一种办法是直接用皮条把狗腿和押不芦的毒根系在一起，人躲在上风口的远处放鞭炮，犬受惊而逃就会拔根而起。这个办法虽然省时省力，但并不保险，常常会使发掘者中毒倒毙，所以不如第一种办法流传得广泛。

回回国之押不芦出土后，过不了多久，失去了泥土之养，就会毒性尽消。这时人们再过去把中毒而死的犬尸连同剧毒的押不芦一并埋回坑内，一年后掘出，犬尸便与押不芦根须长为一体。尸骸虽腐烂枯臭，在没有阳光的地方却尚能蠕动如生，切开来暴晒晾干，就可以作为非常贵重的药物出售了。

这药物用一点就可以使人通身麻痹，犹如半死状态，就算拿刀斧砍断手脚，也不会有任何感觉，再过几天之后灌以解药，则活动如初，恢复正常了。传说古时华佗能剖肠破腹治疗疾病，用的都是这种麻药，直到宋代皇宫御医院还有使用过的记录。

老羊皮在西北老家，见到过有人刨荒铲坟时挖出了这种人形毒物。那次一掘就能掘出一大长串死尸，都是无意中在夜晚经过附近遇害的村民。它卷了人之后，毒素都转入尸体之中，死者虽已死了，但死尸却如同养尸一般，头发指甲还在生长，被阴气长期潜养，遇阳气而动，不管捉到什么活的人畜，都会将其毒死，成为这株怪参的一部分养分。

我们揣摩那砖室的情况，看来是一处鬼子特意建造，用来培育麻痹神经药物的地方。相传养尸地中埋的僵尸名为"闷香"，可以入药，这些几乎已经长为植物的腐尸也是一种奇特的药品，但其培育方法实在是令人发指。

我正想问问老羊皮，有没有什么办法能彻底消灭掉这株怪物，否则它堵在门口终究不是了局，可话到嘴边，忽然想起一件要命的事来，身上顿时凉了半截：我和胖子跟那些腐尸纠缠了半天，身上溅了许多腥臭难闻的汁液，恐怕也中毒了。

我和胖子赶紧看了看自己裸露在外的双手，只见手上沾了太多脏东西，已经脏得看不出什么了，但手背上似乎起了一层细小的疙瘩，微微有麻痒之感，暂时没有什么其他的症状，虽然不知是不是中毒的迹象，但多半不是什么好兆头。

丁思甜所中的蚺毒尚没办法治疗，想不到我和胖子也先后着了道，我心里有些慌乱。不过一个雷是顶，两个雷也是扛，虱子多了不痒，账多了不愁，这原本就一团乱麻的处境，再增加一些麻烦也没什么大不了，大不了我们三人一起去见马克思。

在我们那个时代的年轻人，没有什么太复杂的思想感情，而且自幼受到的教育使我们不知道"困难"二字怎么写，天底下的事有能难得住革命战士的吗？所以天大的愁事也不会过于放在心上，我很快就把担心自己是否中了毒的事情扔在脑后，问老羊皮有没有什么办法。

老羊皮摇头叹气，说哪儿有什么办法，那毒物离土即死，等一会儿阴气散尽，大概就不会动了。眼下只能学土地爷蹲在这儿干等了，不过谁知道那东西的根有多长，要是还有一部分接着地气，咱们一出门就得被它绞住毒杀。

正当我们无可奈何之时，忽然听到头顶有异动，我和胖子举起工兵照明筒往上看去，只见在墙壁和天花板相接处，有数道与走廊相通的窄窗，地下室门外的妖参根须穿窗而入，正试图钻进来偷袭。胖子抡刀去剁已经伸入地下室的根须，只听得划破革囊之声传来，刀落处腐液飞溅，尸参触角般的根须又迅速缩了回去。

我们这时才发现这间地下室虽然门墙坚固，但并不严密，气孔和气窗极多，很容易让对方有可乘之机。这间地下室似乎是间资料储存室，有许多装着类似档案一类文件的铁柜和木箱，我和胖子忙推动铁柜，将外侧的缺口全部挡住。

房间的最里面有一个极厚的铁柜，这本是最好的防御物，但任凭我和胖子怎么用力去推，它也不动分毫，好像在地下生了根一样。我把工兵照明筒的光柱调整了一下，仔细照了照铁柜，怀疑这里有道暗门，需要机关开合——我们那时候看的反特电影里大都有这种情节。

我和胖子胡乱猜测，不料这回还真给蒙对了。当我顺着铁柜的边缘将光线移到角落的时候，赫然见到在铁柜和墙壁之间的夹缝里卡着一只人手。那手爪干枯淤紫，生有兽毛，与这研究所中大多数死尸一样，都是死于某种突如其来的不明原因。这百眼窟附近环境特殊，才造成了这种异常的尸变现象。

被尸体卡住的那个缝隙后似乎还有不小的空间，但我用照明筒照了半天也看不清楚。眼下这间地下室的门被那株跟僵尸长成一体的尸参堵住了，如果这铁柜后还有通道，说不定可以从这秘道中离开，而且这暗道修得诡异，备不住里面就储存着我们需要的东西。

我和胖子对这一振奋人心的猜测深信不疑，胖子当即就到处摸索着去寻找打开铁柜的机关，我没忙着动手，感觉这铁柜暗门有些不对劲，但哪里不对却一时想不清楚。我吸了口气让自己的情绪尽量平稳，脑子里飞速旋转，觉得卡在铁柜和墙壁缝隙处的那具尸体，可能是在紧急情况下打算逃进密室避难，但可能他死得突然，刚打开了伪装的铁柜进入暗道就立即死了，而不像是被铁柜活活夹死的，只不过自动回位的铁柜将他的尸体夹住了。

还有，这研究所中戒备森严，似乎完全没有必要在已经十分隐蔽的地下设施里再制造一道这样隐蔽的暗门，除非这门后的空间是机密之中的机密，很可能连日军研究所内的大部分人员都不会知道，只有这机构中的一些首脑才掌握着里面的情况。死后被卡住的这具尸体，应该就是这魔窟里的头子。可这死尸的胳膊为什么露在外边，这样死亡的姿势正常吗？难道不是要逃进里面，而是正要从里面逃出来？这密室中的密室……

我脑子里东扯西绕，正在胡乱猜测，胖子已在一张桌子下摸到了一块突起的地砖，位置非常隐蔽，也毫不起眼，如果不是一块砖一块砖地排摸过去，根本没办法发现。他揭了几揭，砖纹丝不动，又改用脚向下踩踏，这一脚蹬的力量不小，那地砖被他踏得沉下去一两厘米，轰隆一声，铁柜向侧面收了进去，闪出一个狭窄的过道来。可能是由于他使的力气太大，又或许是把机关踩过了头，那活动的铁柜缩进了墙壁，却不像我预期的那般再次自动复原了。

这条过道内有一扇密门，那门大敞着，深处是一间更大的地下室。胖子以为这密室是用来储存药品和食物的，心急火燎地就要迈步进去，我急忙挡在通道口，对胖子和老羊皮说："你们看被夹死在过道里的这具僵尸，他脑袋和手臂都朝着外边，这种姿势很可能说明他在临死前的一瞬间是从密室里往外逃，而不是为了避难躲进密室，那里面……"

我的话刚说了一半，便听一声巨响，顶门的木椅突然被撞成了数段。坐在门后的老羊皮大吃一惊，拖着丁思甜急忙退开。我举着照明筒望过去，只见铁门洞开，一张苍老妇人般的怪脸从门外探了进来。这异形植物形如人参，但其形态远比人参狰狞万倍，这回看得十分真切，那妖参的脸上满是皱褶，两个巨大的眼袋尤为明显。我看与其说它是种纯粹的植物，倒不如说它更像是一种生活在泥土中，靠吸取尸体汁液存活的半动物。

别说直面它那张丑陋的怪脸，单是闻到它身上潮湿腥臭的坟土气息，就已经让人感到一阵阵头昏脑涨，昏昏欲倒。事到如今我们也只得步步后退，我和老羊皮架起丁思甜，胖子用长刀削砍着不断伸过来的触须，四人被逼无奈，逐渐退进了铁柜后的密室之中。

我担心胖子落单遇难，进入密室后也顾不上看清四周的环境，直接把丁思甜交给老羊皮，然后转身到暗门处接应胖子，想要把暗门关住，抵挡住那妖参的来势，但慌乱中哪里找得到密室内部的机关所在。

胖子情急之下，将过道里的那具僵尸推将出去，妖参的一只触手立即将其卷住，裹进密集的根须里面，我利用这个机会将密室内的大门牢牢关上，同胖子一起找所有能找到的东西顶在门后。这时才发现，这间隐蔽的巨大密室中到处都是摆放标本瓶的大柜子，我们碰倒了许多玻璃瓶子，里面的人体器官和奇形怪状的动物尸体流了满地，地下室里顿时散发出强烈的防腐药水气味。

我们一通接近歇斯底里的忙乱，身体已经接近虚脱了，见暂时堵住了门户，紧绷的精神稍一松懈，顿时觉得脚下无根。我肩头伤口疼痛难忍，顺势向后退了几步，想找个地方坐下来喘口气，身后恰好有道石台，黑暗中我也没有仔细去看就坐了上去。我坐定之后感觉身后冷得出奇，回手向后一摸，发觉手指碰到了一件冰冷凹凸的金属物体，似乎是一张人脸形的金属面具。我吓了一跳，立即想起那壁画上戴有面具的大鲜卑女尸，赶紧转过身用工兵照明筒一照，只见这解剖台一样的石台上果然躺着一具戴着金属面具的古装女尸，金属面具在照明筒暗黄的光线下，泛出一阵阵幽寂的光芒。

　　胖子和老羊皮也发觉有异，都过来观看，一股来自死亡的无形震慑力使我们全身为之战栗，挂在胸前的工兵照明筒，随着急促的呼吸节奏，也跟着起伏不定。也许有一瞬间是我看花了眼，照明筒的光线一动，那女尸被流转的光束晃得竟似乎复活了一般，面具下那张原本平静肃穆没有丝毫表情的脸，好像对着我们古怪地笑了一笑。

第三十八章
防腐液

那头戴冰冷面具的女尸就躺在水泥台子上，由于地下密室里漆黑一片，我们刚刚逃进来的时候，谁都没注意到它的存在。自进了百眼窟之后，我们目睹了无数可惊可怖之事，不断地疲于奔命，如今到了这里，就连神经都有些麻木了。

因此，发现这具女尸之时，我和胖子、老羊皮也没觉得过于吃惊，因为这一带奇形怪状的死尸实在太多了，我们颇有些见怪不怪了。可等到三人凑近了用照明筒往那女尸身上一照，电筒的光束在那女尸面具上折射出喑淡幽异的光芒，冰冷的面具似乎出现了一个诡异得无法形容的表情，我们顿时感到了一股来自幽冥世界的可怕力量，那种对死亡的恐怖感觉穿透人心，一瞬间地下室内的空气仿佛都结成了冰。我们感觉到自己的心肺置于坚冰之上，全身战栗欲死，再也抑制不住，在给自己壮胆的喊声中，向后连退了几步。地上有些破碎的标本瓶，里面的人体器官和防腐液淌到地上，我们三人滑得立不住脚，心慌意乱手足无措，都险些摔倒，赶紧扶着身边的柜子稳住重心，心中不由得生出一个念头："这个鲜卑女巫还活着，至少这死鬼的亡灵至今还在尸体旁徘徊着！"

丁思甜被老羊皮放置在墙角处，正昏昏沉沉的不省人事，我疾向后退，没看清身后的情况，一下正撞在了丁思甜身上。我感到脚后跟踩到了她的手，急忙缩腿。丁思甜"嗯"了一声，竟然从半昏迷状态中清醒过来，也不知她是回光返照，还是被我踩到了手指，由于十指连心，她生生疼醒了。

她挣扎着让我扶她起来，见我和胖子、老羊皮脸上满是惊骇之色，顺着我胸前的照明筒往室内一看，当即发现了那戴着面具穿着奇特的古代女尸。丁思甜的感受大致和我们相同，她也吃了一惊，躲在我身后，问我们那女尸会不会突然活过来。

老羊皮已被吓得魂不附体了，两腿打战，哆嗦着就想给那古代女尸下跪。我也感觉到那大鲜卑女巫似乎随时都可能突然坐起来，这种感觉前所未有地强烈，只好无可奈何地对丁思甜摇了摇头，不知道该怎么回答。

很可能这间密室就是这研究所死亡旋涡的中心，那被夹在通道里的僵尸，肯定是由于这里发生了什么才会向外逃跑，否则何不躲进这隐蔽的暗室？这女巫的尸体究竟有什么力量，杀了那么多人？

我脑中思绪纷至沓来，心里越发没底。而胖子回过神后，骨子里那股混世魔王的蛮劲就紧接着冒了上来。他有心要逞能，一晃脑袋，按了按脖子上渗血的伤口，对我和丁思甜说道："思甜这问题问得太好了，阶级敌人会不会借尸还魂？面对这样严肃的问题，我们的回答是不能带有丝毫浪漫主义遐想色彩，我去踢它两脚便见分晓！"

我为胖子打气说："说得好啊小胖，不过毛主席教导咱们说要注意工作方法，你过去踢那女尸，当心被它张口咬了脚，我看你还是用康熙宝刀直接剁她几刀为上。"

丁思甜呼吸急促地劝阻："别……别去……我总觉得她会突然活过来……"但胖子哪里肯听，横眉立目地挺了长刀上前，在老羊皮和丁思甜的阻止声中，挥刀就剁了下去。

可胖子刚一举刀，他背后的密室铁门就被猛地撞了开来！我们并没有锁死铁门，只是用重物将其顶住了，正想再搬其余东西堵门的时候，就冷不丁见到地下室里有具古代女尸，当时鬼使神差地慌了神，完全忘了门外

第三十八章 防腐液

还有更直接的威胁。

那长得如同老树精般的妖参，裹着根下那些半死不活的腐尸撞开了铁门。胖子被柜子撞得趴在了那女尸身上，脸正好贴在那冷冰冰的面具之上，饶是他胆大包天，刚刚还抡刀发狠，这一来也吓得哇哇大叫，连滚带爬地从石台上翻了过去。我见铁门中伸出一根儿臂粗的触须横卷过来，也赶紧拉着丁思甜向一道摆满标本瓶的铁架后边躲去。

这间密室内再也没有退路可走，唯一的门户被堵，我们只好凭借室内繁杂的摆设，利用较大的纵深空间进行周旋。随着不断的追逐躲避，我渐渐发现这所谓妖参很接近风水学中所说的地阙衔尸。物久自通灵性，植物也可化为灵物，老参或是何首乌一类为天地灵气所钟，如果人参旁埋有新死者尸体，尸体可不腐不朽，年头久了，死人和人参就长为一体，食之能得大补，长到这种程度，参不叫参，尸也不为尸了，而是合为一体，称为"地阙"。

但这回回国产的妖参却与地阙不同，它虽形如巨参，却更像是一种需要地气和尸体存活的半动物。老羊皮也是在乡下听得些野闻传说，这未必就是什么回回国之物，至今那西域回回国究竟在什么地方，根本就没人能说清楚，回回国只是一个泛称，我看这妖参更像是产自陕西古墓坟茔之中。

它堵住密室，体下的许多根须蠕动伸缩，欲捕食生人，速度虽然不快，可斗室之内闪躲不便，我们四人只有胖子有柄长刀可以勉强抵挡。胖子躲在水泥台后，挥刀遮住头脸乱砍，切断了几条章鱼须般的活动根藤，但妖参根须繁多，被斩去几条，我们也难以扭转乾坤。

而且我们被迫分散，又只有两个照明筒的光线，几乎跟什么都看不见没什么区别，难以相互照应。不多时就见火光亮起，原来是老羊皮点燃了棉衣，想以火驱退尸参，可那怪物全身腐蛆烂泥，这种火势根本就烧不得它分毫。但火光忽明忽暗，我们都觉得眼前一亮，能够大致看清身处何种状况之中了。

我和丁思甜躲在一个铁架后边，这里是火光照不到的阴影处，黑暗中听到一阵风声夹着恶臭拦腰卷来。我身上有伤行动不便，再加上赤手空拳根本无法抵挡，只好抄起身边的一把椅子，横在身前一挡，感觉一股力量奇大，撞得胸口为之窒息，背后的铁架都被撞得晃了三晃。这一下撞得我筋骨欲折，堪堪接住。

在这种情况下，我们即便想发扬勇敢战斗、不怕牺牲、不怕疲劳和连续作战的作风，也已经完全不可能了，可求生的欲望和决心仍然还在。我挡住了那条横扫而至的触须，心里清楚它要是缩回去再卷过来，我绝对挡不住第二下了，于是用没受伤的那侧肩膀顶住椅背，奋力将椅子推向墙壁，想把那条触须挤到墙上。

不料黑暗中看不清周遭形势，没计算好和墙壁之间的距离，一下子退了个空，用力太猛收不住脚，全身扑倒在地，椅腿戳在了肋骨上，疼得我眼前一阵眩晕。被我推开的那条尸参触须卷着木椅迅速缩回，我没能按住椅子，反被掀翻在地。那根须抖了一抖，甩掉木椅再次袭来，裹住丁思甜向后拖了过去。

我肋骨疼得像按了个烙铁，见丁思甜被从身旁掳去，想伸手去抓，但疼得胳膊都抬不起来，眼看丁思甜就要被卷进尸参的根里。就在这万分危急的紧要关头，猛听胖子虎吼一声，从藏身处跳了出来，玩了命地一刀砍下，斩断了裹住丁思甜的那条根须。丁思甜恰好摔在了老羊皮的身边，老羊皮拼着老命一手挥动火把，一手把丁思甜拖到身后掩护起来。

我见胖子救下丁思甜，松了一口气。丁思甜中毒已深，要不是在广阔天地中锻炼了半年，身体素质有大幅度提升，大概也无法坚持到现在。可她刚才又重重摔了这么一下，哼都没哼一声，并不见她身体起伏呼吸，真不知是否还有命在。

我担心丁思甜性命不保，咬紧牙关，忍痛挣扎着从地上爬起来。但没等我去看丁思甜，就见尸参主体上那老妇般的怪脸忽地探进地下室，张口吐出一团黑气，胖子站在正对面，出其不意之下，根本来不及躲闪，被那团浓重的黑雾喷个正着。

据老羊皮说尸参是回回国所产的剧毒之物，但与人畜尸体长为一体后，就没有那种奇毒了，将其分裂晾干后，按某种配方加以调和可做成麻药。

第三十八章 防腐液

但他说的未必准确，我们并不能确定尸参喷出的黑雾是否入中立死，我和胖子曾沾到了不少尸参中腐臭的液体，皮肤上稍感不适，只是疲于奔命，还没顾得上担心是否中了毒。

这时胖子被那黑雾一呛，眼泪鼻涕横流，好像连气都喘不过来了，连忙干呕着向后退开几步，手里的长刀便落到了地上，黑雾中几条触须蜿蜒探出，就要去裹胖子。我见他势危，想去相助也是力不从心，当下也没多想，随手抄起铁架上的玻璃瓶子，对准那妖参满是干瘪皱褶的老脸掷了过去。

那标本瓶中装的一大团，也不知是哪部分内脏，"啪"的一声砸在妖参脸上，玻璃瓶子碎成无数残片，里面的内脏和药水泼得它全身都是。那尸参似乎对防腐液十分敏感，沾到防腐液的地方都冒出一股黑水。

我顿有所悟，怪不得这尸参只是挤在铁门处探出触须伤人，而不是冲进来吞噬众人，开始我还以为是它有一部分根须留在泥土中，到这密室门前已是极限，原来它是畏惧这流了一地的防腐液。刚刚要不是撞翻了那些瓶瓶罐罐，它早就进来将我们置于死地了。想到这儿，手底下更是不停，把一个接一个的玻璃瓶扔了过去。胖子呛出一口黑血，他和老羊皮见我得手，也都学着我的样子，抓起身边装有内脏器官的瓶子不断砸向那尸参。

密室中有上千个标本储存罐，顷刻间强弱之势逆转，在防腐药水暴风骤雨般的洗礼下，那尸参面目全非，全身腐烂流浆，抽搐着想从秘道中退回。但它体形庞大，钻进来就比较吃力，是一部分一部分硬挤进来的，这时缩成一团，哪里退得出去，不消片刻就瘫成了一堆，再也不动了。

我和胖子扶着墙过去看了看丁思甜的情况，她虽然没有停止呼吸，但面色青幽之气甚重，任凭怎么呼唤也是不醒。我们到了这会儿也几乎是油尽灯枯，只觉得心力俱疲，连手指都不想动了，遍地都是药液和湿漉漉的内脏器官，几无立足之地，铁门被死掉的尸参堵了个严实，谁也没力气再去清理道路了。我用照明筒的光线扫了一圈，看到那躺在水泥台上寂然不动的面具女尸，它依然保持着那冰冷诡异的姿态一动不动，似乎没有什么异状。也许刚才只是我们疑心太重了，眼前只有那个平台还稍微干净点，但没人愿意在这时候去接近那具女尸，我们只好用尽最后的力气，互相搀扶着退到地下室深处相对干燥的角落。

我们把丁思甜抬到地上让她平卧，然后席地而坐，后背互相倚着，上气不接下气地喘成一团，恨不能就此死了，实在不想再受这份活罪了。我不时惦念着丁思甜的情况，喘匀了这口气，就得接着为她想办法，想到这儿又担心起来，伸手去探丁思甜的鼻息。可一抬手，摸到的竟是一张冰冷凹凸的金属脸孔，那刚才还停在远处台子上的大鲜卑女尸，这时候竟然不声不响地躺在了我的身边。

第三十九章
标本储藏柜

冰冷的金属触感，传递着来自另一个世界的气息，那个世界当然不属于活着的人。我手指碰到那金属面具，出于本能，也自是吓得立刻缩了回来。但我半坐在墙角，明明可以感觉到丁思甜就躺在我身边。

我完全没顾得上害怕，急忙转过照明筒，打亮了往身边照去。丁思甜确实好端端躺在地上，不过刚才我们谁也没有注意到，她脸旁的墙壁前摆着一口小小的铜箱。那铜箱盖子上铸着一个黄鼠狼头，锈迹斑斓的铜箱甚是矮小，箱盖大致和丁思甜的头部平行。我适才随手一碰，却是摸到了箱盖上的黄皮子头，其造型奇诡，虽能看出是黄皮子，但拟人化十足，凹凸起伏之外极似人脸，竟被我误以为是那大鲜卑女尸的面具。

胖子听见响动，也爬起身来观看。那时候的我们精力体力之充沛简直让人难以想象，几番出生入死，身上带伤，腹中无食，剧斗过后稍一喘息便又生龙活虎，事后回想起来自己也觉得奇怪，为什么坚持到现在还没趴下？除了年轻气盛之外，还有个最主要的原因，其实这原因特别简单，也特别单纯，就是真以为自己的所作所为是在为解放全人类而贡献青春，在这个问题上一点都不怀疑，信仰支撑的力量是无穷的，没真正从骨髓里信仰过某种力量的人根本不会理解。

我和胖子将丁思甜移在一边，凑过去细看那口铜箱。这神秘的铜箱上满是古旧斑驳的铜花，四周都是巫纹符咒，我半点也看不明白，只是箱体上有许多显眼的绿松石和金丝夹嵌，显得十分华贵，一看就不是寻常的古物。这铜箱不像我们常见的箱子，箱盖上没有合页连接，而是像棺材一样，需将盖子完全抬起来才能开启，见到里面的东西。

实际上这铜箱也确实像是一口小巧玲珑的古铜棺材。现在事情是明摆着的，在大兴安岭黄大仙庙中被泥儿会胡匪挖掘出来的，九成九就是这如同棺材的古老铜箱。再细看箱盖上是面目可憎的黄皮子，头脸几与常人相等，盖子与箱身闭合的缝隙间尚有火漆残留的痕迹，想必是曾经被人打开过。

胖子好奇心重，问道："这铜箱可比先前想象的要小得多，这'四旧'里面装的是什么猫七狗四的杂碎之物？"他嘴里念叨着就想揭开来看个究竟，以前破"四旧"时砸得多了，也没太将此物放在眼里。

我赶紧说："别动！这箱子虽小，但我看它是庙小妖风大，池浅王八多。夹在秘道中那日本鬼子临死前想从这儿逃出去，他为什么要逃呢？咱们稍微反向推理就可以得出一个结论：这研究所中莫名其妙而死之人如此之多，怕与这铜箱和那女尸脱不了干系。咱们能活到现在，肯定是因为有一件事没做，那就是还没有打开这口铜箱。一旦箱盖再次开启，恐怕咱们就没办法活着离开了。战胜敌人的先决条件是先保存己方的有生力量，不能再做无谓的牺牲了。"

胖子点头同意，他也挺会找借口："为了防止阶级敌人灭亡前还会猖狂一跳进行反扑，咱们就别动这箱子了。我现在好像又有点力气了，咱就抓紧想办法救思甜吧，老胡……你说她……她还有救吗？"胖子说到最后甚至有些不敢说了，说出来的声音更是含含糊糊，确实是替丁思甜担心到极点了，心理上产生了一丝动摇。这种情绪对他来说已是罕见的不安了。

我对胖子说："只要咱们团结起来，只要咱们有勇气，只要咱们敢于战斗，不怕困难，前赴后继，坚持斗争，那么，全世界就一定是属于人民的，

第三十九章 标本储藏柜

一切妖魔鬼怪最终都会被消灭，胜利的曙光很快就会照遍地球。这间地下密室里东西不少，咱们先搜索看看……"

说着话，我又看了看丁思甜目前的状况，自她出现中了蚺毒的迹象之时，按照以往传说中锦鳞蚺的毒性推测，我们估计她最多还剩下二十四个小时的时间。现在虽然过了半天不到，但几度受惊吓加上有外伤，毒已入骨，看来无论如何是坚持不了一昼夜了，再过两个小时，只要蚺毒攻心，脸色由青转黑，即便拿来解毒灵药也难以回天了。

我知道事不宜迟，不得不发扬连续作战的精神，赶紧让胖子扶着我站了起来。眼下老羊皮已经指望不上了，他彻底脱了力，全身如同散了架，连站都站不起来，只好由他在原地守着丁思甜。我们的工兵照明筒用了许久，备用更换的电池丢在了砖窑门前，还不知剩余的电量可以维持多久。在这黑漆漆的地下密室，一切行动全都依赖光源，不到关键时刻，舍不得再去随便使用，于是从衣袋里找出两节以前燃剩的蜡烛头，点将起来当作亮子。

目前密室的门户被那株死掉的妖参尸体堵住了，它根须上裹带的腐烂死人散了一地，加上门前满地的各种生物器官，以及都快流成了河的防腐药水，可想而知地下密室的环境是何其恶劣，只有我们所在的墙角处空气流通，呼吸起来尚不为难，往室内一走，就会觉得眼睛发辣流泪，每用鼻腔呼吸一口，都像迎面呛到石灰。

我同胖子用血污肮脏的衣襟裹住口鼻，正要动身搜索，倚在墙角照料丁思甜的老羊皮忽然扯了扯我的衣服。他一口气尚未喘匀，无法说话，吃力地指了指那具横卧在石台上的大鲜卑女巫尸体，看他脸上神色，一是惶恐不安，二是提醒我们千万要提防女尸诈尸扑人。

我对老羊皮点点头，心想现在救人要紧，那死尸既是始终未动，还是先别去招惹为好。我抬脚把那口铜箱轻轻往远处踢开，然后对老羊皮和胖子说："大鲜卑女巫到底怎么回事，咱们都不清楚，可既然毛主席教导咱们说要团结一切可以团结的力量，我活学活用，急学急用，随时都用，于是就琢磨咱们跟那女尸也可以团结团结。像女巫这种身份，大概就是跟庵

233

里的尼姑差不多，虽然是一种属于封建迷信范畴的工作，但毕竟她本身没有产业。就如同尼姑庵里的姑子一样，庵庙寺院都属于国家财产，并非她们个人所有，要照这么分析就可以划出成分来了，大鲜卑女巫的阶级成分，很可能应该属于无产阶级阵营。嗯……如果……当然如果是自愿当的女巫，那充其量也只是自由职业者、小资产阶级，跟咱们无产阶级属于人民内部矛盾，人不犯我，我不犯人，何况这具尸体也许和这研究所中曾经发生过的那场灭顶之灾有关，算是对抗日做出过贡献的。她跟咱们之间就算是有点不太对脾气，也应该是井水不犯河水，你们说是不是这么个道理？"

老羊皮平时学习的理论知识远远不够，听不太明白我讲的道理，瞪着眼只是摇头，也不知他是不同意我的观点，还是让我们不可掉以轻心。胖子阶级斗争水平就比老羊皮高多了，他立刻对我的分析表示赞同。不过胖子同时也表示，在这种敌暗我明的情况下，咱也不得不多加小心，必须多长点心眼，万一那尼姑甘心为地主阶级殉葬，妄图变天，咱们手底下可就不能留情了，反帝必反修，我他妈砸烂她的狗头。

由于当时的社会背景在那儿摆着，我们一旦没有主心骨的时候，唯一的办法就是从四卷毛选中寻找指南。因为从来也没读过别的书，唯一的理论来源就是小红本，红宝书对我们来说就是战无不胜的百科全书，从中提取出斗争纲领，一切行为就有了目的性。现在既然有了方向，分清了成分，也就不像刚见到那具女尸那般心里发慌了。

我们打起精神，拖着疲惫的身躯在密室中到处寻找。这里设施物品极其繁多，除了各种人和动物的器官标本之外，另有数不清的药瓶药水。其实究竟要找什么东西才能解毒，连我自己都不知道，只是根本不能让自己停下来眼睁睁看着战友丁思甜死去。我们只是认为解毒拔毒该有解毒剂一类的药品，而且日军研究所既然养了锦鳞蚺来研究，也应该会有相关的药物，但看到那一柜子一柜子密密麻麻的药瓶，我和胖子都有点傻眼。

我和胖子虽然在山区插队了一段时间，掌握一些山里急救的土方，但并不具备多少真正的医学知识，也从没在这方面做过功课。光忙着参加世界革命了，哪儿有时间学习啊！除了少年时代出于游戏的目的接触过一些常见化学药水之外，对那些种类繁多的药片药剂毫不了解，到底能解蚺毒的是针剂、药水或是药片，又该是什么标识，完全没有一点概念。这事可不能凭想当然，是药三分毒，吃错了药的话，说不定不等毒发就提前送了性命，就算我和胖子为了战友能豁出去不要命了以身试药，也试不过来这千百种药剂。

胖子丧气地说："完了老胡，就咱俩这水平，在这里面连片止疼药也找不出来啊，就算把解毒剂摆在咱们面前咱也不认识，再说即便找到了解毒剂，是往胳膊上注射还是往屁股上注射？要是药片的话吃几片？什么时候吃？咱哥儿俩对这些事是两眼一抹黑，这可怎么办？"

我也彷徨无措，不过只要还有时间，我绝不肯放弃努力。眼瞅各柜中的药剂多得令人眼花缭乱，我们甚至不知道柜子中的这些东西是不是药物，毕竟还是年轻，把问题想得太过简单了，残酷的现实，是不可能随人之意志而转移的，我觉得不能再在这些药品上浪费时间了。

细一思量，想起丁思甜曾给我们详细讲过她父亲捕捉森蚺的许多故事。那锦鳞蚺行即生风，非是俗物，在森蚺中，大部分蚺是无毒的，它们虽然凶残，却只能凭筋力绞杀人畜，唯独锦鳞蚺是蚺中另类，其生性最淫，头骨中有分水珠，尾骨有如意钩，含在口中行房可日御十女，《黄帝内经》称其为至宝。这锦鳞蚺口中所吐毒雾对女性的危害极大，其毒性与蛇毒相近。据说在毒虫蛇蚁出没之地，五步内必有解毒草，但锦鳞蚺出没之处，只有它的克星观音藤，观音藤却只能驱赶捕捉锦鳞蚺，并没有解毒拔毒的作用。

如果不找人工解毒剂而另求其他生路，除非这附近有毒蛇出没，找到毒蛇附近能解蛇毒的药草，也可活命。但要命的是百眼窟附近什么毒虫都有，唯独没见毒蛇出没。我急得脑筋嘣嘣直跳，心烦意乱之下，漫无目的地继续朝密室深处走去，不把这密室储藏间翻个底朝天，终是不能死心。

胖子拢着蜡烛头跟在我身后，我身上的工兵照明筒没开，脑中一片混乱，黑灯瞎火地低头向前，也没在意身在何方，一头撞上了一层厚厚的玻璃。我吃疼不已，一边骂着一边捂着自己的前额，抬头往前看了看。借着身后胖子所捧的烛光，只见面前是个横在墙边的柜子，里面竖立着一个又大又长的玻璃罐，隔了两层玻璃，只隐隐约约看见里面像是有副白森森的骨架，看形状并非人骨。

我和胖子暗自称奇，既是骨骼标本，何必如此封存？胖子立刻上前连砸带撬，掀开柜门，原来这面大的储藏柜中，有数十个用蜡封了口的罐子，装的都是一些奇怪异兽的标本，甚至还有一个古代小孩的干尸。大概是些重要的东西，采用的是双层隔绝封闭储存，那储了整具白骨的罐子尤为突出，罐高接近一个成年人的身高，大瓶子里装满了淡黄色的药液，一种类似蟒蛇的骨骼一圈圈盘在其中，白骨上一点多余的肉渣也没有。

我和胖子脑子里浮现出一个念头——"蟒骨"？这头骨和蟒蛇非常相似，想不明白是做什么用的，什么蟒要这么珍而贵之地储藏？听说蛇能泡酒，难道蟒骨也能泡酒？我们举着蜡烛头从上看到下，一见尾骨立即就明白了，是锦鳞蚺的骨头，这比在焚尸炉里遇见的可大得多了。看来百眼窟至少曾经有过两条以上锦鳞蚺，掉进焚尸炉的那条算它倒霉，毒蛇毒蚺其实最惧油烟，它死在那炉膛内是迟早之事。原本我还打算，如果我们能撑过这关，就会去替那毒蚺收尸剔骨。它的价值极昂贵，能够换外币，对支援世界革命是巨大的贡献，若能与损失牧牛之事功过相抵，也许老羊皮和丁思甜不会受到责难。

胖子问我这泡的是不是解毒药酒，我摇头道："世上的生物，都是一物克一物，没听说自己克自己的，蚺骨解不得蚺毒，这应该是个常识……"我说出这些话，一颗心也似沉入了海底，忍不住失望地抬手摸了摸那装着蚺骨的玻璃瓶。不料烛光照在手上，我的手背上竟然全是细细的红疹，胖子也急忙举起自己的手看了看，跟我的情况一样，我们二人顿时如被淋了一盆雪水，这大概是中了尸参的毒。

可我们尚未来得及难过，就发现蜡烛头恍惚的光线中，我们举起的两只手掌，在那玻璃瓶上映出了三只手掌的影子。我以为是玻璃反光一类的原因，但其中又似有古怪，于是把胖子那只手按了下去，面前的玻璃壁后却还有只手掌的影子，一动不动地伸在那里。我和胖子不由自主地向后退了半步,那储藏柜中有个向我们伸出手掌的死人?还是……背后有人模仿我们的动作?我急忙回头向后看了看,并无异状。胖子再次举起手来对着那玻璃晃了晃,瓶身上那个手掌的影子还是一动不动,蚺骨的储存瓶里似乎还有个死人。

第四十章
守宫砂

我探出身子，绕着蚺骨储藏瓶想看看这瓶中为何会有死尸，这时胖子突然在身后拍了我一下："别找了，那只小手好像在柜子里。"

我转头看了看胖子，他捧着蜡烛，抬手朝那大得出奇的标本储藏柜里指了指。我顺着他所指方向看去，虽然烛光恍惚，巨大的标本储藏柜内部在这微弱的光线下十分模糊，但在我们这个角度，的确可以看见有只五指伸开的手掌，撑在一层厚厚的玻璃容器里。我和胖子对望了一眼，异口同声地问对方："柜子里有个死人标本？"

这个大储藏柜太大了，就像一个小型密闭集装箱，里面装的都是各种完整的动物标本。粗略地看到靠外的这一层，包括那锦鳞蚺的白骨，似乎都是些剧毒之物。我并不知道这些东西如何分门别类，但人体是无毒的，为何要把死尸的标本跟这些毒虫毒兽放在一处？难道是培养尸毒？这似乎并不合理，所以我们才下意识地去问对方。可问谁呢？问鬼？反正这个答案我们四个活人是不可能知道的。

深处的那个玻璃容器在外边够不着，我稍微犹豫了一下，就接过胖子手中的蜡烛头，打算钻进去看个究竟，胖子劝我说："一个死人对咱们有什么用处？咱俩赶紧到别处找找，说不定能在附近找条母蚺，那咱们的亲密战友也许还能有救……"

我们曾听说过，锦鳞蚺是森蚺的一个变种，百雄一雌，锦鳞蚺本来就非常稀有，全身锦鳞能生黑风的雌蚺更是十分罕见。传说雌蚺无毒，而且头骨中的脑髓和骨骼能解雄蚺之毒，要是能找到一条雌蚺，肯定能救丁思甜。不过这百眼窟又不产森蚺，想找那原产地都已几乎灭绝了的生物，连亿万分之一的机会都没有。用当时流行的一个词来形容胖子的构想，那就是——新天方夜谭。

但我也对那亿万分之一的机会抱有一丝幻想，如果日本鬼子弄到了锦鳞蚺中的雌蚺，做成了标本储藏起来，这种可能性从理论上说也并不是没有。所以我打算先不放弃希望，在这储藏柜里找遍每一个角落，总之是不到黄河不死心，不见棺材不落泪。

于是我对胖子说："先进去看一眼再说。"说罢低头钻进了巨大的标本储藏柜。由于所有罐子中都是奇形怪状的毒物，我也不敢掉以轻心，唯恐碰破了哪个瓶子，小心翼翼地慢慢蹭了进去。那里面有一股类似于樟脑的味道，辣得我眼泪直流，不敢呼吸，屏住了气凑到那玻璃容器前。那瓶中也全是暗黄色的液体，由于积液中的杂质比较多，仅能看到从里面按在瓶壁上的一只手，那只手比成人的手小了许多，接近七八岁的小孩手掌，掌上似乎有层透明的塑料薄膜。

我心下寻思："听说民间有毒胎儿和毒胎盘，就是带毒的紫河车什么的，可以制成毒药害人。这储藏柜里尽是毒物，若有毒胎也不稀奇。可从这手掌看来，瓶中的既非成人也非胎儿，而是个不到十岁的孩子，难道是毒胎被药水发得胀大了？"

这当口顾不上深思熟虑，我见仅是个被药水泡着的尸体，便不在它身上浪费时间了，想要掉头再去别处找寻。可就在我刚要转身去储藏柜更深处的时候，一眼瞥见些东西，借着蜡烛的光亮可以见到玻璃容器壁后那只手虽和人手完全一样，但没有掌纹，每个手指之间还都有一个红色的小圆点，我脑子里像是打了个闪，怎么就没想到这一点呢？

我回头招呼胖子，赶紧把外边的瓶瓶罐罐都清开，丁思甜有救了。胖子一愣，似乎不相信会有奇迹发生，但奇迹不属于神仙皇帝，奇迹属于无产阶级，他争分夺秒，顾不上再问我什么，抱着那储藏蚺骨的大瓶子吃力地挪到一旁，在储藏柜门前清出一条通道。

胖子也钻进柜子里来给我帮忙，我们俩像挪炸弹似的把我发现的那个大瓶子慢慢挪了出来，胖子问我这里装的是什么，死人？

我说装的不是死人，这柜子里没死人，罐子里是只守宫，大守宫，有它说不定能解丁思甜的蚺毒。胖子奇道："老胡你可别胡来啊，我怎么没听说大守宫能解毒？我就连什么是守宫也不知道啊，咱都是爹妈生党培养，在红旗下沐浴着毛泽东思想的春风雨露茁壮成长起来的，怎么你就能知道得比我多？我不得不问一句，这是为什么？"

我心急似火，但为了保持我在群众心目中泰山崩于前都不眨眼的镇定姿态，还是边忙活着找出康熙宝刀刮那瓶口的封蜡，边抽空对胖子说："我为什么知道得比你多？因为我从小树立了远大的志向，并着重培养自己的意志品质，不断吸收学习各方面有用实用的知识，以便将来能在解放全人类的第三次世界大战中成为我军优秀的指挥员。而你呢，整天游手好闲，无事生非，你除了会打兔子还有别的能耐吗？另外作为和你肩并肩战斗过的红卫兵战友，咱们有着几乎完全一样的成长环境，都是从小经历过三年自然灾害，吃社会主义大食堂长起来的，谁也没比谁多沐浴过春风和雨露，为什么你长这么胖我长这么瘦？我不得不问一句，这是为什么？"

胖子的雄辩水平历来逊我半筹，再次被我问得张口结舌。我口中对他说个不停，实是因为心中没底，是一种紧张不安的表现。说着话已打开那个圆形的玻璃容器，忍着刺鼻的味道，用长刀探入瓶内，果然挑出湿淋淋一只大守宫来，连尾巴都算上差不多能有一米多长。

什么是守宫呢？实际上守宫就是壁虎，所谓守宫是守卫皇宫内苑之意。皇帝少说有三宫六院，都说后宫有佳丽三千，这些女人都是给皇帝一个人准备的，别人不能碰。为了防止宫中有淫乱之事发生，内监会选取暗青色的小壁虎，装在青瓦缸中养在浓荫之处，每天有专人喂给这些小壁虎朱砂为食，养到三年头上，青瓦缸中的壁虎就能长到七八斤重，那体形就相当不小了。

跟宰猪时选猪似的，一旦有壁虎长够了分量，有七八斤重了，便捉出来用桑树皮裹住，放在阴瓦上烤干，然后碾碎入药。将药点在刚入宫的女子臂上，从此臂上便有一个殷红似血的斑点，这就叫守宫砂。处女一旦破身，守宫砂就会消失，否则终身不消失。皇帝就通过这种办法来约束他的女人们，一旦发现有没被临幸过的女子臂上没有了守宫砂，那就是欺君之罪，给皇帝戴绿帽子，是诛九族的罪过。

因为大壁虎有这个独特的作用，所以又被称为守宫。这名字据说还是皇帝给取的，是金口玉言，所以古时候都称壁虎为守宫。按说这名字属于"四旧"，应该在废除行列之中，不过我在看到这壁虎的时候，满脑子里想的都是我小时候的一件事，在我祖父口中，它一向都被称为守宫。

都说男孩子七八岁是万人嫌，猴屁股都要伸把手。可我到了十二三岁的时候，还不懂如何做一个听话的好孩子，淘得都出圈了。我们军区后边有片荒坟野地，草深处有块青石板，当地人都说那青石板是棺材盖子，谁在上面坐一坐就要被里面的僵尸阴气所伤。

我听说以后打算去侦察侦察，带了几个小孩用铁棍把那青石板撬了开来。石板并不是棺材盖子，只不过是块天然的青石，另一面生满了绿苔。我正觉得索然无味，不料那石板下藏着一只大蝎子，把我的无名指咬了一口，伤口当时就黑了，肿出两三圈来，而且胳膊都开始发麻了，当时真以为自己要壮烈牺牲了，赶紧跑回家里。

适逢我父母都在外地出差，祖父把我送到卫生站，那医生也是一把刀，一检查就要把我手指截掉。当时我祖父胡国华没同意，他有他的土办法，在旧社会他是阴阳风水先生，知道许多民间秘方。

正好当时有人捉了条活的大守宫，他就要了过来。守宫的手掌要不仔细看跟人手差不多，指头缝里都有个鲜红的小肉疙瘩。他用针挑出守宫手指之间的红色小肉点，和水给我灌了下去，没到半天，手上就消了肿。

后来我问过他这是什么东西，祖父就给我讲了许多关于守宫的故事。

我对一些古旧的奇闻怪谈之所以知道得很多，几乎都是那时候听他所讲。守宫指间的红丸被称作脐红香，克五毒，解百毒，如果有一罐头瓶脐红香挂在屋内，整座宅子都不会有蚊虫蛇蚁侵扰，不过那需要不少成形的大守宫啊，不是一般的人家用得起的。

想不到以前的经历这时候派上了用场，由于只有前肢的脐红香可用，而成形的大守宫指间共有八粒脐红香，正是解百毒的妙药。而且我记得我祖父当年没用任何多余的东西，不必像中药一般讲求君臣佐使，唯一担心的是这所谓的解百毒不包括解锦鳞蚺之毒。可病急乱投医，有根救命稻草，总好过眼睁睁看着丁思甜就这么死掉。

我狠了狠心，决定姑且一试，毒死丁思甜我就去给她偿命。当时真是快急疯了，我和胖子完全忘了我们俩也可能中了尸参的毒，把这件事彻底扔在脑后了。我把这套原理简单地跟胖子解释了一下，胖子虽然半懂不懂，但出于战友之间的无比信任，也豁出去同意了。

我们把那只大守宫的尸体拖到地上，用水壶里的清水洗净药液，由胖子按住守宫的前掌，我用长刀的刀尖细细挑出八粒红色的小肉疙瘩，捧在手心里一看，鲜红欲滴，能不能救活丁思甜全指望它了。

这时丁思甜脸色青中透黑，牙关紧闭，胖子和老羊皮撬开了她的嘴，我把八粒脐红香全给她塞进嘴里，捏鼻子灌水送了下去。我们三人守在蜡烛下，眼睛不眨地盯着她，心都悬到了嗓子眼，也不记得过了多久，直到连残余的蜡烛头都燃尽了，才眼看丁思甜眉宇间青气虽然未退，但谢天谢地，她呼吸比先前平稳了许多，终于有那么一点好转的迹象了。

我稍稍松了口气，按说这时候应该再坚持坚持，离开这阴森恶臭的密室，可紧绷的这根弦一松，精神和体力都支持不住了，一瞬间感觉天旋地转，想倒在地上昏睡的念头挥之不去。但这时候还远不到喘息休整的时机，必须赶快离开，哪怕到地下室过道中再睡，也不能在那鲜卑女巫的尸体旁失去意识。我咬了咬舌头，强打精神和胖子找家伙去清理门前的尸参。这时老羊皮似乎也恢复了一些力气，他也知道此地不宜久留，一步一摇晃地走过来帮忙。

第四十章 守宫砂

我带着胖子和老羊皮好一番忙碌。虽然我们对这株尸参"押不芦"缺乏了解，但根据在福建接触到的一些生物常识来分析，它可能像海百合一样，是一种扎根地下不能移动的生物，它的活动范围仅限于最长的根须，不能离开适合它生长的泥土，从那砖室到这内层密室的距离来看，其长度简直让人难以置信。我们将这已被防腐药水杀死的尸参一段段切掉，才发现不仅是根须与许多半腐尸连在一起，它身体表皮里裹着的尸体更多，根须缠着的尸体大多发白微腐，而参体内的尸体几乎都烂得不成形骸了。

我正用脚把胖子切掉的根须远远踢开，这时忽听老羊皮一声苍狼般的哀号，双膝跪倒，对一具尸参触须上的尸体号啕大哭："二蛋哎！兄弟啊，你死得好惨⋯⋯"

我和胖子觉得奇怪，走过去往那尸体处看了看，见那与一条尸参触须长为一体的死尸面目惨白，还有几条蛆虫在脑门上来回爬着。看老羊皮的样子，似乎这尸体正是他的亲弟弟羊二蛋。虽然我们与他素不相识，但毕竟跟老羊皮一起经历了出生入死的考验，有点物伤其类的感觉，不禁也是一阵辛酸。

我们不知该怎么去安慰老羊皮，我只好带头唱起了"不忘阶级苦、牢记血泪仇"来渲染悲壮气氛。刚唱没半句，我突然发现羊二蛋尸体的装束赫然也是一身黑衣，腰上扎着猩红的绦带，原来这厮竟是与日本鬼子狼狈勾结的泥儿会的。我伸手就要去抓老羊皮的衣服，问他究竟是友谊还是侵略，不料这一愣神的工夫，老羊皮已经闷不吭声地转身走出几步，抱起了那口小铜棺材一样的铜箱就要揭开盖子，口中念念有词："二蛋啊，我替你把魂来引⋯⋯"

第四十一章
盗墓者老羊皮

不知是疲劳过度，还是事情发生得太过突兀，反正这时候我和胖子的思维已经完全跟不上事态的变化了。我们微微愣了一愣，但至少还都立即反应了过来，老羊皮抱着的那口铜箱子是万万不能打开的，否则谁也别想活。

管他是早有预谋，还是失心疯了，我和胖子喊了一声，扔下手中的东西就扑了过去。胖子只是伤了脖子，而且精力充沛，奋起余勇，一马当先，把身前挡路的杂乱之物通通撞到一旁，在老羊皮即将揭开箱盖的一瞬间，他已舍身扑至，重重地把老羊皮压倒在地。

胖子虽然那时候才十八，身体尚未长成，但就他那身肉，在当时来说也够得上虎背熊腰了。加上在大兴安岭接受了半年多贫下中农再教育，确实是太锻炼人了，所以他全身上下那叫一瓷实，往前一冲就呼呼带风，嗷嗷叫着一扑一砸，顿时把老羊皮压得白眼上翻。

老羊皮的兄弟羊二蛋竟是泥儿会的胡匪，那就不是人民内部矛盾了，百分之二百是敌我关系。不过此事实在是太过出人意料，我担心在搞清楚真相前会弄出人命，连忙叫胖子手底下悠着点，要文斗不要武斗，制住他

第四十一章 盗墓者老羊皮

也就是了。

胖子听到我的叫声，便扳住老羊皮就势一滚，将他拖到密室深处，远远地离开了那口铜箱。我先看了一眼丁思甜的状况，她仍是睡得正沉，然后我过去帮老羊皮拍后背，揉胸口。

过了半晌，老羊皮"啊呀"叫了一声，被胖子压得滞在胸口的那团气血终于流通了。他呼呼喘了几口粗气，对胖子说："唉……你娃这是想把我的老命来要……"

我看老羊皮的神志比刚才平稳了许多，可以问他话了，但这密室不是久留之地，我背起丁思甜，押解着老羊皮，从被割碎的尸参残骸上踏过，来到了外间，找个相对干净安全的地方点上蜡烛，这才对他说："刚才是你差点要了咱们大伙的命。现在你赶紧把话说清楚了，你兄弟羊二蛋到底是怎么回事？他为什么跟那挖坟掘墓的胡匪一个打扮？你不是说他是被胡匪们逼着带路来百眼窟的吗？我他妈从一开始就发觉不对了，泥儿会的汉奸去日本鬼的秘密研究所，难道会找一个从没进过百眼窟的放羊娃子带路？你从一开始就在骗我们！"

老羊皮被我说得低头不语，我不知道他选择沉默是内心有愧还是另有原因，但不说清楚终究是不行，这件事搞不明白，别的都得搁到一边。但想套出话来，必须讲究策略，我让胖子注意工作方法，先松开老羊皮。胖子便对老羊皮晓以大义，从国际形势谈到国内形势，以及"无产阶级文化大革命"的必然性，另外还说了一切反动派必然从一个灭亡走向另一个灭亡的趋势，希望老羊皮不要自绝于人民。胖子也表明了态度，为革命为人民，他就是粉身碎骨，也是红心永向毛主席，绝不允许有以前的土匪汉奸混进贫下中农队伍，不惜流血牺牲，也要誓死捍卫毛主席亲手发动的"无产阶级文化大革命"。

但老羊皮根本就不具备这么高的觉悟和思想自觉性，时下那些一整套一整套的话里边，有些词语他也知道，也会说，这是当时形势使然，可要说到具体意义、价值所在，他就完全摸不着头脑了。而且他满腹心事，听到这些恍若未闻，低着头一言不发，只是不住地唉声叹气。

我叹了口气，对胖子摆摆手，示意他不要再长篇大论地照本宣科了。我对老羊皮说："咱一不抓纲，二不抓线，三不提阶级斗争，将心比心地说，我和胖子从大兴安岭来看我们的战友丁思甜，结果刚好赶上你们的牧牛丢失了，按理说这里边没我们的什么事，可我们俩一点都没犹豫，就豁出性命帮您和丁思甜找牛，从昨天到今天，流了多少血，出了多少汗，您也都瞧见了，差点连命都搭上，而您呢？"

我说到这里故意把语气加重："而您呢？我们最尊敬的贫下中农老同志，到现在我们甚至都不知道您哪句是真话，您能不能看在我们差点死在百眼窟的分儿上，把这件事跟我们说清楚了……要是您还有点良知的话，我保证，以前发生的事情既往不咎，只要不涉及今天的阴谋，咱们都把这话烂肚子里。但出于目前咱们所处的环境因素和我们自身的安全考虑，您必须给我们个合理的交代。"

我虽然是有计划地这么说，想要攻心为上，但也确实全都是肺腑之言。老羊皮显然被我打动了，他让我给他装满了烟叶，狠狠抽了两口，在不断的咳嗽声中，断断续续说起了过去的事。

老羊皮和他兄弟羊二蛋俩人自幼放羊为生，常常是有上顿没下顿，日子过得苦不堪言。在他们俩十几岁那年，有一次羊二蛋饿得难熬，偷吃了地主家的羊肉，地主把他俩打得死去活来，他兄弟二人吃不住这顿好打，反抗中将老地主推倒在地，不承想那地主也是该死，一头把太阳穴撞在了石碾子上，当时就一命呜呼了。

杀人偿命，欠债还钱，自古以来天经地义，出了人命就要给人家抵命，要是不想死怎么办呢？那就只能隐姓埋名远逃他乡了。兄弟二人不敢在原籍待了，连夜出逃，仗着年轻，而且对周围沟沟壑壑的熟悉，避过了官府的追捕，一路躲躲藏藏就逃到了黄河以南。老羊皮祖上是吼秦腔出身，家传的专会唱赵子龙长坂救主，二人无以为生，就靠到各地给演皮影戏的陕西人帮腔扛箱度日，一晃就过了十来年。

那时候世道乱得厉害，有天老羊皮和羊二蛋跟戏班去乡下演出，不幸遇到了土匪，女班主稍有不从，便被土匪扒光衣服削作了"人棍"，其余

第四十一章 盗墓者老羊皮

的人也大部分逃散了。老羊皮带着羊二蛋逃进了附近山里的一个山洞，想不到那山洞里有个古墓，最深处的地宫里亭台楼阁跟皇帝的花园似的。当然老羊皮可没看过皇帝家里边什么样，估计跟这山洞里的样子差不多，简直是进了天宫了。他们二人在地宫里乱走，无意中救了个道士的命，那个道士也是年纪轻轻，比羊二蛋还要年轻几岁，言谈举止都绝非等闲之辈。

他们最想不到的是这道士杀起人来比土匪还狠，听说他们的班主被土匪杀了，便让他们在山洞里等片刻，出去没多大一会儿工夫，就拎了一串人头回来。哥儿俩一看那几颗首级，正是那伙拦路害命的土匪，虽然是恶有恶报，但老羊皮是本分人，看着血肉模糊的人头，不免觉得心惊肉跳，可再看那年轻道人，好像根本就没把杀人当一回事。

而且这年轻道人挺仗义，滴水之恩，愿意涌泉相报，替他们兄弟俩报了仇不说，还要给他们一笔钱。老羊皮担心这道士也是杀人如麻的响马，哪儿敢收他的财物。那年轻道士见他们不收，就领他们去一个姓陈的有钱人家里，让那姓陈的今后照顾他们，然后匆匆忙忙地离开了，临走也没留下姓名。

姓陈的这个人年岁也不大，虽然他对那个年轻的道人十分恭敬，但他本人也是手眼通天的人物，手下有好多兄弟，家里有很多古物，经常干些诡秘勾当，而且此人天生的好口才，能言善辩，口若悬河。刚开始这陈姓之人安排老羊皮和羊二蛋住在自己的大宅子里，并没拿他们当下人使唤，只让帮着干点很轻松的零活，一天三茶四饭，好吃好喝供着，到月还给些钱让他们想买什么就买什么。

老羊皮天生是苦命，哪儿受过这种待遇，觉得过意不去，就想给人家家里帮忙干点粗活累活，可都有下人做了，他们想做也没他们的份儿。后来时间长了，他们兄弟终于知道这姓陈的原来是个盗墓挖坟的江洋大盗，不过人家不仅不觉得亏心，还挺有理，说有什么大不了的，要成大义必亏小节，这叫分赃聚义，共谋大事，别说挖几个荒坟野冢，皇帝老子的墓也不是没挖过。

后来老羊皮和羊二蛋也入了伙，一晃好几年，跟姓陈的这个人学了许多倒斗的手艺。这帮人能识别草色土痕，会"千竿圈穴"和"穿岭取墓"之术，又经常冒充风水先生到处打探消息，眼线极广，一有动作，就是几十上百人地出动。也不光倒斗，路过那为富不仁的大户，往往也顺便拿下，简直有点梁山好汉的意思。但有一次那姓陈的首领带了批兄弟南下做桩大买卖，由于路途遥远，去的人不是太多，他们很可能在南边出了意外，一个也没能回来，全都下落不明。

盗魁失踪之后，树倒猢狲散，众人有的去南方寻找首领的下落，其余的就各奔前程了。老羊皮也打算南下，可羊二蛋却跟另外一个东北来的盗墓贼商量好了，俩人要一起奔东三省。老羊皮苦劝羊二蛋别去东北，说东三省都让小日本占了，到那儿哪儿能有咱们容身之地？

可羊二蛋死活要去，老羊皮反复追问，才从他口里得知，原来有股泥儿会的盗墓胡匪在大兴安岭一带活动，他们属于一股不入流的散盗，就是胆大，玩邪的，什么都敢挖，可根本不知道如何找那些没有标记的古墓。羊二蛋要比老羊皮心眼多，学的本事也比较多，经人引见，动了邪念，想入泥儿会。那时候泥儿会正需要羊二蛋这样的人，女人也好，钱财也好，要多少给多少，最关键的是可以让他坐头把金交椅，对他刻意逢迎。羊二蛋往日里从来都是看别人的脸色，这么多年来活得低三下四，也许是在社会底层生活的年头太久了，所以他自己甚至没魄力去闯天下，被泥儿会的人好话一熏，连北都找不着了，见有这等好事，就去东北做了泥儿会的"大柜"。

第四十二章
不归路

羊二蛋利欲熏心，到东北深山里当了盗墓胡匪泥儿会的大柜。老羊皮只有这一个兄弟，对他看得比自己性命还重，一看羊二蛋去意已决，没别的办法，只好跟着他一起前往东三省，做了泥儿会的"懂局"，这职业大概相当于现代的技术顾问。

别看老羊皮和羊二蛋是亲哥儿俩，性格却截然不同，羊二蛋比较有野心，而老羊皮则胆小怕事，只想安分守己地过日子。不仅如此，老羊皮还敬鬼畏神，迷信思想根深蒂固，可是正所谓"怕鬼不盗墓，盗墓不怕鬼"，以他这种性格实在是不适合干"倒斗"和"凶窭"这类营生。

所谓的凶窭，是指盗墓贼平日里掩人耳目的一种勾当。盗墓贼在古墓荒坟中得了各种值钱的陪葬品，需要进行交易，寻找买家。旧社会通信手段比较落后，生活节奏缓慢，为了便于联系买主，扩大经营面，便要使用黑道上的"二幌子"。凡是盗墓贼做生意的，没有开古玩店铺的，而是专门经营各种丧葬用品，比如烧给死人的纸马香锞，包括纸人、纸马、纸牛、纸房、纸轿等等，反正全是冥间用得上的东西。

普通的丧葬用品店铺与之有一字之别，称为"凶肆"。盗墓贼开的那种店铺，却不同于一般的扎纸铺。以前做生意的买卖铺面都有幌子，挂在门前，让人一看就知道这店里具体是经营什么商品的。盗墓贼开扎纸铺，都必在幌子上挂一串白纸钱，纸钱一共七十二枚，成地煞之数，纸钱上一律有压印凶纹。正经的生意人，即使同样是贩卖纸马香锞的买卖铺户，也绝不会在幌子上挂那么不吉利的纸钱。凡是挂七十二枚一串纸钱的店，在懂行的人称来，就叫凶窑，即便不是盗墓贼开的，最起码也是专门给盗墓贼销赃的场所。

倒斗的手艺人，每次干活都是扫穴，俗话说"贼来如剃"，凡是墓里的东西，无不一扫而空，连死人粪门里的东西也不放过。那些贵重的明器，都十分容易出手，而一些七零八碎的小玩意儿，或有些明器一时没找到合适的买家，便一律归入凶窑，隔三岔五，便有些倒腾古物的商人前来收购，洽谈之时自有一番黑话暗语的交流。店铺里明面上经营的纸马香锞完全是虚的，不过大多数不懂这些门道的人根本看不出来。

那姓陈的盗魁，便在山陕两省开设着数家凶窑，在私底下倒卖明器，老羊皮为他做过掌柜，结果差点没被吓得落下病根。古墓中的明器，阴晦久积，尸臭难除，而且其中一些明器上经常会发生一些莫名其妙的怪事，老羊皮也根本不是干这行的料，后来跟着同伙去盗墓掘冢，更是遇上很多可怕的事，这些都不是他的心理所能承受得住的。

在那陈姓盗魁下落不明之后，老羊皮便打算用这两年攒下的积蓄到乡下过几天安分守己的日子，挂了黑虎符，彻底金盆洗手，远离这整天跟死人明器打交道的行业。但事与愿违，为了照顾自己的兄弟羊二蛋，他不得不又跟到东北当了胡匪的"懂局"。

泥儿会拉拢老羊皮兄弟，让羊二蛋做了大柜，也并不是出于真心，而是拿他二人当枪使，泥儿会里真正说了算的，是绺子里的"通算先生"。此人以前做过教书匠，在河里挖过泥，也做过跑江湖的算命先生，闯荡的年头多了，算是见多识广，为人阴险狡诈，心黑手狠，只要是为了财，没有他不敢做的事情。他手底下的这帮胡匪也不单盗墓，其他丧尽天良的事情也都没少做，算得上是恶贯满盈。

第四十二章 不归路

通算先生和羊二蛋带着泥儿会的胡匪在深山老林里挖掘古墓，把山区里可能有古墓的地方挖得百孔千疮，然后把墓中明器转手卖出，换来了钱财烟土，就大肆挥霍。只要买家出的价钱够高，哪怕是卖给日本商人，背上汉奸的骂名，也丝毫不在乎。绺子里的人要稍有反对意见，就会遭到通算先生的毒手暗算丢掉性命。

老羊皮算看出来了，再跟着泥儿会折腾下去，绝对得不了好下场，以头撞墙要劝羊二蛋回头，可羊二蛋鬼迷心窍，根本不把此事放在心上，算是铁了心要一条道走到黑。他觉得，当了胡匪，吃香的、喝辣的、杀男人、玩女人、抽大烟、耍老钱，老天要是王大，胡匪就是王二，远比当那安分守己窝窝囊囊的良民痛快，人到世上走一遭，得这么活一辈子才算够本。

那年冬天，有个日本人来找泥儿会的通算先生，俩人关上门来秘密商议一个重大的计划。原来这通算先生通过倒卖古物跟日本黑龙会搭上了关系，取得了鬼子的信任。当时日本关东军正在寻找失落在中国民间的一件东西，根据情报，有可能埋在哪个坟墓或是寺庙碑塔的底下。

老羊皮无意中听到了这件机密。原来在中国古代，大兴安岭一带有偷偷摸摸地崇拜黄皮子的风俗，认为黄大仙能掌管死人的魂魄，是个勾魂引。勾魂引是一种索命鬼仙的俗称，专门接送死者亡魂。凡是被勾去的魂魄，都被送进了鬼衙门，也就是阴曹地府。老百姓大多听过鬼衙门的传说，那是个进去就回不来的地方，但只知道鬼衙门藏在深山里，具体的位置没人清楚，因为进去的人都不可能活着出来。

不光是死人，时常还有活人被勾了去，一个好端端的活人，突然失心变傻变疯，大伙就认为这是阴曹地府里派黄皮子来勾了。被黄大仙勾走了魂的人，即使当时没死，也都会变成活死人，虽然还有生命迹象，但魂没了，剩下的躯壳虽还带口活气，也仅仅是一具等死的行尸走肉。

自古以来，中国少数民族众多，各种风俗相互融合演化，到后来已经没人知道拿黄皮子当勾魂引的习俗，究竟是从什么时候什么地区流传过来的了。

有可能这种风俗跟一些有道行的老黄皮子能通人心、使迷魂法有关。

有些黄皮子是非常特殊的,例如它们吃过一种特殊的黑鼠之后,体内的分泌物就会起变化,再放出来的臭屁如果熏到活人,那人就会失去心智,变得神志不清,说哭就哭,说笑就笑,好像着了魔。迷信的愚民无知,更难以理解其中缘故,在口耳相传的过程中,越传越是神乎其神。

这些黄皮子和鬼衙门的传说到了宋代就逐渐少了,知道的人也越来越少,不过在民间传说中还保留了不少相关的内容。传说黄大仙有口铜箱,里面就装着黄皮子勾魂引的秘密。有许多黄皮子庙的壁画和泥塑,都同这个民间传说相吻合。但年代久远,黄大仙的铜箱落到何处,已无从查起了。

后来,日军在大兴安岭余脉的尽头,也就是草原与大漠之间的百眼窟,发现了古鲜卑人的一个藏尸洞,里面有数不清的死人,还有好多在当时根本无法解释的奇怪现象。百眼窟有两个山口,中间的丘陵中有阴河与"鬼门关",所有的一切都符合鬼衙门的那个传说,这通往冥府的入口是个被古人掩埋了千年的秘密。

前山口与草原相连,偶尔有可怕的"焚风"出现吞噬人畜。佛经中提到的焚风就是从阿鼻地狱里吹出来的恶鬼之风。后山口则通向蒙古大漠,都是人迹难至的地方。百眼窟的藏尸洞里,泥土岩石中含有许多特殊物质,能保尸体历久不腐,通过对这个藏尸洞的调查,才知道这里原来是大鲜卑巫者的墓穴。百眼窟被视为死者的归宿,与传说中鲜卑人的起源地嘎仙洞并列为两大圣地,常年享受供奉和祭祀,人们通过生者埋玉、死者埋石的方式以祭之。

后来随着时间的流逝,藏尸洞的传说和地点逐渐失传,被鬼衙门一类的野闻所替代。藏尸洞中的大量石刻与壁画,记载着巫者掌握着一口能控制死者亡灵的铜箱,巫者可以利用它从阴间招回死去的亡灵,进行一些巫卜活动,但里面究竟有什么样的秘密,却没有找到相关的记载。

日本人对这个传说很感兴趣,认为焚风与藏尸洞底那个通往阴间的入口有关系,是来自黄泉的死亡阴风,而那口铜箱很可能就是掌握它的关键,要对其进行某种秘密研究,便必须找到这口箱子,于是收买泥儿会的胡匪头子,让他们帮着在民间寻找黄大仙的招魂箱。通算先生和羊二蛋这两个汉奸见钱眼开，便开始着手寻访，并逐渐有了眉目。

老羊皮得知后苦劝羊二蛋，挖坟掘墓也就罢了，现在又听小鬼子的话，想去挖阴曹地府，那不是找死吗？劝来劝去，兄弟两人终于反目成仇了。羊二蛋觉得老羊皮总是从中作梗，留着他早晚是个祸患，便假意要听兄长的话，发誓洗手不干了，把老羊皮骗到一处断崖上，从背后一脚把老羊皮踹了下去。

老羊皮却也是命大之人，坠崖挂在松树上竟然没死，肋骨断了好几根，险些被松枝开膛破肚，多亏被猎人所救，捡回一条性命，足足养了半年的伤，方才痊愈。他还惦记着羊二蛋，非但不恨他，还埋怨自己没能把他劝得迷途知返，又再次进山去找羊二蛋，才知道泥儿会终于在一个叫黄皮子坟的地方挖出了那口招魂箱，为此搭上了好几条人命，连那通算先生也被黄大仙逼得上吊自杀了。而羊二蛋侥幸不死，竟然把箱子弄了出来，带了几个手下和联络他们的那个日本商人，一行人奔赴草原深处的百眼窟了。

老羊皮尾随其后，想把羊二蛋追回来，但一直跟到百眼窟跟前，被焚尸炉中烧死人的黑烟吓住了，加上当时云气变幻，他竟以为那是草原牧民们所说的妖龙作祟。他对这套东西信得不能再信，犹豫徘徊着，最终也没敢再接近百眼窟。其实就算他跟上去了，多半也会被日本关东军抓获，不是做了活体实验，就是被直接杀了灭口。他在百眼窟周围转了十几天，就没见里面再有半个活人出来，他心里明白这是出事了，百眼窟是什么地方，那是通往阴间的鬼衙门啊，走进那条不归路，再也别想回来了。

老羊皮天生懦弱，鼓不起勇气去百眼窟给羊二蛋收尸，他也不敢想象面对自己亲兄弟的尸体会是什么感觉，这些年就在草原上游荡，给牧民们帮工干零活为生。新中国成立后由于生活贫困，他在政府的帮助下做了牧民，整天沉默寡言，把一肚子往事埋在心里，只是偶尔通过马头琴和秦腔宣泄自己心中的苦楚。

我和胖子听到这里，明白了一多半，后来的事情我们差不多都跟着一起经历了。老羊皮为了追赶牧牛，跟我们一起误入百眼窟，受环境所迫，他对以前的事情实在是不敢说实话，所以吞吞吐吐的不肯明言。直到近在咫尺见到了羊二蛋的尸体，老羊皮再也控制不住自己的感情，二十几年积压在心底的往事突然都爆发了出来，疯了似的想打开招魂铜箱，把羊二蛋的魂从阴间带回来，好好问问他，为什么不听亲兄长苦口婆心的良言相劝，最后落得这种下场，可有半分后悔吗？

　　老羊皮断断续续地给我和胖子把事情交代了一遍，胖子对他十分同情："天上挂满星，月牙儿亮晶晶，生产队里开大会，忆苦把冤伸，不忘阶级苦，要牢记血泪仇。您的过去虽然让我们知青感到无比同情，但您兄弟羊二蛋甘心为鬼子卖命，属于自绝于人民，路线问题没有可调和的余地，您得下定决心跟他划清界限啊。"

　　我可不像胖子那么容易被人唬住，始终注意听老羊皮的讲述，见他终于说完了，心中突然一动，不禁怒从心头起，恶向胆边生，盯着他那浑浊的目光说道："羊二蛋，事到如今，还不肯说实话吗？"

第四十三章
梦

我按住老羊皮的肩膀喝道："你根本就不是老羊皮，你是羊二蛋！"此言一出，老羊皮和胖子都是大吃一惊。胖子听得好生糊涂，不解地问："这老头是羊二蛋，那个死人又是谁？老羊皮呢？"

我假装义愤填膺地说："这个所谓的老羊皮肯定是阶级敌人假冒的！你想想，既然当年老羊皮被羊二蛋谋害，从崖上坠落，挂在了松枝上，险些被开膛破肚，但他在湖边吃多了黑鱼，咱们帮他解开衣服顺气的时候，怎么没见他身上有旧时伤疤？还有，你难道没发现他在腰带里面也系了条辟邪的红绦，这就是妄图变天的证据啊！他肯定是铁了心想当一辈子的胡匪了，那两条老黄皮子，八成也是他养的，要不然怎么会藏在他身上？"

我强词夺理，胡乱找了几条借口，不过这些借口唬住胖子已经足够了。胖子一根筋，凡事只能从一个角度考虑，加上他脖子上被老羊皮咬掉了一块肉，至今疼得不断吸凉气，不免有些耿耿于怀，所以对我举出的几个证据深信不疑，当下便怒道："老胡，还是你火眼金睛啊，一眼就识破了反动黑帮的阴谋诡计！我也感觉不大对头，肯定是你说的这么回事，咱是不是立刻开展说理斗争大会，批斗这老贼？"

实际上我当然知道老羊皮不可能是羊二蛋，不过眼下形势所迫，却不得不这么诬陷他。我主要考虑到若干因素：其一是我们苦苦支撑到现在，身上或轻或重都是带伤，加上伤口反复破裂，一个个头晕眼花，脑袋里像是有无数小虫在爬动咬噬，眼前一阵阵发黑，实是到了油尽灯枯的边缘，随时随地都有可能昏倒过去。而且这地下设施路途错综，地形复杂，如果不休息一阵的话，再没有力气往回走了。其二是因为老羊皮刚刚见到羊二蛋的尸体，险些要打开那口黄大仙的铜箱，想替羊二蛋招魂。他对那丧尽天良的羊二蛋情分很深，几乎到了执迷不悟的地步，这种思想感情是轻易不会扭转的，我们要是一个疏忽，或是坚持不住昏睡过去，天知道老羊皮又会做出什么出格的举动。所以为了众人的安全，最好能暂时把老羊皮捆起来，等大伙安全返回之后，再向他赔礼道歉不迟。我可不会因为阶级感情一时麻痹大意，搭上了胖子和丁思甜的性命，何况这种做法虽然有不妥之处，却也不失为权宜之计。虽然对老羊皮有些不公，但实际上也是一种对他的保护，免得他做出傻事连累了大家。

不过我担心丁思甜醒后埋怨我的举动，必须给自己的行为找个合理的借口，不合理也要争取合理，所以干脆也不把我的真实意图明示给胖子，欺骗了胖子朴素的阶级感情。在我的煽风点火之下，胖子主张立刻召开"说理斗争大会"，揭发检举，彻底批判老羊皮的反动罪行。

我说且慢，此事宜缓不宜急，由于多次发挥连续作战的精神，现在实在是没力气开批斗会了，咱们得赶紧找个安全的地方暂时休整，然后返回牧区，当着广大群众的面揭露他的罪行。

说完，我不容老羊皮再做解释，让胖子把他的双手用皮带反捆了，然后自己摸到"0"号铁门前，找回了失落的物品，众人返回最初的那间仓库，把门锁上，人困马乏，累得东倒西歪，盔歪甲斜地走了进去，到这里脚都已经快抬不起来了，更难忍受的是困得都睁不开眼了。我先找了几个平整的木箱码在一起，让丁思甜在上面躺下，虽然她脸上青气还未散去，但粗重的呼吸已经稳下来，睡得正沉。

我稍觉安心，又喂着老羊皮胡乱吃了些东西。老羊皮被捆住手脚也不挣扎，大有听天由命的意思。我告诉他暂时先睡一会儿，现在丁思甜的状况稳定了下来，等养养精神，咱们就立刻回去。轮到自己和胖子吃东西的时候，我们二人几乎是狼吞虎咽，最后只吃了一半，嘴里还含着没咽下去的食物，就迷迷糊糊地睡了过去。

在身体和精神的双重超负荷之下，这一觉睡得好深。梦中依稀回到了十五六岁的时候，和一群来自同一军区各子弟院校的红卫兵战友结队去伟大首都北京进行大串联，并接受毛主席的检阅。那时候正赶上串联高峰，北京火车站是人山人海，从全国各地汇聚而来的革命师生们虽然南腔北调，但人人精神亢奋。我们哪儿见过这么多人，两只眼睛都有点不够用了，当时真有点发蒙，刚刚一下火车，被那人流一拥，我和胖子两人就跟大部队走散了。结果我们俩一商量，和大部队失散了也不要紧，星星之火照样可以燎原，不如就地参加革命行动，直接奔天安门得了。听说天安门离北京火车站很近，毛主席就在天安门城楼上接见红卫兵代表，咱俩不如直接去见毛主席，跟他老人家汇报咱们那儿的斗争形势。

我和胖子打定主意，列成二人纵队，斜挎军包，甩开正步，雄赳赳气昂昂地整装前进。由于来到了伟大的首都，情绪过于激动，也忘了问路，反正哪儿热闹就往哪儿走。我和胖子就随着人流在街上乱走，越走人越少，北京的路虽然都是横平竖直的，但四通八达的胡同也真够让人犯迷糊的。我一看再走下去不行了，天都快黑了，又阴着天，分不清东南西北，看来今天见毛主席的愿望算是泡汤了，得赶紧找个当地的革命群众打听打听附近哪儿有学校机关之类招待红卫兵的地方。

正想着，就见有个穿黄色旧军装、扎着武装带的女同学，夹着一捆大字报在我们前边走。我跟胖子说咱俩问问那女同学吧，于是二人三步并作两步，从后面赶上那个女孩。因为那时候开口说话必先念语录，于是我在她背后问道："问苍茫大地，谁主沉浮？我说这位女同学，我们是南边来的，想打听打听这苍茫大地，哪边是北……"

我梦到的这件事，实际上正是我第一次遇到丁思甜的情形，在梦里隐隐约约觉得那女孩子就是丁思甜，她很快就应该回过头来，对着我们微笑说话，我心中觉得有一丝丝又温暖又酸楚的感觉。

梦中的女同学突然回过头来，但那张脸冰冷至极，并不是我熟悉的丁思甜。虽然穿着黄色的军装，戴着红卫兵的袖标，但她脸上戴了一张没有任何表情的金属面具，面具的眼睛部位是两个深邃幽暗的窟窿，与我一打照面，立时射出两道寒光。被那寒星般的目光一罩，我立刻觉得心肺如触坚冰，遍体生寒。

我惊出一身冷汗，立刻从梦中醒来，心头怦怦乱跳，见这仓库中一片漆黑，也不知睡了多久。我定了定神，心想还好是个噩梦，这辈子可再也不想与那戴着面具的老妖婆打交道了。睡了这一觉，精力恢复了不少，觉得手脚有了力气，只是肩上的伤口尚且又疼又痒。据说伤口发痒是即将痊愈的征兆，但我觉得手背上也有些麻痒，一摸之下，手面上尽是脓疱。我急忙拨亮胸前的工兵照明筒，发现手背开始微微溃烂了，闻起来就像臭牛奶，还有股烂鱼的腐腥气。

这才想起来光顾着给丁思甜解毒，脑子都蒙了，竟然把我和胖子被尸参腐液溅到的事情抛在了脑后。刚发现的时候曾经怀疑过可能中毒了，现在一看果然不假。可脐红香都给丁思甜吃了，半粒也没有剩下，而且守宫爪上的红色肉粒只能克五毒之类的虫蛇之毒，那尸参非植物非动物，都是腐烂死尸身上的毒素，毒物千奇百怪，虽知是毒，却不知毒性如何，连找解药都不知道该找何物。

我心如沉大海，不过好在平时就对个人生死之事看得比较豁达，想想时间也不早了，该动身上路了，要死也别死在这鬼地方。

我拿着工兵照明筒照了照其余的人，胖子鼾声如雷，嘴里还嘟囔着发狠的梦话："他妈的……敢吓唬我？哼哼哼哼，我他妈……把你连灵魂……带肉体……通通扫进历史的……大……大垃圾堆……"

而丁思甜的病情似乎已经好转，胸口一起一伏，也在说着模糊不清的梦话。我看见她憔悴的容颜，心想真是侥幸，刚才冒冒失失只凭以前的一点经验，竟敢给她吃了那些脐红香，万一吃下去加重毒性，或是对她无效，岂不是害了她的性命？如果现在再让我选择一次，我未必有那种拿她性命做赌注的果敢决绝了，那时候全仗着急昏了头，误打误撞地把她救了，看来无产阶级果然有一种创造奇迹的伟大力量。

我毫不在乎身上中的尸毒，反而对自己今天的所作所为有些沾沾自喜。可我突然觉得不对，大脑从沉睡到噩梦再到清醒的过渡终于结束了，这时才发现被捆住手脚的老羊皮不见了，地上仅剩下被割断的皮带，康熙宝刀扔在皮带旁边。原来老羊皮利用我们睡得太死这一机会，倒背着手从胖子身边偷走了长刀，用刀锋磨断皮带潜逃了。

我赶紧叫醒胖子，跟他说明情况，必须赶紧把老羊皮追回来。这时丁思甜也被我们的说话声吵醒了，她虽然神志清醒了，脸上那层青气也已不见，但面白如纸，迷茫地问我都发生了什么事。

我没办法隐瞒，就把她昏倒后的情况简略说了一遍，胖子又补充说老羊皮是潜入人民内部的阶级敌人，丁思甜说这怎么可能，胖子指着我说："他说的，回去还要开说理斗争大会揭露老羊皮的黑帮嘴脸。"

我只好说出实情："咱们两天一夜未曾合眼，我是担心大伙累得扛不住，都睡着了之后，老羊皮会做出什么傻事来，所以才找个借口把他捆了。想不到千小心，万小心，还是出了岔子。你们别看老羊皮平时不怎么说话，但他主意很正，认准的事情九头牛也拉不回来，我看他肯定是迷信思想严重，想去给他兄弟羊二蛋招魂引魄。"

凭这段时间的接触，我敢断言老羊皮肯定是提前醒了，然后偷着回到那间地下密室去找那口神秘的铜箱。只是我们睡得太沉，也不知他已去了多久，现在再从后追上，怕是也已晚了。

胖子说："好啊，老胡，你个倒霉蛋又别出心裁拿我当大刀片耍，我还以为你是警惕性够高，找出了阶级斗争新动向，原来老羊皮还是老羊皮啊。现在怎么办？咱们赶紧回那密室找他还是怎么着？我……我刚才睡着了，还梦见那密室中的女尸了，那张冷冰冰的鬼脸可真他妈邪门，不过我天兵怒气冲霄汉，横扫千军如席卷，把它连灵魂带肉体，通通踢进了堆积历史尘埃的大垃圾堆。"

丁思甜听了胖子的话，低声惊呼："啊……怎么小胖你也梦到那女尸了？

我……我刚刚也梦到了,不知道你们有没有感觉到,反正我觉得……那女尸……她……她还活着……"

我刚才听到胖子的梦话,就知道他是梦到了那大鲜卑女巫,想不到丁思甜也做了同样的梦。两个人梦到可能属于巧合,三个人都梦到了,那真是见了鬼了。而且丁思甜所说的那种感觉,我也切切实实地有所体会,不过那好像并不是活人的感觉,不是直观的,难以用言语来描述,只是一种强烈的感觉,一种令人全身发毛的感觉。

第四十四章
冥途

　　我和胖子、丁思甜三人稍一计议，便做出了决定，就算密室里真有鬼，也得硬着头皮回去，必须找到老羊皮，生要见人，死要见尸。就算他以前是做过倒斗的盗墓贼，按成分来划分，也应当属于可以团结的大多数。那倒斗的是手艺人，凭手艺吃饭，并没有生产资本，最多算是个手工业者，跟我们属于人民内部矛盾。而且所盗之墓的墓主，几乎全是站在劳动人民对立面的剥削统治阶级。再往大处说，历来造反起义的各路英雄豪杰，大多有发掘帝陵的英雄事迹，从赤眉军到张献忠，古代农民军没干过这种事的不多。所以在当时我们没人觉得倒斗的手艺人有什么说不过去的，那万恶的旧社会，有多少穷人的血泪仇啊，不倒不反能行吗？无论如何也得把老羊皮找回来。

　　我本想让丁思甜和胖子留下，由我自己去寻那老羊皮，可丁思甜不顾身体虚弱，咬牙要跟着一起去，无奈之下，只好三个人一同再走回头路。那时候我们对那不腐的女尸有个先入为主的认识，虽然嘴上没说，但潜意识里拿它当作白骨精一类的女性怪物了，所以不知不觉就念"金猴奋起千钧棒，玉宇澄清万里埃。今日欢呼孙大圣，只缘妖雾又重来"给自己壮胆。

我们走着念着互相鼓励着，说来也奇怪，竟然一点恐惧的感觉都没有了，可见精神原子弹真不是吹出来的。三人觅得原路，很快再次绕回到了那间密室的门前。

胖子还在絮絮叨叨地念着"一切反动派都是纸老虎"给众人壮胆。我按住他的嘴，对他和丁思甜说："你们有没有感觉这附近有什么变化？好像跟咱们第一次来的时候不大一样。"

丁思甜天生比较敏感："好像……好像密室里的那个幽灵不在了，没有第一次来到这儿时那种毛骨悚然的感觉了……"

她说得没错，我在这密室门前便已觉得有异。黑暗中那种无形而来的威慑感不存在了，并不是因为我们凭借精神原子弹增添了自身胆气，而是密室中让人心慌不安的东西已经消失了，难道那戴着面具的女尸已经不在了？

不明真相的忐忑比起直接的威胁更让人不安，与其在门前乱猜，不如眼见为实，进去看个真切。想到此处，我们三人对着室内叫了几声老羊皮的名字，见无半点回应，便紧紧靠在一起进了密室，用工兵照明筒四下里一照，依然是狼藉满地，枯死的尸参和那些腐尸堆了遍地，再往里面一看，我们都忍不住"咦"了一声。

事情出人意料，那头戴面具的女巫尸体依然平静地躺在石桌上，不过这次再看到它，就可以很明显地感觉到，它与这研究所中的其余死者一样，只不过是一个没了灵魂的躯壳，室中那层好似阴魂萦绕的威胁已经荡然无存。

在我们过于疲劳而睡着的时候，这里一定发生过什么变化。我带着胖子和丁思甜再看其余的地方，密室里也没有老羊皮的身影，那身穿黑衣腰系红绦腐烂发白的羊二蛋，却还平放在地上。胖子自作聪明地猜道："老羊皮可能害怕开他的说理斗争大会，结果脚底板抹油——溜了，我看很有可能逃过国境线投靠苏修吃奶油面包去了。"

我摇头道："不可能，要是想投敌叛变，他就不会再来这间密室了。咱们离开的时候，我明明记得把那口黄大仙的箱子踢到了角落里，但你们

第四十四章 冥途

看看，那铜箱怎么不见了？一定是老羊皮又回来把它取走了。"

丁思甜担心地问："老羊皮爷爷这么做是为了什么？他现在又到哪儿去了？"

我说："也许那口招魂箱的事情，他对咱们还有所隐瞒……"说到这儿，我突然想到，这密室中突然没有了那鬼气森森的感觉，很可能是因为那口黄皮子铜箱不在了。也许从一开始我们就在主观上盲目地做了错误的判断，因为看到这密室中的女尸，又感觉到这里好像有亡灵在徘徊游荡，然而实际上那种令人从心底里感到不舒服的阴寒之气，都是来源于刻有黄皮子头的铜箱，那铜箱被老羊皮取走了，所以这密室中没有了那股幽冥无形的气氛。

到目前为止，我们尚且不能得知那箱子里装的究竟是什么，不过似乎是凶非吉，想不出老羊皮的动机何在。难道这密室里的尸体根本不是羊二蛋？否则老羊皮怎会丢下他不管？姑且不论老羊皮意欲何为，他现在都是一个非常危险的不确定因素。

我对胖子和丁思甜说："现在不知老羊皮的去向，百眼窟地形复杂，危机四伏，只凭咱们三人，想找他简直是大海捞针，我们先撤出去再商量办法。"

胖子说："临走前给这儿来把火，免得留祸患。"他对放火的勾当情有独钟，也不等别人同意，说完就去找火头。这密室中有的是木板木条。他扯了块盖东西用的白布，找了些酒精倒上，立时便点起火来。

我心想烧了也好，尘归尘，土归土，留下百年不腐的尸身，未必是死者所愿，烧化形骸，免得再让它们留着出丑了。见到火势渐增，我们不得不开始退出密室，经过那具女尸近前的时候，我再也控制不住好奇心，心想也不会再有什么危险，我倒要瞧瞧死人为什么要戴面具。于是用康熙宝刀挑下了罩在女尸脸上的面具，谁知这尸体竟然没有脸，面具下的人脸被挖了一个大洞，显得异常恐怖。

我只看了一眼便觉得可怕，这时丁思甜见我在后面磨蹭，便回过头来看我。我赶紧对她说别回头，可话说完了，她也见到了那女尸脸上的窟窿，被骇得愣在当场。

我心中忽然一动，这没脸的女尸可能大有蹊跷，但已来不及再去观看，肆虐的火舌已将那女巫的尸体吞噬。其实说是尸体，却仅仅是具人皮躯壳，眨眼间便被焚成了灰烬，只有那金属的面具在火中发着金红色的奇异光彩。

想不到火势蔓延，烧得好生剧烈，地下通道里浓烟涌动。我和胖子拉住吓坏了的丁思甜，三人冒烟突火夺路离开，直到返回地面的楼门前，这才停住脚步，商量下一步该当何去何从。

我刚刚跑得太急，肩上已经好转的伤口又在隐隐作痛，我捂着伤口对胖子等人说："在东北黄皮子庙底下，埋着两具用人皮为衣的黄鼠狼，死人被掏空了的躯壳就像是口人皮棺材。我刚刚看见那女巫的尸体里面也是空的，面具后可能是给老黄皮子待的地方，它躲在人皮里面装神弄鬼蛊惑人心，那所谓的女巫可能就是这么回事。看来在大兴安岭团山子的黄皮子坟，几乎完全就是这百眼窟的复制品，只不过规模形制都小了许多。"

胖子恍然大悟："原来团山子那鬼衙门是仿造的赝品，这百眼窟才是那个通往阴间的入口？咱是不是再放一把烧山的火，毁掉那个出口，免得里面的冤魂饿鬼爬出来企图夺权变天，再将广大劳动人民置身于火坑之中。"

在东北的民间传说中，有石兽耸立的山上洞窟密布，其深处便是通往冥府的门户，人死之后，一缕阴魂不散，都要奔那个去处。那是死人的世界，里面城池楼阁都与人间无异，只不过是死人的世界，不属于活人。

若说到世上有没有鬼，我最近的态度有些模糊，因为有些事情确实难以理解，不过说到楼阁宫殿重重的阴曹地府，便绝对不肯相信，听到胖子如此说，我骂道："胡说八道！光天化日，乾坤朗朗，哪儿有什么通往阴间的大门。所谓的鬼衙门，只不过是个群葬的大墓穴，里面埋的死人多了，便被越传越邪，说成了亡灵聚集的阴世。"

丁思甜说："我小时候听外婆讲过许多水陆图里的故事。在阴曹地府里有很多酷刑，印象最深的是有个小媳妇，被小鬼们将下半身塞进石磨的磨眼里，碾成了肉浆和血沫，有条黑狗在磨边舔血，没被舔净的碎肉淌进一个瓦盆里，在来世都要变成蛆虫、蚊蝇让世人拍打，而被磨了一半的那个小媳妇上半身竟然还活着。听我外婆说，对长辈不孝顺的女人在死后就会落得这种下场，当时真把我吓得全身都起鸡皮疙瘩了。那种阴曹地府简直太可怕了，但愿老羊皮爷爷没跑进后山的鬼衙门。"

胖子说："思甜你怎么越变越胆小了，就算世上真有阴曹地府，咱们革命唯物主义者去到那儿也是旌旗十万斩阎罗，给他牛头马面挨个贴大字报，批斗阎王老子。"

我看看四周雾气不聚，天色发暗，眼看天有些黑了。我们离开牧场已经整整两天一夜了，也不知倪首长是否派人出来找寻过我们。还是得想办法找到老羊皮，要不然都没法跟牧区的人交代。我打断胖子的话说："行了行了，你还没贴够大字报？我看什么鬼衙门或是什么鬼门关，都跟咱没什么直接的利益关系，不过眼下咱们不得不到后山的洞窟里去一趟，因为老羊皮已经进了后山，如果说那鬼衙门真是通往阴间的入口，老羊皮现在怕是已经踏入这条冥途了。"

在楼门前地面的泥土上，有一道延伸向后山的痕迹，是有人拖拽东西留下的。百眼窟有着风水一道中罕见的自然环境，本来草原荒漠上昼夜温差极大，但这里并不明显，气温和湿度都较高，另外土壤中的特殊成分对尸体有种天然的保存作用，大部分死者尸身上都化出鸟羽般的尸毛，全世界未必能再找出第二个这样的地方了。

正是由于土壤独特，土粒的间隙较大，所以土质较为松散绵软，使得地面上那条拖痕十分明显。我们第一次到研究所主楼的时候，还没有见到这条痕迹，不用问，肯定是老羊皮把黄皮子铜箱拖进了山里，虽然那口铜箱不大，但要长时间抱着走还是会很吃力，他是连拖带拽，拖着铜箱进了藏尸洞，天知道他接下来会做出什么。

丁思甜凡事都往好处想，她认为也许老羊皮是想找地方毁掉那危险的招魂箱，免得留在世上为患。我在看到老羊皮之前难下定论，只说但愿如此吧，随后三人便循着那条痕迹追踪上山。

我和胖子手上麻痒的感觉渐渐难忍，但又不敢去挠，一碰就流清水，疼得连连吸气。我怕丁思甜担心或是怪她自己连累了我们，所以也没敢把身上中了毒的这件事对她说，只好强行忍耐，但实在说不好以这种状况还能坚持到几时。

不过最让我欣慰的是总算把丁思甜的命救回来了，看她身体和精神都好了许多，我心头的压力也减去了不少，抖擞精神走进了研究楼后的那座山丘。这山坡不知是塌方还是人工爆破作业的原因，呈现出山体的一个截面，山腹中大大小小的窟窿全都暴露无遗，有巨大石人石兽拱持着的洞口，在众多洞窟中最是硕大，像一张黑洞洞的大口，想进到深处，这巨口般的洞窟便是唯一的通道。

我们互相搀扶着摸进洞内，里面鬼火磷光闪烁，景物依稀可见，倒也并非一片漆黑。这洞内没有岔路，极高极阔，石壁阴凉，洞内最深处恶风盈鼓，使人发毛。在大约两百步开外，是一片有四五个足球场大小的阶梯形深窟，四周方形的土台层层向下，呈倒金字塔形，以里面残留的各种工具和照明设施来判断，这是一处规模庞大的挖掘作业现场，不过这区域实在太大了。我正发愁怎么才能追踪老羊皮留下的痕迹，忽然跟在旁边的丁思甜身子一晃，呕出一口黑血，瘫倒在了地上。

第四十五章
阎罗殿

丁思甜忽然吐出一口黑血倒在地上。我和胖子心中慌了，赶紧手忙脚乱地扶她靠墙坐下，本以为她所中的蚰毒已被守宫的脐红香压制住了，谁料到却又呕出黑血。我心中十分不安，猜想是不是用药过了量，还是根本就没有起到解毒作用，仅仅把毒性发作的时间延缓了。

而丁思甜却挣扎着要站起来继续去找老羊皮："没关系……我只是心口有点发闷，吐了这口血倒是觉得舒服了些，休息一会儿就没事了。八一，你跟小胖到底给我吃的是什么解毒药？我怎么觉得嘴里的味道……"说着话就摇摇晃晃地站起来要往前走。

我见她勉强支撑，眼下难以判断她的身体状况，可呕出黑血绝非善状。不过丁思甜十分固执，我只好扶着她继续往前走。被她问到给她吃的究竟是什么解药，自然不敢实话告诉她吃的是大守宫标本身上的肉疙瘩，只说："良药苦口利于病，是药都有三分毒。药嘛，当然不如水果糖好吃，而且这研究所荒废了许多年，仓库里储存的药物虽然没有变质，但难免会有些异味，等咱们回到牧区，我再给你讲讲这解毒剂的来历，保证让你觉得有趣。"

胖子说："没错，向毛主席保证你会觉得有趣，所以你听老胡讲解药的故事之前，最好再温习一遍奥斯特洛夫斯基那本《钢铁是怎样炼成的》，做好充分的精神准备。"

我瞪了胖子一眼，幸亏丁思甜没听太明白，还以为胖子是让她学习保尔·柯察金面对病魔的顽强毅力，也没再多问。我见她面白如纸，走路十分吃力，但我知道就算劝她留在山洞外边等候也是枉然。这个女孩性格太倔强了，认准了一件事绝不会轻易回头。于是我只好让胖子把她背了，三人再向这洞窟深处走，找寻失踪了的老羊皮。

山腹里到处都有闪烁不定的光亮，似鬼火，似矿石，借着这许多繁星般的亮光，我们可以大致看出这巨大挖掘场的轮廓。被层层挖开的地面呈阶梯形分布，在外边难以看清最深处有什么，只是靠上面的每一层黄土中都露出一些死尸的肢体，有的露出半个脑袋，有的露出一条胳膊，都是尚未从土中掘出，几乎全部羽化，个个尸毛盈动，好像随时都会从土中爬出来。观其一角，已可想象这块挖掘场以前就是一个万人坑，埋了不知有多少古尸。

大概风水一道中所谓的"龟眠之地"便是此处了。特殊的土壤成分使尸体产生了一种类似羽化的状态，可这又有什么用呢？羽化又未能仙解升天，这么多人死后都被诚心诚意地埋葬在这藏尸洞里，恐怕也是出于古代人对生死规律的理解和恐惧。他们无法接受人只能活一次的事实，希望在死后生命以其他的形式得以延续，所以这才有了冥府阴间之类的传说。倘若人死后真有亡灵，看到自己的尸体变成这般古怪的模样，被人挖来掘去毫不尊重，却不知会作何感想。

尸体男女老少皆有，装束诡异，都是我们前所未见。今天已经看见了太多奇形怪状的尸体，本来我们的神经都有些麻木了，可站在万人藏尸的封土挖掘场前，看着那层层叠叠不计其数的僵尸，还是有些胆战心惊，难怪说这鬼衙门里是十八层地狱，活人到了这儿便吓也要被活活吓死了。

这全是死尸的大山洞里，除了我们三人之外，根本就没有半个活人的影子，天晓得老羊皮拖着那口铜箱跑到这里来做什么。我们估计老羊皮来

第四十五章 阎罗殿

这死人成堆的黄土坑里没什么意义，很可能是沿着山洞往更深处走了，便顺着挖掘场边缘的过道继续往里面走，路上一边焦急地四处打量，一边招呼着老羊皮的名字，让他赶快回来。

胖子见始终不见人影，心中越发焦躁。他从主观上始终认为老羊皮是投敌叛国了，这山洞是南北走向，往北走过一片高原，就是国境线了。于是他问我要不要采取政治攻势，通过喊话宣传来瓦解老羊皮的心理。我心想这山洞实在太大了，我们盲人骑瞎马般地找过去也不是办法，不如就依胖子所说，先喊话，老羊皮要是躲在附近，也许能劝得他回心转意从洞里出来，便点头同意了。

当下胖子就对着洞窟深处大叫："我说老羊皮，倒斗的也是凭手艺吃饭，跟咱们是人民内部矛盾啊，你千万不要妄想投靠苏修，做出自绝于人民的糊涂事啊，那是死路一条呀……勃列日涅夫背叛了马克思主义，背叛了列宁主义，也背叛了十月革命，莫斯科在伤心流泪，无名英雄纪念碑也在流泪……你不要为了两块奶油面包就一错到底，站错了队不要紧，你再站过来就是了嘛……"

我实在听不下去了，赶紧拦住胖子，这都喊的什么乱七八糟的，水平实在太低了。我正想替他接着对老羊皮宣传政策，却被丁思甜一把拽住，她指着脚下说："你们看这儿有条下去的路，上面也有拖拽重物留下的新鲜痕迹，老羊皮爷爷是不是从这儿下到挖掘场深处去了？"

我低头一看，确如丁思甜所言。挖掘场每个角落都有平缓的石坡，七扭八拐地延伸到深处，石坡都是条石铺成，可能以前也是埋在土里，每掩埋一层尸体就盖住一段，后来又都被日本人挖了出来，土层中散落的碎土泥石垫满了这条坡道，碎土上留有拖拽东西的痕迹。山洞内恶风呼啸，凉飕飕的空气十分通畅，如果坡道上的痕迹是很早之前留下的，绝不会像现在这么清晰，说明老羊皮很可能下去没多久。

我们三人都急于把老羊皮找回来，然后尽快离开这噩梦般的百眼窟，见终于有了线索，都打起精神，觅着石路走了下去。这时与在坑外看这藏尸洞的感觉又不一样，渐行渐低，几乎是紧贴黄土截面的尸骸前进，那石道偏又好生狭窄，身体不时蹭到从土里支棱出来的死人胳膊手脚，冰冷而没有生气的触感让人的神经更加紧张。

虽然又恐惧又疲惫，但没人提出放弃，都硬着头皮往下走。胖子胸前挂着工兵照明筒在前边探路，三人手拉着手缓缓从盘陀般的石道上往下一步一蹭。眼看向下而行，中间这段路越走越黑暗，最深处则像是一张巨大的怪嘴，看上去灰蒙蒙的一片朦胧不清，但并不是一片漆黑，显得十分不寻常，胖子就对我们说："这埋死人的大土坑怎么有这么老深？你们说这底下最深处会有什么东西？"

丁思甜说："不是土坑，这里埋了如此多的尸首，下面恐怕还是无数的尸首，这里根本就是一座埋了上万人的大坟墓啊，不知道老羊皮爷爷到这座大坟深处要做什么……"说完她不禁又替老羊皮担心起来，想要加快脚步，但腿脚虚弱不听使唤，要不是被我和胖子拉着，又险些跌倒。

我感觉到她手心里全是冷汗，知道她又是担心又是害怕，心想："日本鬼子的这座挖掘场显然是在不断往深处挖，难道这层层尸体下面还有重要的东西？莫非就是……"我担心这座万人古冢下会是那传说中刮出焚风的地狱，不得不谨慎一些，于是让胖子和丁思甜别着急，连耗子出洞都要先掐算掐算，所以咱们也得多加小心，走得慢些多动动脑子，仔细看明这里的一切，万一遇到危险，也好进退有度。

丁思甜很同意我的观点，她问我："你祖父以前好像是位风水先生，你跟他学了不少杂学，这座大坟里的尸体都死而不腐，就是你所说的风水原因对吗？它们……应该不会突然活过来吧？"

我知道她是绕着弯想让我给她找点不用害怕的理由，于是就对她说："我爷爷那套都是'四旧'，虽然最近几年我觉得他说的那些事有些道理，不过还是不能偏听偏信。"据我所知，除了风水原因外，还有很多其他的因素。人死之后受到细菌的作用，尸体通常都要腐烂，但这种使死尸腐烂的细菌，需要生存在温度适宜并且比较潮湿的环境里，气候寒冷或者天气干热的地方，比如沙漠和雪山，都不会有这种细菌存在，所以沙漠的干尸和雪山上的冰尸都不会腐烂。

还有人为的因素。比如死者死后入殓，棺椁的木料厚实考究，材质坚密不透空气，再在棺中放石灰和木炭等物防潮，形成一个干燥恒温的封闭空间，使得细菌不能活动，棺中的尸体便不容易腐烂，也许会变作干尸，甚至是连水分都依然存在的湿尸。除此以外，还有一些特例，比如死于霍乱，或生前饱受疾病折磨，在临死前身体中的大部分水分都已失去，死后就会很快变为干尸，不易腐散消解。干尸的形状干瘪，重量比新死者轻一半以上，皮肤起皱收缩，一般呈黑色和淡褐色，毛发和指甲还有可能继续生长。

最罕见的要数尸蜡。比如肥胖或多脂肪的尸体，被丢到河中或者埋在盐碱地里，就容易在尸体表面形成尸蜡，使死尸不腐不烂。这是因为在水流中，尸体产生的腐败物都会被水冲掉，腐败的细菌也会被水带走，尸体里面的脂肪就会变成像肥皂一样的东西，又滑又腻，称作"尸蜡"。如果盐碱侵入尸体，也会产生这种滑腻的尸膏，尸体被尸蜡裹住，所以不容易发生腐烂。

我上中学的时候参观过一次公安局办的尸体标本展览，当时作为一种破除迷信的科普知识教育，是跟我祖父胡国华一起看的。他说这展览虽然够科普也很有道理，但是不全面，世界上人死后不腐的原因太多了，不是这样一个小型展览就能全部囊括的。不过我祖父口中那些特殊之事，我自然不敢对丁思甜讲，只把那次科普展览的记忆，照葫芦画瓢地给她讲了一些，让她不必再去担心坟里的死人会诈尸。

不过一个想象力正常的人很容易对听到的事情产生联想，越往科学上说，大伙就越会联想到一些封建迷信的传说，特别是胖子不合时宜地一口一个"鬼"，总叨咕这鬼衙门传得那么邪乎，现在走在深处也没觉得怎样，更不见有个鬼影，不就是长了毛的死尸扎堆吗？有他妈什么大不了的！咱们在焚尸间里疑神疑鬼的还以为那里关着个幽灵，实际上是老黄皮子捣鬼，看来鬼由心生，庸人自扰。咱们被马列主义毛泽东思想武装的头脑，太不应该相信那套唯心主义理论了，这是耻辱，是全世界唯物主义者的耻辱！可为什么一而再，再而三地上当呢？看来历史的教训并非从来都让后人引以为戒，这是客观规律，而不是以人的意志为转移的……

在胖子给自己找借口开脱的啰唆中，我们已绕着圈走到了盘旋而下的石道尽头。这里有一个洞口，以白色的圆形碎石堆砌封堵，上面贴了许多东洋鬼画符。日本鬼子疑心这百眼窟闹鬼，许多地方都有类似的压鬼符，包括那焚化炉奇特的构造，都是出于辟邪的目的。不过所谓的闹鬼，也许只是闹黄皮子。

眼前这道碎石墙已经被人扒了开来，很大的洞口暴露在我们面前，里面冒着灰蒙蒙的亮光。本以为这大坟茔已是最底层了，谁会想到下面还有更深的空间，我们没敢直接进去，在洞口喊了老羊皮几声，见不得回应，只好决定再往深处走，就不信这洞穴不见底。

胖子仍然当先开道，他拎着康熙宝刀，一边招呼着老羊皮的名字，一边深一脚浅一脚地往里走，我扶着丁思甜跟在他后边。走了二十几步，胖子忽然停下，神色慌张地低声对我们说："老胡、思甜，刚你们俩谁说没鬼来着？太不负责任了，你们看前边……那……那些都是什么？"

我走上前几步，往前一看，也觉得身上起鸡皮疙瘩了，暗道不好，这么大一片古老的楼台殿阁，这到底是到了什么地方？而且那些古老的建筑中，似乎还有什么东西在动，莫非是误入阎罗殿了？

第四十六章
金井

这并不长的地洞出口是一个天然形成的落水桥,桥下有阴河滚滚流动,过了这天然石桥,前边地势豁然开朗,不知是什么光源,发出灰蒙蒙的亮光,朦胧的光线中一片片古老的建筑群,一时难以分辨其规模布局。我们也看不出那些房屋殿堂是哪朝哪代的古物,只知道那雕梁画栋的造型都古老异常,难以想象这百眼窟里何以藏着这样一片古代殿阁。

这片古典阴森的屋舍堂宇中,似乎有许多黑影来回走动,人声嘈杂远近相闻,虽然建筑古老,但丝毫不见古旧破败之状,好像至今还有人在里面居住生活。我们三人看得目瞪口呆,难道真的进了死人亡灵会聚的阴间?我们甚至开始怀疑自己是活着还是早已死了,否则怎会见到这地府般的景象?

我看石桥下有水,赶紧蹲下捧了几捧凉水泼到自己脸上。地下水凉得刺骨,我们确实不是在梦中游荡,眼前的这一幕都是真真切切的。

胖子和丁思甜也学着我的样子用凉水洗了把脸,胖子说:"这落水桥让我想起远在福建的家了。我们那边的山洞里也有这样一个被地下瀑布冲击成的天然石桥洞,老乡们都管它叫仙人桥,可当年老胡却妖言惑众,愣说那桥是神仙撒尿滋出来……前边像是阴曹地府，一旦走进去，也不知道这辈子还有没有机会回家看看那仙人桥，咱们就做好到阴间给牛头马面贴大字报的精神准备吧。"

我看丁思甜也是神色黯然，可能她听胖子一提回家，同样想起了她的故乡北京。那时我并不知道，人们在巨大的压力下，常常会对从小长大的故乡产生无比的眷恋。我望着洞窟深处那片灰蒙蒙的建筑叹了口气，对丁思甜和胖子说："哪儿还有家啊，咱们的父母不是被隔离审查了，就是被安排靠边站了，家里房子都给封了，既然革命者以天下为己任，以后就四海为家吧……"说到这儿我心中一股莫名之火上撞，咬了咬牙站起身来，招呼胖子和丁思甜，"帝修反都被咱们彻底埋葬了，还怕他什么阴曹地府和阎王老子！既然已经走到这一步了，不找到老羊皮就绝不回头！我看咱们直接过去就是，倒要看看这鬼城里有什么名堂。"

我们三人被凉水一激，都觉得精神了许多，口中唱着集中火力打黑帮的斗争歌曲，一步一步走向了那片灰色的阴影中。山洞四壁鬼火飘荡，那鬼火其实就是磷火，一旦有活人阳气接近，一团团绿幽幽的火球就随着人踪忽明忽灭。我们仗着心中一股战天斗地的悲壮之情才敢往深处走，可随着离那云烟缭绕的城池越近，便越是觉得脚底下发软，好像踩了棉花套，忽深忽浅，想立足站稳都觉得吃力。

我暗骂自己没用，怎么走着走着脚都吓软了，将来真在解放全人类的第三次世界大战战场上与敌刺刀见红，还不得吓尿裤子？

这时一团灰扑扑的人影直奔着我们飘了过来，三人大吃一惊，赶紧一步三晃地躲在一旁。洞口处一阵阴风吹来，那人影立即闪进黑暗的地下不见了。怪风卷处，原本灯光人影闪动的大片建筑，在一瞬间忽然万象俱无，只剩下岩缝间无数鬼火闪动。我们大为惊奇："见鬼市了？"胖子挥着胳膊在那人影消失的地方摸了半天，奇道："怎么钻土里去了？"

我觉得脚底下越发没根，赶紧拉着丁思甜和胖子靠在石壁上，这才发现还不是因为恐惧而脚软，而是地面并不平整，一走动就会踩到好多圆弧形的石头，很容易失去重心。山洞的地面都被一层轻烟遮蔽，每一脚都是陷入其中，看不出脚底下踩的究竟是什么东西，我伸手去摸地面，想看看到底是什么东西。

丁思甜紧张地问我地面上有什么，是不是死人的脑瓜骨？我说死人脑袋哪儿有这么大，这倒像是倒扣在地上的锅底，摸起来还挺光滑，说着话我摸到缝隙处，单手一用力，竟然把地面上一大块凸出物揭了起来。

在一股刺鼻的烟尘和恶臭中仔细一看，原来被我揭起来的是一块巨大的龟壳，壳中还有老龟的遗骸，皆已羽化，看来这山洞的地下不知摞了多少这样的龟骨。胖子和丁思甜都莫名其妙，不知这是怎么回事。

我却恍然大悟："这是龟眠地，真正的龟眠地，是海中老龟自知命不久长之时爬上陆地埋骨的场所，和《十六字阴阳风水秘术》中所描述的完全一样。上层洞穴埋的那些死尸，一定是想借龟眠宝地的灵气羽化飞升。"

丁思甜问我："那这是阴曹地府？"我摇了摇头，我所知极为有限，谁又知道古代人是怎么想的。不过据说沿海地区有种传说，鼋入海化而为蜃，万年老鼋从陆地爬入大海，就会失去形体，化为海市蜃楼的幻气，在海中看到一座并不存在的仙山，实际上是鼋遇海气而生成的海市奇观。巨鼋生前见到的景象，在海中产生了这种难以捉摸的海气，但在青乌术中，却说其实海里没有鼋，其想说明的意思，大概是指海中太阴之气与鼋鳌鱼龙等灵物相通。

在海中生活了千年万年的老龟，其龟甲形骸中都带有大量海气，所以群龟埋骨之地必常有海气幻布。我们看到的那片灰蒙蒙的建筑，极有可能是群龟在海中的聚居之地。我估计那些埋在这里的死人，以及鬼衙门的民间传说，八成是把龟骨中海气浮动产生的幻布之象当作阴间了。

那时候我对青乌所知只是皮毛，是在山里闲着没事乱翻《十六字阴阳风水秘术》，加上以前总听我祖父胡国华说这些故事，才多少知道一些，具体理论我根本就没掌握，反正说出大天来，胖子和丁思甜也听不明白。我们只好把这事先放下不管，继续在这鬼影幢幢的大山洞里搜寻老羊皮。

再往里走，山洞就已到底了，地面、头顶乳石林立，轻烟缭绕。这里有个大石床，石床下有许多小小的石头棺材，每一口都是人形的，长不到半米，东倒西歪的，放得非常散乱，上面刻着不同的男女人物，表情虽然生动，面目却让人觉得十分可憎。胖子看得心烦，一脚踢翻了一口小石头棺材，那口石棺早就被人撬开了，复又合上，盖得也不严密，被胖子一踹，石棺倾倒，里面的东西滚在地上，一看竟是只死黄皮子，胖子不由得连骂晦气。

我发现这石台上刻着许多戴面具的女子占卜行巫的场面，有很多人虔诚地顶礼膜拜，我提醒胖子别乱动，这地方可能就是摆那戴面具的女巫尸体的。不过也许说它是尸体并不太恰当，那女人被掏空的躯体，应该是神棍们以黄皮子来蛊惑人心的道具。在密室中第一次看到巫女尸壳的心慌不安之感好像这会儿又出现了，也许离老羊皮和那口铜箱子已经不远了。

我正同胖子说话的工夫，丁思甜转到石台对面，忽然轻呼一声，我赶紧过去一看，老羊皮抱着那口铜箱昏倒在石台后面。扁平长方的石台像是个盖子，已被他推开了一道缺口，下面露出一个地穴，里面是巨砖，砖上有黑色的龙形标记，龙体浑然简约，要不是有爪子，很容易让人误以为是泥鳅。我见其中有异，特地仔细看了几眼，砖上的龙形记号，形态几乎完全一样，最令人不解的是这些龙都没有眼睛。常言道"画龙须点睛"，龙无目岂不是成了瞎龙？这地穴里也有一层层的龟骨，似乎是风水阴穴中的一口"金井"，用来凝聚地脉中的生气，不知画龙何意。我猜想这墙上的龙都没有眼，是不是日本鬼子干的？不过看那些痕迹却又不像，没有被人为刮去的迹象。

我见那古怪的铜箱子最终没被打开，也终于松了一口气。三人过去把老羊皮搀扶起来，一通揉胸捶背，又连声呼唤，才把老羊皮弄醒。原来他推开这石板的时候，被下面沉积的阴晦之气冲撞，才昏倒在地。幸亏是古坟墓中的金井，里面的气体虽然沉积多年，却是一股风水宝地的生气，否则要是被尸气冲了，三魂至少去掉两魂。

老羊皮定了定神，还没搞明白我们三人是怎么找到他的。我虽然也有许多话要问他，但见洞中阴风时有时无，没风的时候那朦朦胧胧的房舍宅宇又现出形状，影影绰绰之际鬼氛陡增，看来此地不宜久留，不是讲话的所在，所以我便想带着大伙赶紧离开。可老羊皮目光涣散，盯着地上的那口铜箱说："快把那铜匣匣放进金井里……"他反反复复，颠过来倒过去，只是对我们说这一句话。

　　胖子和丁思甜都望着我，我知道他们俩在等我拿主意。要不要按照老羊皮的话去做？我心想这祸害肯定不能带回牧区，抛到金井里也好。由于急于离开，也没怎么细想，就点头同意了。我正要动手，却被胖子抢先了一步，他过去想把那口铜箱抱起来扔进地穴，可不料那铜箱年代太久，古老脆弱，铜性都被水土蒸淘殆尽，又被老羊皮半拖半拽地走了一路，刚被搬离地面，铜箱的盖子和箱体就离骨了，里面装的东西"哗啦"一声掉在了地上。

第四十七章
水胆

被胖子抱起的铜箱离了骨,里面的东西掉了出来,在我们眼里这跟掉地上一颗原子弹没什么区别,我的心都揪了起来,脑子里一阵空白,包括老羊皮在内,四个人都怔住了。

我们的目光都投向胖子脚下,只见残破的箱体中掉出一只全身都是白毛的老黄皮子干尸,比一般的黄皮子大了不是一点半点,那体形大得简直像头小号山羊,身上的白毛有一指多长。它四爪蜷缩,抱着一个血卵般的东西,那血卵长在了它的心窝子上,也不知是个什么东西,肉色鲜红如血,让人一看就心生惧意,血卵中仿佛汇聚了无数亡魂的怨憎之意。

不等我们回过神来,那老黄皮子怀中的血卵被风一吹,竟然缓缓蠕动起来。老黄皮子全身的尸毛里,攒聚了无数僵如细碎纸片的白虱,这种僵尸上生的肉虱专吸活人阳气,也是见风就动,眨眼的工夫已经散得满洞皆是,我们立刻被冰屑般的肉虱包围。我叫声不好,研究所里的人大概都是被这些东西咬死的,好像没人能够幸免于难。

形势在一瞬间急转直下,几分钟之内我们就会被成群的肉虱咬死!这东西不吸血而专吸活人的生气,而且连帆布都能钻透,来得又极快,真是防不胜防。我用衣服包住脑袋，对众人叫道："逃吧，快往落水桥那边跑！"如果能够跳进水里，借水流冲刷，或许还能有一线希望活下去，站在旱地上很快就会成为藏尸洞里的新尸体。

最近的经历使胖子恨极了黄鼠狼，似乎忘了那铜箱里的老黄皮子早已不知死去多少年了，恨恨地骂道："死也要他娘的拉上这老黄皮子给我垫背！"不顾身上被白虿咬得钻心疼，抬脚就踩破了老黄鼠狼胸口上生的血卵，恶臭的浓血四溅，黄皮子尸体上寄生的白虿失去了宿主，顿时四处散开，不过围在我们身上的那些还是在照死里吸着活人生气。

我本想带着众人逃向落水桥，但显然已经来不及了，估计逃不到一半就得被活活咬死。全身疼得像是被无数钢针抽取骨髓，每疼一阵活力就跟着减少一分，全身委顿，就要跌倒在地，由于疼痛难忍，只好在地上来回滚动，想蹭掉身上的白虿。

这时老羊皮吼了一声："进金井能活命！"我们也顾不上多想他唱的是哪出，反正病急乱投医，眼下有什么救命稻草都要先抓上一把试试，而且他好像对这里的事情十分了解，按他说的做也许还能有活路。

那砖上满是瞎龙的地穴就在身边，四人争先恐后地跳了下去。井中鬼火更多，井壁上都是龙砖，而底部并没有水，在磷光中，金井的底下有许多半透明的凹凸物体，触手光滑温暖，像是某种石头，有的已经被敲破了，有的还保存完好，下面像是有清水在流动。坟下的金井不深，但跌下去也摔得不轻，我滚倒在井底，转头一看丁思甜跌在身旁，她的身体本就十分虚弱，在成群白虿的咬噬下落入井中后，立刻就不能动弹了。我想去拽她往里逃，但眼前阵阵发黑，想伸手却连胳膊都抬不起来了。

胖子仗着皮糙肉厚还比较扛咬，一边疼得哇哇大叫，一边一手一个拽住我和丁思甜的衣领，用力往后拽了两步，紧跟着也扑倒在地，这时他连话都说不出来了，只剩下喉咙里嗬嗬作响，在地上滚动挣扎。

从那老黄皮子的铜棺破裂，到我们被咬得快要不能动弹，前后不过一两分钟，甚至都没来得及感到绝望，脑中就逐渐变得麻木了，人活着全凭一口气，所谓精、气、神，活人体内生气一散，也就行将就木了。

我和胖子身上本就中了尸毒，早就有了死在此地的精神准备，但谁也不肯提起，怕让老羊皮和丁思甜知道了难过。在此之前我和胖子认为万一我们毒发死了，却能把老羊皮和丁思甜救出去，也算没白死。在死前回首往事，不会因为没救出自己的战友而感到碌碌无为和不安了，能死得问心无愧，可以心安理得地去见老马了。

不料丁思甜身上的毒性似乎并未除尽，而老羊皮又跑到了这龟眠地的最深处，不但没能把他们两人带回牧区，到头来大伙反倒要一起在这鬼地方以最残酷的方式结束生命，世界上没有比这更可怕的事情了。

脑子里的意识越来越模糊，心里那股不甘却依然强烈，死在这儿怎么能闭得上眼？在万针攒刺般的痛苦中，手指抓挠着地面，把指甲都掀开了，但毫无办法，既不能减缓身上的痛楚，也不可能逃出生天。

耳中只剩下同伴们不堪忍受的哀号，这声音比杀猪的惨叫还要难听，是种发自肺腑由内而外的痛苦卡在嗓子眼里却又难以宣泄而产生的动静。每一秒都过得异常漫长，就在我已放弃了所有的希望，只盼着死神尽快到来，早点结束我们这在地狱里受刑般的煎熬的时候，却听老羊皮嘴里呼呼喘着粗气，用手划拉着抓到跟我们一同掉入井里的康熙宝刀，对着头顶那半透明的石头猛戳。

我以为他是疼疯了，心想你还不如把刀给我，让我抹了脖子，死得还能痛快点。于是我伸着手凭空乱抓，想把长刀抢过来自杀，不料一伸手忽然感到一阵清凉。原来老羊皮用长刀戳破了头顶一片朦胧透明的石壳，里面涌出大量清水，那水如同观音菩萨仙瓶里的玉露，洒到身上疼痛立止。

手臂上清凉之感传来，说不出地舒服受用，大脑也从半麻木的状态下清醒了许多。我立刻醒悟，这不是一般的水，老羊皮让我们逃进金井，是因为这井里有"水胆"。那时我虽然知道金井是风水中生气凝聚之地，水为生象，所以金井有生水者为贵，可我还无法解释这生水化为水胆是什么原理。

后来我参军做了工程兵，对地质矿物的事了解多了，才知道世上有种矿石叫作"水胆玛瑙"。玛瑙是石英隐晶质矿物的一种，质地脆而硬，莫氏硬度为7,非常耐磨,有蜡状光泽,呈半透明状,是一种古火山活动的产物,是种化学成分为二氧化硅的隐晶质集合体。二氧化硅胶体在凝结时包住一股高温产生的水蒸气,在冷凝后化为液态水,这股清水就永远地留在了玛瑙之中,全是一亿多年前的纯净水。

龟眠之地下的金井中就有类似于水胆玛瑙的矿层,不过并非就是水胆玛瑙,只是近似,晶层更薄更脆,尤其是金井下这层薄薄的矿层里,所储藏的是罕见的生气凝结之水,是真正意义上的生水,可祛百毒,除百病,有起死回生之奇效。日本人从这儿挖走了不少储有金井生水的矿体,但可能是由于这种东西不能再生,而且存世量太过稀少,他们还想留下一些原样进行研究,所以才剩下这些,也就是这井中最后残存的生水救了我们的性命。

老羊皮把长刀乱戳,矿脉中藏着的玉液全部淌了出来,把井穴淹没了半米多深。我们死中得活,泡在水中倚着井壁,想起这番经历,从生到死,再从死到生,这一个来回不过两三分钟,却好像已经是天荒地老。这也许就是所谓的相对论,人生中幸福的时光再漫长也会觉得短暂,痛苦的时间再短暂也会觉得漫长。

当时我还没有想到,这股生气凝结之水并不只是救了我们的命。古人说:"名山大川,和气相向,则生玉髓,食之能得不死。"这龙吐天浆般的生水虽然并不能使人长生不死,但确是能解千百种奇毒,有起死回生之力。

我和胖子、丁思甜身上的蚰毒和尸毒,在不知不觉之中也都被除尽了,也许是命不该绝,也许这是只属于无产阶级的奇迹,但当时我们已经彻底蒙了,半天还没明白过来这一切是怎么发生的。只见那些虱子都浮在水面上,个个胀得圆滚滚的,白花花漂了一片,足有数万。我捏起几个看了看,那白虱全身透明如雪,体圆而扁平,身上全是透明的硬毛,腹部肥大,六足乱蹬,用指甲一掐就是一股黑水。

老羊皮突然开口告诉我们,他以前做盗墓贼的时候,曾听说过有这种僵尸上生的蟹虱,想不到世上真有此物,要不是金井中有水胆救命,现在大伙已经死了多时了。这种蟹虱其实根本就不是活物,那老黄皮子生前炼出了大如血卵般的内丹，死后肉胆不化，生出无数蛋虱，乃其精灵所结，如磁石中的子母珠，平时都如皮屑般依附在尸毛中，遇生气而活，水火皆不能灭，专吸活人精魄，然后补于母珠当中。一具僵尸身上的蛋虱可使方圆十几里内不剩半个活人，幸好胖子一脚踩破了那枚血卵，否则咱们虽有水胆保命，黄皮子尸体中的蛋虱还会不断出现，直到把附近的活人魂魄吸净。恐怕这研究所里的人对此没有防备，才全部丢了性命。还是主席的知青命大，老羊皮认为他是跟我们在一起才捡了条命。这些蛋虫都吸饱了生水，但母珠已毁，过不了多久，它们也会干枯消散，不会再对活人有什么威胁了。

我问老羊皮这些究竟是怎么回事，我是越来越糊涂了，咱们经历了这些生死考验，都是一根绳上的蚂蚱了，要死一起死，要活活一堆，没必要再隐瞒了。

老羊皮吃力地从水里站起来，他承认虽然大部分告诉给我们了，但里面确有隐情，现在还不是说这件事的时候，可能这金井里也不安全，得赶紧离开，等出去之后，再说不迟。

众人被这水胆里的清水一漫，虽然全身上下冷得直打战，但伤口却都不疼了，身上又有了几分力气，此时听老羊皮说这里还有危险，便像落汤鸡一样从水里爬出金井，打算回那研究所的楼房里寻几件干爽衣服换上，要不然这样也回不了家。刚刚走到那地面布满龟骨的洞里，便听前方恶风不善，一大片一大片黑灰从眼前飘过，拿手一抓，全是死人体内的油膏。

第四十八章
舌漏

　　从藏尸洞外传来的恶风之声，卷集着天地间的鬼哭狼嚎，犹如龙吟长谷，震得洞壁一阵阵发颤，成片的黑尘在空气中浮动，我们随手挥开扑向脸部的黑烟，觉得手指上滑滑腻腻，都是滚热的油脂，也分辨不出是人脂还是牛油。

　　老羊皮大叫不好，妖龙要归巢了，被这阵黑风卷到，就像被焚尸炉的高温煅烧，活蹦乱跳的大活人在顷刻间就会灰飞烟灭。

　　我知道此事不是儿戏，脚下不停，催促众人快逃。这龟骨洞内地势一马平川，若被那阵焚风堵在洞内，谁也别想活命，唯一的生路就是赶在那股无影无形的妖风出现之前，逃进落水桥下的阴河里。这时谁还顾得上去想前因后果，身上能扔的东西全扔了，轻装疾行。

　　洞口外万鬼夜哭的动静越来越大，我们几乎是连滚带爬地赶至桥边，顺着落水桥边上光滑的岩石溜进冰凉刺骨的地下水中。那水却是不深，堪堪没至胸口，水底无眼的盲鱼从身边溜过，感觉好像是有许多冰凉滑腻的怪手在身上乱点，更是使人心悸。头上则是一股无穷无尽的地狱业火呼啸燃烧，只要把脑袋露出水面，耳中就会听到凄厉的热风呜咽划过。

我们伏在水中等了许久，终于落水桥上的洞穴处风声忽止，万籁俱寂。我们四个人从阴河中湿淋淋地探出头来，直到确认真正安全了，才哆哆嗦嗦爬回桥上。大家冻得全身发颤，上牙打着下牙，想说话都张不开嘴，只好摸索着出了洞口。外边那巨大的藏尸洞里，几乎所有的尸体都被焚风吹化，成了黑色的灰烬，这一点竟和那龟眠地的传说如出一辙，埋在龟骨洞里的尸体最终全都羽化了，连点骨头渣子都没留下。

我们原路返回，这时研究所地下的大火已经灭了，火势并未波及楼上几层。在楼上的一间房子里，我们想扒几件死人穿的衣服换了，但觉得那衣服没法穿，只好作罢，就于楼中点起一堆火来取暖。我们都被冻得面色惨白，嘴唇发青。想起这次在百眼窟的经历，真是不堪回首，尤其是老羊皮见他兄弟羊二蛋的尸体已经同地下室里的许多死人一并付之一炬。老羊皮的陕西老家历来都是土葬，死后被一抔黄土埋了躯体，才算是对得起祖宗，"入土为安"的思想根深蒂固。此刻他烟袋锅上挂着的半袋烟叶也湿透了，离了烟草更是心神不宁，一会儿摇头，一会儿叹息，实不知他心中正作何想。

胖子却对今天发生的事情毫不在意，还劝大伙说："怎么瞧你们一个个垂头丧气没精打采的，咱们这不是还活得好好的吗？这次不仅领略了大自然残酷无情的威力，也在极大程度上磨炼了自己的意志品质。这点小情况算什么，要知道，革命斗争的洪流才刚刚开始啊，沧海横流，将来在战场上，方显咱们真正的英雄本色。"

我心绪繁乱，正低头想着心事，没去理会唱高调的胖子，只有丁思甜忙碌着给大伙检查伤口。我肩上的伤口虽深，却所幸没伤到筋骨，只要没感染发炎，应该不会有什么危险。倒是胖子脖子上被老羊皮咬掉一块肉，伤势不轻，身体动作一大，就会牵扯得伤口往外渗血，可他黑熊般一身粗肉，铁牛似遍体糙皮，也不把这些伤痛放在心上。

胖子发现丁思甜手掌上的伤口也未愈合，那还是在树洞子里夺刀时留下的。这一路走来，反倒是四个人被困在树洞里，面对能使读心术的两只黄皮子之时最为危险。现在回想起来，要不是地形狭窄，环境特殊，还真就得葬身在那老树洞里了。

胖子得理不饶人，他让老羊皮好好看看丁思甜手上的伤口，这么嫩这么美丽的一只小手，被刀割得都快看见骨头了，这都是老羊皮干的好事，要是早点说出实话来，也不至于让大伙差点搭上大好性命。可到现在为止，这个可恶的、伪装成贫下中农、满脸阶级苦的老羊皮，似乎还有一肚子的阴谋诡计没向大伙坦白，实在是可恼可恨，看来他是铁了心要为地主阶级殉葬，有必要号召革命群众行动起来，对他召开说理斗争大会。

丁思甜不同意胖子的观点："毛主席曾经反复强调，我们要坚持实事求是的原则，在真理面前要做到人人平等，在真相不明的情况下，绝不要像军阀一样武断和压迫人民。我相信老羊皮爷爷有他的苦衷，而且小胖你别忘了，咱们的命也都是他救的。"

胖子对丁思甜说："你说的那个原则只适用于人民内部矛盾，路线问题绝对没有调和的余地，在敌我关系上咱们务必要明确立场。我看老羊皮就是居心叵测，谁知道他心里是不是藏着什么变天账。"说完又转头问我，"老胡你也表个态，我说的在不在理？"

我对胖子和丁思甜说："按说牛群跑丢了这件事跟我没关系，可这两天咱们出生入死连眼都没眨一下，谁也没做缩头乌龟，这是为什么？我想就是因为咱们相信老羊皮是三代赤贫，咱们知青是和贫下中农心连心的。一笔写不出两个无产阶级，你们刚才说的观点我都不同意，虽然我对老羊皮的阶级成分持保留意见，甚至还很怀疑他所作所为的动机，不知道他葫芦里卖的是什么药，但我也对小胖你刚才的过激举动感到万分紧张、忧虑和不安，因为这不符合马列主义具体问题具体分析的基本客观态度。"

胖子仍坚持要揪斗，叫道："老胡，甭跟我提什么客观和态度，你这是在搞赤裸裸的折中主义！说了等于没说，我要你以一个革命军人后代的立场表明你的态度！"

正在我们三人争执得不可开交之时，老羊皮忽道："别争了，争个甚啊？我有些话不是想瞒你们知青，是怕让组织上那位倪首长知道啊……"

这话好是出人意料，我们不知老羊皮怎么会突然扯上倪首长，莫非倪首长也与这百眼窟有着不为人知的关系？一时都停下话头，让老羊皮把这件事说明白了，不然回到牧区，被盘问起来，也确实没办法交代。

经老羊皮一说，原来他本没想对我们隐瞒什么事实，只是在那个横扫一切"牛鬼蛇神"的年代，就连他这种斗争觉悟和积极性不高的人，也知道有些话不能乱讲，讲了就会成为众矢之的。他所隐瞒的都是一些乡野之事，这种事被入乡随俗的知青知道了也没什么，可万一传进革委会的耳朵里就麻烦了。

老羊皮之所以对百眼窟里的情形了如指掌，是因为他的兄弟羊二蛋找到那口铜棺材，带到百眼窟的日军研究所后就此下落不明，老羊皮一时懦弱胆怯，不敢进去查明真相，但他这些年来也没闲着。当年他跟随那姓陈的盗魁学了些倒斗的手艺，知道倒斗的寻龙有许多特殊途径，例如要乔装改扮，对传说有古墓巨冢的地方进行打探，从当地人口中了解情报线索，比如这山上有没有什么传说，有没有什么遗迹。通过这些线索，一来可以寻找古墓的位置，二来也能从侧面了解那古墓周围有什么危险，黑道上管这叫踩盘子。踩盘子本是民间的一项杂耍表演，意指小心翼翼，有试探吉凶虚实的含义，倒斗的则管用这种方式探听来的重要线索叫"舌漏"。

老羊皮在附近的山区牧区捡了无数的舌漏，把这些七零八落的民间传说拼凑在一起，再按以往的经验筛选排除，就逐渐知道了一些百眼窟里的内幕。

其实百眼窟根本不是什么鲜卑人的藏尸洞，里面也极少有鲜卑人的尸体，但百眼窟确实与嘎仙洞一样，是代表着阴与阳、生与死的两大圣地。这是因为生活在这片土地上的先民，发现许多巨龟埋骨于此，常有宫阙楼宇的仙景出现在洞中，古人不知这是龟甲中海气产生的鬼市，认为这是人死后去往阴界的归宿。不过游牧民族历来崇尚天葬，并不强调入土为安，但仍有不同文化背景和宗教信仰的许多民族来此祭山，直到在大兴安岭附近出现了一种"元教"。元就是黄，拜的大仙正是元大仙，"黄"字冲金，所以不言黄而称"元"。元教一度盛极一时，信徒无数。元教大巫据说是黄大仙化成的女子人形，整日戴着面具坐在堂中，善男信女顶礼膜拜，有求必应。

其实那所谓的黄大仙姑,只不过是把一具无名女尸制成人皮躯壳,神棍们把老黄皮子装在里面,利用幻术蛊惑民众。不过老羊皮并不知道这一节,他还道那女尸当真就是黄大仙的遗蜕,我和胖子却在黄皮子坟下与密室中看见过这种空心人皮,知道其中的蹊跷之处。

老羊皮听我说了那人皮傀儡之事,也有恍然大悟之感,随后他又断断续续说起元教之事。元教吸收了许多东北当地的巫术,比如跳大神之类,跳大神就是跳萨满,但行事非常隐秘,后来活动范围逐渐扩大到草原上。百眼窟正是连接草原与大漠的要地,当时在山口附近经常有人畜失踪的事情发生。黄大仙死后,元教的神棍就对外宣称地下有鬼龙,从冥府中蹿出为祟,只要把黄大仙的遗骨埋到百眼窟,便能镇住这条龙的魂魄,于是就修了一个带金井的墓穴,把黄大仙葬了进去。其实他们这么做,是为了占这块埋有龟骸、生水凝结的宝地,并宣扬教中信徒舍弃钱物,死后葬入此地,可羽化飞升。结果好多人都倾尽家财,一时从者如云,两百年间,那百眼窟也不知埋了多少死人。

元教所指的黄大仙,实际上是那具空有躯壳的女尸。另有一口招魂铜箱,里面装了一只尸变了的老黄鼠狼。招魂箱藏纳于金井之中,附近还养着一些黄皮子,专门看守这口招魂箱。据说这大坟中所有死者的魂魄都会被纳入这口箱子里,如果家属需要跟已经死去多年的人交谈,只要向元教缴纳金珠,黄大仙就能通过这口铜箱招回亡魂。

物极必反,元教在经历了鼎盛时期之后,终于受到统治阶级的镇压,逐渐走向衰落。残存的教众带着招魂箱躲回了大兴安岭的深山老林,修了黄大仙庙继续从事他们的诡秘勾当。当时山里正有金脉,挖金的人极多,由于很早以前就有山里的黄金都是黄皮子所藏这种说法,所以挖金的都要给黄大仙烧香上供,黄皮子庙的香火便又兴旺起来。

可好景不长,因为有几个胆大包天之人心存好奇,偷着去看黄大仙那口铜箱里的东西,结果周围死了许多人,山里的金脉不知是挖没了还是自己长腿跑了,也就此消失无踪了。后来更有一场泥石流埋住了黄大仙庙,里面的东西就再也没人见过了。就因为这件事，团山子那个土丘才被称为黄皮子坟，不过知道这个名称由来的人太少了，老羊皮也是无意中才得了这个舌漏。

后来关东军成立了专门研究杀人武器的秘密部队，对外宣称给水防疫部队。他们对这个传说很感兴趣，认为这箱子是一件神秘而又古老的武器，在百眼窟挖掘未获，便收买汉奸四处搜寻，终于被他们得了手。不过这铜箱被带到百眼窟后，紧跟着就是一场巨大的灾难，没有留下一个活口。至于研究所里的人是怎么死的，那就有多种可能性了，也不见得全是被铜箱里的蛊虫吸尽生气而死，甚至可能是那些全身白毛的黄皮子精干的。它们天生就知道那棺中装着它们的老祖宗，一路尾随而来，把百眼窟里的活人在一夜之间全部害死。以它们那种诡异可怕的手段，做出这样的事情绝不是没有可能。从这点上来说黄皮子也算是对抗日做出过贡献的。当然这只是我们事后的猜测，除非死人复活，告诉我们那天发生的一切，否则永远也不会有真正的答案。总之研究所里的活人死得一个不剩，肯定是与泥儿会的胡匪把这口箱子带进来有关。

老羊皮虽然知道招魂箱落进了百眼窟，他自己的亲兄弟羊二蛋八成也死在了里面，但这些年一直没能鼓起勇气进去看看。因为那里毕竟是传说中活人有进无出的鬼衙门，所以他一直留在草原上以做零工为生，直到新中国成立后给他定了个赤贫的成分，当了牧区的牧民，就更没机会再去百眼窟了。

不过天有不测风云，今年各牧区都有灾情，只有这片草原一切太平，成了抓革命促生产的典型。派来的倪首长还传达了一个指示：接近蒙古一带还有大片闲置的草场，应该充分利用起来，迁一批受灾的牧民带着牲口到那边度过冬荒。

老羊皮一听这事可给吓坏了，这些年由于种种耸人听闻的传说，从没有人真正进过百眼窟那片丘陵丛林，一旦有牧民迁过去，革委会迟早会发现那山里藏着一口招魂箱。别的倒还罢了，羊二蛋的亡魂怕是还关在里面，另外也总不能眼睁睁看着闹出人命，可这事哪儿敢直接说出来。却不想自己现在在百眼窟走得越来越深入，直到他看见羊二蛋被尸参裹住的尸体，一度情绪失控，差点就要揭开招魂箱为他招魂，幸好被胖子及时拦住了。

趁我们疲惫不堪睡着的时候，老羊皮年纪大了睡得少，迷糊了一阵就醒了，他那几年没白倒斗，论其脱身之术，好生了得，用刀蹭断了扎住手脚的皮带，偷偷溜回密室，对着羊二蛋的尸体大哭了一通，数落说孽海无边，何不早早回头。

胖子听老羊皮说得凄惨，忽然心又软了，插口劝道："当胡匪、做汉奸而死，轻于鸿毛……"丁思甜怕胖子口不择言，接下来又说出些天花乱坠的废话刺到老羊皮痛处，于是抬手把他的嘴给捏上了。

老羊皮长长叹了口气，说羊二蛋死得确实是轻于鸿毛了，人死留名，雁过留声，要是死得比鸿毛都还不如，那也算是一种莫大的悲哀了。在第二次回到密室看到羊二蛋死尸的时候，老羊皮总算是有点醒悟了。这人的道都是自己走出来的，劝了他不下百遍千遍，亲生兄弟一场，也算是对他仁至义尽了。老羊皮担心过些天这百眼窟的事情会暴露，怕这口箱子被不明真相的人打开伤及无辜，便决定把它埋到龟骨洞下的金井里。结果无意中打破了这口铜棺，匆忙中带着大伙跳下金井求生，才死里逃生。黄大仙的那口招魂箱算是彻底毁了。

我听到这里，觉得这装着老黄鼠狼尸体的铜棺能招魂之事，现在恐怕难以判断其有无了。早年间神汉神婆倒有类似这种骗吃骗喝的手段，招回冤魂折狱问案的事古来已有，谁知道是真是假。不过我宁可认为这是骗人的幻术，否则人死之后还不得解脱，上边的人花钱就能让人把你揪回来唠嗑，这种情况实在是让我这个唯物主义者接受不了。

老羊皮没对我们细说招魂与黄大仙的事情，实际上就是担心被倪首长知道，他虽然不懂斗争形势，却也明白被扣上帽子就完了，不仅自己吃不了兜着走，儿子一家也得受牵连。在新中国成立前他跟盗魁做过几年倒斗的勾当，见闻颇广，知道的事情也很多，只不过平日里深藏不露。他虽然不懂风水青乌之理，但接触古墓发掘丘冢，道听途说也能略知一些名堂。金井里的水在那些相地行家眼中，是龙气所聚，龙吐天浆，有起死回生之力，百眼窟山口那无影无形的龙气就由此而来。在他眼里，那种吞噬生灵的龙气，就是一条真正的龙。说到这里，老羊皮伸出握住的拳头，摊开手掌，露出一个青铜造的无眼龙符，搁在众人面前让大伙观看，并告诉了我们最后一个舌漏。

第四十九章
焚风

我接过老羊皮手中的龙符仔细观看，胖子与丁思甜也好奇地围过来看了半天，但我们不知道这究竟是个什么东西。龙符是青铜打造的，算不上工艺精奇，但形状很怪，跟现在人们熟悉的龙形区别极大，二十厘米长，分有五爪，虬首摆尾的样子浑然天成，龙头上没有眼睛，也是一条盲龙，看那铜性翠绿处能够映人肌骨，掂在手中轻轻飘飘如同一片纸板，估计是件几千年前的古物。

我问老羊皮道："这龙符的年代好像很久远了，您是从哪儿弄来的？难道与百眼窟的龟骨洞有什么牵扯？"

老羊皮用浑浊的目光望着那枚青铜龙符，说这东西就是他从黄皮子铜棺里拿出来的明器，是黄大仙的陪葬品。当时众人在金井中死里逃生，往回走的时候惊魂未定，谁也没留意到老羊皮顺手牵羊，从铜棺里摸了一件明器。

老羊皮也是当年在一位老萨满口中捡了个舌漏，才知道世上有这么一枚无目龙符。草原上的萨满教在新中国成立前就几乎已经绝迹了，其地位多被喇嘛取代，只在大兴安岭的深山穷谷中还存在一些跳萨满的巫者。其中一个老萨满是元教信徒的后人，他或多或少知道一些秘密，不过他并不知道这东西藏在黄大仙的铜棺里，只是在言语中提到过有此一物。老羊皮从金井中出来，无意中看见龙符从铜棺里掉在地上，就随手拿了回来。

那么这枚无眼的古怪铜龙究竟是什么呢？传说它是元教从百眼窟所埋的那无数龟骸中找出来的，它的具体来历无从知晓，很可能是那些巨龟从海里带上陆地的。在青乌风水一道中，也无法解释世上是先有"龟眠地"而后有"龟眠"，还是先有"龟眠"而后有"龟眠地"。类似龟葬、卧牛一类的风水吉壤在世上确实是有，不过谁也说不清这宝穴是不是由于借助了龟骸从海中带来的仙气才形成的。

正是由于无数巨龟在百眼窟埋骨葬身，活了万年千年的老龟尸骸中凝聚着生前残留的海气，故在洞底有鬼市鬼影之奇观。据说在海底有龙火潜燃，这种阴火与地上的火完全不同，遇水不灭，亮度、温度极高，可以熔化铜铁。这些老龟生活的海域，万年龟甲通阴精之气，海底常有龙火海气汹涌，所以龟甲中蕴含着无形鬼火般的热风，很可能就由此而来。在佛经中称其为"焚风"，是从地狱里吹出来的阴风，无论什么带有血肉油脂之物，只要被这股"焚风"一触，便会化为永恒的虚无。

这些事情在那俄国人的遗书中曾有提及，可惜言之不深，而且俄语中没有风水术语，有些名词都是音译，幸好我和老羊皮各知道一些皮毛，所以差不多还能琢磨出个大概的情形。不过我们每个人的理解又都不同，老羊皮认死理，认为那阵"焚风"就是妖龙所化，和元教流传的说法完全一样，都认定那是一条孽龙的冤魂，从百眼窟里钻出来吞噬人畜。自古已有的这种观点，恐怕与在巨龟的骨骸中发现的这枚龙符有很大关系，虽然没人知道它的来历，但容易使人先入为主，所以造黄大仙墓的时候，才在金井的石砖上都刻了这种盲龙的标记。

我那时候不相信世上有什么鬼龙之说，但又没理由反驳，只知道《十六字阴阳风水秘术》中，阐述风水青乌龙脉之理，纵论南、北、中三大龙脉，海底龙火是南龙独有，而龙火之气实际上就是海气凝聚所生，但这是属于"四旧"范畴，除了穷极无聊地随手翻看过几个来回，我也从没真正用心揣摩，根本不解其中深意。

最后我们实在讨论不出什么结果了，谁也说服不了谁，而且在学术讨论范畴内，也不方便扣帽子来硬逼着老羊皮相信我自认为是真理的那个真理。总之百眼窟龟眠地下的金井一毁，这地方的风水就算彻底破了，那股危害牧民的"焚风"失去了根源，大概永远都不会再在山口附近出现，那我们这次遭了那么多罪也算值了。

我把那枚铜符交还给老羊皮，问他既然不知道这东西是用来做什么的，留下这"四旧"又有何用？铜龙无目不知是有什么古怪，另外此物在铜棺中陪伴那尸变了的老黄鼠狼已不知多年，久积阴晦之中，为尸臭所浸，放在活人身边怕是不祥之举。

老羊皮却坚决不肯丢掉，放在怀中贴肉而藏。他这辈子跟黄大仙的招魂箱似乎有解不开的宿命，骨肉兄弟羊二蛋也死在这上面了，总要留个念想，算是对自己有个交代，并托付我们不要把此事对外宣扬。

我答应了老羊皮的请求，随后众人开始商量如何离开百眼窟，又一起合计了一套说辞，以便回到牧区后用来推卸责任。现在天色已晚，百眼窟山口一带野鼠极多，晚上有大量蛐蜒毒虫出没，只有等到天亮再离开了。

不过计划赶不上变化，转天早上天刚亮，百眼窟就来了大队人马。原来倪首长没能把这件事隐瞒住，旗里的革委会听说牧区丢了不少牧牛，一组知青和牧民朝蒙古大漠的方向追去了，已经两天没有音信。革委会不敢怠慢，以为是发现了阶级斗争新动向，加上当时边境局势紧张，警惕性不得不高，于是连夜请求边防军支援，一个连的骑兵在牧民们的带领下搜索到了百眼窟。

我和老羊皮等四人都接受了严格的审查，交代问题。好在我们事先有所准备，统一了口径，倒不是存心欺骗组织，只是有些事实在没办法实话实说，如果跟组织上如实交代，肯定会把事态扩大化，所以我们只是一口咬定没追上牧牛群，在这百眼窟里迷了路，又被野兽攻击，才困在此地等候救援。然后我即兴发挥，添油加醋地汇报了我和胖子是如何在老羊皮与丁思甜受伤昏迷的情况下，为了支援世界革命，在战无不胜的毛泽东思想指引下，发扬一不怕苦、二不怕死的精神，利用日本鬼子的焚尸炉活捉了一条锦鳞蚺，这家伙的骨头比白金还值钱，但我们一点都不贪功，这全都应该归功于革委会的正确领导。

革委会本来就想把这片牧区树立成"抓革命促生产，支援农牧学大寨"的先进典型，好在知青和牧民协力捉了条锦鳞蚺，算是挽回了重大损失，可以功过相抵，于是尽量把事情压了下来。审查之后，只是对众人进行了批评教育，让我们时刻不忘斗私批修，早请示晚汇报，经常性地开展批评与自我批评，其余的事都没有深入追究。不过老羊皮私藏的康熙宝刀却被人发现，我们支吾说那是在附近拾的，于是就当场给没收了。接下来把百眼窟里的各种遗迹该查封的查封，该销毁的销毁，至于这些事情就不是我们有权过问干涉的了。

随后我们被送进旗里的医院治伤，好在没有伤筋动骨，都是皮肉伤。我和胖子这次本来是打算来草原上玩一道，没想到发生了这么多意外。当我们以为这一切都该结束了的时候，百眼窟这件事却还远远没完。

从医院出来后，我们去老羊皮的蒙古包里看望他，他伤得也是不轻，不过老羊皮死也不肯进医院。他说一看见医院里的白床单就发怵，只是在家休养，他的儿子和儿媳都是本分忠厚的牧民，在家里尽心尽力照料着老羊皮。

老羊皮回到牧区后，病情好像一下子加重了，整天躺着咳嗽不断。他得知我和胖子、丁思甜从医院回来了，挣扎着爬起来跟我们说话。

我曾听我爹说过，在陕西那边的农村，老农民从来不讲请郎中看病，老农发烧了，便摔个吃饭的大碗，用碎碗锋利的尖角在自己额前割一下，放出血来，就算是治病了。不过现在人民群众早就当家做主了，那土方子都是哪辈子的老皇历了，现在如何还能再用？于是我便和胖子劝他说这可不行，搞不好是伤了内脏，还是得去医院检查检查，人民的医院专给人民治病，在"文化大革命"路线上是坚决为无产阶级服务的，又不是日本鬼子的研究所，专拿活人做解剖实验，那有什么好怕的？

丁思甜也求老羊皮快去医院检查检查，盼着他早点好起来，以后还想听他的秦腔和马头琴呢，讳疾忌医在家里躺着只会使病情加重。

老羊皮死活不肯，躲在蒙古包阴暗的角落里只是咳嗽。听他儿子说他自从回来之后，就不许包里有灯光，既怕光又怕火，也不知这是怎么了，知青们有文化，知不知道这患的是啥病？

我也就是中学水平，哪儿有什么文化，但看这病状实是不轻，再不送医院怕是要有性命之忧。但这老头脾气太倔，用硬的根本不行，我只好让丁思甜再去劝说，采取攻心为上的策略。

谁知老羊皮好像回光返照一样忽然坐了起来，把我们三个知青和他的儿子儿媳都唤到近前，在黑灯瞎火的蒙古包里对大伙说了一番话。他说他这病是怎么回事，自己非常清楚，这是得罪黄大仙了，一闭眼就见黄大仙来索命，肯定是活不过今夜了。

我和丁思甜等人都以为老羊皮这是病糊涂了，就连老羊皮的儿子儿媳也茫然不解，可只听老羊皮继续说道："我这把老骨头，早在几十年前就该死了，活到现在都是赚的，只是我死之后，怕黄大仙饶不过你们这些人，不仅知青要跟着倒霉，就连子孙后人都得灭门绝户。还好我跟一位老萨满学过一招对付黄皮子的办法，只要我死后你们能按照我吩咐的做，以后便是万事大吉，否则你们早晚也都得让黄皮子祸害死。我老汉苦熬了一辈子，没什么亲人，就只一个儿子，留下点骨血实在是不容易，求你们知青娃千万别坏了这事，别让我老羊家绝户了呀。"

老羊皮以咬舌自尽相逼，当时这情形我们完全没有准备。老羊皮是老江湖，有许多事他知道却从不肯说，经历了百眼窟的劫难之后，我和胖了等人也相信了世上有些事情的确不是用常理可以解释的，不禁狐疑起来，难道那些黄皮子还没死绝吗？一想到那些能通人心的老黄鼠狼，连我心里都有点打战，要是真被它们盯上了，我明敌暗，确是防不胜防，这事可棘手得紧了。

老羊皮的儿子既老实又孝顺，继承了老羊皮的最大特点，就是怯懦怕事，而且他是新中国成立前出生的，娘死得早，是老羊皮一手把他拉扯大，不是沐浴在春风雨露中成长起来的，迷信的思想也很严重，此刻听他爹说出这么一番话，吓得差点尿了裤子，忙问老羊皮到底如何是好。

老羊皮叹了口气，说出一个诡异无比的办法："今夜我死之后，必会有黄皮子找上门来号丧，你们务必要如此这般，这般如此……"

第五十章
穴地八尺

老羊皮说他曾从一个跳萨满的老巫师处学得一个法子，能对付黄皮子。黄皮子这东西万万不能招惹，不管你是救了它还是弄死了它，一旦赶上对方是只有道行的，那山里全部的黄皮子就算都缠上你了，逃到天涯海角都躲不开避不过。

如果一个人生前得罪了黄大仙，只有一个办法可以抵消罪过，保全家及后人，使得他们不必跟着遭殃，可这办法就别提有多邪门了。当事人咽气后，家人必须立刻在宅中挖一个土坑，要有八尺深，然后脱光死者衣服，一丝不挂，大头朝下埋到里面，掩埋妥了之后，密不发丧，停足七天七夜，等到头七之后再挖出来，该按照什么风俗收殓埋葬，就按照什么规矩来做，正式入土下葬。

据说人死之后立刻头下脚上裸身倒置土中，可以把死人的魂魄给憋死，永世不得超生。晚上黄皮子来了一看死者愿意这么干，就不会再追究他的后代子孙，这笔债就算是一笔勾销了。自古不孝有三，无后为大，老羊皮为了延续香火，要保住自己的子孙后代，无论怎么做都在所不惜，否则黄大仙一旦找上门来，羊家后人肯定是没有活路了，不仅家里的东西得让黄皮子倒腾光，而且赶上个三衰六旺，都得跟小黄皮子一堆儿上了吊换命……

老羊皮说完就和他儿子抱头痛哭，大有生离死别之悲。我们哪里听说过这种邪门歪道的事情，我祖父跟风水墓穴打了一辈子交道，《葬经》都能倒背如流，可我甚至都没听他提到过有这种"穴地八尺，裸尸倒葬"的古怪风俗，而老羊皮却又说得郑重其事，似乎事态已到了非常严重、不可收拾的地步，我们一时不知该当如何是好。

我和胖子、丁思甜三人在一旁商量了一下，首先就算老黄鼠狼能祸害人，它也不可能有通天彻地的神通，我们也不太相信人死后会有魂魄投胎转世，觉得应该阻止老羊皮这种不理智的举动，真要是死了先在家里埋上七天七夜再挖出来，那连死亡证明也不好开。

但我们随后考虑到，老羊皮一家对此深信不疑，万一老羊皮今天真有个三长两短，毕竟我们是外人，那这责任可太大了，不如暂时答应他，好让他安心养病，然后赶紧去旗里请医生来给他诊治病情，这是缓兵之计，虽然骗人不好，但动机是没有任何问题的。

于是我们异口同声地答应了老羊皮最后的心愿，让他尽管放心，一切都会照他吩咐的去做。不料老羊皮又逼着众人赌咒发誓，我们无奈之下，只好一面对他口口声声发着重誓，一面在心里连说："不算、不算……"

我想找机会溜出去到旗里找医生来，可老羊皮紧紧盯着我们不放，反反复复叮嘱着他死后我们应做的一切细节，直到确认众人确实都领会记牢了，突然两眼一翻，蹬腿咽了气。

老羊皮死得非常突然，众人一时竟没反应过来，等明白过来是怎么回事，发现已经没法抢救了。谁也无力回天，众人悲从中来，只能大放悲声。哭了良久，老羊皮的儿子才求我们知青帮着料理后事，一切就按老羊皮生前的遗言办理。

这一来我们三人好生为难，本来想拖延一下去找医生给老羊皮治病，谁知他毫无征兆地说走就走了。我们第一次感到了人的生命的无常，事到如今，也只好遵照他的遗言行事，毕竟人死为大，这也是一种对死者生前愿望的尊重。

第五十章 穴地八尺

我和胖子忍着悲痛,在蒙古包地下挖了一个坟坑。之后给遗体脱衣服下葬,不宜有外人在场,我们三个知青就在蒙古包外等候。老羊皮的儿子把他爹埋了之后,就把蒙古包闭得严严实实,不去对外声张。

牧区本就人烟稀少,很少有外人到来,除了我们三个知青,加上老羊皮的儿子儿媳这五个人,自是无其余的人知晓此事,只有先隐忍守灵,等七天过后,再正式收殓老羊皮的遗体。

我和胖子、丁思甜三人心情十分沉重,几天以来朝夕相处的贫下中农老羊皮,竟然说走就走了,一个人从生到死怎么会如此轻易?事情突然得有点让人无法接受这个现实。我们坐在离蒙古包不远的草丘上,望着无边无际的草原,心里空落落的,好像被人用刀割去了什么,丁思甜更是哭成了泪人,两只眼睛都像是烂桃。

我和胖子也没法劝她,直到丁思甜哭不动了,就默默坐在草丘上发呆,三人相顾无言,心神恍惚。直到傍晚,老羊皮的儿媳开出饭来,招呼众人就餐,可谁也没心吃喝,等到晚上就在另一座蒙古包里围坐在一起守夜。

我们想起老羊皮生前说今夜必有黄皮子来号丧,不论发生什么怪事都不要理会,虽然这事很不靠谱,但我们心中仍是难免有些忐忑不安,谁也不能确定夜里会不会出事。丁思甜哭得累了,脸上挂着晶莹的泪水睡了过去,我和胖子则是盘膝而坐,支着耳朵听着外边的风吹草动。

胖子问我说:"我总觉得这么安葬老羊皮很不妥当,他那老头肯定是病糊涂了,把脑子烧坏了,他是打竹板的念三音——想起一出是一出啊。可咱们都有理智,具备高度的阶级斗争理论和丰富的斗争实践经验,老羊皮糊涂了,老胡咱俩可不能也跟着他一块犯糊涂。"

我点头道:"对这种裸尸倒置安葬死者的方式,我也不能认可,从古到今我就没听说有这种先例。但你要知道,这人死如灯灭,不管老羊皮临终前是不是说了胡话,咱们毕竟同甘共苦出生入死一场,算是战友了,如果当时咱们不答应他的遗愿,恐怕他就要带着深深的遗憾离开人世了,这是咱们不希望看到的吧?"

我和胖子讨论了一阵,纯粹属于咸吃萝卜淡操心,最后一想,遵照老羊皮临终前的嘱托下葬，这也是老羊皮家属的意思，我们更没什么资格过多干涉。一方水土养一方人，一方人也自有一方人的活法，中国地方那么大，肯定有许多民间守旧的习俗是我们所不了解的，虽然理论上应该批判这种歪门邪道，但有些事还是可以变通的，反正只有七天，七天之后再按正规的方式开追悼会什么的也不迟，只要咱们五个人保守秘密，外人又如何得知？只要不传出去，应该问题不大。

我们又感叹和缅怀了老羊皮的人生，觉得他骨子里缺少一种王侯将相宁有种乎的造反精神，一辈子活得窝窝囊囊，还要如此安排自己的身后事，不知这是可悲还是可怜，反正让人想起来就觉得心里不是滋味。

一直候到后半夜，忽然帐外悲风四起，呜呜咽咽的风声越来越紧，天空中不时有闷雷之声轰轰隆隆地响起，我和胖子的神经立刻紧绷了起来，这动静不善，怕是真要出事。只听那雷声渐增，炸雷一个连着一个，丁思甜也被雷声从梦中惊醒，擦着脸上的泪水，神色很是惊慌。我对她摆了摆手，示意不要担心，堵上耳朵就听不到了。

但草原上的雨水本就不多，现在又值冬荒来临之际，这雷声大作实属反常。我们本想静观其变，可那雷响好像就围着我们往下砸，让人实在坐不住了，不得不走到外边查看，一看天上黑云厚重，一道道闪电就在埋葬老羊皮的那座蒙古包上空不断出现。

老羊皮的儿子见状，吓得咕咚一下就坐倒在地，我扶住他问到底怎么回事，这雷打得也太邪了。

老羊皮的儿子拙嘴笨舌，支吾着半天才把话说清楚。原来他觉得把老羊皮脱光了倒埋在地穴里太不妥当，这不是人子之道啊，太不孝顺了，哪儿能这么对待自己的亲爹？这事将来万一传出去，他永远抬不起头做人，于是想了个折中的办法：用一层白帛把尸体裹了，然后才头下脚上倒置穴中掩埋。这指定是没听老爷子的嘱咐，惹出祸事来了。

我和胖子对望一眼，都觉得奇怪，在尸体上裹层白帛有什么大不了，那也惹不出这么大的雷暴来，而且看雷鸣电闪，这莫非是要劈什么？

众人都问我现在该怎么办，这雷照这么打下去，肯定要出事，可此事

第五十章 穴地八尺

已经超出我所知所闻的经验,我哪儿知道该怎么办。胖子却出主意说:"是不是老羊皮怪他儿子不肯听话,这是给咱们一个警醒,要不然赶快去把土重新挖开,把那裹尸的白帛给他撤了。反正试试呗,万一管用呢。"

老羊皮的儿子最没主见,耳根子很软,听了胖子所言,连抽自己耳光,说肯定是没按遗言吩咐,失之毫厘,差之千里,也不知道现在补救是不是还来得及,但没别的法子了,眼下只能赶紧去那蒙古包里挖出尸首。

我们冒着被雷劈的危险,匆匆拎起铲子去挖那下午刚掩埋好的坟坑,挖到一半雷声就减弱了,却仍在云层中不时发出轰隆隆之声,等彻底刨开泥土一看,所有人都惊呆了,这坟里埋的是老羊皮还是黄皮子?

301

第五十一章
炸雷

草原上空的闷雷声此起彼伏，老羊皮的儿子带着我和胖子一齐动手，重新把老羊皮的尸体掘了出来。穴地八尺而埋，要重新挖开也颇费气力，但在那催命般的阵雷声下，我们不敢有半分拖延，没用多大工夫，土坑中已露出一层白帛。我们事先知道尸首是脚心朝天，但不料挖开一看，裹尸的白帛都被撑成了一道道白丝，就像是数层白线密密裹扎的丝网，似乎是老羊皮被埋下去后突然活了过来，挣扎着想要撕扯开裹在身上的白帛，才变成了我们现在看到的这副样子。

一旦黄土没了胸口，即使活人也早被憋闷死了，又怎么会在土中挣扎欲出？众人见状，都觉心惊，老羊皮的儿子更是双膝一软，跪在地上哭天抹泪，大骂自己不孝，怎么就把自己亲爹给活埋了。

我借着煤油汽灯的亮光，看到土坑下的那团白帛里露出些许白色的绒毛，里面竟像是裹了只黄皮子，但那又怎么可能。我心知有异，当下便不理会老羊皮的儿子在旁边哭天抢地大放悲声，自行俯下身去，想看看那层层白帛严密封裹的尸体是否发生了什么变化。

胖子在坑边叫道："老胡，你可小心点啊！我看这事不对，还是找根棍子去戳戳看，才算来得稳妥……你看那白布里面怎么像是裹的僵尸，露出那么多白毛？"

我一边缓缓接近从土中露出的尸首双脚，一边对胖子说："用棍子怕会戳坏了尸体，我先看看再说……"

说话的工夫，我已经举着油灯凑到近处，那白帛中的尸体在土中露出原本一动不动，可我到了跟前，刚想举灯看个仔细，突然间那团白帛猛地一阵抖动。我即便有心理准备，但在这种一惊一乍之下，还是吓得险些把灯盏扣在地上，哪儿还顾得上再看老羊皮的尸体，出于本能反应，恰似如遇蛇蝎、如遭电击，一转身就赶紧从土坑中蹿了上来。

老羊皮的儿子见了这等情形，胆都吓破了，惊骇之余，也忘了继续哭号了，张大了嘴半天合不拢。我和胖子也怔在当场，不知该当如何理会，只见坑中的土里，露出一大截被白色丝网裹缠着的东西。那物正自一蹿一蹿地向上蠕动，似乎是在土中埋得难受，努力挣扎着欲要破土而出。由于那些白布包得甚紧，虽然都被里面挣扎的东西撑得裂了，可还是看不清那里面包裹的是什么东西，但看形状绝不像是尸首的双足。

老羊皮的尸体埋进土中已经十几个小时，裹尸的白帛都被撕扯撑裂也就罢了，那尸身现在竟然在众人面前动了起来，老羊皮的儿子满脸恐慌，认为老羊皮一准是变了僵尸。在草原上关于僵尸的邪门之事可是历来不少，虽然大多数人都没见过，但人人都可以讲出一大串相关的传闻，比如一男一女两僵尸怎么野合的，僵尸又是怎么突然坐起来扑人的，怎么掏人心肝饮人血髓，又是怎么刀枪不入的，尸体突然的抖动自然让他心中犯嘀咕。

我和胖子虽然也被吓了一跳，但我们俩毕竟是在部队里长大的，天下大乱的时候都没含糊过，又怎么会怕一具被白帛裹住的尸体？何况这尸体还是跟我们共患过难的老羊皮。刚才虽然慌了手脚，差点从蒙古包中逃出去，但很快就让自己镇定了下来，看来老羊皮死得蹊跷，必须拆开裹尸白帛查个明白。

我对胖子一使眼色，两人就要上前继续挖尸，把它整个从土里刨出来，看看到底是怎么回事，还就不信这份邪了。

但老羊皮的儿子趴在地上抱住我的腿，拼命阻拦，说万一老羊皮诈尸了，挖出来那可是要出人命的，还是再重新填土埋上吧。

我见老羊皮的儿子三十好几的一条汉子，平时酒也喝得，肉也吃得，连他那蒙古族的媳妇也没说过他不像男人，怎么这会儿犯起尿来，犹豫得像个女人，尸体都挖出一半了，哪儿能说埋就再埋回去？

不过他毕竟是老羊皮的直系亲属，也不好对他用强，我虽然心里着急，可还是耐住性子给他吃宽心丸。自从破除"四旧"之后，这两年在全国范围内广泛开展移风易俗运动，林场和牧区自然也要紧跟形势，家家户户都发有几本宣传小册子，其中有一本《讲科学，破迷信》，薄薄的三十几页，里面有一段关于"尸体死后为什么会动"的详细解释。

这本书我曾经看过，见老羊皮儿子家中也有，便告诉他这肯定不是诈尸，别看现在打着雷，可诈尸绝不是这种现象。《讲科学，破迷信》里面说得多清楚，尸体会动，那是因为尸体腐烂得太快，尸气被白帛封在里面散不出去，所以刚一破土，里面埋的尸首才会像过了电一样抽搐颤抖，要是不把尸体取出来，里面的尸气早晚会窜进泥土中，对住在附近的活人产生危害，唯物主义者绝不蒙人，要是不信，早晚会有后悔的那一天。

我顺口胡编，倒真把老羊皮的儿子唬住了，他大字不认几个，虽然领了宣传材料，可这本《讲科学，破迷信》摆在家中，却是从未翻看过。不过这人没文化也有没文化的好处，他就认为只要是书本上写的，便都是金科玉律，全是真理，此刻一听这事原来是书上的白纸黑字，立时便信了七分，只好松开双手，让我和胖子去刨老羊皮的尸体。

胖子对他说："这就对了，活人有活人的真理，死人有死人的真理，不相信真理怎么行呢？今天咱们就看看这白布里裹的究竟是谁的真理。"说着话，他就动手开挖，手中铲子没等落下，外边的雷声又加大了，迅雷不及掩耳，接连几个炸雷，震得蒙古包里的人耳骨隐隐作痛，灯火昏黄的蒙古包内亮起一道一道惨白的闪光。

我赶紧把胖子从坑边拉开，不好，这一个又一个的炸雷都落在左近，比先前要厉害得多了，好像是照准了这蒙古包往下劈，留在帐房内被雷击

第五十一章 炸雷

中的可能性太大，赶紧退出去，等雷住了再想办法。

雷电交作，密云不雨，众人都知道这雷来得不祥，今夜肯定要出什么事，但我们面对这种情况束手无策，只好先退到安全的地方再说。胖子倒拖了铁铲，跟我一左一右架起老羊皮的儿子，就想夺路离开蒙古包。

刚到帐门边上，只见电光一闪，蓦地一个蓝色的火球钻进了帐中。迅雷闪电，快如流星，我们根本来不及反应，那火球就贴着头顶掠了过去。一个炸雷击在了埋着老羊皮尸体的土坑里，随后一股焦臭的气味在帐中迅速弥漫开来。

我们虽然反应慢了半拍，可还是下意识地缩颈藏头，趴在帐中躲避，过了片刻便闻到一阵焦臭扑鼻。帐外的雷声也渐渐停了下来，我回身去看，只见天雷落处，早将被白帛裹缠的尸体击成了一段黑炭，尸首焦煳，已是不可辨认。

丁思甜和老羊皮的儿媳在另一座帐中，听闻动静不对，担心有事发生，此时也都跑进来观看，见了土坑中漆黑冒烟的尸体都惊得说不出话。老羊皮的儿子蹲在角落中两眼发直，竟似被吓傻了一般，天雷击尸，此事究竟是吉是凶？

我寻思是福不是祸，是祸躲不过，总要有人把老羊皮的尸首收殓出来看看到底是怎么回事，怎么这雷就跟一个死人过不去？于是强忍着刺鼻的焦臭，同胖子俩人重新挖土，打算伸手去搬尸体，但用手一挎，外边一层焦炭般黑乎乎的人肉就往下掉，里面露出鲜红鲜红的血，想拉到坑外已是不可能了，除非是用塑料布兜上去。

我见老羊皮死后落得如此下场，不禁心如刀绞，可这炸雷不会无缘无故地把尸体击中引发雷火，肯定是有什么古怪。想到这儿我狠了狠心，硬着头皮仔细去看那具尸体，发现这尸首似乎是在地下发胀了，遭雷火烧后远比老羊皮的身量要大出两三圈，裹尸的白帛最是易焚，这时早已烧尽，焦炭般的尸骸怎么看怎么不是人形。

刚挖出来的时候，我就觉得从白帛中露出的东西像只个头很大的黄鼠狼，不过当时以为眼花，这时再看，被雷火所焚的尸体，除了老羊皮以外，果不其然，多出了一只体形很大的黄皮子。不过人和黄皮子都烧焦了，面目全非，只能从形骸上推测有可能是只很大的黄鼠狼，看它残存的形态，似乎死前正要挣扎着从白帛中爬出去。

百眼窟的两只老黄皮子已经被我们宰了，这只黄皮子又是从哪儿冒出来的？还是说老羊皮死后变成黄皮子了？众人你看看我，我看看你，谁也回答不出这些疑问，只是不约而同地感到一阵阵胆寒。

虽然老羊皮的儿子整理遗体时我和胖子等人都没在场，但他也绝不会把一只黄鼠狼跟老羊皮裹在一起，我推测不出其中的情由，却知道这件事绝不能传出去。

老羊皮的儿子和儿媳也明白不能外传，只能说老羊皮是染暴疾而亡，停放尸体的时候又被雷火所烧，绝不能提黄皮子这件事，否则肯定被当作阶级斗争新动向，那就不好判断会往哪个方向发展了，个人的事还是自己兜着为好。当即众人含泪分拣尸骸，又额外点了堆火，把烧剩的黄皮子尸首焚烧干净，老羊皮的遗体则再次用白布包了，等着旗里派人来检验。

清理尸骸的时候，老羊皮的儿子从焦尸中找到一件东西，他不识得究竟为何物，便拿来问我。我接过一看，立刻认了出来，竟然是老羊皮从百眼窟带回的那枚青铜龙符。龙形无目，实在罕见罕闻，据说是拜黄大仙的元教从百眼窟龟骨洞里找到的，极有可能是海里的古物，没人说得上来究竟是干什么用的，一直藏在装殓黄大仙尸首的铜棺之中。老羊皮说要留下做个念想，就悄悄带回了牧区。这龙符究竟是何物？老羊皮为什么非要把它带回来？

第五十二章
生离死别

　　青铜龙符形状奇异，一直放在黄大仙那口招魂引魄的铜箱里面，那铜箱实际上就是装了只老黄皮子僵尸的铜棺。这实在是个天大的祸头，老羊皮死后被埋入地下，尸体旁边却出现了黄皮子，引得天打雷劈，若不是老羊皮的儿子画蛇添足在尸身上裹了几层白帛，还不知道要出什么乱子。都到了这里还被黄皮子纠缠，莫非就是因为老羊皮生前拿了黄大仙陪葬的明器？

　　我见这事没有半点头绪，便没有对老羊皮的儿子多说。此人胆小怕事，让他知道太多反而增加他的心理负担，只是问他要了龙符，转身去找胖子和丁思甜商量。

　　夜晚的草原寒气凛冽，老羊皮的死以及晚上雷火焚尸之事对丁思甜打击很大，她不肯回帐篷里取暖，悄立在草场上凝望着夜空，既不流泪也不愿说话，眉目间写满了与她年龄不相称的忧郁。

　　胖子劝了她半天也不管用，只好坐在旁边一根接一根地抽着烟。我看丁思甜精神状态很不好，可能需要一个人静一静，就没去打扰她，直接走到胖子身边，沉重地对他说道："同志们，就在今天晚上，乌里斯基被暗杀了……"

这句话是苏联电影中的台词，可以充分表达我心中的痛苦与愤怒，老羊皮斯基的死一定不是意外，肯定是被黄皮子害的。

胖子听到我的话，立刻紧嘬两口烟后把烟头掐掉，愤愤地道："看来反革命是想把战火从另一端烧到这一端，我他妈坚决不能容忍！不如你我二人连夜杀回黄皮子坟，把大小黄皮子满门抄斩，让它们的鲜血淹没冬宫！"

我举着那枚青铜龙符在手中一晃："黄皮子坟和百眼窟纵然有残存的黄皮子，也定会藏匿极深，恐怕想找它们出来要费不少力气。这龙符是老黄皮子棺中陪葬之物，我看只要有它在手，不愁引不来黄皮子，到时候来一个宰一个，来两个杀一双。"

想宰那些成精的老黄皮子，就离不开那把被革委会没收了的康熙宝刀。我和胖子恨得牙根发痒，一腔热血直撞顶梁门，恨不得立刻就去偷回宝刀，然后设下香饵钓金鳌，把大小黄皮子引来聚而歼之，以解心头之恨。

我握着青铜龙符正自发狠，丁思甜忽然走过来一把将龙符夺了过去，我没有防备，不知她意欲何为，便伸手想要回来："这东西是棺材里的明器，又臭又邪，你拿去做什么？"

丁思甜把龙符握在手中，流泪对我说道："老黄鼠狼棺材里的东西你们留着又做什么？如果老羊皮爷爷的死果真和此物有关，那它实是万分不祥的灾星，咱们就更不能把它留下了，你们俩就算再杀得几只黄鼠狼，就能让死者复活吗？再说你们俩万一有个闪失怎么办？我不能眼看你们犯盲动主义的路线错误，我……我要把它扔了，让这些灾难离咱们远远的。"

我杀心正盛，但没了龙符又如何去宰黄皮子？赶紧劝阻丁思甜："有闪失也是黄皮子有闪失，我早在阶级斗争的洪流中百炼成钢了，岂能阴沟里翻船？而且这龙符中似有玄机，留下将来也许会有大用，千万别……"

但那丁思甜也真任性得可以，她不让我把话说完，扬起手臂就把古老的青铜龙符远远抛开，只见夜空中绿影一闪，就落在了深可没膝的荒草丛中。由于是在半夜，加上星月无光，我根本没看清落在什么地方，只看见个大致的方位，急忙和胖子过去摸索，但就如同大海捞针，遍寻不见。

第五十二章 生离死别

直到东方露出了鱼肚白，我才不得不放弃寻找，气得我和胖子坐在地上无奈地摇头。一夜消磨，心里的悲愤倒是平息了不少，也许害死老羊皮的那只黄皮子就是遭到天雷击杀的这一只，即便想报仇雪恨，也不一定能找得到目标了。既然龙符已丢失了，只好找些正事来做，帮着老羊皮料理后事。

老羊皮自从新中国成立后就默默无闻，他不用隐姓埋名也没人清楚他的过去，可能是他的身份太普通太平凡了，所以他的死也轻于鸿毛，除了我们三个知青和他的儿子儿媳，没有别人把他的死太当回事，更没有什么正式的追悼会，一切草草了事。

等这些琐碎之事告一段落，从老羊皮死后，始终没再见有黄皮子来找麻烦。我和胖子已离开插队的大兴安岭将近二十天了，不得不向丁思甜说再见了。先前我来草原的时候，还想跟丁思甜谈谈婚姻大事，没媳妇的男知青最发愁做饭这一关，既然在内蒙古落户扎根干革命了，早点成家也是给组织上减轻负担，要是有戏就赶紧打报告确定恋爱关系，可没想到出了许多意外，老羊皮一死，谁也没心情再提此事，三人在草原上互道珍重，挥泪作别。

我们并没有直接回大兴安岭山区的岗岗营子，因为现在这时候已经大雪封山，交通隔绝，不到明年冰雪消融是甭想回去。我打算回福建看看老爹老娘，他们都被指定"靠边站"了，我插队半年多也没收到他们的信，心里难免有些记挂，想利用这段时间回家探亲。

而胖子不想回福建，他爹妈都在被隔离审查的时候因病去世，这世上仅有他一个姑妈还住在南京军区，他想趁春节期间去探望探望姑妈。于是我们计划从海拉尔坐火车到北京，然后转车南下南京，当时我们身上穷得叮当响，到海拉尔才想起没钱买火车票。

胖子把脑袋一晃："妈的，咱们上山下乡是为什么？是为了响应毛主席号召干革命啊，干革命坐火车还买票？这还是人民的天下吗？没有这个道理嘛。咱就不打票，列车员来查票看我怎么教育她，太不像话了，别忘了这火车是属于咱们广大人民群众的。"

我对胖子说："革命群众坐火车还要凭票是不像话，不过现在不是大串联那时候吃住行都免费，列车员查票也是分内的职责。为了避免跟女列车员同志之间发生人民内部矛盾，我看咱们还是要采取点策略。以我的经验来分析，从海拉尔到北京没几个大站，沿途查不了几回票，每到大站之前咱们就先下车，徒步走一段，然后过了大站再混上车。"

胖子说："虽然铁脚板是咱们队伍的光荣传统，可要照你说的见大站就走，那还不得把腿走细了。长征真是太伟大了，咱们跟革命老干部可没法比。现如今就连咱们的队伍也机械化了，不兴再指着两条腿硬走了。我看还是坐霸王车比较省事，我就坐那儿，我他妈看谁拽得动我。"

我们俩合计了半天，充分理解了"一分钱难倒英雄汉"这话是什么意思，没钱连革命都革不了啊。真佩服咱们的队伍当年能从标枪大刀一直发展到今天陆海空三军，坦克大炮全有了，真是太不容易了。可问题是我们光想这些也不顶钱使。

我和胖子是一筹莫展，正发愁之际，我忽然摸到口袋里有什么东西，一掏出来发现竟然是十块钱，胖子翻了翻口袋也摸出十块钱来，二人一怔之下，这才恍然大悟，钱肯定是丁思甜的，她知道我们没路费，悄悄把钱塞在了我们衣兜里。可她哪儿有钱，大多数知青一天记五个工分的时候，普遍是三分钱一个工分，一个月能赚多少钱？丁思甜是家里最小的孩子，她上边有三个哥哥，听说有两个是以在校大学生的身份上山下乡的，由于文化程度高，都被插队地区安排了一些重要的宣传工作，拿工人阶级的工资，一个月三十来块，很可观的一笔收入，这些钱在农村怎么花都花不完，肯定是她那几个哥哥给妹妹用的。

我和胖子捧着钱的手都发颤了，那时候对金钱没有太清晰的概念，只知道钱好，能买糖买烟，可钱不能多了，一多了人就贪图享乐，精神堕落，思想腐朽，生活糜烂，容易走上资产阶级自由化的道路。不过当时我们已经在心中产生了一种朦胧的念头：将来要多赚钱，钱是万恶的，但钱是有用的。

总算是有了买车票的钱，我们怀着复杂的心情坐上了驶往北京的列车，一路辗转来到了南京。这时候钱早就已经花没了，胖子又从他姑妈家给我借了二十块钱，把我送上了火车。他在站台上跟我约定，明年回去的时候就直接在岗岗营子见了，来年在山里要多套狐狸和黄皮子，再去草原上看望丁思甜，共商关于参加世界革命的大事。

列车已经缓缓开动，我从车窗中探出手去跟胖子握手告别，想不到这一别就是十多年。这十来年中发生了许多事情，我回福建之后就阴错阳差地参了军，部队需要铁一般的纪律，可比不得当知青逍遥自在了，加上头几年又是随军在昆仑山执行秘密任务，根本无法和外界进行通信联系。

等我随部队调防兰州军区的时候，我才知道丁思甜早已经不在人世了。就在我和胖子离开草原的那年冬天，以百眼窟为中心发生了残酷的"白灾"，冻死了许多人畜，丁思甜也在那场大冬荒的天灾中遇难，尸体至今没有找到。

一转眼，时间过去了十五年，这些悲惨的往事我和胖子都不愿去回想，也不敢去回想，直到我们要去美国之前，收拾随行物品，随手翻开旧相册，看到那张老照片。那些尘封的旧事，一旦被擦去覆盖在上面的尘土，仍然显得那么真切，至今历历在目。抚今追昔，难免唏嘘感叹，我看着看着，忽然发现照片的远景中有个模糊的背影，看那佝偻的身形，似乎就是老羊皮。不知为什么，一看到他在照片中朦胧的身影，我立刻感到一阵不安，怎么以前就从没留意到这个细节？

第五十三章
卸岭盗魁

这么多年以来,我始终对老羊皮死后发生的怪事耿耿于怀,还有那枚被丁思甜扔在草原上的青铜龙符,令我百思不得其解,种种疑问一直纠缠在心底。只不过一想起这些过去的事情,就会感到阵阵心酸,再加上这些年疲于奔命,很难有闲暇回顾往事,今天看到这张老照片上有老羊皮的身影,不禁想起他讲述的那些往事,其中有些细节非常值得推敲。

老羊皮年轻时曾做过倒斗的手艺人,他跟随的是位陈姓盗魁,后来此人南下云南要做一桩大买卖,不料在云南遭遇不测,一直下落不明。这人会不会是我在陕西结识的陈瞎子,那位去云南盗过墓的算命陈瞎子?现在细一思量,诸多特征无不吻合。只不过我虽知道陈瞎子曾跟随卸岭之徒去云南虫谷寻找献王墓,但他从没告诉我他做过盗魁。不过想想也能理解,毕竟陈瞎子坏了一对招子,这辈子是甭想再倒斗了。他现在既然以算命打卦骗吃骗喝,自然要称自己是陈抟老祖转世,哪儿还会承认以前做过盗墓贼的大首领。

想到这些我立刻把相册合上,起身出门。老羊皮在百眼窟对我提到的那许多旧事大半很难查证,但陈瞎子是从旧社会走过来的,他也许会知道一些诸如黄皮子、鬼衙门、青铜龙符的掌故，最关键的是要问问他，那老羊皮死后被雷火所击究竟是何缘故，也好解开困扰我这么多年的疑惑。

陶然亭公园是陈瞎子日常活动的场所，不过他行踪飘忽，最近不敢在公园公开露面。陶然亭对面是北京南站，他近来常在南站后的一条小胡同里摆摊算卦，我好容易才把他找到。

此时正赶上陈瞎子在给一位女同志摸骨批命，那女人三十来岁，肥肥白白的甚是富态，也不知遇到什么疑难，才要找高人给指点指点。瞎子先摸她的面堂骨相，在她额头眼鼻之间狠狠捏了几把，口中念念有词："相人形貌有多般，何须相面定富贵，瞽者自有仙人指，摸得骨中五岳端。"

那女人的脸被这个皮包骨头的瘦老头掐得生疼，好是气恼："您轻点不成吗？这手怎么跟铁钳子似的。"

瞎子说："老夫这是仙人指，能隔肉透骨，捏到那些凡夫俗子都不曾发觉有半分疼痛，唯有神仙星君下凡者才知其中厉害，看来夫人定是有来历之人，只不知这位仙姑想问何事？若谈天机，十元一问，概不赊欠。"

那女人面肥耳大，自小便常被人说带着三分福相，此时听陈瞎子称她是仙姑，更是坚信自己绝非普通家庭妇女，确是有些个来历的，不免对陈瞎子大为折服。这老头眼睛虽瞎，却真是料事如神，于是就说起缘由。

我虽然急着找陈瞎子说话，但也不好搅扰了他的生意，只好在旁边等着。听了半天，才明白原来这女人的丈夫是个利用关系倒卖批文的商人，家里有棵摇钱树，自然衣食无忧。只是她最近和丈夫每每做一怪梦，梦到有黑狗啃她脚趾，常常梦中惊出一身冷汗。二人同时做样的噩梦，不仅寝食难安、身心俱疲，而且更要命的是在梦中被黑狗所咬的脚趾逐渐开始生疮流脓，溃烂发臭，各处求医问药都不见好转。听人说陶然亭附近有瞽目神算的陈抟老祖，特意赶来请老祖指点迷津，一是问这怪梦因何而生，二是问脚趾生疮化脓能否施治。

陈瞎子又问了问那女子丈夫的身形体态，听罢之后，神色自若，似是胸有成竹，摇头晃脑地掐指一算："果然不出老夫所料，仙姑乃是天池瑶台中的金翅鲤鱼转世，尊夫瘦骨嶙峋又矮又瘦，原是玉帝驾前的金丝雀，

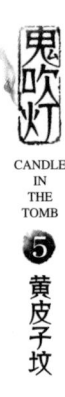

都是位列仙班的灵官。你二人来这世上夫妻一场，原本是要了却一段缘分，可你夫妻两个却在前世得罪过二郎真君的哮天犬，那恶狗不肯善罢甘休，才会梦到有黑狗啃足，天幸让老夫得知，否则大祸已不远矣。"

那胖女人一听自己和丈夫前世竟是两只畜生，这话可太不入耳了，不禁又怀疑是不是瞎子顺口胡编乱造地瞎侃。

陈瞎子赶紧解释说："老夫金口玉言，道破天机，岂有瞎侃之理。瞽目心自清，见世人不见之形，明世人不明之道。什么是形什么是道？大道无形，生育天地，大道无情，运行日月，大道无名，长养万物，吾不知其名，强名之道。古人云：'道是无言，佛是空。'世上的语言还没有能准确形容什么是大道的，总之世上万物皆属大道，不论是人是鸟，都是大道中的定数之形，没有什么高低贵贱之别，更不能以美丑辨贵贱，俗流无知，才偏偏以人为贵，实则人生兽形禽相，鱼雀之命，恰似龙游凤翔，真真的大富大贵之命，若问这命有多贵，嘿嘿……贵不可言啊。"

这就叫飞禽走兽皆有数，某些人前生就是禽兽变的，这一点在形貌上都能带出来，这是命中造化，自身的福分，又有什么可耻的？摸骨摸皮观人之法有个要诀：瘦长但向禽中取，肥胖之人以兽观，似禽不嫌身瘦小，似兽以肥最重要，禽肥必定不能飞，兽若瘦兮安得食？瞎子东拉西扯满嘴之乎者也，却还说得头头是道，把那女人侃得服服帖帖，到最后她甚至开始以自己和丈夫长得如同禽兽为荣。

可瞎子话锋一转，又否定了这女人的一世富贵。他说："命者舟也，运者风也，'命运'实际上是两码事，虽是一身富贵命，却配了半世倒霉运，就如同虽是巨舟大舰，奈何无风助力，也只有搁置浅滩，听其腐朽。你们夫妇皆是逍遥神仙命，怎奈被宿债牵绊，梦中黑狗啃足，必主黑星当头，眼下就要走背运了，真是好生凶险，轻则家破人亡，重则身陷鬼宫，万劫而不复。"

那胖女人险些被陈瞎子的话吓得半身不遂瘫在当场，忙求老祖救命，把一卷钞票塞进陈瞎子手中。瞎子摸了摸钱给得够多，这才不紧不慢地帮着出谋献策，说务必要尽快搬家，新宅中供一牌位，上书"郡守李冰在此"

六字。何故？李冰乃是秦昭王时修筑都江堰的蜀郡守，蜀中灌口二郎真君为李冰次子，有李君牌位，天犬不敢再犯。

瞎子又提笔在张破纸上写了个药方：龙虎山松皮一指，蟠桃核三粒，南珠北胆各二，百味石三两，黄河鱼一尾，以洞庭湖水煎，三碗水煎作一碗，每日一碗，连服三日之后，定当心平气和，脚底脓疮自愈。

胖女人一听就傻了，这药方上都是什么东西？有几味药连听都没听说过，怕是有钱也买不到，莫非全是天上的灵丹妙药？这可如何筹措？

瞎子说这倒不妨，老夫这几代销药材，又找那胖女人要了些钱，找个破碗点火把药方烧了，灰烬落到碗中交给那胖女人，嘱咐她分成三份，以清水送服，切记，切记。

我在旁边听得暗自好笑，总算等瞎子骗够了钱财把那女人打发走了，便说要找个说话的地方有事相问。于是牵着他的盲杖，将他引到陶然亭公园中的凉亭里，路上我问瞎子刚才他给那胖女人掐算得准不准。

开始的时候我以为陈瞎子信口开河，但听到他让那胖女人举家搬迁，确实有一番道理。在《十六字阴阳风水秘术》的"鬼"字一卷中，描述梦到床下有黑狗黑猫啃足，此宅属凶，不宜住人，如果掘地数尺，可能会挖出黑炭一段，是以前这房子里有人上吊后，其亡灵入地为煞所结，或是家中地下有古冢老坟。那胖女人家里住的可能是套凶宅，搬了家远离是非之地，当属上策。

陈瞎子得意之情溢于言表，笑道："她家地下有什么老夫自是不知，不过那肥女一家定是投机倒把的事情做多了，没少行贿受贿贪污亏空。倒卖批文这都是免不了的，想必亏心事做得也是极多的，俗话说头顶生疮、脚底流脓，那是坏到家了，这种人肯定难免担惊受怕，日夜提心吊胆，才会疑心生暗鬼，最是容易偏听偏信，老夫就是眼不瞎也能算到这一卦，摸她骨相便知是咎畜不孝的禽兽之辈，她家中皆是不仁不义之财，取之无妨。想当年聚众卸岭之时，若是撞到这等为富不仁的贱辈，老夫早就一刀一个砍个干净，打发她这对贼男女去阴曹受用……"

我听陈瞎子说起当年卸岭盗墓聚众取利之事，便借机问他以前是不是做过盗魁，可识得老羊皮和羊二蛋这两个会唱秦腔的陕西人？

瞎子闻言一怔。卸岭力士是同摸金校尉与搬山道人齐名的盗墓掘冢之辈，汉代赤眉军起义遭到镇压围剿失败后，有一部分残部落草为寇，分散各地，仍然做些个杀官造反的勾当。当年赤眉军把汉陵翻了个遍，其残部也保留了这些传统，一旦发现古墓，就聚众大肆盗掘。在宋代以前，卸岭倒斗还都保留着行事之时在眉毛上抹朱砂或是猪血的办法，盗墓之后再用药水洗掉，后来为了行动更隐秘，这种染红眉避邪的习惯，才被逐渐取消。

卸岭之辈，历代都有首领作为盗魁，"魁"即是魁首，人多事杂便不能群龙无首，分赃聚义的勾当一切都由盗魁说了算。盗魁威望极高，有生杀予夺的大权，不仅能以"圈穴之术"倒斗掘冢，更是绿林道上的草头天子，算得上是呼风唤雨的人物。陈瞎子在民国年间确曾做过盗魁，但那些陈年旧事要是不提真就忘了。

当然那时候陈瞎子还不瞎，是江湖上响当当的一号人物，凭的是三寸不烂之舌，以及仗义疏财气死宋江的美名。当时因为天下大乱，比起以往各朝，卸岭群盗的势力已经非常衰弱，但还是牢牢控制着陕西、河南及两湖这几个大省的响马盗贼，老窝就在拥有三湘四水之地的湖南。老羊皮和羊二蛋投到他门下的时候，他正要聚众去对付百年一现的"湘西尸王"。

第五十四章
妖化龙

我听陈瞎子说起往事,这老家伙竟然真的曾经做过卸岭盗魁,是三湘四水间风云一时的大人物,要不是十几年前从老羊皮口中得知一二,再同他当面证实,还真就不敢相信瞎子有过盗魁的身份。

我即将远赴大洋彼岸圆我的美国梦,此后就要远隔万里,再回国还不知等到何年何月。老羊皮和丁思甜虽然已经死去了好多年,但十五年前在百眼窟的种种遭遇始终是我的一块心病,哪里想去听瞎子当年率领卸岭盗众对付湘西尸王,只是想打听他所了解的老羊皮究竟是个什么样的人,老羊皮死后为何会落得被雷火焚尸的下场。

老羊皮当年跟在陈瞎子手下办事,只不过是一个微不足道的小角色,瞎子对他的印象并不深刻,我只好把在内蒙古草原的往事对他说了一番。

一直说到前不久的时候,我看报纸新闻得知,现在海拉尔的日军侵华罪行展览馆中,陈列着几件全世界仅存的细菌战研究罪证实物。除了全套的丹尼克毒气狱设施外,还有一口德国造奥兹姆维斯焚尸炉,黑色的除灰炉门似曾相识,当时一看到那焚尸炉的照片,我就想:"这不正是我差点从烟囱钻出去的黑色焚化炉吗?"看来百眼窟中近代和古代的遗迹早都被挖掘出来了，只不过消息封锁得非常严密，没有对外公开。

我把这些事情原原本本地告诉给陈瞎子，听得瞎子面沉如水。他捋着山羊胡子想了许久，总算是记起老羊皮和羊二蛋这两个人了，于是给我描述了这二人年轻时的相貌气量。

寻找古墓遗冢最主要是依靠在民间捡舌漏，所以不论是摸金校尉还是卸岭力士，都免不了要伪装职业走村串镇，最普遍的便是扮作风水先生或者算命先生。陈瞎子早年间阅历极广，更兼精通百家方技，尤善相人颜面、打卦测字等江湖伎俩，所以他现在给人摸骨算命，虽只为骗财糊口，却也能说得有条有理，不露丝毫破绽。

实际上相面摸骨都是虚的，人的面相与骨相是先天所成，若说与命运品性相关，实在是牵强附会。陈瞎子这种老江湖，自有他们相人的经验，但怎么样才能知道一个人的人品做派如何？

人有三六九等是半点不假，并不是说要以身份地位的不同来决定人之高低贵贱。世上有君子便有小人，相人之法，全在于其人志趣的取舍远近、气量的深浅宽窄。

人的志向气量高低，绝不可同日而语。有的人目光短浅，急功近利，就好比是麻雀，每天想到的只是爪子底下的食物，把肚子填满了也不过百粒粮食，它鸣叫的声音，最远超不过几亩地的范围，这就是麻雀的气量。

而有些人刚好相反，他们能高瞻远瞩，有如鸾凤之志，一旦展翅腾空，就要一举千里，不是梧桐树不栖，只有见到初升的朝阳才会鸣动，有冲天之翼者，必不肯托寄草篱矮墙。人之气量的深浅高低，一半得自天生，一半受于后天，其间就有着这么大的区别。

卸岭力士半匪半盗，属于绿林道，他们观人取相的标准，是宁撞君子盗，莫遇小人官，通过察言观色以及日常举动来判断这个人是不是适合入伙，在这方面半点不能含糊，以便防止有同伙内讧，或是招来背后捅刀子暗下毒手的小人。

在瞎子的印象里，老羊皮和他兄弟羊二蛋都是气量极浅之人，而且眼界不高，说不好听的，这兄弟俩就是奴才命，只适合当卑微的下人。尤其是羊二蛋，虽然表面看上去是个忠厚本分的放羊娃子，但他形不胜貌，久昧心不明，肚子里边全是花花肠子弯弯绕，可气量却偏不够，屈于用心，便想作奸犯科也没那份魄力和心智，这号人有贼心也有贼胆，但缺贼骨，难成大事，日后必为他人所役，不会有好下场。

我听瞎子所说确属实情，羊二蛋先被人引上邪路做了胡匪，然后又投靠日本人成了汉奸，玩火者自焚，最终死得极是凄惨。原来，通过平时的一举一动，都可以看出一个人的心术如何。不过这种观人相心的本事却需要极为老到的经验和阅历，甚至比看风水还要难得多，毕竟画龙画虎难画骨，知人知面不知心。

瞎子说了些老羊皮兄弟跟随他的所作所为，但他并不知道百眼窟的事情。我又问他老羊皮留下遗言要在死后穴地八尺、裸尸倒葬，却遭雷火击焚，在坟坑中与一只体形硕大的黄鼠狼同被烧得焦煳难分是怎么回事。这么多年我从没再见闻过类似的事情，至今回想起来，仍是满头雾水，想不出其中缘故。

陈瞎子自打南下云南之后，便再未与老羊皮兄弟谋面，此后的种种事端，也是由我全盘转述于他。瞎子听了老羊皮死后发生的那些怪事之后若有所思，他似乎知道些元教之事，当下冷哼了一声："人算终究是不如天算……"

我问瞎子此话怎讲，难道老羊皮临终前安排下的这些举措另有隐情？

瞎子说："胡大人也是倒斗的行家里手，上至山陵，下至荒坟，想必见了不计其数，可曾听说过世上有裸尸倒葬之事？自然是没有，因为这根本不是卜葬的法子，老羊皮那厮怕是别有用心。"

陈瞎子以前也打过要盗黄皮子坟的主意，可始终阴错阳差没能动手发掘。羊二蛋能顺利找到埋在地下的黄大仙庙，正是得益于当年他从陈瞎子口中探听到了一些重要线索。

拜黄大仙的元教起源于大兴安岭小波勒山，这黄皮子一旦活得年头久了，毛色就由黄转白。相传小波勒山上有只全身雪白的老黄鼠狼，体大如犬，口中能吐红丹。此丹是生灵日久所结，类似于牛黄驴宝之物，有些神棍巫汉便利用这只老黄皮子招摇撞骗，聚众敛财，更以邪术蛊惑民心。

后来这教门逐渐渗透到更加边远蛮荒的地区，愚民愚众从者如云，最终因有谋反的企图，遭到官府镇压。那些成了精的黄皮子能摄人心魂，不过它们最怕喇嘛咒，官军就在扎实伦密院大喇嘛的协助下大开杀戒。元教教匪大多被屠戮剿灭，残余之众带着黄大仙遗骸回到他们发迹的深山老林，在人迹难至的地方修造了一座黄大仙庙，上边是庙，实际上下边就是埋葬黄大仙招魂棺的坟墓。

也不知怎么就赶得那么巧，深山里的这座黄大仙庙正好修在了金脉上，当时采金的矿工山民没有不信黄大仙的，直到后来挖断了地脉，山体倒塌，把黄大仙庙整个埋在了地下。陈瞎子曾经想带领手下去挖开黄大仙庙，盗取招魂棺中的内丹，可据说那口铜棺中被下了阵符，谁开就要谁的命。陈瞎子在不明真相的情况下没敢轻举妄动，大概是他言语中走漏了风声，才被羊二蛋知道了一些端倪。

陈瞎子说的这部分内容与我十几年前在百眼窟听老羊皮所述基本吻合，但此后的事情，瞎子也只能凭他的经验和阅历来推测了。他猜测老羊皮可能在百眼窟发现了元教的某种邪术，产生了妄意非分之想，打算夺天地造化之密。这是因为元教中历来便有"化龙"之说：在一个人死后，如果脚上头下一丝不挂地埋在龙气凝结之地，七天之后便可生出鳞爪化龙飞升。脑袋朝下是因为头部为五脏之首，百体之宗，乃人体四维八方之源，以此邪法能借取地脉中的龙气，荫福子孙百代。可老羊皮没积下那份德行，却想死后逆天而行，终归是人算不如天算，最后也没能化龙。其术虽精妙，可到头来竹篮打水一场空，一来被他儿子用白帛所缚挣脱不得，二来又被人从地下掘出遭遇天雷击灭，终于难逃劫数。

瞎子说，所谓"化龙"之术毕竟是虚妄之事，但他以前盗墓的时候，确实曾见有尸体埋得古怪，在地下生变，尸身上生出肉鳞却不奇怪。别人信也就罢了，倒斗之辈却不应该偏信这种事情。除了这种可能之外，还有另一种可能性：老羊皮单独潜入龟骨洞，揭开金井之后人事不知，因为百眼窟的生水龙气都被外人破尽了，便有藏在百眼窟中的邪祟之物附在老羊皮身上，想埋入地下化龙的倘若不是老羊皮，便定是附在他身上的邪祟之物，不过冥冥中自有天意，七天不到就被人从土中掘了出来。生灵万物和风水穴脉一样，都必是有始有终，一旦存在得年头太久了，违背了有生必有灭的规律，就必然会有劫数相逼，看来小波勒山上那些黄皮子的气数已尽，躲都躲不开了。

我觉得瞎子说的后一种可能性比较大。当年从百眼窟回来，老羊皮忽然变得举止诡异，一反常态，现在想起来的确奇怪，我还当他是心力损耗过度所至，只是急着让他去医院诊治，也没往别的地方想，哪里会想到他是被黄皮子上了身。

一想到人死之后竟然还会被黄皮子利用，我猛然醒悟，也许瞎子说的两种可能性都不存在，老羊皮的确有心埋在风水位中荫泽他家子孙后代，但那蒙古包中怎么会有风水穴眼？难道老羊皮偷偷取回的黄大仙铜棺里的那枚青铜龙符是古时风水秘器？那件东西藏在老黄鼠狼的棺材里不下几百年了，一定还带着黄大仙的尸气无法尽除，龙符最后被发现在烧焦的尸骸之中，那定是老羊皮死前硬吞了下去，黄皮子们认得它祖宗的气味，所以才有只黄皮子钻进尸体里想要取走龙符。至于什么精怪避劫躲雷之说，我不大相信，但风水之道能够穿通天地，是不是由于那枚龙符埋在土中，才引发了雷暴？

以前我认为那龙符只是一件给黄大仙陪葬的明器，但通过跟瞎子一番长谈，换了个角度细加思量，越想越觉得那枚龙符大有名堂，可惜它已经被丁思甜丢进了荒草丛中。往事已去，那些经历就像是发了一场大梦，这些推测都是我和胖子的猜想，管中窥豹，未必周详，除非让死者复活，否则我们永远也无法知道真相，至今念念不忘，只是想给自己一个交代。我想起龙符之事，便又随口问瞎子可知那翠绿的铜龙是件什么东西。

那枚铜造的无目龙形，形制古朴奇特，应该是几千年前的古物，上面铸有模糊难辨的符言，我认为它是一枚龙形的铜符，上面的虫鱼古迹是一种用密言与灵界沟通的道具。在更早的时候则有铜符、玉符、石符之别，铜符是比较普通的，但百眼窟中的这枚龙符却属罕见。传说龙符是龟眠地中埋骨的巨龟从海中带来的，不过后来随着我对风水秘术所知渐增，才了解有些所谓的龟眠地是人为建造的，可以通过捕杀巨龟老鼋埋在地底，借取其骨甲中的灵气，属于人工营造的风水穴。

陈瞎子听了我对龙符的描述，奇道："符者，护用之门也，龙符无目，又有何用？画龙更须点睛啊……"可随后他似乎想到了什么，神色也突然间凝重起来，"从海里带上来的？海里？那……那非是无目……而是不见，莫非是古时的十六字天卦？"说着他对我举起四根干瘦的手指，做了个"四"的手势。

我听到这里更觉好奇，怎么竟和周公推演的天卦扯上了关系？正想让瞎子给我仔细说其中的来龙去脉，可瞎子忽然缩回手去，神色大变，将鼻子往迎风处嗅了两嗅，像是捕捉到了空气中危险的信号，噌地站起身来，叫道："大事不好，老夫去也！"

说罢，他便以手中竹杖探路，摸索着转进陶然亭公园的一片松树林后不见了踪影。我心想这瞎子怎么说走就走，正要赶去追他，可抬眼往四处一看，只见公园里气势汹汹来了一伙人，全是戴着红袖箍的居委会大妈，对着我所在的凉亭指指点点，七嘴八舌地说那戴墨镜的算命骗子就在这儿，刚刚远远地就瞧见了，怎么到跟前却没人影了，赶紧分头追击，抓着了就得把他扭送派出所，封建迷信那套思想专门腐蚀人的灵魂，都信他这套还怎么搞四化建设？群雌粥粥[①]，就要分兵追捕陈瞎子。

我一看这架势，当时就明白了八九分，肯定是陈瞎子算命骗财之事败露了，不过这老家伙鼻子怎么这么灵，真不愧是当年的卸岭魁首，闻土听风之术确是人所难及。为了掩护他安全转移，我赶紧装作热心肠的目击者，抬手一指瞎子逃跑的反方向，对那些居委会的人说道："我刚看见在这儿搞封建迷信活动的老骗子往那边跑了！"

这群戴红箍的老太太信以为真，便顺着我指点的方向径直去追陈瞎子。

[①] 群雌粥粥，原形容鸟儿相和而鸣，后形容在场的妇女众多，声音嘈杂。语出唐代韩愈《琴操·雉朝飞》："当东而西，当啄而飞，随飞随啄，群雌粥粥。"

我谎报军情，怕被居委会拿住了问罪，自然是不敢继续在陶然亭公园逗留，也穿过那片松树林匆匆离开，四处寻找先逃一步的算命瞎子。可公园内外都没他的影踪，我一直找到晚上，把他的住所和日常活动之处找了个遍，他却始终下落不明。

图书在版编目（CIP）数据

鬼吹灯 .5, 黄皮子坟 / 天下霸唱著 . — 长沙：湖南文艺出版社, 2019.7（2025.9 重印）
ISBN 978-7-5404-9268-7

Ⅰ . ①鬼… Ⅱ . ①天… Ⅲ . ①长篇小说—中国—当代 Ⅳ . ① I247.5

中国版本图书馆 CIP 数据核字（2019）第 096095 号

上架建议：神秘·探险小说

GUI CHUI DENG. 5, HUANGPIZI FEN
鬼吹灯 .5, 黄皮子坟

作　　者：	天下霸唱
出 版 人：	陈新文
责任编辑：	薛　健　刘诗哲
监　　制：	毛闽峰　李　娜
特约策划：	代　敏　张园园　杨　祎
特约编辑：	王　静
特约营销：	吴　思　刘　珣　李　帅
装帧设计：	80 零·小贾
出版发行：	湖南文艺出版社
	（长沙市雨花区东二环一段 508 号　邮编：410014）
网　　址：	www.hnwy.net
印　　刷：	天津盛辉印刷有限公司
经　　销：	新华书店
代理发行：	中南博集天卷文化传媒有限公司
开　　本：	710mm×1000mm　1/16
字　　数：	293 千字
印　　张：	20.5
版　　次：	2019 年 7 月第 1 版
印　　次：	2025 年 9 月第 13 次印刷
书　　号：	ISBN 978-7-5404-9268-7
定　　价：	39.50 元

若有质量问题，请致电质量监督电话：021-62503032
销售电话：17800291165